CONSPIRAÇÃO CORPUS CHRISTI

Tropa de Elite – Aranhas Negras

Memórias de Anthony Gutierrez

Parte II

CIP-BRASIL. CATALOGAÇÃO NA PUBLICAÇÃO
SINDICATO NACIONAL DOS EDITORES DE LIVROS, RJ

M159c

Madureira, Edilson, 1967-
Conspiração corpus christi : parte II : tropa de elite : aranhas negras : memórias de Anthony Gutierrez / Edilson Madureira. - 1. ed. - São Paulo :Letras do Pensamento, 2024.
372 p. ; 23 cm.

ISBN 9786589344322

1. Romance brasileiro. 2. Ficção policial brasileira. I. Título.

CDD: 869.3
24-89044 CDU: 82-312.4(81)

Meri Gleice Rodrigues de Souza - Bibliotecária - CRB-7/6439

26/03/2024 03/04/2024

EDILSON MADUREIRA

CONSPIRAÇÃO CORPUS CHRISTI

Parte II

Tropa de Elite – Aranhas Negras

Memórias de Anthony Gutierrez

1ª Edição – 2024 – Mauá – SP

Letrasdo
Pensamento

Capa e Designer: ***Adriano Augusto***

Foto do autor 1ª orelha: ***Robson Fonseca***

Montagem da Capa e Diagramação do Miolo: ***@armenioalmeidadesigner***

Revisão: ***Paulo Ribeiro***

Editor: ***Claudio P. Freire***

1ª Edição - 2024 - Mauá - SP

Letrasdo
Pensamento

Rua Eduardo Prado, 28, Casa 1 - Vila Bocaina
CEP: 09310-500 - Mauá - SP
Telefone/Fax: (11)4518-2065 - (11) 9-9352-5354
Site: **www.letrasdopensamento.com.br**
E-mail: **vendas@letrasdopensamento.com.br**

Impressão no Brasil

Dedico imensamente a Deus por me conceder inspiração e sabedoria para concluir esse trabalho, mas não poderia deixar aqui de agradecer algumas pessoas especiais, **Claudia Aparecida Guerino Madureira,** meus filhos **Emily Guerino Madureira** e **William Guerino Madureira**, minha neta **Ana Clara da Silva Madureira**, meus pais **Lúcio Antonio Madureira** e **Olinda Ferracini Madureira**, meus familiares **Ronaldo Pereira Urbano** e **Eliana Antonio Madureira, Élcio Antonio Madureira** e **Márcia de Almeida Madureira, Valdinei Tadeu Guerino** e **Odília Braz de Andrade, Divonei Jorge Guerino** e **Eliane Maria Mendes Guerino**, e aos demais familiares e, em especial aos amigos e irmãos de coração **Claudio P. Freire, Gilberto Lima e Gildo Mazza**.

Obrigado por sempre me apoiarem a jamais desistir.

E não poderia deixar de citar **William Guerino Madureira**, meu amado filho, que, embora na época muito pequeno, acompanhou-me do começo ao fim na execução deste trabalho. E como nós divertíamos com a história. Uma grande recordação.

Vocês são muito especiais para mim.

Gratidão

Com carinho.

Edilson Madureira

Agradecimentos

A todos aqueles que dispuseram de seu precioso tempo para conhecer meu trabalho *Conspiração Corpus Christi – Tropa de Elite – Aranhas Negras – Parte II*: **Dr.ª Ana Lucia Ferrari, Antonio Carlos Ferreira, Cleide Leme, Elias Antônio Barbosa, Isa Leal Junqueira dos Reis, Dr.ª Juliana Volpini, Liz Mendes Guerino, Dr. Marco Antonio Junqueira dos Reis, Prof.ª Mercia Maria Dias Pinto, Milton Lopes, Nadia Cavalciuc Casselli, Pedro Paulo Penazzi, Odair Luciano Guerra, Prof. Odilon Soares de Toledo, Rafael Gomes Lima e Wilson Luiz Wietky.**

Em especial ao **capitão Ericristhowan Silagi da Silva (*in memoriam* — 1988-2020) - Piloto da FAB - Força Aérea Brasileira**, meu eterno amigo e irmão. Ainda guardo em meu coração suas últimas palavras: *"Adorei sua história, intrigante e muito divertida. Me fez rir um bocado. Desejo-lhe muito sucesso. Saiba que sou teu grande fã"*. Uma pena não estar mais aqui em nosso plano e obrigado pela amizade, carinho e atenção a esse trabalho. Você sempre estará em meu coração.

Saudades de ti, capitão Eri.

Gratidão

Com carinho.

Edilson Madureira

Apresentação

Embora uma ficção, tudo começou com o primeiro romance, *Conspiração Corpus Christi - Por um instante a mais – Parte I*, trazendo a todos a história de vida da *Família Gutierrez*, uma trajetória de sucesso, de lutas, de sofrimento, da busca incessante pelo certo e pela verdade, da valorização de uma amizade entre dois amigos, cujas almas se encontraram para se complementarem como verdadeiros irmãos e amigos que, com fé, dedicação e confiança, transformaram suas vidas numa grande história de sucesso e numa maravilhosa família.

Mas o relógio do tempo não para e se esvai, os rumos do destino prosseguem e tudo evolui, um novo capítulo é escrito, nada era como antes e inesperadamente sofremos com o dissabor da perda daqueles que amamos, e, assim, nossas vidas se transformam dia após dia. Mas o tempo também muito tem ensinado e mantendo dentro da família essas valorosas raízes de valor. A *Família Gutierrez* não é nada diferente de outras famílias, apenas é uma família unida em que todos se amam, se respeitam e se compreendem, mas, convenhamos, também é uma família por demais divertida e que só se mete em engraçadas e cômicas confusões.

No entanto, confesso que tenho inveja dos personagens deste livro. Nas madrugadas com sua produção, eu imaginava cada cena, cada detalhe, cada personagem, cada sentimento. E viajei na história, trazendo a cada capítulo um pouco de humor, suspense, drama, romantismo, aventura, além, é claro, de uma intrigante investigação e da saga de um herói.

Escrever *Conspiração Corpus Christi – Tropa de Elite - Aranhas Negras – Parte II,* foi realmente incrível e quantas noites mal dormidas foram dedicadas até chegar ao seu comovente final! Tanto que me surpreendi e concluo que não foram apenas pequenas linhas traçadas, mas sim algo prioritário e enigmático que fará todos acreditarem que foi escrito com a própria alma.

Posso dizer que alguns leitores ficaram maravilhados, unânimes o aprovaram como sendo um romance muito criativo e que há muito tempo não liam um original com conteúdo tão rico numa linguagem jovem, de fácil leitura e interpretação. E me vislumbro com a referência de que o livro contém aspectos importantes que o tornam grandioso.

Mas, além de nossa comovente aventura, como toda boa história temos também o nosso herói protagonista. E é nesse momento que nos deparamos com uma intrigante questão: o quanto estamos deficientes no que tange a heróis e que, mesmo dentro da ficção, com um tanto de verdade e outro de mentira, um pouco de realidade e outro de fantasia, seguramente posso dizer que é o primeiro livro em que se abordam temas genuinamente imagináveis, cujo personagem principal vive a saga de um herói das Forças Armadas numa trama muito bem elaborada e perigosa, além de bem-humorada e divertida, que fazem da obra um grande livro.

Parece incrível, mas até mesmo eu fiquei surpreso com o desenvolvimento dessa história, digo isso porque ao final também fiquei fascinado, quase me matou de tanto rir.

Enfim! É com essa alegria que o convido a viajar comigo e agora em nossa história *Conspiração Corpus Christi – Tropa de Elite - Aranhas Negras – Parte II.*

Fraternalmente.

Edilson Madureira

Prefácio

O primeiro prefácio a gente nunca esquece...

É com muita alegria e satisfação que apresento meu irmão de coração *Edilson Madureira*. A história de determinação, fé e coragem deste homem, que domina tão bem a arte de escrever, valida todas as páginas que você vai ler neste livro.

Conspiração Corpus Christi - Tropa de Elite - Aranhas Negras - Parte II nos encanta desde as primeiras páginas e nos prende à história, vai despertando curiosidades e nos faz imaginar para onde os personagens irão nos levar. A história é tão envolvente que passamos de simples leitores para um personagem vivo dentro deste emaranhado tão bem construído e desenvolvido pelo autor.

A cada página mais emoção e envolvimento com a história; ao ler, me remeteu aos grandes suspenses de ***Agatha Christie***, porém com um diferencial que fez com que a obra fosse além do esperado e imaginado.

A trama é muito rica em detalhes, complexa, profunda, labiríntica e enigmática, mas ele não parou por aí, e teve a ousadia e a perspicácia de, no caos de algumas situações, introduzir com maestria a comédia e, assim, ir descontraindo a leitura; neste contexto, nos leva a sentir várias emoções: tristeza, preocupação, medo, angústia e também muitas alegrias e gargalhadas. O final é um caso à parte, é simplesmente surpreendente.

É com extrema satisfação que recomendo a leitura deste livro a todos e todas que apreciam uma boa história, podem ter certeza que você irá viver uma aventura inesquecível.

Gilberto Lima

Ator, Diretor, Produtor, Cenógrafo e Figurinista

"Todos sonhamos em ser heróis algum dia, não é mesmo? Acredite! Ele existe!

Você não precisa ser forte e ter superpoderes para fazer a diferença. Mas o simples fato de você querer ser alguém melhor já o torna um grande herói. Seja você mesmo, demonstre o que você tem de bom e defenda aqueles que não podem se defender sozinhos. O simples fato de querer bem o outro já é um ato de coragem.

Então, ajude a quem precisa, doe, seja generoso e Deus sempre o amará. São as pequenas atitudes que irão te definir como um grande herói."

Edilson Madureira, 1967

Sumário

Prólogo

Acredita-se que **Anthony Gutierrez Júnior** seja, talvez, o filho mais insurgente e rebelde da família Gutierrez. **Tony** assim era chamado por todos da família e pelos seus amigos. É filho de **Anthony Gutierrez**, um dos homens mais prestigiado no país, lendário magnata e proprietário de um conglomerado de empresas, um homem de caráter, de poder sem limites e com ascendência sobre vários governos. Alguém que honestamente soube aproveitar a oportunidade de decidir sobre a sua vocação e o caminho para a riqueza, e, diga-se de passagem, possuidor de uma fortuna assustadoramente incalculável.

Embora seja um homem de muitas posses, virtuoso empreendedor, possuidor de uma inteligência incrível, é na verdade para **Tony** seu grande herói, seu melhor amigo, seu fiel confidente, simplesmente seu eterno, memorável e adorado **pai**.

Tony sem dúvida alguma é um ser predestinado, orgulha-se por ser filho de quem é e sente-se honrado por fazer parte daquela adorável e admirável família. Teve uma infância digna e feliz, sempre cercado por todos: sua mãe **Lucila**; a irmã **Camille,** que é casada com **William**, filho do falecido e lendário **"Vavá" Waldez Antonelli**, grande amigo e sócio fundador das empresas do **Grupo WIWA,** junto com **Anthony Gutierrez**, também avôs do pequeno e irreverente **Waldez Antonelli Neto**, filho de **Camille** e **William**; e, por fim, **Duarte,** motorista da família, na verdade, melhor assim dizer, um cão de guarda disfarçado. Por onde quer que ande sempre vive acompanhado de sua velha e inseparável **pis-**

tola Colt.45 semiautomática preto-azulada, presa à sua cintura. **Duarte,** na verdade, é um inseparável amigo e confidente de **Anthony**. Está na família há alguns anos; sua chegada foi como uma benção divina, já que nada em nossa vida acontece por acaso.

Anthony o conheceu quando andava pelo país afora, bancando o detetive à procura de respostas sobre o passado amargo da vida de seu saudoso amigo e sócio **Waldez Antonelli**, numa longa luta em busca do filho desaparecido dele, **William Antonelli.** Na oportunidade, contou com a colaboração do amigo **doutor Michel**, um advogado **simpaticíssimo** e muito divertido, mas que, sabiamente, conseguiu desvendar todo aquele mistério, que envolvia as famílias **Matrone e Antonelli**; aliás, não só encontrou o filho desaparecido, mas, também, **Ingrid**, a esposa de **Waldez**, que até então era dada como falecida e, na verdade, foi encontrada abandonada num asilo na cidade de **Porto Santo**. A justiça pode ser cega, mas não é surda, e, abusando de toda a sua criatividade, descobriu que, por de trás de toda aquela farsa, uma grande crueldade fora cometida, num drama fatídico, envolvendo vários membros da família, com único intuito: usufruírem de bens deixados por outrem. Para conseguir tal empreitada, executaram um plano diabólico, afastando definitivamente uma família por vinte e cinco anos, enganando e escondendo de todos, inclusive da própria justiça, suas reais intenções, ou seja, **dinheiro e poder**. Mas, enfim, a justiça ouviu e se fez presente, condenando todos os envolvidos e reunindo novamente toda aquela família em uma nova oportunidade.

Após aquele episódio, **Anthony** e o **doutor Michel** nunca mais se separaram, pois **Anthony** tornou o advogado seu fiel escudeiro à frente dos assuntos jurídicos relacionados aos seus negócios e à empresa, omitindo-lhe, no entanto, tão-somente os fatos assombrosos e engraçados ocorridos no cemitério de **Mauá**, já que, vez ou outra, o cômico episódio envolvendo um anão de nome **Sansão** ainda perturbava o pobre **Anthony,** que de todas as formas possíveis procurava esconder de todos os reais motivos que tanto o assombravam. Tentar esquecer era algo impossível, e **Sansão** persistia cada vez mais vivo em sua mente e **Anthony** não conseguia se desvencilhar de seus delírios um tanto que engraçados. O problema era saber até quando conseguiria manter escondidos esses fatos. **Anthony** vivia esquivando-se de todos quando o assunto vinha à tona, sentia-se incapaz de compartilhar com alguém e não percebia que o **doutor Michel,** há tempos, já demonstrava estar desconfiado quanto ao tema e notava que havia algo controverso naquela estranha história. O fato era que **Anthony** também já se sentia desconfortável com sua omissão, percebia que não demoraria muito tempo para descobrirem a verdade. Inevitavelmente, de alguma forma teria que revelar seu funesto segredo. Sua preocupação era se isto o ajudaria em alguma coisa; agora, dúvida não havia que a sua revelação oportuna provocaria risos intermináveis em qualquer plateia, quanto mais na família ao seu redor, que certamente o faria ser alvo de gozações por um bom tempo. A verdade é que vivia receoso pelo inevitável e teria que conviver com isso pelo resto da vida.

> **"Você pode enganar uma pessoa por muito tempo; algumas por algum tempo; mas não consegue enganar todas por todo o tempo".**[1]

E foi justamente em uma dessas suas aventuras que **Anthony** acabou por encontrar **Duarte** lá pelas bandas onde "o Judas perdeu as botas" (dito popular), lugar em que o motorista tomava conta de vários idosos numa casa de repouso na cidade de **Porto Santo**, no interior de **São Paulo**.

Duarte é um coroa muito bem conservado, simpático e extremamente brincalhão; porém, é um homem bastante conservador e sua principal qualidade é a fidelidade às pessoas que o cercam. Conseguiu o que muitos não esperavam: tornou-se não somente empregado de um dos homens mais ricos do país, mas conseguiu também sua amizade e confiança. Sob todos os aspectos, ambos são fiéis um ao outro.

---

1. Abraham Lincoln (1809-1865), 16º Presidente dos EUA (1861-1865).

Só depois de muito tempo **Anthony** foi conhecendo melhor a admirável pessoa que é **Duarte**, até descobrir que aquele sujeito humilde e simples, alguém incapaz de fazer qualquer maldade, era na verdade um ex-guerrilheiro checheno remanescente da extinta **URSS (União das Repúblicas Socialistas Soviéticas)**, onde, até 1991, ainda imperava o regime comunista russo. Tudo o que ele fazia era de vital importância, melhor dizer, uma questão de vida ou morte. Suas teorias e teses brotavam de seu vasto conhecimento e lutava incansavelmente para que o seu povo assumisse uma vida mais digna e próspera; percebeu, contudo, que cada passo seu tinha um efeito devastador, tudo transcendia, retratava uma realidade totalmente mórbida, inconsequente e medíocre.

Duarte não gosta de relembrar seu passado, mas, como resultado de suas ações, acabou sendo alvejado numa emboscada com vários tiros que quase lhe tiraram a vida; porém, aquele ainda não era o seu momento. Acabou sendo socorrido e permaneceu em coma por quase sessenta dias, internado numa tenda improvisada em meio aos escombros e ao terror. Felizmente, um dia acordou, se recuperou e entregou-se em profunda reflexão. Estava cansado de tudo aquilo, percebeu que sua luta não o levava a lugar nenhum e começou a alimentar a ideia de se misturar com pessoas diferentes, que pensassem de maneira diferente, que comessem outras coisas, que acreditassem na vida e na sua essência. Tinha se cansado o bastante do mundo cruel e arbitrário em que vivia e tudo era de uma extrema pobreza. Naquele momento, sozinho, desamparado e sem esperança alguma, notou que suas vestes o tornaram num maltrapilho e descobriu que não passava nada mais do que um velho ser revestido de pele e ossos perambulando pelas ruas, completamente solitário, lutando contra seus próprios pensamentos e devaneios. Decidido, foi então que resolveu fugir para algum lugar, para que pudesse viver em paz e com dignidade.

Primeiramente, pediu refúgio com a ajuda da ONU e, ao obtê-lo, deixou seu passado para trás, botou uma mochila nas costas e partiu numa rota sem rumo, pegou carona num navio de carga, aventurando-se pelo oceano afora, até desembarcar no Brasil. Após sua chegada, resolveu adotar o nome de **Duarte**, uma forma de esquecer de vez do seu passado, tornando-se, desde então, um brasileiríssimo brasileiro. Porém, o passado notório de **Duarte** é algo capaz de fazer qualquer um borrar-se nas calças. Seu verdadeiro nome é **Dmitry Mikhailovich Pavlov**, se é que isto seja nome de gente, difícil de pronunciar e um tanto estranho, sem contar as inúmeras gozações que sofria por conta disso. Melhor chamá-lo de **Duarte**, é menos, muito menos assustador. Este era um fato que pertencia somente a ele e **Anthony**, que mantêm, com a família, esse segredo trancado a sete chaves.

"Devemos promover a coragem onde há medo, promover o acordo onde existe conflito e inspirar esperança onde há desespero".[2]

Edilson Madureira

2. Nelson Mandela (1918-2013) - Presidente da África do Sul (1994-1999).

Preâmbulo

Olá! Como prometi, a vida continuou e muita coisa engraçada aconteceu em minha família.

"A vida é algo que inventamos e somos artífices de nosso próprio destino. É louvável decidir pelo que devemos lutar, o problema é descobrir se realmente vale a pena sofrer. Tudo é uma questão de escolha.

A vida é assim mesmo, cheia de desafios e surpresas que, no entanto, nem sempre são agradáveis. Temos que estar sempre preparados para tudo e ciente de que **sentimentos mudam, memórias não.**

Levamos uma vida tão agitada e corrida que não nos damos conta de que a felicidade está mais perto de nós do que imaginamos. Mas, enquanto não a encontramos, procure ser feliz e viva intensamente cada momento. Com prudência, faça tudo o que lhe der vontade, mas seja justo com suas escolhas para que não sofra com consequências indesejáveis. Nunca deixe de realizar seus sonhos, não se importe com que as outras pessoas dirão sobre você e jamais perca seu tempo dizendo algo sobre elas, pois isso não lhe trará benesses ou prazeres. Tenha sempre em mente, você é a pessoa mais importante nesse mundo e sua felicidade depende única e exclusivamente de você. Quando encontrá-la, viva plenamente e não faça com o próximo o que não quer para si mesmo."[3]

3. Edilson Madureira (1967)

Assim vou levando a vida e, como não podia ser diferente, criei coragem para prosseguir e, dessa maneira, com minha família recomeçamos uma nova história, numa fantástica e emocionante aventura.

Tenho certeza de que irá gostar e rir muito.

Anthony Gutierrez

Capítulo I

Confidências de um alucinado

Ainda era manhã de segunda-feira, por volta das 7h20, quando o doutor Michel chegou à minha residência em Cuiabá acompanhado de Duarte, que foi buscá-lo no aeroporto em nossa cidade. Para variar, o doutor Michel e Duarte, como sempre bem-humorados, conversavam entre si entregues aos risos e, assim que entraram, gentilmente cumprimentaram todos de minha família. Sem fazer cerimônias, após o meu convite nos dirigimos à sala de estar, nos acomodamos à mesa e uma garrafa de café nos aguardava. Enquanto jogávamos conversa fora, saboreávamos um requintado e característico café do sítio, que anunciei ser um presente de um amigo sitiante vizinho da nossa propriedade e que, junto com sua família, se especializou na torrefação de café artesanal. E foram unânimes, seus sabor e aroma foram elogiados por todos.

A visita do doutor Michel ainda bem cedo naquela manhã foi pela necessidade de minhas assinaturas em diversos documentos da empresa. Mas, enquanto saboreávamos nosso cafezinho, ele relatava sobre alguns assuntos pendentes e, aos poucos, os apresentava individualmente para que eu pudesse compreendê-los e assinar os papéis. No entanto, dentre os vários temas abordados, algo despertou minha atenção, pois o meu companheiro relatou que precisaria viajar com urgência para

Mauá, onde teria na manhã seguinte, terça-feira, às 15h00, audiência no fórum. Era o desfecho final do processo criminal de meu querido amigo "Vavá" Waldez Antonelli; embora falecido, nós reabrimos o processo e desejávamos obter a absolvição do meu amigo do crime pelo qual fora condenado mesmo sendo inocente, e estávamos muito confiantes na possibilidade de um parecer favorável da Justiça.

A notícia em nosso café da manhã agradou-me muito, aliás, a todos nós, pois tínhamos que fazer isso por Vavá. Inocentá-lo não mudaria nossas vidas, menos ainda a dele, para quem nada mais importava, até porque havia falecido. Mas era uma questão de princípio moral e Vavá merecia ter seu honrado nome limpo, já que era inocente frente a uma condenação que sofrera injustamente; sentia-me na responsabilidade de fazer isso por ele. Mas, mesmo a contragosto, também confesso que era uma oportunidade de poder passar novamente no cemitério em Mauá. Até hoje não me conformei com aqueles episódios envolvendo o Sansão. Isso me perturbava tanto que me levava a acreditar que estava virando uma maldição na minha vida, e tinha que, de alguma forma, solucionar e acabar com essa aflição que tanto me angustiava. Mas o difícil mesmo era ficar escondendo de todos o que de fato aconteceu comigo. Inevitavelmente, cedo ou tarde teria que contar-lhes.

Mas, enfim, após o relato do doutor Michel, uma nova oportunidade surgiu e não sei como tive coragem de pensar nisso novamente. Lógico que não contei a eles o que se passava em minha mente e qual era minha real intenção. Mas estava disposto a ir junto, de uma forma ou de outra iria dar um jeito de passar novamente naquele cemitério, até mesmo enfrentando meu próprio medo. O que não podia mais era permanecer assombrado com aquela história que tanto me atormentava. Decidido, pedi sem rodeios ao doutor Michel:

— O doutor permitiria acompanhá-lo nessa viagem?

— Claro, senhor Anthony. Será uma grande honra tê-lo presente participando comigo na audiência; aliás, o senhor é o responsável pela reabertura do processo — consentiu o doutor Michel.

— Vos agradeço, doutor. Porém, prefiro ir de carro. Duarte também irá conosco, assim nos revezamos na direção do veículo. — E disse Duarte, após ouvir-me:

— Para mim, sem problemas, será uma honra acompanhá-los. Pelo menos conhecerei a cidade do senhor Waldez, onde tudo começou, aquela confusão de sua família. Posso pedir-lhe um favor, senhor Anthony? Gostaria muito de conhecer o cemitério e o túmulo que era supostamente do senhor Waldez. Tenho uma grande curiosidade e gostaria de ver com meus próprios olhos — disse Duarte aos risos.

Quanto a mim, após ouvi-lo, emudecido pensei comigo: *Céus! Começou tudo de novo! E lá vamos nós outra vez. Só espero que desta vez tudo termine bem.*

A forma engraçada relatada por Duarte fez entregarmo-nos aos risos; porém, o meu foi um pouco comedido e disfarçado. No entanto, entre uma conversa e outra, relembrávamos aos risos de todo aquele episódio maluco envolvendo as famílias Matrone e Antonelli, e terminei por perguntar sobre Douglas e David, os familiares picaretas de Vavá:

— Mas me diga, doutor Michel, que fim deram o Douglas e o David? Tem visto eles?

— Estão bem, senhor. Continuam trabalhando na empresa Metalúrgica Matrone, mas a direção ficou por conta dos filhos e da esposa, lá não apitam mais nada. Ninguém mais comenta sobre o assunto e parece que tomaram juízo. Sofreram um bocado e, pelo visto, aprenderam com a lição. Ambos têm se dedicado bastante na empresa, mas, quando me veem por lá, dão um jeito de sumirem. Acho que se escondem de mim por medo — disse o doutor Michel, aos risos.

— Por saber de toda aquela história, até eu correria de você, doutor Michel. Deus me livre! — disse Duarte, também aos risos.

O doutor Michel soltou uma enorme gargalhada quanto ao que dissera Duarte. Ainda rindo, virou-se para o meu lado e notou que eu estava em completo silêncio, observando-os. Com olhos fixos e desconfiados, permaneceu pensativo por alguns segundos me analisando, como se estivesse com um peso na consciência que também o atordoava há tanto tempo. Após certificar que estávamos somente eu e Duarte, buscou coragem em seu interior e decididamente não perdeu a oportunidade de me interrogar, embora temeroso do que iria me perguntar, mas, assim mesmo, disse sem rodeios:

— Senhor Anthony, preciso lhe falar sobre um assunto. Sinto-me até incomodado com o que gostaria de saber, mas ando intrigado há muito tempo e espero que não fique chateado com o que lhe perguntarei — disse o doutor Michel, receoso.

— Pois diga, doutor. Sobre o que deseja saber? — respondi secamente, mas deduzindo sobre o que de fato me perguntaria. Pensativo, concluí que certamente não havia mais como fugir deles quanto aos meus devaneios inconsequentes. E prosseguiu o doutor Michel com seu interrogatório:

— Veja, senhor Anthony. Tenho notado que toda vez que abordamos algo relacionado a cemitério, o senhor fica mudo e cristalizado, principalmente quanto ao cemitério de Mauá. Sei que o assunto não lhe agrada, haja visto que até me confidenciou alguns pormenores. Mas por ser advogado e muito observador, aprendi com o tempo a compreender certos comportamentos. Perdoe-me dizer, mas sei que o senhor omitiu de mim certos detalhes e acontecimentos. Não me leve a mal, mas demorei muito tempo para perceber que o senhor não tem medo de *anão*, e sim, do tal de *Sansão*, que nem sei quem o seja. Gostaria de conhecê-lo e acho que mereço explicações a respeito — indagou o doutor Michel, friamente, e continuou a dizer:

— Perdoe-me dizer, senhor, mas já havia comentado sobre isso com Duarte. Ambos concordamos com a mesma questão e temos a absoluta certeza de que algo muito grave lhe ocorreu, só não sabemos o que foi realmente. De repente, nós podemos ajudá-lo, mas para isso precisamos saber do que tanto o assusta — disse, finalmente, o doutor Michel.

Tal pedido terminou aguçando também a curiosidade de Duarte e ambos permaneciam atentos, aguardando que me pronunciasse sobre a questão apresentada.

Encurralado em minha própria casa e impossibilitado de fugir deles, permaneci por um instante pensativo, em busca do que lhes dizer, afinal. Estava aflito, franzi a testa passando a mão sobre minha cabeça e alisando meus cabelos à procura de alguma resposta quanto àquela pergunta tão direta, obrigando-me a revelar-lhes meus inconsequentes devaneios um tanto que imaginários. Não havia mais como ficar escondendo, principalmente, do doutor Michel, que, ansioso, aguardava uma definição de minha parte. Definitivamente, estava acuado pelo doutor Michel e por Duarte dentro de minha própria casa. Olhei para os lados certificando-se que só havia nós na cozinha, não desejava dividir com mais ninguém os fatos que tanto me atormentavam. Tranquilizei-me após constatar que estávamos somente nós ali reunidos. Sentia-me envergonhado, mas decidi falar o que tanto me afligia e prossegui, relatando-os:

— Cedo ou tarde, tinha certeza de que esse momento ainda chegaria. Não vou lhe esconder, doutor Michel, e nem de você, Duarte. Rendo-me a vocês. Peço-lhes desculpas por minha omissão, é muito difícil para mim. Confesso que tive alguns contratempos por lá, e até mesmo bizarros, se desejam saber. Tenho certeza de que não vão acreditar no que tenho a lhes revelar e, certamente, rirão de mim. Mas, paciência! É o que posso dizer! Mas preciso tirar isso de minha mente e esclarecer tudo de uma vez por todas. Acreditem, até pesadelos tenho tido por conta disto!

O doutor Michel e Duarte, após ouvirem-me, ficaram sensibilizados comigo e um tanto que curiosos com meu relato. Ansiosos, procuraram de alguma forma acomodar-se confortavelmente nas cadeiras e permaneciam sentados ao meu lado, com os olhos fixos, me ouvindo. E, assim, iniciei meu relato, dizendo-lhes como tudo começou:

— Na primeira vez, Vavá e eu fomos para Mauá à procura de alguma informação sobre o paradeiro de seu filho, bem como visitar o túmulo de sua esposa, Ingrid. A história vocês a conhecem e, lógico, nada encontramos. Mas, logo que amanheceu naquele dia, juntos partimos rumo ao cemitério daquela cidade. Assim que chegamos, Vavá parou na entrada e decidiu deslocar-se até a uma barraca para comprar flores. Antes, passamos pela administração, que ficava próxima ao portão de entrada. A porta estava aberta, mas não havia ninguém na recepção. Permanecemos ali na entrada, aguardando para sermos atendidos por alguém. Ninguém aparecia, mas ouvíamos um barulho, um sussurro que ecoava de uma sala ao lado. Por um instante, comentei com Vavá que alguém roncava, dormindo em outra sala. Mesmo sem sermos convidados, entramos para ver e nos deparamos com uma inusitada figura, o que nos fez rir. Vavá resolveu chamá-lo e, assim que o acordou, ficamos surpresos com aquela visão, pois o rapaz era um anão e não passava de um metro e dez de altura. Ele brincou conosco e disse que se chamava Sansão, mas, particularmente, não conseguia disfarçar e ria dele. Realmente era muito engraçado. O anão, por sua vez, não se importou com os nossos risos, mas, quando perguntou se nós nunca tínhamos visto um anão, caímos na gargalhada e acabei por dizer que achava que anões só existiam em circos. Que jamais imaginaria encontrar um por ali, principalmente como atendente de cemitério.

Não sei se ficou chateado com a gente, mas cordialmente, nos disse que não existiam tantos circos como antigamente e que aquele lugar foi o único emprego que conseguiu depois de muita procura. Disse que no começo estranhava demais a convivência com os mortos, principalmente, sabendo que todos eram maiores do que ele. Mas que, depois de tanto tempo, havia se acostumado com a atividade que o fazia circular a qualquer hora do dia ou da noite no cemitério e que tinha perdido a conta de quantos havia enterrado por lá.

Foi aí que comecei a ficar assustado com seu relato, principalmente quando disse que não era hábito de pessoas virem ao cemitério, a não ser quando havia algum enterro. No entanto, também disse que às vezes se cansava de ficar sozinho e saía para dar umas voltas para conversar com o pessoal. Fiquei desconfiado sobre quem seria o pessoal que relatava e fiquei mais assustado ainda quando soube que ele falava das almas penadas. Acredito que o Sansão acabou desconfiando do meu ponto fraco e, percebendo que eu estava com medo, começou a dizer um monte de coisas sinistras, o que me deixou muito apavorado. Assustado, acabei dizendo a ele que só pensar em encontrar algum a minha frente me deixava todo arrepiado, e ele sarcasticamente começou a rir de mim. O mais assustador foi quando perguntamos sobre o túmulo de Ingrid. Sansão disse que iria verificar e num piscar de olhos, sem que percebêssemos, simplesmente desapareceu a nossa frente, ausentando--se por uns dez minutos.

Permanecemos ali aguardando seu retorno, até que reapareceu inesperadamente, como num passe de mágica. Demonstrava estar confuso e nos disse que não havia encontrado seu túmulo.

Nunca disse ao Vavá, mas fiquei muito intrigado naquele momento. Estranhamente, algo me incomodava, mas não sabia o que seria, e foi a partir de então que comecei a suspeitar de Sansão. Enfim, gentilmente agradecemos a ele e saímos. Vavá ficou muito triste com aquela informação. Como não restava alternativa, e ciente que ela havia sido enterrada naquele cemitério, resolvemos vasculhar por conta própria. Ficamos andando pelas ruas, observando os nomes nos túmulos e em alguns líamos epitáfios curiosos e até que engraçados. Ainda me recordo de três. Vejam:

De um advogado

"Disseram que morri… Mas vou recorrer!"

De um comediante

"Me tirem daqui. Eu estava só brincando!"

De um escritor

"Eu sou apenas um escritor. Lamento! Ninguém é perfeito!"

No entanto, enquanto andávamos, apenas Vavá falava comigo, não se incomodava com o lugar, mas eu não conseguia encontrar assuntos, estava amedrontado e permanecia calado, acompanhando-o logo atrás. Em certo momento, Vavá voltou a rir novamente do anão. Assim como começou a rir de mim, pois percebia o medo estampado em minha face, sem contar que estava pálido de tanta aflição. E, se não bastasse, Vavá começou a fazer algumas perguntas estranhas para mim, que me deixaram ainda mais assustado. Perguntava se já havia visto algum anão, se tinha participado de algum enterro, se tinha visto a retirada de restos mortais de anão e outras coisas malucas que nem recordo mais. Foi o suficiente para acabar com aquele meu dia. Mas finalizou, dizendo que muitos tinham essa dúvida, inclusive ele, e acreditavam que anão nunca morria. E fiquei desesperado por ouvi-lo, enquanto debochava aos risos de mim. Não sei como não dei umas tapas nele. Enfim, passamos quase o dia inteiro andando em círculos pelo cemitério, mas infelizmente não conseguimos encontrar o túmulo de Ingrid. Já era fim de tarde e começava a escurecer. Quanto às flores, a única solução para Vavá foi deixá-la no cruzeiro. Deixei-o ali, sozinho, entregue aos seus pensamentos, realizando seu momento de reflexão e continuei minha caminhada sozinho pelo cemitério, não desejava incomodá-lo naquele momento tão íntimo.

Estava um pouco mais calmo, mas o medo ainda persistia. Eu não podia ficar ao lado de Vavá naquele momento, como também nunca havia dito a ele que não suportava cemitério. Jamais em minha vida fui a um cemitério sozinho. Tinha pavor, por incrível que pareça, morro de medo de assombração. Aquele local me dava arrepios e Vavá, com aquelas conversas fiadas, me deixou ainda mais assustado. Sei que existem alguns lugares bonitos, mas esse não é o meu forte, quanto menos um cemitério como aquele. Como era feio, o cemitério! Um pé de morro mal conservado, e aquelas sepulturas davam-me calafrios. Parecia mais um cenário de filme de terror. Mas, vendo meu amigo triste, naquele momento solene e único, acabei esquecendo-me de tais detalhes e de alguma forma procurava encorajar-me. Quando percebi, estava bem distante dele e a noite havia chegado. De repente, comecei a sentir um frio que descia pela espinha e resolvi voltar. Tentei avistar Vavá, mas não o via e me dei conta de que estava perdido. Assustado, coisas imaginárias se formavam na minha mente. Parei por um instante, algo me despertou atenção e me deparei com um mausoléu. Notei que havia algo escrito em uma placa ao canto e que pertencia a um anão. Me aproximei ao máximo para ler as miúdas letras, face à baixa claridade. Mas o pouco que li fazia menção de que tinha sido um dos maiores artistas de circo, mas não havia nenhuma foto. Curioso, observei que a porta de entrada estava aberta. Repentinamente, comecei a lembrar da conversa de Vavá. Imaginei uma cena assustadora: o anão "morador" do local deixou a porta aberta ao sair para ir falar com o Sansão. Pensei em sair correndo, mas não, como todo curioso, parei para olhar. Fui chegando perto e me abaixei. Não sei onde encontrei coragem para olhar, mas queria ver o que havia ali dentro, e continuei abaixando. Fui chegando próximo, bem pertinho e de repente uma voz estarrecedora do além ecoou: *Quem é você? O que quer?*, disse a voz do além. A bem da verdade, levei um susto tremendo. Saí correndo desesperado e sem rumo, descendo ladeira abaixo, passando por cima de túmulos, levando ao peito diversas cruzes, até que finalmente trombei com Vavá e juntos caímos rolando pelo chão. Vavá ficou assustado ao ver-me naquele estado. Apavorado, disse a ele que havia abaixado para olhar o túmulo de um anão e uma voz do além me perguntou o que eu queria. Vavá não acreditava no que estava ouvindo e ria de mim, enquanto, desesperado, pedia-lhe para irmos embora o quanto antes. Mas não foi o suficiente para convencê-lo, me pegou na marra e me arrastou até o túmulo para verificar o que havia acontecido. Estávamos próximos e uma pessoa estava lá de pé nos observando e, assim que chegamos, me perguntou se estava bem, mas o medo era tanto que não conseguia dizer uma só palavra, um nó se formara na garganta. Vavá decidiu conversar com ele.

O pobre homem explicou que estava dentro do túmulo fazendo manutenção e, quando olhou para cima, notou minha presença. Isso o assustou, mas disse que tinha me perguntado sobre o que queria. O pior é que ele me imitava enquanto explicava ao Vavá, dizendo que comecei a gritar pedindo socorro e que saí correndo em disparada, trombando com as sepulturas. Enfim, fiquei muito constrangido enquanto riam de mim. Infelizmente, fiquei muito chateado com o incidente, pois, além de estar assustado, terminei ficando todo amarrotado, com hematomas e escoriações por todo o corpo. Acreditem! Até a cueca borrei, foi inevitável!

Infelizmente, o medo é algo incontrolável e nos leva a cometer absurdos indesejáveis, às vezes, até cômicos como o meu. Como não podia ser diferente, a toda hora o Vavá relembrava a situação e caía na gargalhada a ponto de me irritar. Não sei como não bati nele. Perdi a conta de quantas vezes o Vavá ria de mim quando se lembrava desse episódio.

Após o meu relato, o doutor Michel e Duarte tentaram manterem-se sérios e sóbrios na minha frente, mas, me vendo com aquela cara de piedade quanto aos meus relatos, não aguentaram e se desmancharam em risos a ponto de chorar. Não havia o que fazer, fiquei ali encabulado olhando-os em risos intermináveis por conta de minha desgraça.

Infelizmente, a história não deixa de ser engraçada e eu tinha que suportar aquilo. Mas logo os risos se cessaram e o doutor Michel voltou a me perguntar:

— Senhor Anthony, nos perdoe pelos risos. Mas, convenhamos, realmente foi muito engraçado, principalmente da forma como nos explanou. Acho que nunca ri tanto na minha vida. Mas por que o senhor tem medo do Sansão? O que ele lhe fez, afinal de contas? Ainda não entendi!

Olhei sério para o doutor Michel e lhe disse:

— Pois bem! Lembra-se de quando estivemos juntos no cemitério em Mauá, na procura do túmulo do Vavá? Aquela era a segunda vez que havia ido até lá.

— Sim, me recordo. Mas o que isso tem a ver? Lembro que o senhor estava com um medo danado e passou o dia todo assustado. Só não sei o porquê disso. Acho que, desde lá, sempre desconfiei que havia algo de estranho em seu comportamento. Mas nos diga, estamos curiosos para saber — disse o doutor Michel.

— Como sabem, infelizmente tenho medo de assombração e não tem coisa pior do que pagar um mico como esse que lhes contei. Mas se coloquem em meu lugar, é muito fácil cair nos risos. Queria ver se fosse com vocês!

De nada adiantou posicioná-los em meu lugar e os risos acabaram voltando ainda com mais intensidade. Nada havia o que fazer, acabei por não se importar com os risos e prossegui continuando com meu relato:

— Mas vamos lá de novo. Naquela oportunidade, a única coisa que me preocupava era ter que passar por mais aquele desafio, indo novamente até aquele local horrível e, pior ainda, relembrar o que passei por lá. Como sabem, é algo que me deixa realmente amedrontado, mas, como o doutor Michel estava comigo, sua presença me deixava mais confortável e consegui criar um pouco de coragem para enfrentá-la novamente. Acredito que o doutor se recorde ainda de que o orientei nos caminhos a serem percorridos até o local e que não demorou muito em chegarmos a sua entrada. Naquela oportunidade, expliquei-lhe que havia estado lá com Vavá procurando o túmulo de sua esposa e que não o havíamos encontrado. Infelizmente, não lhe expliquei tudo, omitindo apenas os fatos ocorridos anteriormente comigo, sobre os quais acabei de lhes contar, e terminou dando tudo errado. Primeiramente, lhe disse que o cemitério era horrível e que causava muito espanto, mas que ficaria surpreso com o atendente Sansão. Recordará que, após sairmos do carro, fomos à administração e que, muito intrometido, assumi a dianteira, e lhe pedi para me deixar falar com o Sansão. O doutor concordou; porém, me indagou sobre o cemitério, de que era bonito, cheio de árvores e de flores. De fato, naquele momento estava bonito, mas afirmo que não era daquele jeito, pelo contrário, era horrível e assustador. Você, doutor Michel, permaneceu parado na porta me aguardando enquanto fui até a administração. Assim que cheguei, constatei que só havia o senhor *Izac* na administração, o qual me atendeu educadamente, e lhe disse que queria falar com o Sansão. Ele disse que não o conhecia, mas voltei afirmar que era um anão de nome Sansão e que havia conversado com ele em outra ocasião, quando de minha visita. No entanto, sua resposta me deixou perturbado e muito assustado, pois disse que ele era o único que trabalhava lá e que havia completado 30 anos de efetivos serviços na recepção da administração. Fiquei confuso e receoso, mas pedi para que verificasse a possibilidade da existência de algum túmulo em nome de Waldez Antonelli, o que de fato acabou nos sendo confirmado, passando até mesmo a sua localização e como encontrá-lo. Lamento, doutor, confesso que lhe menti quando me perguntou sobre o Sansão, pois lhe disse que ele havia morrido. Recordo que você ficou chateado e até disse que gostaria de conhecê-lo, pois nunca teve a oportunidade de conversar com algum anão. Mas, enquanto caminhávamos no cemitério à procura do túmulo, mesmo sem saber de minha história, curiosamente o doutor começou a fazer as mesmas perguntas do episódio anterior, o que foi o suficiente para me deixar apavorado a ponto de confidenciar a você que tinha medo de anão. Lógico que ficamos espantados ao nos depararmos com o túmulo de Vavá, até porque, na oportunidade, ele ainda estava vivo, o que fez o doutor ficar um bom tempo pensativo acerca do que deveria fazer a respeito. Quanto a mim, não o ouvia, estava por demais assustado, principalmente com o que não lhe contei, aliás, não conseguia nem falar. Às suas costas, doutor, havia outro túmulo, que foi onde tomei o maior susto de minha vida. Curioso, fui olhar novamente a placa na parede. Após ler com clareza, descobri que pertencia ao Sansão, que foi um dos maiores artistas de circo, falecido em 28 de dezembro de 1937, sem contar a foto dele estampada na placa, com aquele sorriso sarcástico, algo que eu não havia visto na oportunidade. Não tinha dúvidas, ele estava rindo de mim. Vê-lo ali me deixou confuso e perdi meu sentido de lucidez, a ponto de me causar calafrios de desespero, e me arrepiava dos pés à cabeça. Estava tão azoado que, em delírio, me abaixei, olhando para dentro do túmulo a fim de avistá-lo. Quanto mais esforçava para procurá-lo, com mais medo ficava. Atordoado, não conseguia me controlar e sentia minhas pernas tremerem. Não quis lhe mostrar, pois achei que não acreditaria em mim. Mas aquilo me deixou tão perturbado que, enquanto caminhávamos para irmos embora, permanecia com os olhos fixos nos arredores e com o pensamento totalmente baralhado. Quase não o ouvia falar comigo. O medo era tanto e tão intenso que, enquanto andava, olhava para trás para ver se o Sansão não estava me seguindo. Enfim, só fui ficar mais calmo, quando estávamos dentro do carro, em partida.

Após minha explicação, o doutor Michel e Duarte se entreolhavam, com as mãos sobre os queixos e pensativos. Estavam confusos e emudecidos quanto ao meu relato. Não sei ao certo, mas acho que o medo agora também os tomava, e perguntei-lhes:

— Ué! Não vão rir agora?

Estavam rígidos e gelados. Ao ouvirem minha pergunta, abriram mais os olhos já por demais abertos, espantados com minha história. Não responderam e nem ousaram rir. No entanto, o doutor Michel e Duarte, estavam boquiabertos com meu sinistro relato e bastantes temerosos no que deveriam dizer, até por que também demonstravam certas fissuras que agora também os incomodavam. Mas, comedido e com visível cara de espanto, o doutor Michel disse:

— Realmente, agora o senhor se superou. Pelo menos, o senhor desabafou sobre o que está lhe acontecendo. Agora compreendo por que tem tanto medo do Sansão. Duarte e eu vamos ajudá-lo a superar isso, mas alerto que teremos que ir ao cemitério novamente. Espero que compreenda, não vejo outra alternativa. Vamos investigar e, juntos, descobriremos sobre o Sansão. Temos certeza de que se sentirá melhor depois. — E disse Duarte, carinhosamente:

— Também concordo, senhor Anthony. Conte com meu apoio — disse, finalmente, em tom encorajador, porém na defensiva e esboçando certo nervosismo interior.

Desabafar com o doutor Michel e com Duarte, relatando sobre o que tanto me afligia, aliviou um pouco o peso em minha consciência. É muito bom poder dividir nossas inseguranças, principalmente quando contamos com pessoas especiais e de confiança. Fizemos uma pequena pausa para um cafezinho e uma água para acalmar os ânimos e, logo após, continuei a lhes contar mais alguns fatos:

— Senhores, confesso que ainda tenho tanta dúvida em minha mente que jurei a mim mesmo que não sossegaria até encontrá-lo. Vivo assombrado, pois tenho a absoluta certeza que ele anda me seguindo. Em pensamentos, sempre peço desculpas a ele se porventura o magoei, mas parece que não funciona. Acreditem! Ando tão desnorteado que até a um psicólogo fui em busca de ajuda, um amigo aqui mesmo da cidade, senhor Hector, que se prontificou a me ouvir e guardar segredo. Gentilmente, após conhecer minha história, diagnosticou como sendo fruto de minha imaginação e que não havia nada a temer. Sua conclusão era de que eu estava sobrecarregado de forte estresse emocional e que um leve calmante para dormir aliviaria minha tensão. Diante da oportunidade e de nossa boa amizade, até mesmo por estarmos em final de expediente, fez-me um convite e decidimos prolongar nosso bate-papo apreciando um bom chope num *pub* próximo à sua clínica e de propriedade de sua irmã, fazendo questão que o acompanhasse e até mesmo que pudesse conhecer sua irmã e o estabelecimento, inclusive um local charmoso muito comentado e frequentado na cidade.

A conversa se desenrolou em vários temas regados a várias rodadas do bom chope e, lógico, Sansão acabou se tornando assunto de tese para dissertação. Estava tão descontraído e, diante das alternativas que o assunto nos rendeu, acabei por dizer que ainda escreveria um livro sobre o Sansão e rimos um bocado. Por fim, meu amigo Hector também concordou que minha história de fato era muito engraçada e que merecia sim um livro a respeito, mas que ficasse despreocupado e nada havia para ficar assustado, pois era apenas uma bobagem qualquer e concluiu que, certamente, escrever me faria esquecer dos aborrecimentos e, quem sabe, poderia ser uma ótima oportunidade de fazer sucesso com minha história. Meu amigo estava tão convicto em sua afirmação que finalizou dizendo que ficaria aguardando receber meu livro autografado. E frisou:

Não se esqueça de mim, sou teu fã. Pode uma coisa dessas! Só rindo mesmo... E não ficou só nisso, vejam no que fui capaz de fazer:

Alguém me comentou sobre um Pai de Santo na cidade e não é que acabei indo sozinho falar com ele, mas também não resolveu nada, aliás, nunca mais fui atrás. Voltei para casa mais confuso do que estava. Em busca de uma luz divina, decidi ir todo de branco, inclusive com sapatos novíssimos também brancos, comprados para a ocasião. Assim que cheguei, fui aconselhado a tirá-los por uma pessoa no terreiro, deixando-os ao canto e permanecendo com os pés descalços naquele chão batido. Nunca tinha ido a um Pai de Santo na minha vida e fiquei impressionado com o que vi. Um sujeito pequeno e forte, estilo tartaruga com um turbante branco enrolado na cabeça, um charuto ao canto da boca fazendo um fumaceiro danado que quase não dava para enxergá-lo, contorcendo-se todo e chacoalhando um monte de colares coloridos em seu pescoço, ao som batido de três atabaques e acompanhado de algumas pessoas à sua volta cantarolando uma música num idioma que nunca ouvi na vida. Até que gostei da harmonia, mas o problema foi que, após o Pai de Santo estar incorporado, me fez sinal com sua mão, mexendo seus dedos ao ar, me chamando para ir até ele para conversar. Receoso, olhava para os lados. Estava desconfiado, na verdade com um medo danado, mas o obedeci. Levantei-me da cadeira e caminhei com os pés descalços naquele chão batido e frio do terreiro até ficar frente a ele. O Pai de Santo começou a passar sobre mim um galho de arruda enquanto fazia sua reza, até que deu uma cafungada tão forte no seu charuto que achei que ele tinha perdido o ar. Mas não, ele elevou sua mão direita à boca tirando o seu charuto e apoiou a sua mão esquerda, sobre meu ombro. Olhou-me seriamente e, em seguida, soltou uma tremenda baforada de fumaça no meu rosto, que tive que me abanar enquanto tossia fortemente em busca de ar para respirar, parecia que estava no meio de um intenso nevoeiro, que rapidamente se dissipou no ar, e a tosse cessou. Assim que pude avistá-lo novamente, olhei seriamente para o Pai de Santo e notei que conhecia aquele sorriso estampado em seu semblante. Repentinamente, uma ligeira tontura surgiu me cegando a visão e tudo girava à minha volta. Preocupado em não cair, procurei algo para me segurar, mas nada havia e acabei por me agarrar ao turbante do amigo Pai de Santo. Tudo rodava na minha mente e sentia meu estômago revirar-se todo. Totalmente zonzo, era amparado pelo Pai de Santo e, de longe, ouvi claramente ele dizer-me:

— *Oi, Anthony. Tudo bem? Vavá te mandou lembranças.*

"Foi a única coisa que ouvi. Juro que era a voz do Sansão, e desmaiei desabando ao chão.

Quando recobrei os sentidos, notei que estava deitado no sofá de casa, mas ainda zonzo e com um gosto de charuto impregnado em minha garganta, sem contar o cheiro insuportável que exalava minha roupa totalmente defumada pela fumaça, causando-me uma sensação de mal-estar terrível num enjoo insuportável a ponto de me causar ânsia de vômito.

Confesso que não sei como cheguei em casa e, envergonhado, nada perguntei à minha família. O curioso é que também nunca tocaram no assunto. Às vezes invento cada uma, que nem mesmo eu consigo achar explicações para tanto. Questiono-me muito, e às vezes me levo a acreditar que não sei por onde ando com a cabeça. Ando tão confuso que me pergunto se realmente fui ao *Pai de Santo* ou se foi um *sonho*. No entanto, a inegável e única certeza de que tenho é que só depois de uma hora, e já recomposto, foi que notei que estava apenas com um sapato branco ao pé direito. Quanto ao do pé esquerdo, simplesmente desapareceu e nunca mais o achei.

E assim encerramos nossa conversa com muitos risos, suspense e muita dúvida no ar. Duarte tratou de preparar o nosso carro para a viagem, enquanto o doutor Michel e eu fomos até a sede da empresa, uma rápida passagem de visita e para comunicar o nosso destino.

Preparados, às quatro da tarde de segunda-feira partimos com destino à cidade de Mauá/SP para mais uma aventura.

Capítulo II

Enfim! O surpreendente reencontro com Sansão

Eram 12h45 da terça-feira quando, enfim, chegamos a Mauá. A viagem foi tranquila, enquanto percorríamos a estrada conversávamos sobre os mais variados assuntos, uns curiosos e outros por demais engraçados, que nos forçavam a entregarmo-nos aos risos divertidos; mas não posso esconder que, vez ou outra, voltávamos a comentar sobre os meus relatos um tanto que assombrosos. A dificuldade em compreender tudo aquilo mexia com nossas mentes, quanto mais tentávamos decifrá-los, recheados de dúvidas e incertezas que nos forçavam a repensar se estávamos realmente tratando de uma *realidade* ou de uma mera *fantasia*. De qualquer forma, quanto mais pensávamos, mais dúvidas surgiam. Se era ou não verdade, só mesmo investigando pessoalmente. Mas o tenebroso assunto rendia muitas controvérsias e nos instigava a enfrentá-lo. Lógico que ninguém se autodeclarava, mas visivelmente nos sentíamos dúbios e mascarados escondidos em nossas consciências. Ninguém queria se denunciar. Enfim, a bem da verdade é que àquela altura, todos nós sentíamos acovardados com aquele friozinho na barriga, prenunciando uma desgraça por estar pretendendo a se meter com algo que nem sabemos e que transcende os limites da natureza. Noutros termos, estávamos nos metendo com o sobrenatural e não nos dávamos conta do que estava por vir.

No entanto, após chegarmos, paramos rapidamente para almoçar num pequeno restaurante e, tão logo terminamos nossa refeição, nos deslocamos até o fórum para a audiência do dia. Permanecemos sentados aguardando o retorno do doutor Michel, enquanto ele participava na audiência. Não sei quanto tempo demorou. Cansados, acabamos cochilando sentados num banco de madeira extremamente duro e desconfortável, até que fomos surpreendidos e acordados pelo doutor Michel à nossa frente. Esboçava um grande sorriso, estava feliz e muitíssimo satisfeito com seu dever cumprido. Como todos esperávamos, a justiça prevaleceu quanto ao nosso pedido e Vavá, finalmente, foi considerado inocente quanto à sua prisão, decretando-se assim que fosse limpo o seu bom nome. Também fiquei muito emocionado com a notícia e disse-lhes:

— Tenho certeza que o céu deve estar em festa abraçando nosso querido amigo Waldez "Vavá" Antonelli. Finalmente, sua consciência agora está em paz.

Mas já era final de tarde e tínhamos algo ainda a resolver. Saímos do fórum às pressas, quando, enfim, às 17h33, chegamos à entrada do cemitério. Ficamos surpresos após a nossa chegada, pois um grande tumulto havia, e encontrar um lugar para estacionar o carro foi um tremendo sacrifício, perdia-se a conta da quantidade de veículos parados pelas ruas aos arredores do cemitério, e terminamos por estacioná-lo bem longe. Após desembarcarmos, viemos caminhando pela calçada conversando calmamente, quando fomos surpreendidos com um enorme gato preto, que cruzou aos berros à nossa frente e desapareceu logo em seguida. Tal aparição fez Duarte entregar-se, causando-lhe suspiro de horror. Muito supersticioso, tratou de se benzer todo, fazendo o sinal da cruz por três vezes, caracterizando-o como um prenúncio de alerta para desistirmos do que faríamos. O incidente deixou-o desconfortável; aliás, a todos nós. E, pior ainda, relutava em prosseguir e queria voltar para o carro, e tivemos que convencê-lo na marra a continuarmos para chegar até a administração. Pasmem! Esse é o nosso segurança! O que fazer, afinal? Confesso que não esperava por essa. *Céus*, pensei.

Mas, após chegarmos, o doutor Michel resolveu entrar a fim de falar com o senhor Izac, e disse-lhe assim que o encontrou parado à porta da recepção:

— Como vai, senhor Izac, tudo bem? — disse o doutor Michel, cumprimentando-o, sendo também retribuído gentilmente pelo senhor Izac, que também cumprimentou a todos nós.

Para variar, senhor Izac continuava com aquele seu semblante misterioso e assustador. Sempre pálido, magro, voz rouca descompassada, olhos penetrantes, olheiras profundas que pareciam manchas de fuligem, ainda alto, porém com uma ligeira envergadura pela idade avançada, nariz pontiagudo, cabelos esvoaçados e sempre com o mesmo figurino todo preto. Não há dúvidas, um autêntico recepcionista de funeral. *Deus me livre!*, pensei. Mas era muito simpático e atencioso, o que o transformava numa grandiosa pessoa respeitável.

Contudo, logo em seguida nos despedimos e o doutor Michel avisou-o de que iríamos fazer uma visita ao túmulo que pertencia ao nosso amigo Vavá, a fim de mostrá-lo ao nosso amigo Duarte, o que arrancou risos do senhor Izac, ao lembrar-se do túmulo do defunto vivo, e nos autorizou para entrar no cemitério, mesmo que fora do horário de expediente.

No entanto, ao sairmos da administração, paramos por um instante e ficamos observando toda aquela intensa movimentação. Um velório estava ocorrendo no prédio ao lado da entrada do cemitério, certamente alguém de muito prestígio da cidade. Os numerosos visitantes eram recepcionados por algumas pessoas e até mesmo por seguranças para controlar o acesso de entrada e saída de familiares, amigos e curiosos que se acotovelavam para dar o seu último adeus ao falecido.

Como sabem, velório é algo que me atormenta por demais. E não sei por que sempre invento algo estranho. O resultado disso sempre acaba terminando em confusão. Mas ver aquela multidão me deixou bastante curioso, e acabei me esquecendo do Sansão. E não é que convenci o doutor Michel e Duarte a me acompanharem para ver o falecido? Decididos, entramos na enorme fila para ver alguém que nunca o vimos ou sequer o conhecíamos. Mas, conversando com algumas pessoas na fila, descobrimos que se tratava do *Palhaço Pipoquinha*, grande artista da cidade que havia falecido. Após saber da personalidade, pensei comigo:

De novo esta história de circo. Não é possível! Será que é só comigo que acontece isso?

A notícia acabou me deixando ainda mais curioso e decidi permanecer na fila que, aos poucos, avançava lentamente em direção ao interior do prédio. Mas, a cada passo, um enorme frio em minha barriga começava a surgir, percorria até minha espinha. Confesso que comecei a ficar pálido e com medo do que veria logo mais. Minha imaginação formava um monte de coisa estranha e me torturava pensativo:

Meu Deus! Que estou fazendo aqui na fila? Céus!

E a situação piorou quando, enfim, cheguei bem perto para ver. Não sei por que mas, de repente, comecei a pensar no Sansão. Estava tão atordoado, e com tanto medo, que sou capaz de jurar que o falecido no caixão, ali totalmente fantasiado de palhaço, estava sorrindo para mim, e quanto mais pensava mais ficava apavorado e me arrepiava todo. Estava muito incomodado com aquilo. Olhei para os lados, um monte de gente ao meu redor também o olhava cabisbaixa e não havia como nos mexermos pela falta de espaço, estava muito tumultuado e todos queriam vê-lo ao mesmo tempo, inclusive eu, que o olhava ressabiado. De repente, senti que algo esbarrou e cutucou minha perna, o que me fez arrepiar dos pés à cabeça. O medo me tomava de tal forma que me causava calafrios intensos, e eu não tinha dúvidas alguma, minha mente dizia que foi o *Sansão* que puxou a barra de minha calça. Desnorteado, virei-me ao doutor Michel e Duarte, que vinham logo atrás de mim e lhes disse com os olhos esbugalhados:

— O Sansão puxou a minha calça!

Ambos riram de minha exclamação e Duarte disse:

— Senhor, de onde tirou isso? Parece que está assombrado! Acalme-se! Não foi nada! Talvez tenha sido uma criança brincando!

— Tenho certeza de que é ele e está embaixo do caixão — disse-lhes com veemência.

Estava tão alucinado com meus pensamentos que não os ouvia claramente falar comigo. Decidido, resolvi me abaixar para a fim de avistar onde estava Sansão. Curiosamente, fui acompanhado pelo doutor Michel e por Duarte, que também se abaixaram. E ficamos assustados, pois vimos alguém correr por entre as pernas das pessoas, embora só conseguíssemos ver seus pés. Não havia dúvidas, para mim era Sansão. Ficamos assustados com o que vimos, embora o doutor Michel e Duarte não compreendessem ao certo o que afinal de contas haviam avistado, e sentiam-se confusos. Levantamo-nos e reparamos que estávamos sendo observados por muitos, enquanto alguns reclamavam por termos parado a fila. Mas, descuidados, naquele empurra-empurra danado e sem espaço algum, acabamos sendo jogados para cima de um senhor gordo à minha frente, que se desequilibrou por minha causa. Para não cair, tentou se apoiar no caixão, mas acabei sendo novamente empurrado por algumas pessoas que vinham logo atrás de mim. Terminei me desequilibrando também e tive que me apoiar nele. Sem onde nos segurarmos, terminamos caindo abraçados sobre o corpo do pobre falecido dentro do caixão, e o resultado foi catastrófico. Por conta de nosso peso ao nos apoiarmos, derrubamos tudo e terminamos nós, o defunto e o caixão caindo ao chão. Para piorar a situação, uma vela acesa se soltou do enorme candelabro e caiu para dentro do esquife, fazendo com que pegasse fogo no tecido de renda que cobria o pobre coitado, criando uma enorme labareda aos pés do povo à nossa volta. Aquilo virou um alvoroço, alguns riam do episódio, outros, assustados naquela aglomeração, tentavam de alguma forma sair de lá às pressas, alguns próximos sapateavam tentando apagar o fogo antes que se propagasse, enquanto muitos diziam, espantados:

— Meu Deus! Que horror!

Fiquei envergonhado ali caído no chão naquela tremenda confusão. O doutor Michel e Duarte, preocupados com tudo aquilo, se disfarçavam e me ajudaram a levantar, mas, quando viram que eu estava com uma coroa de flores enroscada no pescoço, não aguentaram e caíram na gargalhada, acompanhados por muitos à sua volta; outros, então, não perderam tempo e virei alvo de inúmeros flashes de celular, sendo fotografado por muitos. Certamente, o inevitável: seria a manchete de destaque da manhã seguinte em capa de jornal na cidade.

Não havia o que fazer, a não ser fugir. Preocupados por algo pior, demos um jeito e caímos fora o mais rápido que pudemos, antes que apanhássemos do povo. Em fuga, saí às pressas correndo pela porta dos fundos, acompanhado pelo doutor Michel e Duarte, que também corriam, vindos logo atrás de mim, mas também assustados quanto à tremenda confusão ocorrida. Mas, enfim, conseguimos sair ilesos de lá de dentro. Só quando nos acalmamos, foi que percebemos que estávamos dentro do cemitério. Um suor frio intenso percorria pelo meu corpo e olhei para meu relógio. Assustei-me com o adiantado horário, eram 20h35 e a noite se fazia presente. Isso me fez ficar ainda mais assombrado e com medo danado ao perceber o horário e onde estávamos.

Mas a minha fértil imaginação me aguçava e eu queria de alguma forma encontrar o Sansão e resolver de uma vez por todas as dúvidas que existiam em minha mente. O que me dava um pouco de coragem era a presença de Duarte, meu amigo e segurança, pois deduzia que estava armado, já que nunca se desgrudava de sua pistola Colt.45, sempre presente em sua cintura. Isso era o que bastava e me encorajava a enfrentá-lo.

Como estávamos no interior do cemitério, decidimos ir até o túmulo que supostamente era de Vavá. Mas algo inesperado surgiu e Duarte resolveu voltar à recepção, pois necessitava urgentemente de um banheiro. Com isso, o doutor Michel e eu prosseguimos, caminhando e conversando, mas antes apontei ao Duarte onde estaríamos aguardando pelo seu retorno.

Não demorou muito nossa caminhada e logo chegamos ao túmulo que era de Vavá. O doutor Michel permaneceu olhando-o em silêncio, mas, quanto a mim, desviei minha atenção procurando pelo mausoléu do Sansão. Olhei para todos os lados e tinha certeza que estava em frente ao seu túmulo, mas não havia nenhuma foto ou qualquer anotação, o que me deixou na dúvida se estávamos no lugar correto. Repentinamente, fomos surpreendidos, a energia elétrica se apagou e tornou o cemitério um breu intenso e absoluto, apenas iluminado pelo clarão da luz de uma sinistra lua cheia que flutuava no céu, aguçando nossos pensamentos. Para variar, inesperadamente um denso nevoeiro surgiu planando por entre as sepulturas, transformando a nossa volta num cenário de horror. Fiquei mais apavorado do que já estava e minhas pernas tremiam.

O doutor Michel estava a poucos metros de mim e não sei onde encontrei coragem, tinha certeza que aquele túmulo era do Sansão e fiquei olhando para dentro dele, mas não conseguia enxergar o seu interior, estava escuro e nada tinha em mãos para iluminar. Resolvi me abaixar, curvando-me na porta de entrada na tentativa de avistá-lo, e me esforçava para procurar por Sansão. Estava tão alucinado e atordoado que não dava ouvidos ao que doutor Michel falava a mim, logo atrás.

No entanto, naquele breu intenso, incapaz de enxergar algo, doutor Michel avistou dois vultos pretos adiante, vindo em nossa direção, e começou a ficar apavorado com aquilo. Os vultos avançaram um pouco mais e, claramente, ouviam-se os seus gritos:

— Sansão! Sansão! Cadê você?

O doutor Michel, assustado com os chamados, decididamente passou a acreditar em meus relatos. Decidiu virar-se para falar comigo a fim de me alertar sobre o que estava ocorrendo. Mas, no escuro, não me viu, já que eu estava abaixado à porta do túmulo olhando para o seu interior, e, abruptamente, quando se virou, o advogado acabou por esbarrar em mim, empurrando-me para dentro do túmulo. Lá dentro, sem piedade por lhe ter incomodado, Sansão agarrou minha perna, me puxando para baixo, e aos gritos eu pedia pelo amor de Deus para que me soltasse. Por outro lado, o doutor Michel, também assustado com meus gritos de pavor, tentava ajudar para me salvar do Sansão, que persistia a me puxar para baixo e não dava trégua alguma. Abaixou-se também junto à porta e pegou minha mão na tentativa de me puxar para fora, mas desequilibrou-se e caiu também para dentro do túmulo. Juntos e abraçados, tentávamos de todas as formas nos livrarmos do Sansão, que, ainda mais rudemente, persistia em nos puxar pelas pernas para baixo e, acovardados, gritávamos em total desespero, enquanto travávamos uma terrível luta com ele naquele minúsculo espaço dentro do túmulo.

Porém, naquela confusão e com a visão ainda ofuscada, pudemos notar que duas pessoas apareceram à porta do túmulo, contudo somente uma gritava alarmada, enquanto a outra apenas se esquivava para os lados, estava com algo em sua mão, mas eu não conseguia distinguir o que seria e nem ao menos de quem se tratavam; porém, os ouvia perfeitamente, aos gritos:

— Sansão! Sansão! Deixe-os! Venha! — E isso nos apavorava ainda mais.

Mas, de repente algo apareceu entre nós, um vulto todo preto e peludo se debatendo conosco e passando por cima de nossas cabeças, e saiu pela porta afora. Era um enorme cão vira-lata preto que, assustado, fugiu de nós. E foi possível vê-lo nitidamente, pois, no mesmo instante, a energia elétrica havia acabado de retornar, iluminando tudo à nossa volta, e, para nossa surpresa, nos deparamos com Duarte à nossa frente, com sua arma em punho, apontando para nós na tentativa de encontrar Sansão. Não sei se nos reconheceu e nem como não atirou em nós. Confesso que o medo se tornou ainda mais medonho e assustador. Ficamos cristalizados em total silêncio e não conseguíamos entender o que de fato havia acontecido, mas ficamos aliviados por Duarte não ter atirado em nós. Amparando um ao outro, estávamos de pé dentro do túmulo com os olhos esbugalhados e de lá víamos o senhor Izac e Duarte aos risos intermináveis, após nos avistarem daquela forma, **encrustados e abraçados dentro do túmulo**.

Enfim, depois de alguns minutos os risos cessaram e Duarte e o senhor Izac trataram de nos ajudar a sair de dentro daquele sepulcro. Precariamente, estávamos ambos amarrotados, sujos de barro, com escoriações pelos corpos e com as calças deformadas e rasgadas. A bem da verdade, admito que estávamos mais aliviados depois de todo aquele temor, mas nos sentíamos envergonhados e permanecemos sentados quietos, emudecidos, num túmulo qualquer ao lado, já não nos importava onde estávamos. Mas o senhor Izac e Duarte, percebendo a nossa cara de piedade, cinicamente voltaram aos risos eloquentes.

Os risos se cessaram e o senhor Izac nos perguntou seriamente:

— Afinal de contas, o que faziam dentro do túmulo?

Estava com tanta raiva e com a alma ferida que o indaguei ferozmente:

— O senhor me disse que o Sansão não trabalhava na recepção e pelo visto o conhece muito bem. Este é o túmulo dele! Vamos! Confesse! — E ele nos disse sem rodeios:

— Quando o senhor veio pela primeira vez, me perguntou se o Sansão trabalhava na recepção. Eu lhe disse que não. Você não me perguntou sobre o seu túmulo. Mas já que deseja saber, sim, esse túmulo era do Sansão, um artista de circo que faleceu há muitos anos, acho que foi em 1937. Perdoe-me por algo, mas eu não lhe menti — disse seriamente o senhor Izac.

— Mas aqui não tem mais a foto dele e nem a placa, nela havia algo escrito. O que aconteceu? — perguntei, confuso:

— Nesse ponto o senhor está coberto de razão. Recentemente, apareceram algumas pessoas por aqui, na verdade um monte de anões muito engraçados e talentosíssimos. Ficaram por aqui uma tarde inteira fazendo apresentações, com as quais atraíram um monte de crianças da vizinhança. Foi uma espetacular tarde com muitas atrações e rimos por demais com eles. Realmente, eram fantásticos. Eles diziam que eram parentes do Sansão e que sua família trabalhava junta num circo russo muito famoso. Mas suas apresentações por aqui haviam terminado e, como estariam voltando para a Chechênia, sua região de origem, vieram buscar Sansão para levá-lo de volta a sua terra. — Duarte, surpreso e com intenso brilho nos olhos, após ouvir o relato de Izac nos disse:

— Olhe, senhor Anthony e doutor Michel, são conterrâneos de minha terra Chechênia, na Rússia. Que pena não poder os ter conhecido. — E prosseguiu o senhor Izac a nos dizer:

— O corpo de Sansão foi exumado e levado embora, acredito que para Chechênia. Só não sei onde precisamente, não me disseram. Mas me deixaram alguns chaveiros de presente, talvez o ajude. O túmulo está vazio e desde então apareceu esse cachorro perdido por aqui, que o transformou em sua moradia. Como não tinha dono e nem nome, resolvi adotá-lo e lhe dei o nome de Sansão. Todas as noites, neste mesmo horário, venho lhe trazer comida. Mas como estava escuro, resolvi chamá-lo para vir até mim e foi quando encontrei pelo caminho o senhor Duarte também vindo para cá. E, de repente, passamos a ouvir gritos com pedido de socorro, o que nos deixou preocupados. Acalmei-me quando percebi que o senhor Duarte estava armado. Após sacar sua arma, juntos viemos certificar o que de fato estava acontecendo, até que os encontramos dentro do túmulo aos gritos, o que certamente assustou ao pobre Sansão, fazendo-o fugir de vocês.

Após a explicação, ambos voltaram novamente aos risos, enquanto eu e o doutor Michel permanecíamos seriamente olhando um para outro, totalmente sem graça e com cara de idiotas.

Infelizmente, mais uma vez paguei mico nesse cemitério, aliás, por duas vezes seguidas numa mesma noite. Pelo menos, dessa vez não estava sozinho e o doutor Michel compartilhou comigo de mais esse sofrimento inconsequente. Só espero que ele não resolva me processar futuramente por conta disso.

Por fim, não havia mais o que fazer por ali e resolvemos ir embora. Permanecemos junto à porta da administração, aguardando pelo retorno de Duarte, que acompanhava o senhor Izac até a sua sala em busca de algo. Não demorou muito e logo eles ressurgem. Senhor Izac me estendeu a mão e me entregou algo, dizendo:

— Não sei se vai lhe ajudar, senhor Anthony, mas aqui está o presente que recebi dos anões parentes de Sansão. Tome, fique consigo.

Após verificar, notei que era um chaveiro e trazia o seguinte em ambos os lados: ao centro, a foto de Sansão, e, acima, em letras enormes, escrito em russo:

Цирк Самсона

Ou, em português:

"--- CIRCO SANSÃO ---"

Minhas pernas bambearam e uma ligeira tontura surgiu por alguns segundos apenas, mas fui amparado pelo doutor Michel e por Duarte e logo recobrei os sentidos. Ficaram preocupados comigo, mas não lhes disse absolutamente nada sobre o ocorrido, simplesmente falei que estava bem e calei-me definitivamente.

Após despedirmos do senhor Izac, resolvemos prosseguir em viagem de retorno naquele mesmo instante. Os ânimos, enfim, voltavam aos poucos à normalidade.

Mas o engraçado mesmo foi quando chegamos ao nosso carro, onde, mais calmos, foi que nos demos conta de como estávamos. Todos sujos e com as calças totalmente rasgadas. Um horror!

Duarte cinicamente nos imitava no desespero, e seus gracejos irônicos terminaram também a fazer entregarmo-nos aos risos, não havíamos o que fazer a respeito, principalmente quando nos lembrávamos da confusão no velório do pobre *palhaço Pipoquinha.*

Pelo menos de uma coisa estava convicto, não havia mais motivo para ter medo, pois nunca mais iria encontrar o Sansão. Mas juro que gostaria de ver aquele danado de novo, com aquele seu sorriso sarcástico. No entanto, embora me sentisse mais aliviado, algo ainda me deixava receoso. Só não sabia o que seria esse estranho sentimento, sentia meu coração apertado, mas certamente em algum momento o descobriria.

O doutor Michel estava à frente da direção do carro com o Duarte ao seu lado, enquanto eu estava na parte de trás, emudecido, manuseando pensativo o chaveiro ainda em minhas mãos, e atentamente olhava a figura de Sansão, ainda mais vivo ali estampado. O doutor Michel percebeu o meu silêncio e resolveu me perguntar:

— Senhor Anthony, você está bem? Está muito quieto! O que foi? — Após ouvi-lo, disse-lhe seriamente:

— Já sei o que vou fazer e vocês irão comigo. Vamos para a *Chechênia.*

— O senhor deve estar brincando — disse o doutor Michel, enquanto Duarte, com a mão no queixo apresentava-se com cara de espanto quanto a minha afirmação. E continuei a dizer-lhes:

— Vai demorar um pouco, não agora. Mas vamos atrás do Sansão. Ele que me aguarde — finalizei.

E nos entregamos aos risos enquanto nossa longa viagem de retorno para casa prosseguia. Não tocamos mais no assunto e ninguém ousou me dizer não.

Capítulo III

Memoráveis Balangandãs

A vida em família prosseguia em perfeita harmonia, mas, como sempre, alguns fatos engraçados surgiam.

Quanto a Tony, meu filho, embora nunca escondesse sua afeição e respeito por mim, acreditava que no fundo me sentia magoado com ele por não ser aquilo que gostaria que fosse. Porém, em uma coisa ambos concordávamos: que todos têm o livre arbítrio para escolher o melhor caminho a seguir, e não foi diferente com ele, escolheu aquilo que gostaria de ser e sente-se feliz por isso. Mesmo com o meu contragosto e numa persuasão bastante íntima, nossa família sempre o apoiou quanto às suas reais convicções.

Sinto-me privilegiado por minha admirável família e por me permitirem participar de suas vidas. Inocentemente, acho que exagero um pouco com eles e acabo falando mais do que devia, às vezes falando por inúmeras horas por causa de um simples acontecimento qualquer. Não é por maldade, talvez zelo por demais, mas, sim, advertindo-os, precavendo-lhes de percalços e tropeços que a vida proporciona e que por muitas vezes deixam cicatrizes pelo resto da vida. Não suportaria vê-los passando por sofrimentos. Já que podemos evitá-los, melhor discutirmos juntos.

No entanto, sempre abordava a eles que os adolescentes precisam de afirmação intelectual a fim de aprenderem a pensarem corretamente, para poderem pensar criativamente. Faz parte do desenvolvimento moral e ético de cada ser. Que essencialmente devem respeitar a si mesmos, não só física e emocionalmente, mas também intelectualmente. Devem sentir aprovação com respeito à sua capacidade de pensar. Isso não significa dar-lhes a impressão de que estão sempre certos, mas trata-se de encorajá-los a respeitarem cada vez mais sua própria capacidade de raciocinar, de resolver problemas e enfrentar seus próprios medos e desafios.

Felizmente, conseguia transmitir essas qualidades valiosas aos meus filhos, até mesmo ao meu neto, envolvendo-os intelectualmente. Para isso, participava com eles para discutir sobre os assuntos de que desejavam falar e sempre estava preparado para ouvi-los em suas ideias até o fim, sem considerar as suas próprias reações a elas. Em vez de apontar diretamente os erros ou discutir com eles, tratava do assunto mostrando respeito e entendimento, considerando seriamente o ponto de vista deles e expressando calmamente o meu, numa situação em que a conversa se parecia com as que ocorrem entre bons amigos.

O efeito dessa conversa era bastante satisfatório, e eu sempre procurava não demonstrar estar de alguma forma impondo minha autoridade de pai e avô, mas simplesmente respeitando o modo de pensar deles, fazendo com que suas ideias e opiniões fossem meritórias e valiosas. Esta era minha fórmula de os fazerem sentir quanto os amava e respeitava, e eles, gradualmente, incorporavam algumas de minhas opiniões e valores em seus raciocínios. Embora seja uma tarefa difícil, que consome tempo e audácia, meus ensinamentos os encorajavam a assumirem responsabilidades quanto às suas próprias convicções e atitudes. No entanto, quando me sentia contrariado, procurava de alguma forma não magoá-los e me transformava num grande ator engraçadíssimo, arrancando risos hilariantes.

Como tudo na vida tem o seu valor inestimável, esta, certamente, inalienavelmente, são minha maior riqueza, meu maior legado.

Quanto a Tony, na sua infância muita coisa estranha aconteceu e dentre tantas há um acontecimento muito engraçado, por sinal curiosíssimo, e tive que me virar sabiamente para conduzir muito bem minha enorme frustração quanto ao fato ocorrido. Tony só foi saber porque sua mãe Lucila confidenciou-lhe depois de muito tempo, e divertem-se quando se lembram daquelas cenas cômicas e bizarras de sua juventude, principalmente quanto ao que fui capaz de me sujeitar.

Tony estava entre onze e doze anos, estudava no Colégio São Lucas, em Cuiabá, nossa cidade de moradia. Como todo juvenil, adepto às manias da época, talvez, até mesmo por empolgação em querer ser igual aos outros coleguinhas da escola, resolveu colocar um brinco na sua orelha. Colocá-lo foi fácil, mas como mostrar para mim e me convencer a aceitar? E quanto à sua mãe, o que acharia afinal?

Dúvidas ainda flutuavam em sua imaginação, e conscientizou-se com a absoluta certeza de que nós nada diríamos. Intuitivamente, achava que agradaria à sua mãe, sua grande aliada, e, por que não, a mim.

Em posse de seu brinco já apregoado em sua orelha, desfilava orgulhosamente pela escola e fazia questão de mostrar a todos. Era a atração naquele momento, fazia poses e sentia-se atraído pelo inaceitável. Agradava a alguns, outros o zombavam, outros riam ou nada diziam, mas o fato era que se sentia importante em poder superar a todos e esquecera por alguns instantes seus deveres, a disciplina, o autodomínio, a renúncia, e transgredia todas aquelas regras. Todos invejavam sua coragem, e não percebera que, inconscientemente, se tornara uma criatura execrável e, por fim, todos se afastaram dele. Somente quando percebeu que estava só, caiu na realidade quando se lembrou de que teria de ir para casa e nos encarar, era algo que agora o perturbava, temia por um conflito familiar e bastante conturbado. Em devaneios, lutava contra a sua própria insegurança e, com bastante relutância, buscou coragem em seu interior e foi para casa disposto a nos enfrentar se fosse preciso.

Quando chegou afinal, sua mãe o aguardava ansiosa para a novidade, pois havia dito a ela na noite anterior que teria uma grande surpresa para o dia seguinte. Ele tinha razão quanto aos seus pensamentos, sua mãe não só adorou a novidade como também o aprovou incontestavelmente; porém, consternou-se, alegando que talvez eu pudesse não me agradar com aquela surpresa, principalmente sabendo do meu jeito irreverente e conservador de ser. Mas era uma incógnita prever o que ocorreria afinal e permaneceram aguardando a minha chegada em casa.

Já era noite, quando resolvi aparecer e minha aparência não era nada animadora, havia tido um tempestuoso e exaustivo dia. Como rotina diária, minha esposa Lucila me recebia todo o santo dia com um beijo e sempre com a mesma frase habitual. Dependendo do tom da minha resposta, percebia-se o meu estado espirituoso e, logo que entrei, Lucila foi ao meu encontro, entre o abraço e o beijo, me perguntou:

— Olá, querido. Como foi o seu dia?

— Ótimo, não poderia ser melhor. Não deveria nem ter saído da cama.

Tony e sua mãe entreolharam-se, não sabiam como falar a respeito e notavam que eu chegara totalmente torto. Lucila sinalizou para que ele permanecesse quieto e, quando pôde, disse calmamente:

— Anthony, querido! Você terá uma grande surpresa hoje!

— Pelo menos algo animador. Adoro surpresas e o que seria? — respondi.

Pobre de mim, mal sabia o que estava prestes a ver. Fiquei comoventemente ansioso e ainda pediram para que fechasse os meus olhos para a grande surpresa.

Naquele momento, Tony estava na cozinha quando sua mãe o chamou, pedindo para mostrar a mim sua surpresa. O garoto atendeu ao seu chamado e prostrou-se a minha frente, que calmamente o aguardava sentado no sofá da sala, ainda com os olhos fechados e então me disse assim que chegou:

— O que acha, papai? Gostou?

Lentamente, abri os olhos, avistei-o a minha frente e permaneci por alguns segundos calado. Olhava-o pensativo, totalmente neutralizado com o que estava vendo. Não me agradara aquela surpresa, não sabia o que dizer e comecei a ficar pálido. Sua mãe, Lucila, percebeu algo estranho em meu semblante, que a deixou bastante preocupada. Mas também nada disse e, de repente, levantei-me abruptamente e falei serenamente a ele:

— Lindo, filho. Adorei. Deixe-me ver, vire de lado. Agora de perfil. Perfeito. Ficou muito bem em você. De onde você tirou esta ideia?

Lucila não compreendia ao certo esta minha reação repentina e calma, que esboçava um gesto totalmente contrário ao que na verdade notava-se estampado em meu rosto. Conhecia-me melhor do que ninguém e percebia algo estranho pairando no ar. Sentia-se bastante confusa com aquilo, mas permanecia atenta nos observando enquanto conversávamos.

— Gostou mesmo, papai? Alguns colegas meus também colocaram.

— Sim. Adorei, filho. Sabe, estava pensando, gostei tanto que vou colocar um também. Que pedra é esta?

— É um pequeno cristal, algo simples, pai. Mas o senhor não está falando sério quando disse que vai colocar um também, ou está?

— E por que não? Ficou tão bonito em você.

— Será, pai? Não sei, não! Você é coroa. O que os outros vão achar?

— Achar o quê? Por acaso acharam algo de você?

— Não sei. Não perguntei ainda para ninguém. Mas pai, você está mesmo falando sério?

— Claro que estou, aguarde e você verá. Bom filho, estou muito cansado. Vou subir para meu precioso banho. Tornaremos a nos falar depois. Querida, já para o quarto, por favor! Preciso lhe falar algo muito importante.

Lamentavelmente não me agradara com a surpresa, sentia-me resignado e tedioso. Sua mãe estava certa quando o alertara quanto a esta possibilidade, mas não imaginou que fosse algo para me deixar tão profundamente indignado. Contrariamente, permaneci calmo, não deixando transparecer a minha fúria impetuosa que me corroía por todo o interior, demonstrando toda a minha fragilidade infantil, mas, no fundo, queria mesmo era arrancar aquilo nem que fosse a tapas. Quanto a Tony, inocentemente nada percebeu quanto aos meus reais sentimentos e saiu a caminho do quintal. No entanto, pensativo, sentia-se bastante desconfortável quanto à minha afirmação de que também decidira que colocaria um brinco; por fim, acabou por deixar de lado essa controvérsia e convenceu-se de que tudo não passava de uma mera e simples brincadeira de minha parte.

Sua mãe, Lucila, disse que eu havia ficado uma fera naquela noite, bufava feito um touro bravo numa arena, gesticulava e cuspia faísca para todos os lados. Como disse, só depois de muito tempo Tony ficou conhecendo sobre essas confidências.

No quarto, travei uma interminável discussão com Lucila e não aceitava em hipótese alguma que filho meu usasse brinco, pois, para mim, aquilo era coisa de menina. Lucila ainda tentou defender Tony, alegava que era coisa de momento, coisa da juventude e da modernidade; no entanto, com uma persistência irremediável, eu rosnava ainda mais furioso quanto à sua afirmação e disse gesticulando com os braços:

— Lucila, pelo amor de Deus! Já estou prevendo as próximas surpresas. Daqui a pouco chego em casa, vem meu filho mostrar a saia e me perguntar o que acho, se está curta, se a cor está combinando com a camiseta, se por acaso não está aparecendo os pelos do umbigo. Céus, o que fazer agora? Ou, o que mais me restará ainda nesta vida, afinal?

— Calma, querido! Também não é assim. Você está sendo muito preconceituoso e conservador. Tony é somente uma criança, apenas está se descobrindo, deixe-o. O que temos a fazer é ampará-lo, ajudá-lo e compreendê-lo, faz parte do processo evolutivo de todo ser. A felicidade está dentro de cada um e somente ele pode decidir o que realmente é importante para si.

Apenas a ouvi e fiquei pensativo. Permanecemos calados por alguns segundos, até que Lucila, ainda não convencida, resolveu me perguntar por algo:

— Antony, me diga. E aquela vez em que fomos visitar aquele seu amigo todo esquisito, lembra-se dele?

— Que amigo, Lucila? — Surpreendi-me.

— Aquele tal de ... como era mesmo o nome dele? O dono do castelo. Lembra-se? O tal inglês?

— Inglês não, Lucila, escocês.

— Que seja, escocês.

— Você fala do comendador Gairloch. E o que tem ele?

— Você nunca disse nada, mas ele todo dia só usava saia.

— Sim, aquilo se chama *kilt*, uma espécie de saia de lã feita de um tecido em padrões xadrez. É costume típico dos escoceses usarem aquele tipo de saia, principalmente em ocasiões especiais, como funerais, casamentos e festas. Mas o que tem isso a ver com nossa conversa, afinal? Estamos aqui falando de seu filho e meu filho, não distorça as circunstâncias.

— Não estou distorcendo nada, Anthony. Estou somente tentando compreendê-lo. Então, você quer dizer que se o Tony estiver aqui em casa usando uma daquelas saias e desfilando pela sala, você concordará? Juro que às vezes não o entendo.

— Lucila, convenhamos que estamos no Brasil. Aqui quem usa saia são as mulheres. Aqui não é a Alemanha, e vamos parar por aqui. Tive um dia daqueles e você está me deixando louco com esta conversa.

Lucila, após ouvir-me, aquietou-se e uma pequena pausa se fez, ficando em silêncio por alguns segundos. Entrei no banheiro e abria a torneira do chuveiro para banhar-me, quando Lucila novamente resolveu me dizer algo:

— Anthony?

— Oi. O que foi agora?

— Alemanha?

— O que tem a Alemanha?

— Por acaso não seria Escócia?

— Céus! Não disse que você estava me deixando louco? Deixe os alemães saberem de uma coisa dessas — disse aos risos.

— Diga-me uma coisa, Anthony. Que fim deu aquele seu amigo esquisito, morreu ou ainda está vivo? Você nunca mais falou dele.

— É verdade, Lucila. Nunca mais ouvi falar dele, boa pergunta! Tentarei procurá-lo. Era um bom homem. Mas, convenhamos, vê-lo de saia com aquelas pernas cabeludas e andando pela sala era de fato muito engraçado. — E ríamos com a lembrança.

Enquanto tomava meu banho, permanecia pensativo no que fazer, e Lucila ainda me acompanhava, observando. Estava mais sereno e calmo, mas algo maquiavélico brotou de minha fértil imaginação. Ainda sentia-me indignado e forcei Lucila a aderir ao meu plano para pôr fim naquela história do brinco, sem ser preciso magoar Tony, e o melhor caminho, certamente, seria colocar um também.

Lucila queria não acreditar no que estava ouvindo, mas teve que se conformar, aceitando a minha vontade; eu não permitia ser contrariado, e, após uma demorada conversa, chegamos a um consenso, mas não antes de ouvi-la em seus sermões para que eu não magoasse Tony. E concordei com seu pedido.

Logo pela manhã, fui até uma pequena loja no centro da cidade e comprei, não só um brinco, e sim um jogo com vários pares diferentes, que, além de enormes, traziam em seus contornos diversas cores. Era daquele tipo de pressão, uma bijuteria barata e insignificante. Algo extremamente fora do comum e um tanto que escandaloso, um horror que podia ser notado à distância e capaz de arrancar risos de qualquer plateia.

Após o expediente na empresa, parti em disparada para casa. Antes de entrar pelo portão, parei meu carro para colocar os meus brincos. Olhava para o espelho, ajeitando-os adequadamente, certificando se estavam bem presos. Após, entrei, desliguei o carro e desci. Em seguida, rumei calmamente em direção à entrada da sala. Lucila, como sempre, ansiosamente me aguardava. Ao ver-me, riu tanto que chegou a ficar sentada no chão para não cair. Não acreditava que eu seria capaz de cumprir o que havia prometido, mas me ver chegar de terno e gravata, pasta executiva na mão e com aqueles horrendos brincos pendurados em minhas orelhas era simplesmente cômico e inacreditável.

Já dentro de casa, mandei chamar Tony a fim de lhe mostrar os meus brincos; agora, era a minha surpresa, e o deixou profundamente chocado com minha inusitada aparição, e lhe disse:

— O que achou, Tony? Gostou? — Tony ficou sem jeito, mas me disse:

— Bom, pai, ficou legal. Mas não é um pouco grande? Olhe o meu, é pequenino, quase não se percebe.

— Puxa, filho! Achei que você iria gostar. Gostei tanto.

Resolvi me virar para o espelho da sala, olhava para mim mesmo contemplando meus maravilhosos brincos e a Tony gesticulava, mostrando-os e descrevendo a sua exuberante beleza. Dizia que todos da empresa tinham gostado e que ficara muito bem em mim. Tony permanecia desconfiado, olhando tudo aquilo, não se agradara e não sabia o que fazer ou dizer a mim. Pensativo, acreditava que poderia me magoar se porventura dissesse que estava horrível com aqueles brincos. Enfim, nos separamos e momentaneamente não tocamos mais no assunto.

Nesta mesma noite, Lucila havia preparado um jantar especial atendendo a meu pedido. Queria que todos da família estivessem presentes e cientificados sobre o meu plano, até porque eles não haviam ainda me visto com os brincos.

Logo após o merecido banho, já rejuvenescido do cansativo dia, todos os membros da família, presentes, sentaram-se à sala de jantar. Quanto a mim, sentei à frente de Tony, com aqueles horrorosos brincos pendurados em minhas orelhas. Tony me olhava discretamente e sentia um desconforto incontrolável. Pensativo, meditava e dizia para si próprio:

Tenho que fazer algo a respeito, mas o quê?

Estava profundamente magoado com a situação a que fora submetido. Todos percebiam o incômodo inconstante de Tony e, disfarçadamente, riam do burlesco episódio, pois realmente estava muito engraçado com aqueles enormes balangandãs ornamentando minhas orelhas.

E, como se não bastasse, ao esticar meus braços para pegar algo na mesa, descuidei-me e um dos brincos se soltou. Ao perceber, levantei-me rapidamente na tentativa de tentar segurá-lo, mas foi uma tentativa inútil e acabou caindo dentro da panela de feijão. Tony olhava tudo aquilo indignado, franziu as sobrancelhas, mas nada dizia, estava sério, sentindo-se culpado por tudo aquilo. Todos que ali estavam riam até não querer mais daquela cena e, enquanto isso, acabei também me entregando aos risos, numa cena ainda mais cômica, no qual tentava de todas as formas com a concha pescá-lo por entre os feijões.

E, assim, foram sucessivos e constantes dias na mesma proporção de crucial aparência. Estava tornando-se um hábito diário e cotidiano. Tony não suportava mais aquela horrenda situação, sentia-se responsável por me ver exposto ao extremo ridículo e isso lhe fazia muito mal. Até que resolveu tomar uma decisão, ignorou seu ego juvenil, amadureceu repentinamente e retirou seu brinco. Esperançoso, decidiu ansiosamente me aguardar chegar.

Tony não esperou nem eu pisar direito dentro de casa, ao apontar no portão, ali mesmo foi ao meu encontro falar comigo. Deu-me um beijo e disse sem cerimônias:

— Papai, olhe! Tirei o meu brinco.

— Por que você tirou, filho? Estava tão bonito.

— Papai, não seja idiota. Percebi que aquilo não era eu. E você papai, já prestou atenção quanto a você?

— O que tenho eu?

— O que, tem! Papai, você está simplesmente horrível com estes brincos. Por favor, retire isso! Quer saber? Não estou nem conseguindo dormir direito. Você está parecendo uma "drag queen".

— Não é possível! Você está vendo coisas. Você acha mesmo, Tony?

— Tenho certeza, pai.

— Não é à toa que hoje cedo ouvi alguém gritar "coisa linda", mas achei que não era comigo.

— Pode acreditar pai, foi com você mesmo.

— Está bem, filho, vou ouvir seus conselhos. O que faço com eles agora?

— Simples, me dê eles aqui — disse Tony, sem remorso.

Tony, após pegá-los, os arremessou bem longe por cima do muro, em seguida me abraçou e partimos juntos para dentro de casa. Decididamente, nunca mais tocamos no assunto.

Ao bem de todos, acabei pregando-lhe uma bela peça e demonstrei ser um grande ator. Felizmente, consegui fazer com que Tony retirasse o seu brinco sabiamente, sem magoá-lo, e simplesmente não havia dado conta da corajosa e invejável atitude do que fui capaz. Não foi por mal, mas tenho certeza que algum dia ainda compreenderá minhas razões.

Capítulo IV

Assim nasceu o nosso Aranha Negra

Tony ainda era menino, grudado na barra da saia da mãe, e eu tinha esperanças de que meu filho, ao atingir a sua maioridade, fosse administrar nossas empresas, patrimônio da família adquirido ao longo do tempo com tanto esforço.

Mas não, sua rebeldia falou ainda mais alto; mesmo a contragosto de todos e contrariando todas as nossas expectativas, sempre esboçava a sua vontade de se tornar um piloto de avião. É bem verdade que vivia rodeado deles, cercado por todo tipo de avião de brinquedo que se possa imaginar em seu quarto. Adorava brincar com eles, às vezes de polícia, outras vezes pulava de cima da cama e dizia que era um paraquedista, algo perfeitamente aceitável para uma criança cheia de sonhos. Todos o aplaudiam e respeitavam-no por isso, faziam gracejos e pilheriavam chamando-o de *Tenente da Força Aérea Tony*.

Nunca percebemos as insinuações que imputávamos a Tony, achávamos que ele as aceitava como uma gozação grotesca. Jamais notamos que, ao fazer aquilo, lhe dávamos ainda mais força e esperança, encorajando-o a alcançar seus próprios objetivos e sonhos. Nunca percebemos o que estávamos fazendo, não demorou muito e todos nós fomos surpreendidos. Não acreditávamos que Tony fosse levar isto tão a sério.

Ainda menino, aos 14 anos, convenceu a todos da família sobre a sua vocação tão sonhada e, com muito esforço, nos rendeu e sua vontade acabou por ser atendida. Primeiramente, inscreveu-se na *Escola das Forças Armadas* no Rio de Janeiro, prestando um concurso seletivo muito disputado para a Força Aérea e, entre muitos jovens inscritos, notoriamente foi aprovado dentre os primeiros colocados, iniciando-se como cadete aspirante e por lá ficando até sua almejada formatura.

Tenho muito orgulho de Tony, sempre foi muito dedicado e jamais se utilizou de minha influência para alcançar algo mais ou algum privilégio a seu favor.

Tivemos que nos conformar e Tony permaneceu ausente da família por um longo período; quando aparecia em casa, era por poucos dias em decorrência de suas férias. Durante seu exílio na Escola das Forças Armadas, estudou muito e especializou-se em tudo o que se possa imaginar, se tornou piloto de jatos, paraquedista, exímio em artes marciais, perito em tática de guerra, conhecedor profundo em todos os tipos de armas de baixo e grosso calibre. Sua habilidade com armas era invejável e, em competições internas envolvendo participantes de todo o país, conseguiu por duas vezes consecutivas o título de *campeão em tiro ao alvo de pistola .50* entre os cadetes. Há quem diga, e confidencialmente, que Tony é, na verdade, o mais preciso e bem preparado *sniper* (atirador de elite) do país, mas confesso que nem mesmo sei a respeito, aliás, nunca soube. Tony é muito reservado e de pouca fala, e não comenta conosco sobre o seu trabalho. Mas sei de que todo o seu preparo se deve ao seu grande amigo, o comandante Roger, seu superior imediato, que, além de adorá-lo por suas qualidades, orgulhosamente também o trata como fosse seu filho.

Sua façanha agradava a todos da família, porém nos consternávamos, sabíamos que Tony se tornara uma máquina de guerra, e isso deixaria todos da família muito aflitos e apavorados. Principalmente, quando sabíamos que ele estaria fora do país e muitas vezes em locais perigosos em pleno clima de guerra, correndo sério risco de não voltar mais para casa. Quando isto acontecia, Lucila, sua mãe, permanecia por vários dias chorosa e muito preocupada. Inevitavelmente, a tensão também acabava por atingir todos de nossa família e ficávamos todos apavorados.

Penso que sua última missão tenha sido a mais preocupante a todos da família e foi pouco antes de sua formatura militar. Tony integrou uma força-tarefa em uma região perigosa no Afeganistão, liderando um grupo de doze atiradores de elite na incumbência de resgatar um maluco repórter brasileiro que, em busca de fama e fortuna, se enveredou na região para fazer cobertura de guerra. Mas, inexperiente, acabou se metendo com mercenários da pior espécie e terminando preso num vilarejo onde, supostamente, moravam, e, para piorar a situação, o local acabou sendo totalmente destruído por um bombardeio entre rivais. Mas Tony também tinha uma crucial missão: resgatar diversos fuzis AK-47 que foram roubados de dentro do Quartel das Forças Armadas e que, misteriosamente, desapareceram de seu depósito de arsenais. Após intensos estudos, os rumores também revelavam que estavam sendo contrabandeados para o mesmo local.

Foi uma tarefa dificílima. Para se chegar lá, foram vários dias andando, atravessando vales e montanhas e nada se avistava, a não ser o prado em meio ao vento árido do vale desértico. Do vilarejo nada mais havia, tudo estava destruído e muitas famílias aniquiladas, poucos sobreviventes restavam, dentre eles o nosso repórter. Embora bastante machucado, ainda demonstrava forças para regressar às suas origens.

Infelizmente, algo saiu errado. Sabiam como agiriam e quando chegariam. Tony e sua tropa de elite foram surpreendidos numa emboscada. Não se sabe como, informações confidenciais foram delatadas e nunca souberam explicar como isso aconteceu. Travou-se um duelo interminável, mas felizmente saíram vitoriosos. Porém, mesmo à mercê exclusiva de suas aguerridas habilidades, quando numa guerra nunca se há vencedores, nesta operação dois atiradores de sua equipe acabaram perdendo a própria vida após serem atingidos em confronto. Mas aqueles que restaram conseguiram retornar, trazendo nosso repórter ainda vivo e os corpos dos combatentes mortos. Quanto aos rumores dos fuzis contrabandeados, nada foi encontrado.

Pelo ato de bravura dos combatentes e pelo resgate do nosso repórter, as Forças Armadas condecoraram a todos da tropa de elite com uma medalha de honra e a Tony um novo posto, agora como *primeiro-tenente* e, lógico, todos da família estivemos lá participando num ato solene, presenciando aquela mais bela honraria. Afinal de contas, era o nosso *herói* que lá estava.

Porém, um fato muito triste comoveu bastante a todos aqueles que lá estiveram. Foi quando Tony recebeu as medalhas dos dois amigos mortos naquela operação. A ele coube a incumbência de proceder à entrega das mesmas aos seus familiares e, junto uma bandeira nacional do Brasil, em respeito à memória dos combatentes mortos e pelos relevantes trabalhos prestados à nação brasileira e às Forças Armadas.

Tony era o líder daquela tropa e, em nome de todos, fez uma memorável saudação e ao final, comovido, disse:

— Obrigado a todos. A *Tropa de Elite Aranhas Negras* perdeu dois amigos e combatentes, mas jamais perderá a guerra e a sua dignidade.

Juntos, levantaram a mão em sinal de reverência, e todos puderam observar, ao canto da mão direita, uma pequena *aranha negra* tatuada em cada um deles. Essa era a marca que os distinguia por fazerem parte de um grupo de elite das Forças Armadas. E todos os aplaudiram de pé, bastante comovidos e emocionados com o ato.

Fazia muito tempo que todos da família não se reuniam para uma ocasião tão especial, e contando com a presença de Tony. Mas a verdade era que todos nós estávamos orgulhosos com a sua bravura e ansiosos para participarmos de sua formatura.

Aos *23 anos*, era o mais belo jovem, agora já veterano com o posto de *primeiro-tenente da Força Aérea e líder da Tropa de Elite Aranhas Negras.* Algo inacreditável e jamais imaginaríamos que ele chegaria tão longe em pouco tempo. Mas não importa, todos da família havíamos de estar lá para prestigiá-lo e recebê-lo, pois, a partir de então, sua permanência em casa seria agora mais constante. Pelo menos, assim imaginávamos.

E o grande dia enfim chegou. Numa bela manhã, o sol já ardia fortemente em Cuiabá e iluminava todos os cantos de nossa casa. Acabei rolando por cima de minha esposa, Lucila, e cambaleei até o banheiro, mas antes tateei até encontrar o despertador, que fazia um estardalhaço na mesa de cabeceira ao canto do quarto. Calou-se rapidamente após um tapa violento. Eram sete da manhã de sexta-feira e um enorme corre-corre iniciou-se por todos os lados. Afinal de contas, nosso avião nos aguardava com partida prevista para as nove horas, destino ao Quartel-General das Forças Armadas no Rio de Janeiro, para a cerimônia de formatura de Tony, com seu início previsto para as seis da tarde. Mas antes, uma parada emergencial, teríamos que pousar no aeroporto de Santa Catarina em uma nova escala para pegar mais passageiros convidados e o nosso advogado e inseparável amigo da família, o doutor Michel, sua esposa e filhos.

Enfim, depois de todos os preparativos e de uma rápida viagem, lá estavam todos da família presentes. Muita gente por todos os lados num enorme e enfeitado salão de convenções. Tony estava lindo com seu uniforme de gala da Aeronáutica, um smoking impecável todo branco e, ao lado esquerdo do peito, suas tão honrosas medalhas. Lucila, ao ver o filho de perto, não segurou sua emoção e, chorando, o abraçava incansavelmente. Seu gesto materno e comovido agradava a todos da família, inclusive a mim. Também estava bastante emocionado, mas isolado, timidamente, permanecia ao canto sem nada dizer, limitando-me somente a observá-los. Tony, ao me avistar, veio ao meu encontro e, ao chegar, me abraçou fortemente. Não consegui disfarçar a minha tamanha satisfação, uma pequena pausa se fez necessária e, emocionado, chorei abraçado ao ombro de Tony, meu filho, por alguns instantes.

Passado esse momento sublime, e refeito de minha emoção, retirei de meu bolso um pequeno lenço e, enquanto enxugava minhas lágrimas, dizia-lhe orgulhosamente:

— Sabe, filho, há muito tempo atrás, quando ainda era criança, brinquei gozando de você. Eu o chamava de *Tenente Tony*. Ainda se lembra disso?

— E como poderia esquecer, meu pai? Saiba que o senhor foi a maior e verdadeira fonte de inspiração da minha vida.

Fiquei muito comovido com o que Tony dissera ao meu respeito. Coloquei a mão sobre minha cabeça e em sinal de respeito prestei-lhe continência e lhe disse carinhosamente:

— Fico feliz por pensar assim. É uma honra muito grande para mim, *Tenente Tony*, tê-lo não só como meu herói, mas também como meu filho.

Tony gentilmente retribuiu ao meu gesto, batendo também continência para mim e dizendo:

— Não, pai, as honrarias são minhas. Sou apenas um *primeiro-tenente* condecorado por ato de bravura, mas você sim que é e sempre será meu eterno herói. Lamento por não ser o que esperava de mim, mas sou feliz por ser quem sou e só foi possível chegar até aqui porque você e todos da família sempre me apoiaram nos momentos mais difíceis. Obrigado por acreditarem em mim. Te amo pai — complementou Tony, me beijando ao rosto carinhosamente.

Não percebemos que todos permaneciam ao redor nos observando conversar, as palavras doces e tão sinceras de Tony puderam ser notadas por todos de nossa família, e tocaram fortemente seus corações. A comoção fora tanta que, juntos e abraçados, choramos ao lado de Tony. Estávamos profundamente enternecidos e felizes com ele.

Enfim, foi uma grande festa animada, regada de bastante bebida, muita música e muita gente bonita. Um belo e inesquecível dia que jamais será apagado da memória de todos que lá estiveram.

A festa ainda prosseguia pela madrugada de sábado, que já se fazia presente, e meu celular inesperadamente tocou. Desloquei-me para um canto com menos barulho para atender ao chamado e por lá fiquei por uns quinze minutos conversando com alguém. Todos perceberam quando atendia ao celular, mas nada perguntaram ou disseram, e permaneceram aguardando pelo meu retorno, até que ressurgi cabisbaixo, quieto e aborrecido e, disse a eles assim que cheguei:

— Acho que a festa terminou para mim.

— Mas por que, pai? Aconteceu algo? — perguntou Tony.

— Acabo de receber uma ligação de São Paulo, uma notícia nada agradável. Um grande amigo meu foi brutalmente assassinado há poucas horas dentro de sua própria casa. Uma perda irreparável, era um bom homem e bom amigo. Se não se incomodarem, partirei agora mesmo para São Paulo, não posso deixar de dar o meu último adeus a esse velho amigo. Minha presença é necessária e há questões a serem resolvidas.

— Vou com o senhor — disse Tony, mas o repreendi.

— Não, fique, filho! Está é sua festa e todos da família estão aqui. Prefiro ir sozinho, passarei no hotel para pegar algumas trocas de roupas e partirei imediatamente, ficarei no máximo um ou dois dias. Retornarei logo, terei que resolver algo, mas temo pelo pior.

— E por quê? — perguntou William.

— É uma longa história. Conversaremos depois. Doutor Michel, peço que vá para minha casa, tenho muito para lhe falar e necessitarei de seu trabalho em prol desse meu amigo. Você também, William, sua ajuda também será muito bem-vinda.

— Estarei lá, senhor Anthony. — afirmou William.

— Farei o que o senhor desejar. Segunda-feira, logo pela manhã, partirei para sua casa. Ficarei aguardando o seu retorno — disse o doutor Michel, cordialmente.

Antes mesmo que alguém se pronunciasse, Lucila foi rápida, aguçando a atenção de todos ao me perguntar:

— Quem morreu, Anthony?

— Você não vai acreditar se lhe disser, mas não fique preocupada — disse-lhe meio temeroso.

— Diga logo, Anthony, você está me deixando aflita — disse Lucila.

— Lembra-se daquele casal que hospedamos há alguns dias em nossa casa, junto com a filha deles, Daniela, aquela moça lindíssima com quem você se simpatizou bastante?

— Céus, Anthony! Claro que me lembro! Um casal muito simpático, senhor Wilson e Ana. Que pena! Gostei muito deles, coitada da Ana e de Daniela, devem estar arrasadas — disse Lucila, espantada com a notícia.

— Lucila, a coisa foi muito pior do que você imagina.

— E por quê?

— A senhora Ana estava junto com o senhor Wilson em sua casa. Ela também foi assassinada.

— Meu Deus, Anthony! E a menina?

— Não sei ao certo, parece que ela estava passeando na casa de uma amiga. Não se encontrava na hora do ocorrido em sua residência. Teve muita sorte.

— Anthony! Não é muito estranho o fato deles terem sido assassinados? O que você vai fazer agora com aquele testamento? Muito cuidado no que você vai se meter! — disse Lucila, agora assustada.

Todos ficaram espantados com o estranho relato de Lucila e exclamaram em coro uníssono:

— Que testamento?

— Gente, por favor! Acalmem-se. Explicarei depois com calma a vocês, agora não é a hora e nem o momento.

Ao ouvirem o meu pedido, todos se calaram, mas Tony voltou a perguntar-me:

— Como o senhor vai fazer para ir agora até São Paulo? Ainda é madrugada.

— Não irei com o nosso avião, assim os levará de volta para casa. Mas aqui sei que há voo de hora em hora para São Paulo. É a conta de ir até o hotel, pegar algumas coisas e deslocar-me até ao aeroporto. Pela manhã deverei estar desembarcando em São Paulo. Creio que o enterro ocorrerá à tarde e aproveitarei o resto do dia para tratar de alguns assuntos importantes. Se necessário, talvez um dia a mais deva ser o suficiente. Tão logo os resolvendo, retornarei imediatamente para casa. Não se preocupem, manterei contato com vocês.

Rapidamente despedi de todos e, antes mesmo que alguém pudesse me perguntar por algo mais, parti apressadamente, deixando-os um tanto que curiosos com o grande enigma que estava por vir e que, por sinal, traria à nossa família uma tremenda e surpreendente dor de cabeça, muita confusão, muita coisa engraçada e surpresas inesperadas. Nossa família não mais seria a mesma de antes.

Capítulo V

Um enigma e duas mortes

Já era manhã, o sol começava a querer despertar quando a festa da formatura de Tony chegava ao seu final, todos estavam cansados, exaustos e sonolentos. Mal saíram e rapidamente partiram em direção ao hotel para se prepararem para o regresso à nossa casa. Eram 7h30 quando chegaram à pista do aeroporto onde estava estacionado o avião da família. Foram recepcionados pelo comandante Pedro e o comissário de bordo Raul, que já os aguardavam à porta de entrada. Tony foi o primeiro a entrar na aeronave e gentilmente foi congratulado por eles ao ingressar.

— Seja bem-vindo a bordo, *Tenente Tony* — disse o comandante Pedro.

Pedro e Raul bateram de leve no quepe, à guisa de saudação.

— Também lhes dou as boas-vindas, senhores — retribuiu Tony.

— Seria um prazer para nós tê-lo como comandante desta aeronave. O que acha Tony? — disse o comandante Pedro.

— Com muito prazer — disse Tony. — Estou sem sono, acho que aceitarei seu convite.

Tony virou-se para trás, entoando um riso sarcástico disse a todos:

— Gente! Durmam bem. Desta vez, eu os levarei para casa.

— Tem certeza de que sabe pilotar essa coisa Tony? — perguntou Camille, receosa com o que ouvira de seu irmão. Jamais o viu pilotar um avião, quanto mais com todos eles da família dentro.

— Um pouquinho só — respondeu Tony ironicamente. — Só não sei ainda como fazer para descer. Comandante Pedro, por favor! Desejo fazer-lhe uma pergunta — disse Tony, piscando para o comandante, que se entregou à sua brincadeira. Como Tony sempre foi um tirador de sarro, todos da família acreditavam que ele estava apenas brincando, mas no fundo sentiam um discreto e ligeiro friozinho na barriga quanto ao seu pedido de esclarecimento frente a uma pequena dúvida, o que acabou não agradando e deixando a todos desconfiados e um tanto que aflitos.

— Claro, Tony, diga — respondeu o comandante Pedro, bem sério e olhando para ele.

— Aquela alavanca ao lado direito é o freio ou o acelerador?

— Não, Tony, aquela alavanca é para baixar o trem de pouso.

— É verdade, comandante, tinha me esquecido deste detalhe. Obrigado pela explicação — respondeu Tony com aquele ar dúbio, típico de quem não havia entendido absolutamente nada.

— Não há de quê, Tony, precisando de mais algumas orientações, estou a sua disposição para lhe ensinar. Fique à vontade — finalizou o comandante, seriamente.

— O quê!? — exclamou Camille, assustada com a conversa dos dois, principalmente pela resposta cretina de Tony, que deixou todos um tanto apavorados.

— Calma, Camille! Estou brincando. Lógico que sei pilotar essa aeronave. Podem descansar sossegados, chegaremos vivos em terra firme — disse Tony, acompanhado do comandante Pedro, aos risos, e logo voltou a dizer:

— Fiquem tranquilos e sonhem com os anjos. Há, há, há... — finalizou Tony.

— Espero que sim! — responderam William e o doutor Michel, meio ressabiados com aquela conversa um tanto sinistra, e preventivamente procuravam avistar ao seu redor algo para que pudessem se segurar.

Passados os risos, calmamente todos se encaminharam para dentro da cabine. Quanto aos demais, cada um procurava de alguma forma alojar-se confortavelmente em suas poltronas para o merecido descanso. Não demorou muito e a voz do comandante Tony soou pelo sistema de alto-falantes, enquanto se preparava para taxiar a aeronave no aeroporto:

— Todos em seus lugares. Apertem os cintos e segurem as calças! A decolagem se dará dentro de um minuto.

Da cabine de comando, Tony soltava uma gargalhada sarcástica que ecoava por toda a aeronave. Todos o ouviam ressabiados, não estavam nem um pouco gostando de seus gracejos irônicos. Acovardados, afundaram-se agarrados às poltronas e muito preocupados. De todos, o mais assustado era William, esse então transpirava um suor frio intenso e persistia agarrado firmemente ao cinto de segurança, mesmo sem perceber que o avião ainda estava parado em terra firme.

Enfim, a aeronave foi liberada para o seu taxiamento e todos se mantinham em absoluto silêncio com os olhos arregalados e temerosos, enquanto a aeronave agora se deslocava rapidamente pela pista de decolagem. Um momento depois, com suavidade o avião alçou voo e todos se esqueceram de que era Tony que estava pilotando-o, levando-os para casa. Tony deu-lhes trégua e, cansados e com sono, desmaiaram-se todos. Quando acordaram, já estavam pousados no aeroporto de Cuiabá e nem perceberam que haviam pousado primeiramente em Santa Catarina para deixar o doutor Michel e sua família. Duarte, o nosso motorista, aguardava-os para recebê-los.

Eram 11h21 da manhã quando chegaram e, em poucos minutos, todos haviam desembarcado e agora acenavam para o comissário de bordo, que se despedia de cima do avião, enquanto Duarte e Tony guardavam a bagagem no porta-malas do carro. Tony, depois, foi sentar-se na frente ao lado de Duarte, e finalmente prosseguiam numa pequena e nova viagem, agora em direção à residência Gutierrez. Tony brincou com Duarte, dizendo-lhe:

— Você ainda vai ter uma hérnia de tanto carregar esse canhão na cinta.

— Há, há, há — ria Duarte. — Seu pai me diz sempre a mesma coisa. Aliás, Tony, parabéns pela sua formatura, perdoe-me por não ter ido, estava muito resfriado e resolvi ficar. Seu pai está muito orgulhoso, também estou muito feliz por você, tenho agora um amigo *primeiro-tenente da Força Aérea*, não é isso?

— Isso mesmo, Duarte.

— O tempo é realmente espantoso. Parece que foi ontem quando eu o via ainda de calça curta brincando com seus aviões. Lembra-se disso?

— Claro que me lembro, o tempo passa muito rápido e a gente não se dá conta do quão velhos estamos ficando.

— É verdade! Mas ainda é jovem, Tony, tem muito pela frente. Gostaria de ter meus vinte e poucos anos de volta, que saudade me faz — disse Duarte.

— Infelizmente, gostaria de poder ajudá-lo meu amigo. Mas lamento, não tenho esse poder.

— Agradeço a gentileza, Tony. Aliás, seu pai me ligou ainda pela manhã. Me falou dos amigos assassinados, percebi que ele estava bastante triste e muito aborrecido com o ocorrido.

— Não me recordo deles. Papai conhecia-os tão bem, realmente ficou muito chocado com a notícia inesperada, pegou-o de surpresa.

— Seu pai me disse que ninguém sabe quem foram os assassinos. Parece que a coisa foi séria e muito misteriosa. A polícia acredita que eles foram vítimas de assalto, mas o curioso é que aparentemente nada foi levado da casa, nem mesmo seus pertences. Ainda está muito confuso este incidente, e não compreendem ao certo as circunstâncias que os levaram a serem brutalmente assassinados.

— É realmente muito estranho. Com certeza, a polícia terá uma bela dor de cabeça para tentar descobrir o culpado ou até mesmo os verdadeiros culpados, e pelo visto não será nada fácil essa investigação.

— Isso se conseguirem descobrir algo, a coisa parece que foi muito bem executada, não deixaram nenhum rastro, muito menos alguma evidência no local — disse Duarte.

— Bom, deixemos que a polícia descubra, afinal de contas esse é o trabalho dela, não é mesmo?

— É verdade, Tony, tem toda razão. — E silenciaram-se durante o restante final do percurso. Agora estavam próximos ao portão de entrada.

O percurso não demorou mais do que trinta minutos para chegar até a residência. Duarte mal estacionou o carro, todos desceram rapidamente e sumiram para dentro de seus quartos, deixando que Duarte e Tony se virassem em descarregar as bagagens.

Já eram duas da tarde, o sol ardia incansavelmente pelo lado de fora da casa, a mesa da sala estava preparada para o almoço e aos poucos todos foram reaparecendo com aquele ar de cansaço ainda estampado em suas faces. Lucila perdera a conta de quantas vezes havia ligado para mim, meu celular apontava que estava sem sinal por estar fora de área. Não me encontrar estava incomodando-a, a ponto de deixá-la preocupada. Todos se sentaram à mesa e, enquanto se serviam, ninguém nada dizia. Após o almoço, praticamente todos da casa desapareceram novamente, retornaram aos seus aposentos, e na sala permaneceram somente Lucila e Tony. Os dois se fitavam em silêncio. Tony respirou fundo e disse:

— Tenho um mau pressentimento, mamãe. Papai ainda não ligou.

— É verdade, filho, já era hora dele dar algum sinal de vida — concluiu Lucila.

Havia transcorrido mais de uma hora após o almoço quando finalmente resolvi ligar. Disse que estava muito chateado e cansado, no entanto pouco conversamos, foram alguns minutos apenas com Lucila e desliguei logo em seguida. Lucila virou-se para Tony, agora mais aliviada por falar comigo, e lhe disse:

— Seu pai está bem, porém um pouco cansado. Disse que chegará segunda-feira pela manhã. Pediu para que você reafirme com o doutor Michel e William para que estejam cedo em casa. Por conhecer tão bem seu pai, minha percepção é que algo está preocupando-o por demais e deve ser algo muito sério.

— E o que será, mamãe?

— Não sei. Ele gostava muito dessas pessoas e certamente deve estar muito aborrecido com o ocorrido.

— Eu os conhecia, mamãe?

— Acho que não. Também fiquei muito triste, uma pena o que aconteceu a eles. Estiveram aqui no mês passado e eram bastante divertidos, ficaram hospedados em casa por uma semana e seu pai ficou muito feliz por tê-los conosco aqui, passeando. Gostei muito da filha deles, doce e meiga, muito simpática por sinal. Você iria gostar dela se a conhecesse. Aliás, uma moça lindíssima, é de deixar os homens de queixo caído.

— Percebo que realmente a senhora gostou dela, mas, afinal de contas, que história era aquela de testamento?

— Não sei muito bem, não entendendo muito sobre estas coisas. O senhor Wilson gostava muito de seu pai e nomeou-o para representá-

-lo por ocasião de quando falecesse, frente aos seus negócios, inclusive a tutela da filha deles.

— Quem mais sabe sobre isso?

— William também conhece sobre o assunto. Eu e ele assinamos esse documento, somos testemunhas. Uma cópia está guardada no cofre. Você gostaria de ver?

— Sim, estou curioso! Gostaria de vê-lo, mãe! — respondeu Tony, levantando-se e dirigindo-se com sua mãe até o escritório.

Sua mãe abriu o cofre e pegou uma pasta, abriu-a e de lá retirou alguns papéis, algumas fotos que estavam juntas, e as pôs à mesa. Tony sentou-se, começou a folhear alguns papéis, pegou um que apontava ser o testamento e permaneceu silencioso, lendo atentamente o seu conteúdo. Lucila permaneceu ao seu lado observando-o e, disse sussurrando ao ouvido de Tony, com a mão apoiada sobre seu ombro:

— Estou muito orgulhosa de você, filho, é bom tê-lo aqui ao meu lado, fazia tempo que não ficávamos juntos conversando, pena que seu pai não esteja por aqui agora.

— Também estou feliz mãe. É essa a moça de quem falou? —perguntou Tony, apontando para a foto.

— Exatamente. Essa é a filha deles de que lhe falei, não é linda?

— Sim, mamãe, realmente é muito linda, essa moça. Pena que não estava aqui para conhecê-la pessoalmente. Como é mesmo o nome dela?

— Daniela. Bom filho, fique à vontade. Vou fazer algumas coisas rápidas por aqui e em seguida vou descansar um pouco, estou exausta e minhas pernas estão doloridas.

— Isso, mãe, vá descansar! A senhora demonstra estar muito cansada e um bom repouso certamente lhe cairá bem. Conversaremos depois, afinal de contas estou de férias e teremos vários dias para conversar.

— Faz de conta que acredito, Tony, o conheço muito bem. Não demorará muito e você tem que sair às pressas para suas missões misteriosas e sabe-se lá para onde — disse Lucila conformada e aos risos. Ao levantar-se, deu um beijo carinhoso no rosto de Tony e saiu. Tony permaneceu na sala fuçando em meus achados e por lá ficou por muito tempo.

A tarde, enfim, avançara e a noite começava a surgir. Tony ainda estava no escritório, atônito, perdido no tempo, debruçado sobre a mesa de olhos fixos na fotografia de Daniela, observando-a atentamente, sentindo-se profundamente hipnotizado. Não percebeu que sua mãe estava à porta quieta, olhando-o, até que ela resolveu dizer-lhe algo, quebrando o mágico silêncio:

— Percebo que você se encantou com a moça.

— Oi, mãe! Não a vi chegar! Há quanto tempo está aí parada na porta me espionando?

— O suficiente para notar que você parece estar maravilhado com a moça.

— O que é isso mãe, impressão sua. Estava apenas longe, imaginando, só isso.

— Imaginando o quê? Posso saber?

— Não é nada, mãe — e riu. — Aliás, está melhor agora depois do cochilo?

— Sim, filho, realmente o cochilo me fez bem. Mas me diga, Tony, você tem alguma namorada? Nunca soube.

— Boa pergunta, mãe, mas não estou namorando ninguém.

— E por que não? Você é um belo rapaz, elegante e muito simpático, deve ter um monte de mulheres atrás de você.

— É bem verdade que tive algumas pretendentes, mas no momento estou sozinho, quase não tenho tempo para nada, quanto mais namorar. As poucas que arrumei, acabei por terminar. Acho que sou chato por demais para manter um relacionamento afetivo e sério.

— E por que isso, filho? — perguntou Lucila, espantada com a forma afirmativa e dramática com que dissera Tony.

— É difícil explicar mãe, talvez por incompatibilidade de gênio. Gostaria de poder namorar alguém que gostasse de mim do jeito que sou, sem interesse algum. Não sei como, mas logo descubro que querem namorar comigo interessadas naquilo que tenho, e não no que sou. Isso me deixa muito triste e aborrecido.

— Compreendo-o, filho. Você ainda encontrará sua alma gêmea, tenha certeza disso. Às vezes, quando menos se imagina, a felicidade está bem pertinho da gente, só basta enxergá-la e trazê-la até você. É preciso ter fé, ainda existem muitas moças de boa índole, você ainda a encontrará e será muito feliz.

— Quem sabe a senhora tenha razão, mas do jeito que vão as coisas, sei não! Acho que vou ficar para titio mesmo.

— Imagine! Pare de pensar nessa bobagem! Mãe nunca se engana. Tenho certeza de que você ainda me dirá e muito breve: "Sou um homem muito feliz e possuo uma linda mulher que me ama por demais".

— Acredita mesmo nessa fantasia, mamãe?

— E por que não? Quem desperdiçaria um partidão como você? Só se for doida ou maluca da cabeça. — Tony ria, achando engraçada a maneira de como sua mãe dizia aquelas coisas a ele, e finalizou:

— Mamãe, lamento! Quem está cansado agora sou eu, preciso descansar um pouco. Estou começando a sentir uma ligeira dor de cabeça, certamente um bom banho refrescante talvez me reanime. Não descerei para o jantar, estou sem fome. Para falar a verdade, estou mesmo é com muito sono — disse, levantando-se e dirigindo-se a caminho de seu quarto, mas, antes, a abraçou e deu-lhe um carinhoso beijo.

Por fim, o belo domingo acabou por encerrar-se sozinho, um ligeiro frio sulista aproximava rapidamente, virando o tempo; era sinal de que a madrugada poderia ser de chuvas e trovoadas intensas. Todos na casa estavam em seus quartos, hibernados entre os cobertores e os sonhos, silenciosos, e permaneciam incomunicáveis, ainda em total repouso absoluto.

Capítulo VI

Fatos e fotos de um testamento

Um novo dia começava, era segunda-feira, uma manhã fria e chuvosa, a garoa caía sem parar e não demonstrava trégua de que pararia tão cedo. Lucila e Tony já estavam de pé há muito tempo, foram acordados pelo doutor Michel quando chegou à nossa casa, e agora tomavam o café da manhã juntos, momento em que William e Camille também apareceram para acompanhá-los. O doutor Michel madrugou, viajou durante a noite toda para estar pela manhã em nossa residência, em atendimento ao meu pedido.

Eram 9h30 da manhã quando finalmente cheguei à minha casa, surpreendendo-os inesperadamente. Não havia entrado em contato com ninguém e não solicitara para que Duarte fosse me buscar no aeroporto, resolvi não o incomodar e decidi vir de táxi. Ao passar pela sala, dei um rápido beijo em Lucila e agradeci a todos por estarem ali me aguardando. Porém, manifestei a vontade de primeiro tomar um relaxante banho e, em seguida, reunir-nos-íamos em meu escritório, pois haveria para a ocasião uma desgastante pauta a ser discutida, o que certamente os deixariam muito preocupados. Pude notar que todos demonstravam estarem alegres naquela manhã, mas não foi difícil observar a curiosidade visível e estampada em seus semblantes.

Nitidamente, percebi que todos estavam um tanto que surpresos e ansiosos frente aos assuntos a serem abordados, e não imaginavam o que viriam, a saber. No entanto, antes que saísse, Tony me parou ainda no corredor da sala por um instante e me perguntou:

— Pai, por que não descansa um pouco? Deixe para mais tarde, ficaremos todos aqui o aguardando.

— Agradeço, filho, a sua preocupação, mas não! Pretendo realizar esta reunião com vocês agora mesmo e de preferência ainda nesta manhã, tenho muitos assuntos a serem discutidos e será bastante demorada. Por que não aproveita o dia e vá até a cidade com sua mãe dar algumas voltas? Faz tempo que você não passeia por estas bandas. Tenho certeza de que sua mãe gostará de acompanhá-lo, pena que esteja chovendo um pouco.

— Prefiro ir mais tarde pai, estava pensando justamente nisto. Porém, se o senhor não se importar, gostaria de poder participar também dessa reunião. Tenho sua permissão?

— Lógico, filho. Fico feliz que queira participar conosco, nada tenho a esconder e todos da família precisam ouvir-me no que tenho a lhes apresentar. Talvez sua presença também seja bastante importante para o que vamos discutir. Infelizmente, meus amigos morreram de forma muito drástica, não se sabe a autoria e não há sequer quaisquer evidências ou indícios do que quer que seja. Quem sabe seus conhecimentos não possam ajudar a desvendar esse insólito crime. Bom, senhores, os deixarei por um instante aqui conversando. Volto logo. É um tempo para um banho rápido e colocar uma roupa mais confortável. Sintam-se à vontade! — finalizei. E parti apressado em direção ao meu quarto, porém acompanhado de minha esposa Lucila, a fim de que me auxiliasse.

Quando retornei, todos estavam em meu escritório me aguardando, era tão visível a curiosidade estampada em seus rostos sobre a discussão a ser tratada naquele momento, que até pude perceber o quanto estavam afoitos e um tanto que curiosos. Como de costume, sentei-me à cabeceira de minha mesa, peguei alguns papéis e pedi para que todos se juntassem a mim em minha mesa. Após se acomodarem, dei início a uma estranha e conturbada conversa com todos que ali estavam.

Primeiramente, agradeci pela presença de todos e expus um breve relato sobre o assunto, em que manifestei que estava bastante preocupado com certos fatos estranhos envolvendo meus amigos assassinados abruptamente. No entanto, relatei que gostaria que não fosse interrompido quando de minhas exposições e que ao final abriria espaço para que todos pudessem expor suas ideias e opiniões a respeito. Todos se entreolharam por alguns segundos e gesticularam, consentindo para que continuasse com minhas narrativas e, assim, iniciei, explicando-lhes e indo diretamente ao ponto:

— Alguns de vocês certamente não conhecem esses meus amigos que, lamentavelmente, foram brutalmente assassinados. Lucila os conhecia bem e somente William os conheceu recentemente há um mês, quando aqui estiveram a passeio, e permaneceram hospedados por uma semana em nossa casa. Na ocasião, meu amigo Wilson argumentou que necessitaria de um favor meu e somente mais à frente eu viria a tomar ciência do que se tratava e do porquê de seu pedido. Mas, antes, vou explicar-lhes um pouco mais sobre meus queridos amigos. Wilson, o conhecia há quase quarenta anos, e a sua mulher Ana há pouco mais de quinze anos. Poderiam ter eles seus defeitos como qualquer outro ser humano, mas eram pessoas idôneas, íntegras e que, além de bons amigos, também eram extremamente divertidos. Tinham seus contratempos, porém algo muito íntimo e particular, coisas antigas do passado. É difícil para mim, não sei nem como começar essa conversa com vocês. Perdoem-me, estou um pouco emocionado ao falar sobre eles. Quando me recordo deles e do que vi em São Paulo, sinto-me bastante inconformado, é para mim uma perda irreparável. Espero que compreendam meus sentimentos e minhas razões. O inevitável já aconteceu e a vida continua, não é mesmo? Então vamos aos fatos:

"Wilson é na verdade um grande amigo de minha juventude que ficou perdido por certo tempo até que nos reencontramos, depois de muitos anos, aliás casualmente, em uma de minhas viagens a negócios em São Paulo. Após esse nosso casual reencontro, nossa amizade se restabeleceu e passamos a nos relacionar desde então, tanto que mantínhamos negócios e contato constantemente. Há alguns meses, me confidenciou que andava muito aborrecido e preocupado por conta de um filho seu fora dessa união com Ana, o qual relatarei mais avante. Na verdade, meus amigos não eram casados oficialmente, mas viviam como marido e mulher em união estável há muitos anos e, com eles, a jovem garota Daniela, filha somente da esposa Ana, fruto também de outro relacionamento não correspondido. Quando resolveram morar juntos, Daniela passou a morar com eles e, na época, tinha somente dois anos de idade. Com o passar dos anos, Wilson dedicou toda sua vida criando essa garota como sua filha e tornou-se seu inseparável amigo. Ambos se respeitavam mutuamente, e terminou por surgir uma relação sadia entre pai e filha. Ambos se gostavam muito e meu amigo Wilson a amava por demais. Para ele, Daniela era a filha que sempre sonhara em sua vida.

"Enfim, como consequência dessa união, para ela, Wilson era seu pai. Se não me engano, ela tem atualmente dezenove anos, já uma adolescente. Seu outro filho é Cristian, deve ter agora em torno de trinta e seis anos. Essas são algumas fotos dele", eu disse, passando-as para que todos as olhassem com calma, enquanto prosseguia em meus relatos:

"Wilson esforçava-se para ser um bom pai, mas ele não dava crédito algum às frequentes garantias que recebia para ser um bom homem. Na verdade, Cristian era um filho que ele não planejara para sua vida, consequência acidental de sua paixonite de adolescência por uma mulher que cronologicamente já atingira a idade em que se podia dizer ser sua mãe. A fotografia que vocês viram é de antes do nascimento desse garoto, talvez seja o único registro que Wilson ainda possua junto com a suposta mãe ainda grávida; por ironia do destino e problemas no parto, até mesmo por tratar-se de uma gravidez de alto risco numa idade já tão avançada, ao dar-lhe à luz, a mãe acabou por falecer, deixando literalmente o bebê em suas mãos e seu futuro brilhante em ruínas.

"Wilson bem que tentou fazer o melhor por esse filho, que infelizmente tornou-se um desregrado crápula. Bons conselhos e ajuda necessária não lhe faltaram e, mesmo assim, vivia metido entre brigas e confusões com outros jovens também desvirtuados na vida. A maior dor de Wilson foi quando soube que Cristian era viciado em drogas. Por diversas vezes, Wilson teve que gastar inúmeras somas com advogados para tirá-lo das delegacias em suas constantes prisões por posse de drogas. Preocupado com o agravamento da situação, acabou internando-o à força para recuperá-lo, mas foi uma tentativa inútil que durou apenas poucos dias. Cristian fugiu da clínica e desapareceu completamente por vários anos, não dando satisfação alguma e, decididamente, Wilson desistiu de procurá-lo. Sua paciência e dedicação haviam se esgotado.

"No entanto, há um ano e meio, Cristian reapareceu repentinamente à procura do pai, cinicamente agora reivindicando seus direitos hereditários. Como consequência, travaram uma grande discussão a respeito, trazendo um enorme desconforto na família. Wilson tinha uma vida sadia e era um empresário bem-sucedido no ramo de alimentos. Não era rico, mas levava uma respeitável e boa vida, o suficiente para sua sobrevivência e de sua família. Ele era o único proprietário de uma pequena empresa de nome *Chocolates Corpus Christi*. Recentemente, o ajudei com algumas implementações em sua empresa para poder vender seus produtos para fora do país, e estava muito feliz com o momento, as vendas aumentaram satisfatoriamente e estava fazendo bastante sucesso no exterior com seus formidáveis chocolates, por sinal, muito bons e deliciosos. As pesquisas de mercado apontavam-lhe grande perspectiva de crescimento, e estava preparando-se para ampliar sua empresa e, assim, aumentar sua produção e conquistar mais mercado.

"O problema foi que, acuado com o surgimento repentino de seu filho, acabou por ceder, melhor assim dizer, aceitou que viesse trabalhar com ele na empresa, dando-lhe uma nova oportunidade de se firmar na vida, imperando entre ambos uma rendição ao passado. A verdade é que o filho não sabia fazer absolutamente nada, tinha que aprender o funcionamento de sua empresa e, com bastante relutância, o pai nomeou-o gerente de produção, acreditando que um cargo de responsabilidade pudesse encorajá-lo a dar um rumo na sua vida e na esperança de que se tornasse um bom homem e útil na empresa.

"A princípio, tudo parecia ir muito bem e ele demonstrava ter mudado; o problema é que durou apenas por poucos meses. O seu lado cruel reapareceu e deixou meu amigo muito conturbado e inquieto. De fato, ele não mudara o seu comportamento, ainda persistia com seu temperamento insolente e arrogante, continuando a ser o mesmo mau caráter que sempre fora. Porém, agora ainda mais revigorado, a ponto de a empresa perder bons funcionários por causa de sua falta de competência e arrogância, sem contar com as constantes brigas por ciúmes que travava com a pobre Daniela. Definitivamente, não havia entendimento algum entre os dois e ela o odiava. Daniela vivia questionando seu pai sobre as atitudes absurdas que Cristian tomava, visto que ela também trabalhava na empresa ao lado do pai, tomando conta das finanças.

"Uma das preocupações que perturbavam meu amigo estava relacionada com algumas contratações equivocadas por parte de Cristian. Praticamente trocou boa parte dos funcionários antigos por outros escolhidos e recolocados por conta própria e, por sinal, pessoas extremamente estranhas. O meu amigo dizia que não se sentia bem perto deles, denotavam certo ar de espírito maléfico, algo muito ruim e perturbador. Desconfiado, Wilson passou a acompanhar mais de perto o desempenho dessas pessoas para tentar descobrir algo que tanto o intrigava, mas não sabia ao certo o que seria.

"Mas, com o decorrer do tempo, a decepção começou a tomar conta dele. Preocupado, decidiu fazer algo para proteger Daniela e sua mulher, Ana, antes que fosse tarde demais e, assim, preparou um testamento para protegê-las."

Todos ainda permaneciam atentos com a minha exposição. Mas, quietos e emudecidos, nada diziam. Prossegui pegando mais alguns papéis e uma pequena caixa encapada com uma bela camurça azul-escura. Coloquei-a sobre a mesa e reiniciei minha narrativa:

— Como disse, Wilson esteve nessa casa em passeio por alguns dias com sua família no mês passado, e aqui mesmo, neste lugar onde os senhores se encontram agora, permaneci por várias horas conversando com ele e ouvindo suas lamentações. Após isso, me fez uma solicitação pessoal, deixando-me numa situação muito embaraçosa e não poderia deixar de atendê-lo. Era meu amigo que me fazia um pedido incontestável a respeito de seu testamento, expondo o anseio de sua última vontade e solicitando a mim que o representasse após a sua partida, bem como assistisse em tutela a sua filha Daniela em relação à empresa e a seus bens.

Ainda falava quando fui interrompido pelo som de um toque à porta. Era Lucila que trazia uma bandeja com xícaras de café para nós. Ao entrar, perguntou rapidamente se necessitávamos de algo, ambos respondemos que não e retirou-se logo em seguida, mas antes a agradeci carinhosamente com um beijo.

Uma pequena pausa foi feita e momentaneamente interrompi meu pronunciamento para que todos se servissem à vontade. Tony reparou em cima da mesa algo que trouxera da viagem, um monte de fotos, e, curioso com aquilo ao canto, perguntou a mim do que se tratava:

— O que são estes punhados de fotos, pai?

Enquanto tomava meu café, respondi a Tony; no entanto, percebi que todos permaneciam atentos à nossa conversa:

— Eu lhes explicarei! Vocês acreditam que eram nove horas da manhã e os corpos de meus amigos ainda estavam expostos ao chão da sala na casa? É uma vergonha, uma falta de respeito com o ser humano deixá-los ali expostos por tanto tempo e, principalmente, daquela forma tão horrível. É algo inadmissível de se ver.

— Mas é assim mesmo, pai — disse Tony. — Principalmente em casos como este, em que é necessário fazer um detalhamento muito minucioso e preciso na coleta de provas pela perícia técnica. É complicado explicar, o local tem que ser preservado para ser investigado. Mas e as fotos? O que são elas?

— Após chegar de viagem, resolvi ir até a casa deles e fui surpreendido com a presença de policiais no local, aliás, os corpos de meus amigos ainda não haviam sido retirados pelo IML. Um horror, jamais tinha presenciado algo semelhante em minha vida, não há como explicar-lhes o que vi lá, é simplesmente horrível e deplorável. Espero que vocês jamais passem por aquilo.

"Bom, quando cheguei não me impediram de entrar, disse que era um grande amigo da família e que havia acabado de chegar de viagem, após ser comunicado do ocorrido. Fiquei um bom tempo conversando com um policial, acho que era um parapa... para... caramba! Como é que se pronuncia isso? Bom, o fotógrafo da polícia, um rapaz por sinal muito atencioso e simpático de nome Henrique.

— O profissional com quem o senhor conversou trata-se de um *perito papiloscopista*. É o profissional responsável pela coleta, identificação e arquivamento das digitais humanas, de pessoas vivas ou falecidas — explicou Tony, e, após ouvi-lo, prossegui em meu relato:

— Obrigado, filho, pela explicação. Mas, continuando, ele havia dito que gostava de fazer aquele tipo de trabalho, era seu meio de sobreviver, mas que também fazia alguns trabalhos extras fora do expediente atuando como fotógrafo profissional. Então, até mesmo pela sua simpatia, gentilmente lhe pedi para que me arrumasse algumas cópias das fotos tiradas por ele da cena do crime e que arcaria com os custos de sua impressão em papel fotográfico. Com o término dos trabalhos, os corpos, enfim, foram retirados e levados para o Instituto Médico Legal, e acabei sendo orientado pela polícia técnica para acompanhá-los até a delegacia para participar no processo de elaboração do boletim de ocorrência, que até então não havia sido concluído pela delegacia local.

"Tentei resistir, mas, por tratar-se de meus amigos e de minha proximidade com a família, fui convencido a ir representá-los. Ao chegar à delegacia, fui muito bem atendido pelo Delegado de Plantão, Dr. Pacheco, mas as coisas começaram a ficar complicadas assim que cheguei. Havia um monte de gente estranha aguardando notícias, sem contar o grande número de jornalistas, fotógrafos e repórteres presentes, que se amontoavam em busca de informações para a manchete do dia.

Até aquele momento, eu era a única parte presente interessada no caso, e então também os filhos de meus amigos surgiram. A pobre moça, coitada, estava muito abalada e abatida, dei-lhe um caloroso abraço e, ao ver-me, chorou bastante em meu ombro, o que me deixou muito sensibilizado. Estava muito deprimida e inconformada com tudo aquilo. Agora, senhores, vontade mesmo não me faltou. Estava faltando pouco para que enfiasse a mão na cara do Cristian, que sujeito asqueroso e desgraçado que é. A delegacia estava numa confusão tremenda e lotada de pessoas para todos os lados. Cristian, como quem não quer nada, chegou de bermuda, camiseta e arrastando chinelos aos pés, parecia estar indo para uma excursão no litoral. Estava acompanhado de dois homens mal-encarados, o que até atraiu a atenção do delegado, Dr. Pacheco. Parecia não estar nem um pouco preocupado com o acontecimento. Não sei, é difícil eu errar, mas cheguei a questionar comigo mesmo se não foi ele próprio quem matara o pai. Não o conhecia pessoalmente e, ao ser apresentado a ele, me cumprimentou com cara de deboche, o que fez até mesmo o delegado perceber isso, mas nada disse, apenas o observou. O que me deixou bastante bravo foi quando o ouvi dizendo para alguém que já havia entrado em contato com seu advogado para tratar do inventário da família, e que na segunda-feira seria o novo dono da empresa *Chocolates Corpus Christi*. Ouvir seu comentário me deixou tão indignado e aborrecido que, por um instante, me via dando um murro na cara dele. Para ser bem mais claro, cheguei a um ponto que não suportava nem mais ouvir a voz dele. Ele parecia zombar de todos que ali estavam e não se importava com ninguém, pois era visível o sarcasmo em seu riso falso e maquiavélico. Tanto que até o delegado, Dr. Pacheco, também não se contendo, cochichou para mim dizendo que ele era um sujeito por demais estranho e perigoso, que eu deveria ficar muito atento pelo inesperado. Desconfiado, perguntou-me se de fato tinha a absoluta certeza de que ele era mesmo filho de quem se dizia ser. Sem alternativas, não havia como negar e, mesmo a contra gosto, infelizmente tive que confirmar tal fato.

E assim, no dia seguinte, domingo, ocorreu o velório de meus queridos amigos, e por lá reencontrei presente o simpático policial fotógrafo Henrique. Após conversarmos, já que novamente estava de posse de seu equipamento fotográfico, acabei por requisitar que também providenciasse algumas fotos das pessoas presentes na cerimônia de despedida, poderia ser útil em algum momento. Informei-lhe onde me encontraria e assim, à noite, foi até ao hotel onde me encontrava hospedado para levar as fotos tiradas por ele e requisitadas por mim, e lhe ressarci pelos custos de seus serviços e de impressão das fotos. Mas, confesso, não imagino por que pedi para que fizesse isso, não me servirão absolutamente em nada essas fotos, aliás, do jeito que as recebi, aí estão, não tive coragem de vê-las.

— Não que seja das melhores fotos para se apreciar, pai, mas não deixa de ser interessante para descobrir evidências ou algum suspeito, principalmente quando se trata de assassinatos, como nesse caso. Permite-me vê-las? — disse Tony seriamente.

— Claro, filho. Creio que você tenha mais estômago do que eu para ver isto. Lamento, não nasci para este tipo de coisa, sinto náuseas só de me lembrar do que vi e presenciei pessoalmente. Um horror!

Após a pausa para o café, retornei a falar sobre a minha pauta inicial, mas antes abri a pequena caixa sobre a mesa, deixada aos meus cuidados pelo meu amigo Wilson, e mostrei a todos o seu valioso conteúdo. Dentro havia diversas pedras lindíssimas, uma pequena fortuna entre brilhantes e esmeraldas de vários tamanhos, deixando todos encantados com a sua exuberante beleza, sem contar com o intenso contraste do brilho das pedras iluminadas pela claridade do sol provindo da janela do escritório ao nosso lado, e que maravilhosamente ofuscava a visão de todos nós. Curiosamente, percebi que Tony não deu muita atenção quanto àquilo, permaneceu focado observando minuciosamente todas aquelas fotos enquanto as manuseava cuidadosamente em suas mãos. Após, peguei outro documento, agora o testamento deixado a mim, e lhes disse:

— Primeiramente vou ler... — mas fui interrompido por Tony, chamando-me:

— Pai.

— Filho, por favor, não queria ser interrompido novamente.

Tony obedeceu ao meu pedido e silenciou, mas continuava folheando as fotos atentamente em suas mãos. Resolveu espalhar sobre o canto da mesa algumas delas. Todos permaneciam atentos à minha leitura do testamento, mas, disfarçadamente, olhavam curiosos para ao lado, observando o que Tony tanto estava fazendo com aquelas fotos. De repente, algo lhe chamou a atenção, suas sobrancelhas se sobressaltaram e algo despertou, aguçando seus sentidos, mas ninguém percebeu e nem mesmo eu notei. Tony me interrompeu novamente, levantando-se abruptamente e dizendo:

— Desculpe, pai. Preciso sair por um momento, tenho algo muito importante para fazer antes que me esqueça. Retornarei em poucos minutos. O senhor não se importa por abandoná-lo um instante?

— Não, filho! Esteja à vontade! — assenti-lhe.

Tony agradeceu e saiu apressado pela porta do escritório, um estado de alerta aguçado o impregnava emocionalmente. Ninguém nada percebeu, mas Tony havia levado com ele uma fotografia escondida em seu bolso. Momento em que aproveitei a interrupção para uma ligação urgente à empresa e retornei alguns minutos após. Quanto a Tony, passou pela sala e subiu ao quarto, entrou e fechou a porta. Ligou o seu computador, escaneou a foto e visualizou-a na tela. Abriu seu e-mail e digitou a seguinte mensagem:

Caro comandante Roger, estou com problemas. Acredito ter encontrado nosso desertor Aranha Negra, está em São Paulo. Estou encaminhando a foto dele para que certifique a sua veracidade. Algo me diz que ele pode ser o responsável pelo roubo de nossas armas, como também o responsável por ter nos delatado quanto à operação no Afeganistão.

Solicito permissão para missão especial em São Paulo a fim de investigá-lo. Ficarei no aguardo para maiores e melhores esclarecimentos.

Um forte abraço.

Primeiro-tenente Tony.

Tony abriu a caixa de saída, digitou o endereço eletrônico do comandante Roger junto às Forças Armadas e clicou em enviar. Após o envio, desligou seu equipamento e voltou para o escritório. Porém, antes de entrar, bateu à porta, interrompendo novamente a reunião e, ao entrar, nos disse calmamente, como se nada havia acontecido:

— Perdi algo interessante, senhores?

— Não, filho. Quando você saiu, acabei por interromper nossa conversa. Tive que fazer uma ligação urgente para a empresa.

Tony sentou-se novamente em sua cadeira, ninguém a ocupava, e reiniciei novamente minha leitura, assim que se acomodou:

— Bom, eu pretendia terminar de ler o testamento para vocês, mas creio que não será necessário. Se alguém desejar ler, está à disposição de vocês, mas vamos aos fatos que nos interessam. Meu amigo Wilson, como disse anteriormente, não tinha muita coisa, mas o pouco que possuía gostaria de partilhar com sua família. Se deixasse por conta de Cristian, certamente não iria dar nada para Ana e Daniela, portanto, por força deste documento, não poderá fazer nenhuma imposição e terá que ceder uma parte para elas. Segundo a sua vontade, aliás, somente o doutor Michel poderá esclarecer-nos e se a forma está correta. Cristian não pode ficar sem receber nada, infelizmente trata-se de um herdeiro e, se conheço muito bem meu amigo, a sua vontade mesma era de não deixar nada para ele. Mas tomou sua decisão e de forma compensatória a Cristian deixou duas ótimas casas em São Paulo. Quanto a Ana e Daniela, deixou sua casa, atual residência de moradia, e um apartamento, ambos também em São Paulo, quanto à direção da empresa Chocolates Corpus Christi, ficará com a Sra. Ana, até por que a empresa está em seu nome e Wilson atuava como seu procurador nos negócios, o que deduzo que até o momento, Cristian, não tenha conhecimento sobre esse fato. O que tem a dizer, doutor Michel, a respeito disso? Há algum problema quanto a essa divisão?

— Há alguns questionamentos a ser revistos, senhor Anthony. Porém, não vai ser muito fácil convencê-lo. Esteja certo de que ele contestará sobre a empresa e da divisão, não tenha dúvida quanto a isso — respondeu o doutor Michel, cautelosamente. E continuei a dizer:

— Na oportunidade, foi justamente o que disse ao meu amigo. Wilson não era um tolo, conhecia melhor do que qualquer um e muito bem o seu filho. Não era confiável e sabia perfeitamente do que ele seria capaz de fazer. Por isso, e precavido, temendo que, se por meio judicial a sua vontade não fosse assim atendida, e para que sua esposa Ana e sua filha Daniela não ficassem desamparadas, ainda haveria estas valiosas joias. Não sei ao certo quanto valem hoje no mercado, mas acredito que uma boa fortuna, o suficiente para viverem bem por muito tempo e restabelecerem suas vidas. Estas joias não constam do seu testamento, algo desconhecido de Cristian, e Wilson me deixou para guardá-las em meu poder. Caso viesse a falecer, confiou a mim para que entregasse a elas, o que espero que todos vocês assim também o cumpram, caso também eu não mais esteja presente entre vocês. — E frisei — Vejam lá! Hein! Confio em vocês! — disse-lhes aos risos e retornei com meu relato:

— Com relação à Daniela, é algo ainda muito mais complicado. A moça está com dezenove anos e é inexperiente. Meu amigo me orientou para que a ajudasse a prepara-la para assumir o controle da empresa até que pudesse controlá-la sozinha e, lógico, com a assistência de sua mãe. Pelo visto, terei uma bela dor de cabeça na justiça para impedir que Cristian assuma a companhia, isto é, se houver esta possibilidade.

"Bom, pessoal! Creio que o meu esclarecimento até aqui foi o suficiente para vocês. Esse era meu grande amigo Wilson, e que Deus o tenha por onde estiver. Fiquei muito comovido quando li pela primeira vez este documento, quando faz inúmeras referências sobre mim e de nossa cordial amizade. Mas o que fazer? Principalmente agora que faleceu, não posso deixar de atendê-lo e, para que sua última vontade possa assim ser atendida, precisarei do apoio de todos vocês.

"Mas ainda tenho um comentário pertinente a fazer sobre a questão. Curiosamente, ainda na semana passada, recebi uma estranha ligação dele e percebi que estava muito amedrontado com alguma coisa. Contou-me que havia descoberto que muitos dos quais Cristian havia contratado para a empresa estavam trabalhando armados. Para ele, era um absurdo e algo totalmente fora do comum em sua empresa. Inconformado com a descoberta, foi tirar satisfações junto a ele sobre a questão, o que terminou numa discussão muito séria e bastante conturbada. Cristian não quis dar ouvidos a ele sobre suas lamentações e, desaforadamente, terminou por dizer de que estava na hora dele deixar a empresa e entregar a sua direção. Em verdade, quanto a Cristian, tudo de ruim podia-se esperar. O fato é que sua maldosa insinuação o feriu mortalmente e foi o suficiente para deixa-lo ainda mais preocupado do que já estava.

"Após ouvi-lo, pedi para que ficasse calmo e que não havia o que temer, caso necessitasse de alguma coisa certamente o ajudaria. Notei que ele estava receoso e muito assustado com a situação, então cobrei dele se havia colocado seguranças em sua casa, inclusive perguntei por que não colocava câmeras de filmar por toda ela, tínhamos conversado sobre esse assunto quando de sua visita em nossa casa, pois, já na ocasião, estava receoso e muito preocupado com os rumos que estavam ocorrendo em sua vida. Mas disse que seguiu a minha orientação e havia instalado um sistema novo na casa e difícil de ser notado, pois só ele sabia a sua exata localização, mas não me disse onde. Quanto à empresa, havia contratado um profissional para fazer um projeto de instalação por todo o prédio. Não sei se chegou a ser instalado e nem conversamos mais sobre a questão, não houve tempo.

"Mas, voltando um pouco atrás no meu comentário, sobre a discussão com o seu filho, me disse que foi algo que o deixou profundamente irritado, a ponto de se pegarem entre socos e pontapés em pleno horário de expediente na empresa, só acalmaram-se após serem separados por outros funcionários que estavam próximos naquele momento. Na mesma noite, sozinho em seu carro, dirigindo a caminho de sua casa, foi cercado por outro veículo, e de dentro alguém lhe apontou uma arma e disparou por diversas vezes em direção ao seu automóvel, que ficou superficialmente danificado. Ele não chegou a ser atingido, saiu ileso. Mas disse que suspeitava de que queriam somente assustá-lo, pois atiraram apenas na lataria, e pediu absoluto sigilo para mim quanto a essa revelação, pois não comentara com ninguém a respeito, nem mesmo com a sua esposa, Ana, e sua filha, Daniela. Decidiu poupá-las deste assunto e não queria deixá-las ainda mais assustadas do que já estavam. No entanto, sigilosamente me avisou que estaria mandando algo para minha casa. Achei estranho esse seu recado, mas relatava que eu era o único em que ele podia confiar naquele momento, e pediu-me para o que estaria recebendo fosse guardado em lugar seguro e longe de curiosos, mas não disse do que se tratava e muito menos perguntei o que estaria recebendo. Apenas disse que receberia por alguém à minha procura, alguém de sua confiança, indicado por outro amigo dele, uma pessoa totalmente desconhecida da empresa. Confesso que não entendi o porquê disso! Porém, acredito que essa pessoa deva estar a caminho, pode aparecer a qualquer momento à nossa porta. O jeito é aguardar, aliás, talvez ninguém apareça, pode ser que não lhe tenha dado tempo de enviar-me.

Novamente tive que parar de falar, agora era o celular de Tony que crepitava ao canto da mesa, e acabei resmungando com ele por ter sido interrompido novamente, dizendo:

— Céus! Está difícil acabar essa reunião. A todo instante alguém a atrapalha.

Todos começaram a rir e ficaram quietos para que Tony pudesse atender ao chamado de seu celular. William estava curioso para saber o que Tony tanto olhava. Aproveitou-se do momento e resolveu também olhar aquelas fotos encostadas ao canto da mesa e, ao vê-las, disse boquiaberto e horrorizado com as imagens:

— Meu Deus! Que horror!

William arquejou, empurrando-as para o doutor Michel, que, boquiaberto de horror, também as passou adiante. Definitivamente, ninguém mais queria vê-las e, devolveram-nas ao canto da mesa. Porém, limitaram-se, atentos, a ouvir com quem Tony estava falando:

— Alô.

— Olá, filho, como vão você e sua família? — disse o comandante Roger.

— Estamos bem, senhor. Estou ouvindo, pode dizer.

Tony nada disse, permaneceu apenas alguns segundos ouvindo-o do outro lado da linha em silêncio, e em seguida respondeu:

— Sim, senhor. Partirei agora mesmo.

— O que foi filho? Aconteceu algo? — perguntei-lhe, preocupado.

— Desculpem-me, senhores, a reunião para mim terminou. É hora de deixá-los. Tenho que partir imediatamente, o dever me chama.

— Mas o que foi, filho? — interroguei, surpreso com sua afirmação.

— Nada de importante, pai, não se preocupe. São atribuições de meu ofício, mas nada que não possa resolver. Dentro de duas horas, um avião da Força Aérea estará aguardando-me no aeroporto. Tenho pouco tempo para me arrumar e separar algumas roupas.

— Parece ser algo importante! — gesticulou William.

— Como disse, nada importante. — E saiu em seguida às pressas, despedindo-se rapidamente de todos. Tony era muito reservado com seu trabalho e nos poupava de dar alguma explicação.

Rapidamente, Tony subiu ao quarto, separou diversas trocas de roupas e colocou-as dentro de uma enorme mala. Tomou um banho, escreveu um pequeno bilhete para sua mãe e deixou-o pregado na geladeira. Ela não estava por ali, havia saído para fazer algumas compras na cidade com Camille. Tão logo se aprontou, pegou a mala e desceu, mas antes passou pelo escritório, deu um beijo em mim e, após despedir-se de todos, partiu em sua viagem. Duarte o esperava com o carro pronto para levá-lo até ao aeroporto, e partiram momentos depois.

Quanto a mim, ainda continuava com minhas explicações confusas e intermináveis, deixava todos agoniados com aquela extensa conversa, mas permaneciam ainda atentos, me ouvindo respeitosamente:

— Bom, senhores, não tenho muito mais o que falar. Mas será que agora poderei continuar e terminar o que estava dizendo na reunião sem ser interrompido? — disse a eles aos risos, enquanto voltava com minhas explicações finais:

— A princípio, senhores, isto era o que tinha para lhes relatar sobre certos acontecimentos que me ocorreram nestes últimos dias. Creio que todos possam ter compreendido muito bem minhas razões para atender a esse meu querido amigo. Não sei o que fazer por enquanto, mas acredito que somente o doutor Michel deva saber o que terei pela frente. Pense a respeito, doutor, gostaria que se empenhasse em descobrir como devo proceder em relação a este testamento. Estou totalmente desorientado e confuso com toda essa história, não sei nem por onde começar. Tem algo em mente? Por favor, nos diga.

— Bom, senhor Anthony, é algo muito complexo. Nada se pode fazer por enquanto. Precisamos rever alguns aspectos legais e esperar que as partes interessadas se pronunciem neste caso. Terei que ir até lá procurá-los, conversar sobre o assunto e comunicar sobre a existência deste testamento de última vontade. Os filhos, herdeiros legítimos, terão que abrir um processo de inventário para arrolarem os bens comuns e compete ao senhor trancar este processo. Terá de ser levada ao conhecimento do juízo a existência deste testamento para ciência de sua última vontade, e isso só é possível através de um simples processo para anexá-lo ao inventário. Pela sua exposição, acredito que nenhum dos beneficiários saiba da existência deste documento. Quanto ao filho Cristian, como disse anteriormente, é quase certo que reivindicará sua parte dos bens e, com base neste testamento, certamente contestará. Não dá para ser bastante preciso sobre a dimensão deste processo e consequências. Serão bastante árduas e trabalhosas, talvez uma tarefa muito complicada e conturbada. Mas empenhar-me-ei o melhor possível para atendê-lo. Queria aproveitar o momento para dizer que sinto muito pela perda de seus amigos e que será um imenso prazer poder representá-los. Espero que a justiça prevaleça e que sua última vontade possa, sim, ser atendida aos rigores da lei.

— Obrigado, doutor. Fico feliz que pense assim — disse-lhe, emocionado.

A reunião, enfim, terminara. Agora somente um bate-papo informal e descontraído prosseguia dentro de meu escritório, quando fomos interrompidos por Lucila à porta, bastante surpresa e assustada, dizendo que havia alguém do lado de fora querendo fazer uma enorme entrega. Não imaginava que já havia retornado da cidade, mas, após ouvi-la, todos saíram comigo e fomos nos certificar do que se tratava. Acabei por esquecer que estaria recebendo algo e me convenci, a mim e a todos, de que não estava aguardando nenhuma entrega e muito menos havia comprado algo. Decididamente ficamos todos curiosos com aquela entrega inesperada. Ao chegar, ficamos surpresos, pois era um enorme caminhão-baú novíssimo, todo colorido e enfeitado. Na traseira, às portas do baú já abertas nos revelavam o seu interior, por toda sua extensão estava preenchido por enormes caixas seladas que traziam a logomarca *CHOCOLATES CORPUS CHRISTI,* e só então me dei conta de sua procedência, mas não sabia do que se tratava tudo aquilo **à** porta de minha casa. Momento em que, Duarte, após levar Tony para viajar, também chega a retorno do aeroporto e, curioso, se junta também ao grupo.

Mas, estranhamente, também pudemos observar que as caixas estavam fortemente lacradas com fitas PET de arquear ao seu redor e totalmente envolvidas com filme *stretch*, um tipo de rolo plástico para sua proteção, que, além de proteger contra poeira e outros resíduos, mantêm os produtos afixados, não permitindo qualquer violação ou manuseio sem a retirada por completo do filme protetor.

O mistério que se nos apresentava e as condições encontradas, foram algo que deixou a todos surpresos, e não compreendíamos do que se tratavam aquelas enormes caixas, embora, particularmente, soubesse que estaria recebendo algo por conta de meu amigo Wilson, pois havia sido alertado por ele sobre algo a ser me enviado, mas não imaginei que seria um caminhão daquele porte e carregado até o teto. Decidi conversar com o motorista à procura de respostas e indaguei-lhe assim que pude, já que conversava ao lado com o doutor Michel. Mas confesso que vê-lo à minha frente e ouvi-lo acabou sendo até que muito engraçado para alguns, mas, quanto a mim, foi algo que me deixou um pouco temeroso, embora fosse apenas uma simples e mera coincidência:

— Bom dia! Seja bem-vindo! No que posso ajudá-lo, amigo?

— Estou procurando por alguém. Deixe-me ver em meu relatório. Sim! Aqui está! Senhor Anthony Gutierrez. Por acaso o conhece?

— Sim, sou eu — disse ao motorista seriamente, mas educadamente me segurando para não rir dele.

A bem da verdade, só vê-lo já foi motivo de risos disfarçados por todos. O motorista era um baixinho de 1,50m com uma vasta cabeleira que descia pelos ombros, extremamente forte, e apresentava numa fisionomia até que muito engraçada. Pensativo, ficava imaginando como ele fazia para dirigir aquele imenso caminhão, já que era tão pequenino. Sinceramente, estava curioso para saber de sua façanha para alcançar os pedais do caminhão, mas, para não ser indelicado, permaneci somente em pensamentos e não lhe disse nada, mas não deixava de ser engraçado e impossível de não rir. Mas respondi disfarçadamente ao visitante motorista:

— Mas do que se trata, meu amigo? — perguntei-lhe, e nos respondeu:

— Fui incumbido de realizar pessoalmente essa entrega aos seus cuidados, senhor. Quanto a este envelope, fui orientado para entregá-lo pessoalmente em suas mãos. Não contém remetente, que também desconheço. Penso que seja do Senhor Wilson, que me contratou. Talvez o senhor saiba do que se trata. Onde o senhor deseja que descarregue suas caixas?

Permaneci pensativo por alguns segundos com o envelope na mão, e sinalizei ao motorista para que me aguardasse por um instante. Sentia-me muito tenso, confuso a respeito daquela entrega um tanto estranha, e notei que também aguçara a curiosidade de todos que estavam ao meu redor. Observei que o doutor Michel e Duarte cochichavam algo aos risos, o que me deixou intrigado. Ao canto, realizei cuidadosamente um pequeno corte no invólucro. Retirei de dentro dele um papel, uma mensagem, e notei que havia algo escrito. Após abri-lo, comecei a percorrer com os olhos o seu conteúdo. Estava escrito a próprio punho com a letra de meu amigo Wilson, que dizia em poucas palavras.

Anthony, meu querido amigo. És a única pessoa em que posso confiar neste momento. Não te assustes, peço somente que guardes sigilo quanto ao recebido. Perdoa-me, não tinha a quem recorrer. Descobri algo muito terrível, explicarei a ti posteriormente com melhores detalhes. Estou à procura de alguém para me ajudar quanto a esse respeito e não podia deixar que tudo isto fosse parar em mãos erradas. Creio que deva ser segunda-feira. Se acertei, acredita e aguarda-me! Estarei aí na quarta-feira para retirar tudo e prestarei a ti todos os esclarecimentos necessários. Por favor, não diz nada a ninguém. Peço desculpas se te assustei. Mas como disse, somente em ti posso confiar. Conto com tua discrição e apreço. Antecipadamente, agradeço pela tua cordial e valorosa colaboração e estou certo de que compreenderás minhas razões.

Com profundo carinho, despeço-me.

Saudações de teu amigo Wilson.

Ao terminar de ler, pensei por alguns segundos e suspirei tristemente. Olhei à minha volta e entreguei o bilhete para que todos também vissem o seu conteúdo. Não havia motivos para esconder deles. Estavam tão excitados e curiosos para saberem do que se tratava aquele bilhete que acabaram por passá-lo de mão em mão até que, por fim, o último, ao terminar de ler, entregou-me de volta; após recebê-lo, dobrei-o cuidadosamente, guardando-o em seguida em meu bolso, e retornei a falar ao motorista:

— Mas me diga, meu amigo. Como é seu nome? — perguntei seriamente ao motorista. No entanto, enquanto conversávamos, o doutor Michel me fez um gesto apontando algo para mim no caminhão, mas acabei não compreendendo o que seria ou então o que tanto me mostrava.

— Oli, senhor — respondeu nosso visitante.

— Oli! Então suponho que seja Oliveira ou Oliver? — indaguei.

Oli, o motorista do caminhão, acanhado, respondeu:

— Meu nome é Oliúde Oliveira, senhor.

— Oliúde ou Hollywood? — perguntei.

— É Oliúde mesmo, mas pode me chamar de *Sansão*, assim sou conhecido nas estradas da vida.

Não deveria ter perguntado seu nome, e fiquei surpreso após ouvi-lo, sua revelação me deixou estático por alguns segundos e me levou com meus pensamentos para o passado. Após retornar, levantei os olhos e olhei bem sério para o senhor Oliúde, apoiei minha mão direita sobre o queixo e fiquei pensando no que lhe dizer. Não encontrava palavras, um nó na garganta se fez e nada saía. Desviei minha atenção para o lado e observei que o doutor Michel e Duarte riam, enquanto os demais não compreendiam ao certo o que estava acontecendo e nem o porquê dos risos, mas nada disseram. O doutor Michel retornou a me apontar por algo, e foi então que observei, acima do para-brisa do caminhão, um enorme letreiro, bem visível: *SANSÃO, ALEGRIA E SORRISO*. Após avistar, permaneci em silêncio por alguns segundos, pensativo: *seria um prenúncio de algo?* Decidi manter-me calmo quanto à coincidência no momento e acabei por dizer ao ilustre visitante, mesmo com aquele friozinho agonizante que descia pela minha espinha:

— Puxa! Que surpresa! Também tenho um amigo chamado *Sansão*, embora não o veja há um bom tempo. Até havia me esquecido dele — finalizei; no entanto, pensei comigo:

Céus! De novo essa história!

Mas, ao lhe fazer a minha revelação, observei que o doutor Michel e Duarte disfarçaram um riso comedido. Acabei ficando com pena do pobre motorista, que nada estava compreendendo, e, antes mesmo que me começassem a me interrogarem, decidi lhe falar e dar prosseguimento sobre a entrega a nós enviada:

— Bom, senhor "Oli". Está vendo aquele pequeno galpão com portas cinza? — gesticulei, apontando-lhe com o dedo a direção a seguir.

— Sim, estou vendo. O que deseja que faça?

— Pois bem, alguém o acompanhará, as portas estão apenas abaixadas, basta levantá-las. Descarregue as caixas todas dentro dele. — Virei-me para o lado e disse:

— Duarte, por favor, acompanhe esse senhor até o galpão para que ele possa descarregar seu caminhão. Gostaria que empilhasse da melhor forma essa encomenda, e com muito cuidado para que não amasse ou caia.

— Como desejar, senhor — respondeu Duarte, sem fazer nenhuma objeção quanto ao meu pedido.

— Agradeço, senhor. Obrigado — disse o senhor Oli, que, após nos agradecer, dirigiu-se para junto de seu caminhão.

Quanto a mim, permaneci por ali pensativo, e continuava intrigado com o que fazer com tudo aquilo que me fora remetido, meu amigo estava morto e ele não me disse o que de fato eu estaria recebendo em minha casa. Infelizmente, não sabia o que pensar ou fazer a respeito, decidi virar-me e perguntei ao doutor Michel, em busca de seus sábios conselhos:

— Doutor, o que faço agora? Abro para ver do que se trata? Ou, então, o que me sugere?

— Por prudência, sugiro que aguarde momentaneamente, senhor Anthony. Talvez os filhos possam saber algo a respeito. É o que penso para o momento.

Por conhecer meu amigo, e por conta das dúvidas que pairavam em sua mente, respondi — Não, doutor! Não acredito que eles saibam algo sobre isso.

— Então, senhor Anthony, vamos aguardar e descobrir uma melhor saída juntos para a questão. Talvez alguém reclame ou venha procurá-lo para falar a respeito — respondeu o doutor Michel. Em seguida caminhou até ao galpão, dirigindo-se até o motorista que acabara de estacionar seu caminhão junto à porta de entrada, e lhe perguntou assim que chegou, mas também acabei indo até eles para ouvi-los:

— Senhor Oliúde, por acaso sabe nos dizer o que contêm essas caixas? — perguntou o doutor Michel, cautelosamente, ao motorista, que respondeu, surpreso:

— São chocolates! Achei que vocês sabiam! Inclusive, senhor, preciso entrar em contato com o Senhor Wilson, a fim de certificá-lo de que já estou em sua casa fazendo-lhe a entrega.

— Sim, lógico! Peço não se preocupar com isso, nós tomaremos todas as providências. Aliás, há algum valor ou ressarcimento devido ao senhor? Por favor, nos diga.

— Não, senhor, tudo já foi pago. O senhor Wilson foi muito generoso comigo e me pagou antecipadamente — disse o motorista.

— Quanto à entrega, sim, estávamos aguardando-a. Apenas certificamo-nos sobre o que nos trouxe e sobre seu trabalho de carregamento — ponderou o doutor Michel.

— Ah! Sim! Agora entendi! Infelizmente, não imagino o que há dentro delas, tanto que estão fortemente lacradas, como puderam notar. Inclusive, aqui está sua nota fiscal dos produtos que lhe trouxe, onde constam que são caixas de chocolates. Fui indicado por um grande amigo de confiança para realizar esse trabalho pessoal ao Senhor Wilson, que, inclusive, pagou muito bem pelo transporte. O que achei estranho foi quanto ao horário do trabalho realizado, pois fizemos o carregamento às pressas na madrugada de sexta-feira num estacionamento enorme, e ele aparentava estar muito nervoso, embora não o conhecesse tão bem. Fiquei receoso e desconfiado pelo local e por me orientar para trafegar por entre cidades, até porque dizia que a carga era muito valiosa e que deveria ser cauteloso e prudente em meu trajeto e paradas e, caso ocorresse algo, ele se responsabilizaria e que eu nada deveria temer. Não entendi muito bem o porquê disso, mas, como fui muito bem recomendado pelo nosso amigo em comum e muito bem pago para o frete, não apresentei qualquer questionamento. Enfim, fui contratado especialmente para trazer a carga para este endereço e entregar pessoalmente aos cuidados do senhor Anthony Gutierrez. Após carregarmos, nos separamos e prossegui em viagem por algumas horas até uma pequena cidade no meio de meu trajeto, onde fiz uma parada para descanso, aproveitando, assim, o final de semana na casa de alguns parentes de minha família. No domingo, ao final da tarde, retornei em viagem pela rodovia. Estou na estrada há catorze horas sem parar, salvo apenas para parada rápida de reabastecimento e, para dizer-lhes a verdade, estou totalmente moído e cansado.

— Entendi, senhor Oliúde, obrigado pela sua sinceridade — disse o doutor Michel. Ambos nos afastamos pensativos com o que ouvimos do motorista, mas algo veio em minha mente. Sua explicação fez sentir-me na obrigação de retribuí-lo de alguma forma, e, assim, resolvi dar-lhe hospitalidade. Retornei até Duarte e lhe disse:

— Duarte, meu amigo, assim que descarregarem, providencie acomodações e refeições para esse nobre homem. Necessita de um bom e merecido descanso. Será nosso convidado pelo tempo que desejar.

— Será providenciado, senhor — disse Duarte.

— Agradeço a sua gentileza, senhor Anthony. Partirei assim que acordar pela manhã. No entanto, com sua licença, vou manobrar um pouco mais o caminhão para mais próximo da entrada do galpão, e assim darmos início ao descarregamento de suas caixas.

— Não se preocupe e esteja à vontade meu amigo — respondi ao senhor Oliúde.

William permanecia mudo, parecia que não estava por ali ou não se importava com tudo aquilo. Puro engano. Estava por demais curioso e, logo que pôde, resolveu perguntar algo, totalmente afoito.

— Céus! Vamos abrir logo isto e ver o que há dentro delas!

— Não, William, melhor deixar como está — disse a ele. Lembre-se de que a curiosidade matou o gato. O doutor Michel irá até São Paulo falar com os filhos de meu amigo e certamente achará uma solução para tudo isso. Está bem assim, doutor?

— Acho muito mais sensato, senhor, vou ver o que posso fazer quanto a isso — respondeu o doutor Michel, que continuou:

— Bom, senhores, ainda tenho algumas coisas para tratar aqui na cidade e preciso deixá-los agora. Partirei logo mais para Santa Catarina, não esqueçam que moro bem longe e a viagem é longa — dizia aos risos. Senhor Anthony, pretendo o mais rápido possível ir até São Paulo para tratar dos assuntos de seu amigo Wilson e tentar descobrir o porquê do envio desses chocolates para sua casa. Ligarei lhe avisando de minha ida.

— Ótimo, doutor, quanto antes melhor. Obrigado — finalizei.

Enfim, nos cumprimentamos dando as mãos e ele despediu-se em seguida de todos. Sem dizer algo mais, o doutor Michel partiu, nos deixando.

No entanto, assim que pude, ao final da tarde conversei calmamente com o Senhor Oliúde, nosso visitante motorista, e lhe comuniquei sobre o ocorrido com meu amigo Wilson, o que o deixou bastante chateado ao receber a triste notícia, mas lhe poupei de explicações sobre as circunstâncias ocorridas, já que fora apenas contratado para um trabalho, e pessoalmente não o conhecia tão bem.

Acho que o Senhor Oliúde ficou com medo, é o que deduzo. Ainda pela madrugada e na calada da noite, sem se despedir de mim, tratou de partir em viagem, não nos deixando sequer um contato ou endereço de como encontrá-lo. Pensei comigo:

De novo, mais um Sansão que desaparece.

Capítulo VII

Quartel-general da Força Aérea

Eram 18h quando Tony por fim desembarcou no Quartel da Força Aérea no Rio de Janeiro. Um jipe da guarda o esperava e, escoltado por outros dois fuzileiros fortemente armados, foi levado para se encontrar com o comandante Roger, que o aguardava em seu gabinete. Tony permanecia quieto, sem nada dizer, somente observava e fazia pequenas referências curtas ao motorista, que dirigia, atento em seu trajeto. Este, porém, também pouco falava, estava temeroso por estar conduzindo e escoltando um superior hierárquico. Decididamente, limitava-se a responder de forma monótona somente o que lhe era perguntado.

Após chegarem, Tony desceu e, ao atravessar os portões, recebeu continências dos menos graduados, que faziam guarda à porta de entrada, e educadamente cumprimentou-os com leve toque ao quepe à guisa de saudação. Continuou a caminhar mais vinte metros à frente e passou por uma enorme porta de vidro: era a entrada de acesso para os escritórios. Após chegar, outro fuzileiro, fortemente armado também, fazia plantão na recepção e, ao recepcionar Tony, lhe disse:

— Como vai, *Tenente Tony*? Prazer em revê-lo — disse, educadamente, prestando-lhe continência. Tony, após ser cumprimentado, foi acompanhado pela sentinela até a porta do elevador.

Houve um longo silêncio entre eles, que pareceu se estender por alguns segundos, até que as portas do elevador se abriram.

— O comandante Roger o aguarda no sexto andar — disse o jovem cadete, recuando para o seu posto logo em seguida.

Tony agradeceu, entrou no elevador e apertou o botão. As portas começaram a se fechar lentamente, e num instante o rapaz começou a subir. Olhou para o relógio e certificou-se de que faltavam quinze minutos para as 19h, quando finalmente saiu do elevador. O comandante já o aguardava de pé junto à porta do seu escritório; a recepção havia lhe informado que Tony tinha chegado e que estava subindo pelo elevador; então, o comandante disse, prazeroso ao vê-lo se aproximar:

— Como vai, meu filho? Espero que tenha feito uma boa viagem.

— Sim, comandante Roger — disse Tony, batendo-lhe continência.

— À vontade, Tenente Tony — disse o comandante. — E sua família, como está?

— Nada bem, senhor — resumiu Tony.

— O que houve? Algo grave? Posso ajudar em algo?

— O senhor saberá, por isso estou aqui.

— Então venha, vamos conversar. Estamos todos aqui o aguardando — disse o comandante, puxando-o para dentro de seu escritório.

Tony, ao passar pela porta, parou por um momento, deu mais um passo e parou novamente, olhando ao seu redor com um ar pensativo estampado em seu rosto. Tony ficou chocado ao constatar que não estaria só para aquela reunião, fez novamente continências e prestou os cumprimentos apertando a mão de cada um, fitando-os nos olhos sem fazer qualquer objeção, pois se tratavam de pessoas de altas patentes das Forças Armadas, aos quais ainda não conhecia pessoalmente. Estavam presentes, além de Tony, o comandante Roger, o coronel Wesley, o coronel José Leandro e, finalmente, o general Tavares, este, porém, sentado do outro lado da mesa, esquivando-se por de trás de uma pilha de documentos que dava até medo de se ver.

Uma enorme tela fora instalada na parede do outro lado da mesa. A primeira imagem projetada foi o da foto enviada pela manhã por Tony em seu comunicado.

Várias cadeiras estavam dispostas à cabeceira da mesa de reunião. O general Tavares levantou-se de trás da sua mesa e encaminhou-se para uma das cadeiras mais próximas. Gesticulou para que Tony ocupasse outra a sua frente. O comandante Roger e o coronel Wesley sentaram-se na cadeira à direita do General, enquanto o coronel José Leandro sentava-se à esquerda de Tony.

Fez-se uma pequena pausa e um silêncio tomou conta do entorno daquela mesa. Todos se entreolharam e fitaram a fotografia exposta na tela, até que, finalmente, o comandante Roger resolveu se pronunciar a respeito dos assuntos a serem discutidos naquela reunião e disse seriamente a todos, sem cerimônias:

— Senhores, primeiramente agradeço por vossas presenças e pelo relevante interesse à importante pauta de que trataremos. Tony ainda é um jovem recém-formado pelas Forças Armadas e, recentemente, promovido ao posto de primeiro-tenente, o que para mim é motivo de muito orgulho em nossa corporação e por representar as Forças Armadas em nosso país. Como todos sabem, Tony tem se destacado muito em algumas missões importantes que lhe foram atribuídas e foi condecorado com louvor por várias vezes pelo seu brilhante trabalho à frente da sua *Tropa de Aranhas Negras*, sem contar a sua autodeterminação e eficiência, que o tornam alguém muito valioso e presente na linha de comando das Forças Armadas. Portanto, alguém de nossa extrema confiança.

A exposição clara e louvável do comandante Roger maravilhou a todos, pois não conheciam Tony tão bem e pessoalmente, apenas relatos chegavam até eles dos seus esplêndidos feitos realizados. Enfim, sentiam-se também bastante admirados por tê-lo nas Forças Armadas, principalmente por saberem de que se tratava ainda de um jovem muito promissor e com uma brilhante carreira pela frente.

— Seja bem-vindo filho — assentiu o general Tavares, orgulhosamente, enquanto o comandante Roger continuava com suas exposições.

— Como havia dito aos senhores, esta foto foi enviada por Tony para mim nesta manhã. Após observá-la minuciosamente, tomei a liberdade de convocá-los para essa reunião emergencial e não podia em hipótese alguma permitir que Tony ficasse fora desta nossa conversa. Espero que compreendam o porquê desta minha decisão. Antes, porém, gostaria de dizer a você, Tony, sobre o que ouvirá e verá aqui nesta sala. Será de extrema importância que a conserve em absoluto sigilo, pois trataremos de assuntos confidenciais de nossa instituição. Queremos que você faça uma investigação completa numa missão para ajudar a desvendar algo que está nos perturbando há um bom tempo, embora também sejam de seu conhecimento tais fatos que relataremos e estão diretamente ligados aos nossos fuzis AK-47 que nos foram roubados. Acreditamos que, graças a você, encontramos o caminho que tanto procurávamos. Todos aqui têm sofrido muitos aborrecimentos administrativos por conta do roubo de nossas armas e temos que dar um basta nesta história, a bem de todos. Mas, antes, gostaríamos de saber se poderemos contar com a sua discrição quanto ao que iremos confidenciar-lhe.

— Senhores, estou aqui para isso. Farei o que estiver ao meu alcance para ajudá-los e contem com minha fidelidade — respondeu Tony.

— Ótimo. Alguma objeção senhores? — perguntou o comandante Roger.

Ninguém se manifestou ou disse algo, apenas gesticulavam afirmativamente para que prosseguisse diretamente com os fatos. Comandante Roger, após certificar-se da concordância de todos, continuou com seus relatos.

— Tony, você conhece a pessoa desta foto?

— Não, senhor. Nunca o vi! — afirmou Tony.

— Correto.

— Tinha que lhe fazer esta pergunta. Certamente o reconheceu por causa da aranha negra tatuada em sua mão. Estou correto?

— Exato, senhor, o desenho é igual ao meu. Mas há outra questão, comandante. Depois de passar vários anos aqui me preparando nas Forças Armadas, aprendi muito bem a distinguir os civis dos militares. Há uma diferença muito grande quanto à postura e a forma de agir dessa pessoa. Analisando-o em outras diversas fotos e posições, é muito fácil distingui-lo pela sua diferença quanto às outras pessoas ao seu lado. Embora não tenha estas outras aqui comigo, pude perfeitamente observar esses minuciosos detalhes em diversas outras fotos em seus mais variados ângulos. Tenho certeza de que se trata de um militar ou ex-militar.

— Foi o que imaginei. Parabéns, Tony — disse o comandante Roger. — Há outra coisa, você sempre disse que, quando da operação no Afeganistão, alguém havia preparado uma emboscada para você e a sua tropa de Aranhas Negras. Peço desculpas se porventura cheguei a duvidar de você quanto aos seus argumentos na ocasião, mas a verdade é que nunca conseguimos encontrar algum indício satisfatório a respeito do ocorrido e do principal suspeito. Mas, agora, desconfiamos que tenha sido essa a pessoa que planejou tudo isso, como também o responsável pelo roubo dos arsenais em nosso depósito e, para isso, não há dúvidas, certamente contou com algum apoio interno. Sabíamos que, para a conclusão do roubo, havia somente duas hipóteses: a primeira era que alguém havia facilitado a sua penetração em nossas instalações e divulgado informações privilegiadas de um momento oportuno; e, na outra, somente alguém com profundos conhecimentos do local e totalmente preparado taticamente poderia entrar aqui sem ser notado ou percebido pelos soldados que estavam de sentinelas no plantão naquele fatídico dia. Recordo que era um feriado prolongado e estávamos com nossas guarnições reduzidas, até porque não havia preocupação alguma, tudo estava dentro da normalidade. Ninguém soube explicar ao certo de como tudo aconteceu, e decididamente fomos todos surpreendidos e enganados. O impensável aconteceu, e infelizmente o roubo foi muito preciso e audacioso, muito bem planejado por alguém que sabia perfeitamente como agir e do que estava em busca na nossa base. Enfim, muito bem arquitetado por alguém extremamente ardiloso e habilidoso, que foi capaz de entrar e sair, por incrível que pareça, sem ser visto ou notado. Agora, Tony, o problema é que estamos sofrendo muitas pressões superiores e temos que encontrar as armas de qualquer forma, até porque também representam um grande perigo e enorme poder de fogo em mãos erradas, com consequências drásticas e alarmantes. Não há outra solução e contamos com sua habilidade para isso. No entanto, até então, não tínhamos nenhuma pista, nem rumores, absolutamente nada que nos levassem a uma conclusão satisfatória. Internamente, fizemos diversas investigações a respeito, inclusive com vários oficiais interrogados, mas jamais encontramos informações que apontassem os seus verdadeiros culpados. Acredite, chegamos a um ponto em que nos sentimos totalmente incapazes para desvendar esse mistério, sem contar o fato de sermos alvos críticos e constantes de manchetes e matéria de capa nos mais importantes jornais em circulação no país.

— Suas afirmações fazem bastante sentido, comandante, lamento por se sentirem assim e pelos problemas que estão passando. E quanto à primeira hipótese, há alguma pista? — indagou Tony.

— Sim, mas a perdemos.

— Como assim? — perguntou Tony.

— Começamos a desconfiar de um dos nossos fuzileiros, um jovem que ingressara na carreira recentemente. Suas atitudes eram um tanto suspeitas e levianas. Levamo-lo a interrogatório para tentar obter algumas respostas, mas nada descobrimos e mesmo sob a pressão a que foi submetido, conseguiu se desvencilhar e negou todas as acusações a que fizemos. No entanto, poucos dias após, numa certa manhã, o encontramos misteriosamente morto. Os médicos legistas realizaram autópsia em seu corpo e, para surpresa de todos nós, constataram que sua *causa mortis* deu-se por estrangulamento praticado por outra pessoa, dotada, porém, de conhecimentos especiais. Para preservar as Forças Armadas da imprensa e para não atrapalhar o andamento das investigações, abafamos o incidente momentaneamente, considerando como um possível acidente em treinamento estratégico. Não sei se você compreende a nossa preocupação e nossas razões para tal, Tony.

— Claro, senhor, foi melhor assim. Também faria o mesmo, se desejam saber.

— Obrigado, Tony. Fico contente que pense assim. Bom, voltando à foto. Primeiro, deixe-me mudar a foto da tela. Vejam todos agora essa outra imagem.

Todos ficaram observando a nova foto projetada no telão e, abaixo dela, algumas menções em letras pequenas. E o comandante Roger voltou a falar acerca da imagem:

— Como podem notar, senhores, ambas é a mesma pessoa. Tony, ele realmente é um *Aranha Negra*, assim como você. Foi um dos nossos há algum tempo. Não fazia parte da sua equipe, não se assuste. Passou por aqui muito antes de você e sua turma. Seu nome é *Andrei Soares*. Como podem ver, logo abaixo da foto há algumas anotações pessoais, filho de José Soares e Margarida da Silva Soares, nascido em 15 de dezembro de 1977, na cidade de Ribeirão das Almas, Estado das Alagoas. Ingressou nas Formas Armadas aos quinze anos, em 1992. Permaneceu aqui até 1998, passando pelos mesmos treinamentos e especializações idênticas às suas, Tony. Neste período, foi preso em diversas ocasiões por brigas e confusões, se envolvendo com diversos cadetes, abandono de posto no quartel e, o pior de todos, usou de seus conhecimentos para assassinar a sangue frio um jovem adolescente pelo simples motivo de não se ter simpatizado com a cara dele. Infelizmente, conseguiu safar-se da culpa e não foi condenado, sendo absolvido por falta de provas. Não havia testemunhas e nem provas convincentes para incriminá-lo pelo assassinato, mas sabemos que foi ele o responsável pelo bárbaro crime. Finalmente, acabou sendo preso por abuso de poder sobre civis e por agressão ao seu superior imediato na época, que aqui está presente, ninguém senão o nosso amigo, o general Tavares, que poderá confirmar a agressão sofrida. Após sua saída da prisão, desrespeitado e sem espaço na instituição por desonra, abandonou as Forças Armadas, requisitando seu desligamento militar e, desde então, nunca mais o vimos. Simplesmente desapareceu.

Tony virou-se e olhou para o general Tavares. Embora quieto, gesticulava afirmativamente balançando as suas enormes sobrancelhas, que mais pareciam duas enormes taturanas se movendo. Enquanto isso, o comandante Roger ainda continuava em seu relato:

— Tinha um péssimo gênio, além de maldoso e insuportável. A sua tamanha arrogância fazia consumir-se por inteiro, um sujeito sem escrúpulos e sem caráter algum. Infelizmente, alguém em que não possa se confiar e, pior ainda, é extremamente habilidoso e perigoso por demais. Portanto, não o subestime Tony, não hesitará em confrontá-lo.

O comandante Roger fez uma pequena pausa, tomando um gole de água no copo a sua frente e Tony lhe disse:

— Infelizmente senhor, o poder é realmente comovente e é ao mesmo tempo um mal e um bem. Sempre tive consciência disso. Pessoalmente, gosto de pensar que inclinei a balança na direção do bem. Mas reconheço que o mal algumas vezes se manifesta em mim. Espero, porém, que, ao final, o bem prevaleça.

Outra pausa, outro gole de água, agora por conta de Tony. O general Tavares aproveitou o seu silêncio e perguntou-lhe:

— Filho, diga, como conseguiu encontrar nosso homem?

O comandante Roger também complementou com a pergunta do general Tavares, dizendo:

— Boa pergunta, general, diga-nos, como foi, Tony? Tem algo a ver com sua família, pelo menos foi essa a conclusão de que cheguei, fiquei desconfiado pela forma de como nos falamos nesta manhã.

— Tem sim, comandante. Mas ele nada tem a ver com minha família, longe disso, foi por um simples acaso.

— Menos ruim. Desculpe, prossiga — disse o comandante Roger. E Tony voltou a explicar-lhes resumidamente como tudo aconteceu:

— Tudo se iniciou no dia da minha formatura. Não havia ainda terminado a festa quando meu pai recebeu uma ligação pela madrugada. Alguém comunicava o falecimento de um casal de amigos dele, o que o deixou bastante chateado com a notícia recebida. Teve que abandonar todos da família para uma viagem inesperada até São Paulo, pois queria presenciar o enterro dos amigos. Em casa, já de volta, solicitou que todos nós da família nos reuníssemos para que pudesse falar a respeito do casal assassinado e do ocorrido. Não vou estender muito nos seus pormenores, por se tratar de algo muito particular e também porque não compete às Forças Armadas sobre esse assunto. Mas posso dizer a vocês que meu pai havia sido nomeado ainda em vida por esse seu amigo, em um testamento de última vontade para representá-lo quando morresse. No entanto, quando retornou de São Paulo, meu pai trouxe em sua bagagem inúmeras fotos e não me perguntem o porquê disso, mas eram fotografias dos corpos ainda no local do crime e de outras pessoas presentes, estas, porém, tiradas no local do velório. Às vezes, papai me surpreende com suas maluquices, mas, desta vez, conseguiu se superar e, pelo visto, até que nos ajudou, não é mesmo? Ele acabou se simpatizando com o perito policial responsável na investigação e terminou por obter, através dele, cópias de inúmeras fotos.

— Céus — disse o coronel Wesley —, nunca vi alguém fotografar velório. Seu pai deve ter lá suas razões para isso.

O coronel José Leandro nada dizia, permanecia só ouvindo, parecia mais uma estátua de pedra ali parada, até que resolveu abrir a boca para dizer, finalmente, alguma coisa que se aproveitasse:

— Até que seu pai não é tão burro assim.

Tony virou-se, olhou e ouviu o que ele disse. Educadamente, não disse nada, mas ficou totalmente sem jeito com a afirmação do coronel José Leandro, que, por outro lado, estranhamente, deu um pequeno grito:

— Ui...

O general Tavares percebeu a gafe que havia cometido o pobre coronel José Leandro e, antes mesmo que pudesse falar algo mais, lhe proferiu uma baita pisada no pé, que o fez gemer. Aquietou-se e ninguém percebeu o incidente, e Tony continuou a falar:

— De posse dessas fotos, comecei a olhá-las curiosamente, até que deparei com esta, que enviei a vocês. Não sei o que ele fazia por lá, mas parecia muito amistoso e próximo no meio de tanta gente. Não sei ao certo, existem os filhos dos falecidos para serem investigados e uma empresa da qual o amigo de meu pai era proprietário. Naquele instante, após reconhecê-lo na foto, meu instinto dizia que algo muito sério estava ocorrendo entre aquelas pessoas. Não tenho dúvida alguma sobre as minhas convicções. O quanto antes, ele precisa ser investigado e, se for culpado, gostaria de poder pôr as mãos nele e prendê-lo. E para isso, senhores, dependerão somente de vocês.

— O que pretende fazer, Tony? — perguntou o general Tavares.

— Gostaria de me infiltrar na família e na empresa. Talvez, inicialmente na empresa como um operário por um período de tempo. Tenho uma ligeira impressão de que a nossa resposta possa estar por lá.

O coronel José Leandro manifestou-se, preocupado com o pedido de Tony, e disse:

— Não sei, parece ser muito arriscado, Tony. Não há um jeito mais fácil de agir? Lembre-se de que esse desertor Aranha Negra já nos provou que é extremamente hábil e muito perigoso.

O comandante Roger retrucou em defesa de Tony e disse seriamente:

— Senhores, Tony é um dos melhores que temos e de nossa inteira confiança. Tenho certeza de que saberá sair-se muito bem nesta missão, não esqueçam de que ele já se provou orgulhosamente em outras missões importantes. Não vejo outra solução para o momento, temos que ser rápidos se quisermos pegá-lo e recuperar nossas armas enquanto ainda há tempo, isto é, será que ainda nos reste algo? Temos que aproveitar esse momento da distração dele, antes que ele fuja e seja tarde demais.

Tony interveio nesse momento e disse:

— Coronel José Leandro, talvez seja melhor o senhor ouvir o que tenho a lhes propor.

O general Tavares virou-se para ele e interrompeu a sua explicação:

— Prefiro não ouvir mais nada, Tony. A missão é toda sua, filho. Faça o que tem em mente, tem o nosso consentimento para agir e todo o apoio necessário que precisar em sua missão.

— Obrigado, general — respondeu Tony, e olhou para o comandante Roger, dizendo:

— Estou pronto, senhor. Posso partir de imediato, se assim desejarem.

— Grande tenente Tony, este é meu garoto — disse com bastante satisfação o comandante Roger, pois tinha por Tony uma grande admiração, muito afetuosa.

Todos observavam o comandante Roger com seu gesto orgulhoso e comovente, que, abraçado a Tony, ainda dizia:

— Que Deus esteja com você, meu filho.

— Obrigado, comandante. Esteja certo de que pegarei este desertor. Se for ele, pagará caro por ter manchado o bom nome das Forças Armadas — sentenciou Tony.

— Acredito em você, Tony, aliás, todos nós acreditamos. Agora nos diga, do que necessitará para essa missão? Providenciaremos tudo o que precisar — disse o comandante Roger.

— Armas, roupas especiais, aparelhos de escuta, equipamentos de comunicação, alojamento, um técnico de som para operar os equipamentos na operação e, preferencialmente, alguém em quem eu possa confiar. Vou precisar de uma nova identidade, um novo nome, novos documentos e, por fim, um furgão para transporte e locomoção.

— Será providenciado, Tony — disse o general —, e quanto a esta tatuagem? Como fará para escondê-la? E se, porventura, você se der cara a cara com o inimigo aranha negra, como se sairá? Poderá ser reconhecido e colocará tudo a perder, sem contar no pior que lhe possa acontecer.

— Não se preocupe, senhor, darei um jeito nisso. Serei extremamente cauteloso e cuidadoso, tenho meus próprios métodos para surpreendê-lo.

— E sua família, o que dirá a eles? — perguntou o coronel Wesley.

— Por enquanto os deixarei fora disso. Se precisar de algo, sei que posso contar com o apoio de meu pai. Para o momento, vou preservá-lo.

— Como quiser, Tony — disse o coronel Wesley, sem preâmbulo. Tem também o meu aval para essa missão. Boa sorte, tenente — desejou a ele, finalmente.

Depois da última observação dita pelo coronel Wesley, se levantaram e deram por encerrada a reunião. Tony mantinha-se em silêncio, quando todos se inclinaram para ele, fazendo-lhe continência, e desataram num coro de congratulações. Tony não disse nada até que todos se calassem, somente agradeceu pelo gesto cordial e, então, lhes falou:

— Muitos de vocês, talvez, não gostarão do que planejo fazer.

— Não importa, Tony, faça o que puder, mas faça-o. Acreditamos em você — disse o general Tavares, dando-lhe um leve toque ao ombro. — Precisa descansar agora, rapaz, partirá pela manhã — finalizou o general.

A reunião, por fim, havia terminado e todos saíram. O Comandante Roger ainda permanecia andando com a mão sobre o ombro de Tony e lembrou-se de algo mais que, agora, o aguçava, e resolveu perguntar-lhe:

— Só mais uma coisa, Tony, como é que você vai conseguir entrar na tal empresa como operário? Tem algum plano?

— Bom, comandante, não pensei nisso ainda. Mas contarei com a influência de minha família. Tenha certeza, darei um jeito nisso. Acredite!

— Se é você quem diz, quem sou eu para duvidar? Vamos que já é tarde. Mas tenho ainda um pedido a lhe fazer, me daria à honra de me acompanhar num chopinho? Há tempos que não nos encontramos para conversar. O momento nos parece propício e está uma noite muito agradável. O que acha?

— Claro, comandante, será um prazer poder acompanhá-lo. Pelo visto, está bastante animado hoje. Percebo que terei de aturar suas piadas maquiavélicas, não é mesmo? — disse Tony, aos risos.

— Foi bom você me lembrar. Tenho algumas novas, e por sinal muito engraçadas, irá gostar de ouvi-las. Agora vamos, conheço um belo lugar aqui bem próximo, inaugurou há algumas semanas. Todos os fuzileiros, inclusive sua tropa, andam se reunindo por lá. Vai gostar do ambiente, bastante alegre e acolhedor.

Capítulo VIII

Gabriel

Era 7h50 da manhã quando Tony resolveu aparecer no escritório do Quartel-General da Força Aérea. O comandante Roger aguardava-o com a mesa repleta de equipamentos à sua espera, que haviam sido solicitados na reunião do dia anterior. A porta estava aberta e, ao entrar, disse, assim que o avistou de pé e com os braços cruzados à frente da janela, olhando para o horizonte:

— Bom dia, comandante Roger!

— Bom dia, Tony! Não percebi que havia chegado. Pelo visto está com ressaca, sua cara não nega. — E ria.

— Apenas uma ligeira dor de cabeça. Acho que exageramos — disse aos risos. — E o senhor, como está?

— Estou bem. A noite foi muito divertida e proveitosa, mas confesso que desta vez acho que também exagerei, minha cabeça parece um martelete. Infelizmente, já não sou mais aquele garoto, tenho de aceitar que estou ficando velho e acompanhar os rapazes fuzileiros, ainda jovens e na flor da idade, é uma tarefa difícil. Deus me livre! Só no outro dia dou-me conta do meu estado e, levantar logo cedo para vir para cá não é nada fácil. Mas vamos ao que interessa. Venha, sente-se aqui Tony — disse o comandante Roger, apontando-lhe uma cadeira.

Tony se sentou na cadeira à frente da mesa. Em silêncio, observava o comandante Roger separar seus apetrechos, quando mais alguém chegou repentinamente. Agora outro fuzileiro, um jovem mulato, forte e atlético, mas sem seu uniforme, parado à frente da porta se anunciou:

— Mandou me chamar, comandante Roger?

— Sim, mandei, meu jovem. Sente-se aqui conosco. Tony, esse é Carlitos. Já o instruí da tarefa, portanto tem ciência dos trabalhos que farão juntos. Não é como aquele astro do cinema, mas é um artista em comunicações. Será seu assistente nesta missão e lhe dará todo o apoio e retaguarda necessários. É um bom rapaz, dedicado e experiente como você, tenho certeza de que se darão muito bem.

Tony levantou-se e cumprimentou gentilmente o jovial rapaz, dizendo-lhe:

— Muito prazer, Carlitos. Sou Tony.

— O prazer é todo meu, tenente Tony, será uma honra poder acompanhá-lo nessa missão — Disse Carlitos, prestando-lhe continência.

— Enquanto estivermos juntos, está dispensado dessas formalidades. Simplesmente me chame por Tony, não se preocupe. Estamos bem assim, Carlitos.

— Como desejar, Tony — respondeu Carlitos.

Feitos os cumprimentos, o comandante Roger iniciou uma breve exposição para ambos, explicando-lhes o que havia sobre a mesa, conforme o pedido solicitado por Tony:

— Já adiantei a Carlitos a respeito da missão e aqui está tudo o que me pediu, Tony: duas submetralhadoras, quatro pentes carregados e mais munições de reserva caso precisem. Três pistolas 9mm com silenciadores, três caixas de balas, seu novo uniforme, um macacão, três pequenos aparelhos de escuta e estas caixas ao lado são equipamentos eletrônicos de áudio e som, os quais serão preparados por Carlitos. Esses são os mais modernos e sofisticados equipamentos eletrônicos disponíveis que temos, têm um raio de alcance de 15 km, impossíveis de serem notados ou rastreados. Esses frascos são gás sonífero, seu efeito é instantâneo. Com relação ao alojamento, encontramos um bom local e você ficará hospedado com Carlitos num pequeno hotel próximo da empresa Chocolates Corpus Christi, foi o melhor que achamos e a acomodação deverá atendê-los perfeitamente. Vocês ficarão no apartamento 401 no quarto andar do Hotel River, aqui está o endereço —disse, passando para Tony um pequeno cartão. — Infelizmente, tem somente uma cama de casal, vocês que se virem por lá. Não posso fazer nada quanto a isso — disse seriamente.

O comandante Roger fez uma pausa e caminhou até uma pequena mesa ao canto em busca de um café, mas atentamente analisava-os à distância quanto às suas reações a mais uma de suas brincadeiras.

Quanto a isso, podemos dizer que o comandante Roger de fato é uma pessoa formidável e admirado por muitos, isso em face de sua personalidade e temperamento.

Ingressou ainda jovem nas Forças Armadas, integrou inúmeras missões na carreira, atingiu todas as graduações possíveis, além de conquistar diversas condecorações honrosas. Diante de sua enorme experiência obtida ao longo do tempo, tornou-se comandante da *Tropa de Elite Aranhas Negras*, uma unidade especial de forças de elite, destinada a agir de forma decisiva em ações militares, na qual era extremamente difícil de ingressar face às exigências e rigores e, ao nela entrar, seus integrantes entre aspirantes e graduados são submetidos a intensos e numerosos treinamentos especiais, além ainda de resistência física, psicológica, lógica e estratégica, combates urbanos e em selva, montanhismo, luta, especialização em armamentos e tiros de baixo e grosso calibre etc.

Quanto a Tony, o comandante possuía por ele muita admiração e simpatia, em verdade, um carinho paternal por um filho que sempre sonhara em ter e se sentia orgulhoso de estar preparando e passando toda a sua experiência ao jovem promissor primeiro-tenente Tony.

Quanto à sua personalidade, é de fato muito curiosa, é um grande líder, conservador e exigente nos trabalhos, mas, ao mesmo tempo, com seu grande senso de humor, uma característica reveladora de um grande cômico e piadista com uma lista interminável de piadas inteligentes e engraçadas e, com isso, é capaz de arrancar algumas boas risadas das pessoas, principalmente daqueles que o cercam, a esses não lhes dá trégua. E, assim, o comandante Roger se *divide e diverte* entre o *comando e a comédia.*

Já Tony e Carlitos nada disseram, mas ficaram intrigados com a gesticulação séria do comandante e entreolhavam-se, pensativos no que dizer. Mas, logo em seguida, o comandante Roger soltou uma enorme gargalhada que ecoou por todo o corredor do escritório, dizendo que só estava brincando com eles, porém, ironicamente, ainda aos risos lhes dizia:

— Juro que gostaria de estar lá para ver como é que vocês dois se sairiam dessa. — E continuava ele, aos risos eloquentes, enquanto Tony permanecia mudo e sério, pensativo no que lhe dizer.

Após cessarem os risos, voltou por dizer que tudo não passava de uma ligeira brincadeira com ambos e que não o levassem a mal.

Tony e Carlitos não se agradaram com suas graças, principalmente Carlitos, que não conhecia esse lado comediante e espirituoso do comandante Roger, como Tony conhecia tão bem, já que eram tão próximos. Acabaram aceitando-a com certa reserva e cautela, mas Tony já se sentia desconfiado pelo inevitável. Cessados os risos, o comandante voltou a explicar-lhes a missão, porém, agora num tom totalmente ríspido e sério, obrigando-os a ficarem atentos. Tony conhecia muito bem os métodos sarcásticos do comandante Roger e sabia que dele podia se esperar de tudo, e sentia-se desconfiado de que ele ainda estava aprontando mais alguma coisa com ele; seu semblante maroto não negava, mas permaneceram quietos, ouvindo-o atentamente em suas explanações:

— O apartamento é grande e espaçoso, o suficiente para o trabalho. Há cozinha, sala, duas suítes independentes para se alojarem e, por último, um quarto para que Carlitos possa instalar-se com seus equipamentos. O furgão que pediu está lá fora os esperando no estacionamento, todo negro e documentado em nome de um terceiro desconhecido, isso para dificultar se por acaso for rastreado por alguém. Já ia me esquecendo do principal, Tony. Aqui estão os seus novos documentos, agora você será Gabriel Ferreira Antunes, filho de João Ferreira Antunes e Luiza de Souza Antunes, ambos falecidos, nascido em Não-Me-Toque, Estado do Rio Grande do Sul, aos seis de julho, portanto, terá sua mesma idade. Foram providenciados todos os documentos necessários, cédula de identidade, CPF, carteira de trabalho, carteira de habilitação e certidão de nascimento. Não precisa ficar preocupado, são documentos idôneos e cadastrados. Há mais uma coisa, o furgão será rastreado e monitorado pelo nosso caça Northrop F-5E Tiger II durante todo o seu percurso até São Paulo, a fim de protegê-los de algo inesperado. Permanecerá pousado, rastreando-os em uma base aérea próxima de São Paulo, aguardando ordens para partir e agir, caso necessitem dele. Vocês poderão comunicar-se simultaneamente com o piloto do caça, seu veículo está equipado com rádio de comunicação de longo alcance. Lembrem-se de que, se houver qualquer problema que ocorrer durante a viagem, nosso piloto entrará em contato com vocês. Se necessário, aparecerá quando precisarem e, para isso, basta chamá-lo pelo rádio. Está autorizado para partir a qualquer momento e atirar em qualquer um que obstrua sua passagem, ou caso estejam passando por algum perigo. Só retornará para a nossa base quando vocês já estiverem no apartamento e em perfeita segurança com essas armas e equipamentos. Bom, acho que agora é só, nada mais tenho a explicar-lhes. Esqueci-me de algo senhores? — finalizou o comandante Roger:

— Não, já é o suficiente para a operação — disse Tony. Mas sentia-se indignado, e disse seriamente:

— Mas, convenhamos, comandante, nascido em Não-Me-Toque. O senhor não poderia ter optado por uma cidade conhecida? De onde tirou isso? Aliás, existe esta cidade?

Ao ouvir o lamento de Tony, o comandante Roger ria cinicamente. Tony, indignado, olhava para Carlitos, que, dissimuladamente, também ria da situação, este, porém, um pouco mais comedido. Tony calou-se e foi novamente surpreendido pelo comandante Roger, que disse:

— Desculpe, Tony — disse o comandante Roger, ainda aos risos. — Achei que você iria gostar. Tinha que escolher algo sugestivo para combinar com a cidade de Carlitos. Acredite! A cidade existe!

Tony levantou a cabeça, os seus olhos se dilataram de espanto, e franziu a testa pensativo. Virou-se desconfiado e disse:

— Melhor nem saber qual é a cidade. Vá se acostumando, Carlitos, com o comandante Roger, ele é terrível. Dele pode se esperar de tudo — finalizou. Tony virou-se para o comandante Roger e disse, apontando-lhe com seu dedo indicador:

— O senhor não toma jeito mesmo. Adora fazer piadas com coisas sérias. Aguarde-me — disse Tony, aos risos:

— Calma, Tony. Onde está o seu lado espirituoso? — disse o comandante Roger. — Eu só estava tentando quebrar um pouco o gelo entre vocês dois, até por que conviverão juntos por um bom tempo. Não é mesmo?

Tony olhava para o comandante Roger, estava sério, suava frio e percebiam-se alguns pontos roxos aparecendo em sua face. Novamente levou a mão à cabeça e começou a se coçar, pensativo no que fazer. Estava indignado com ele e indefeso no que lhe falar, mas disse, finalmente:

— O senhor não perde por esperar. Aguarde-me, não me esquecerei. Terá o troco na hora certa, esteja certo disso — concluiu. E riam todos do burlesco episódio.

Tony nada podia fazer contra as gozações do seu comandante, já que ele próprio também vivia aprontando as suas com ele. Foi a hora da desforra. Então o negócio era aceitar e rir o máximo que puder.

A hora havia chegado, afinal. Carlitos e Tony apertaram a mão do comandante Roger, prestaram-lhe continência e despediram-se rapidamente. Após carregarem o furgão, partiram para uma longa viagem, agora com destino à cidade de São Paulo.

Na estrada, Tony ligou para mim e ficamos falando por quase uma hora no celular, e também com Lucila, sua mãe. Mas não relatou a respeito de sua missão, na verdade nos enrolou novamente, como de costume. Certamente achava que ficaríamos apavorados por saber o que estaria fazendo. Tentar nos explicar seria ainda muito mais complicado; portanto, resolveu nos preservar, omitindo sobre sua missão e por onde realmente estaria. Optou por mentir e nos alertou que ficaria fora do país a serviço das Forças Armadas e que não retornaria tão cedo para casa, talvez entre um a três meses. Pediu para que não se preocupássemos com ele, pois estaria bem, e nem que lhe ligássemos, até por que seria uma tentativa inútil, seu celular estaria fora de área, impossibilitando qualquer tipo de comunicação, mas que, dentro do possível, entraria em contato conosco.

Enfim, compreendemos muito bem o comunicado de Tony; no entanto, e por conhecermos nosso filho melhor do que qualquer um, não o interpelamos. Lógico que não engolimos sua fantasiosa história e ficamos desconfiados de sua repentina e misteriosa viagem, já que estava de folga, em seu período de férias.

E, assim, uma grande amizade entre Tony e Carlitos se iniciava, e juntos partiam em missão, numa aventura marcada por muita confusão e confrontos perigosos, com situações engraçadas e impensáveis, e um futuro não imaginado que ficará marcado por toda a vida.

Capítulo IX

Rasgando a linha do horizonte

A viagem prosseguia tranquilamente, ninguém na rodovia para incomodar a não ser o calor medonho e insuportável que transformava o furgão num enorme caldeirão, cozinhando-os por inteiro.

De dentro do carro, era possível enxergar o vapor que subia do vasto tapete negro, a perder de vista. Tony estava dormindo encostado ao banco do carro, totalmente desligado do mundo enquanto Carlitos permanecia atento à frente do volante. Seus olhos estavam escondidos com óculos escuros de lentes verdes, o famoso caçador de hastes douradas, e permanecia de olhos fixos na estrada.

O sol ainda permanecia e insistia em não desaparecer, mas a noite já começava a surgir aos poucos na linha do horizonte por detrás das colinas. Mais adiante, Carlitos leu uma placa verde indicativa, que trazia escrito em tarjas brancas "Barreira da Polícia Rodoviária. Divisa de Estado entre Rio de Janeiro e São Paulo". Deduziu que o posto rodoviário estava logo adiante e continuou calmamente em seu trajeto, sem se preocupar com a placa de alerta, pois não havia cometido nenhuma infração e estava dentro do limite de velocidade permitido.

O furgão estava bem próximo e, enquanto avançava vagarosamente, aproximava-se cada vez mais do posto rodoviário. De longe, havia notado que algumas viaturas estavam paradas e, ao chegar, percebeu que a rodovia estava totalmente bloqueada por veículos da Polícia Rodoviária. Luzes de emergência vermelhas e amarelas giravam e piscavam, iluminando-as. Achou aquilo estranho, e Carlitos diminuiu ainda mais sua velocidade, pois alguns policiais acenavam para que ele parasse o seu carro. Obedeceu e parou o veículo no acostamento, um pouco antes da entrada de acesso ao posto rodoviário.

Carlitos reparou que vários policiais rodoviários puseram-se ao seu redor com armas em punho, e gritavam para que colocassem as mãos sobre a cabeça. Confuso, não compreendia o que de fato estava acontecendo, mas, educadamente, obedeceu ao pedido, sem manifestar qualquer tipo de reação. Quanto a Tony, ainda estava cochilando e, ao ouvir os gritos pelo lado de fora, acordou assustado, deparando-se com um monte de pessoas aos arredores, e fortemente armadas. Ainda sonolento, a princípio pensou que estava sendo assaltado, enfiou a mão por debaixo do banco e ameaçou pegar a sua pistola.50, mas foi surpreendido por um policial em sua janela, que gritava, apontando-lhe uma arma em sua direção, impedindo-o de fazer qualquer movimento brusco. Totalmente indefeso, manteve-se calmo e rendeu-se ao oficial, enquanto esse lhe dizia:

— Nem pense nisso. Eu mandei colocar a mão na cabeça — disse o policial.

Tony achou estranha a abordagem. Olhou à sua volta e contou o que estava vendo, e não compreendia o que de fato estava acontecendo. Oito homens armados cercavam o furgão, notando que se tratava de policiais rodoviários em razão de suas fardas. A constatação lhes trouxe um certo alívio, e juntos aquietaram-se com as mãos sobre a cabeça e, emudecidos, aguardavam um momento adequado para poderem se identificar. E permaneceram ali, observando-os em ação. Com os dois definitivamente rendidos, os policiais começaram a falar alto com eles:

— Desçam devagar com as mãos sobre a cabeça.

Tony, como sempre muito calmo, estava, porém, surpreso com tudo aquilo, não fazia sentido algum aquela abordagem repentina, principalmente pela forma de como agiam, até porque demonstravam estar um pouco afoitos ou assustados com algo. Sua experiência lhe mostrava que algo estava errado. Teve que abaixar a mão para puxar o trinco da porta para abri-la. Mas alguém novamente gritou aos berros com ele, impedindo-o que o fizesse:

— Eu falei com as mãos sobre a cabeça. Está surdo?

Tony se sentia constrangido com aquela situação e acabou por dizer ingenuamente:

— Posso pelo menos abrir a porta?

— Não — disse o policial, secamente.

Tony não gostou da forma como estava sendo tratado e tentou responder à altura:

— Vocês não sabem...

Mas Tony foi interrompido quando pretendia dizer algo a seu favor e ouviu novamente, agora ruidosamente:

— Cale a boca e saia. Não lhe perguntei nada.

Tony ficou sem reação, sentia-se totalmente incrédulo e indefeso. Não pretendia usar de sua patente, nem mesmo ser deselegante com os colegas de profissão, mas a verdade é que não os deixavam ouvidos. O policial resolveu aproximar-se da porta e, com um leve toque, abriu-a para que ele saísse, e o mesmo foi feito com Carlitos pelo outro lado do carro.

Tony ainda esforçava-se para tentar dizer-lhes algo:

— Somos da...

Mas, novamente, Tony foi repreendido e impedido de falar, deixando-o um tanto irritado pelo tratamento recebido, e disse o policial, ainda em tom mais rude com ele:

— Será possível que você é surdo? Cale a sua boca! Lembre-se que tudo o que disserem aqui, poderá ser usado contra vocês no tribunal — sentenciou o policial.

Tony e Carlitos estavam indefesos e não conseguiam falar com os policiais para se identificarem e decididamente não os deixavam ser ouvidos. E o inevitável também surgiu para complicar a situação. Agora, o piloto do caça enviava sinal pelo radiocomunicador e perguntava por que haviam parado. Tony e Carlitos não tinham como atender o rádio e os policiais, empolgados por prendê-los, conversavam alto entre si e não percebiam o chamado de dentro do furgão, que crepitava por repetidas vezes.

Já fora do furgão, pediram para que ambos colocassem as mãos sobre o capô, e foram revistados, mas nada foi encontrado com ambos, estavam desarmados. De pé, apoiado ao furgão, Tony alertava para identificar-se, estava com muita raiva. Novamente não foi ouvido e impacientemente ouviu o policial lhe dizer algo impossível de ser compreendido:

— Calem-se. Sabemos quem são vocês e não adianta fazerem esta cara de coitadinhos. Os dois estão presos e, portanto, aconselho a ficarem bem quietinhos. A Polícia Militar já está a caminho para buscá-los — disse a ambos enquanto eram algemados. No entanto, vários policiais armados à volta os mantinham em vigilância.

O rádio agora emudecera no furgão e o piloto do caça havia desistido de chamá-los. Um jovem policial aproximou-se pedindo-lhes os seus documentos e foi à única vez que Tony conseguiu dizer alguma coisa de concreto a eles:

— Estão no porta-luvas do furgão. — Tony tentou prosseguir e dizer por algo mais, mas foi interrompido, o jovem policial não lhe deu atenção, virando-lhe as costas, e deslocou-se em direção ao furgão.

Tony e Carlitos entregaram-se definitivamente e aquietaram-se, limitando-se apenas em observá-los enquanto agiam, já que não os deixavam ser ouvidos. Tony percebeu ao canto que um policial anotava as placas do furgão numa prancheta em sua mão e, após, dirigiu-se em direção ao escritório do posto rodoviário. Tony não acreditava no que estava acontecendo e encarava tudo aquilo com muita indignação e perplexidade. Afinal de contas, não haviam feito nada de errado e certamente estavam sendo confundidos com alguém, pelo menos era o que deduziam.

Os policiais ficaram afastados a poucos metros do furgão, mas se mantinham firmes, vigiando-os com suas armas em punho, enquanto permaneciam ainda de pé, apoiados com as mãos em cima do capô.

Um policial estava dentro do furgão fazendo uma revista completa por todo o seu interior, e de repente soltou um grito eufórico:

— Olha! Vejam só! Uma pistola.50 e outra 9mm. Isso é armamento das Forças Armadas, pessoal. — E, quanto mais mexiam, mais armas e munições eram encontradas, além de sofisticados equipamentos. E disse finalmente o policial:

— É, senhores! Agora estão ferrados!

Ironicamente, as descobertas os deixaram eufóricos, e festejavam entre si por terem encontrados uma presa tão fácil. Houve até quem, feliz, comentou que receberiam prêmios pela captura.

Tony estava totalmente transtornado e sua mente latejava. Decidiu por fazer algo e começou a gesticular bravamente e disse aos berros:

— Estão cometendo um grave engano. Quero falar com algum superior de vocês, imediatamente.

Seus apelos em nada ajudaram, pelo contrário, acabaram gerando um clima tenso e atraindo os policiais a fim de repeli-lo:

— Cale-se, já falei — respondeu um dos policiais à sua frente.

Tony tentou novamente lhe falar algo, mas acabou sendo interrompido outra vez. Não suportando aquela situação, Tony perdeu a cabeça e, mesmo algemado, entrou em luta corporal com o policial.

Carlitos, também algemado e vendo Tony rolando no chão do asfalto atracado com o policial, partiu também para a briga. Uma tremenda confusão se armou e em poucos segundos vários policiais os renderam, imobilizando-os completamente. Intimidados, tiveram que se calar definitivamente, após tomarem algumas tapas na cara, sem contar as acusações de terem desacatado autoridades e terem resistido à prisão.

Tony e Carlitos estavam totalmente rendidos e impossibilitados de agirem ou fazerem qualquer coisa a seu favor. Algemados e com as mãos para trás, dessa vez foram colocados deitados com a cara no chão do asfalto enquanto ouvia os policiais se vangloriando entusiasmados pela prisão. Tony olhava para Carlitos, e ouviram quando um deles ainda dizia:

— O comandante ficará orgulhoso de nós por prendermos esses bandidos. — E riam com veemência, enquanto outro ainda disse vangloriosamente:

— Talvez ganharemos até uma medalha, o que será bom para o curriculum.

Grande ironia. Mal sabiam que uma grande e inexplicável confusão se iniciava e ninguém se dava conta de que tudo estava errado. Infelizmente, empolgados e convictos que haviam capturado criminosos, não deixaram em hipótese alguma que Tony e Carlitos pudessem ao menos lhes explicar e muito menos permitiram que se identificassem.

Tony e Carlitos notaram que o piloto do caça havia desistido de chamá-los pelo rádio, e esse silêncio deixava-os bastante preocupados. Acabaram se lembrando das orientações específicas do comandante Roger e sentiam-se temerosos pelo o que poderia acontecer por ali.

E, para piorar a situação, três viaturas da Polícia Militar acabavam de chegar em alta velocidade e com suas luzes e sirenes ligadas. Um barulho insuportável se misturava ao eco do vale, e isso atraía moradores curiosos, que começavam a se aglomerar pelas redondezas, observando-os em ação.

Vários homens armados de escopetas e metralhadoras desceram das viaturas e se juntaram aos policiais rodoviários em busca de explicações.

Tony e Carlitos observavam a ação deles, que conversavam entre si, mas estavam longe e não conseguiam ouvir o que tanto falavam de fato. De repente, dirigiram-se novamente até o furgão e começaram a descarregar tudo o que havia dentro dele no chão da rodovia, e aos poucos foram abrindo todas aquelas enormes caixas que estavam em seu interior. Ao constatarem o seu conteúdo, começaram a gritar uns aos outros.

— Meus Deus, vejam só! Quantas armas e quantas munições. Parecem que iam fazer uma guerra — gesticulava um policial com uma submetralhadora na mão suspensa no ar.

— Céus, Carlitos! — disse Tony, apavorado. — E agora? O caça vai aparecer a qualquer momento e temo pelo pior — cochichou Tony em voz baixa ao ouvido de Carlitos. E Tony e Carlitos terminaram por ouvir de um policial a poucos metros algo ainda mais do que estranho:

— E o dinheiro está aí dentro.

— Que história é essa de dinheiro que estão falando? — perguntou Carlitos a Tony.

— Sei lá. Parecem mais um bando de malucos — respondeu Tony. E respondia o policial de dentro do furgão.

— Infelizmente, não há dinheiro algum aqui. Certamente está em poder dos seus comparsas. Provavelmente em outro carro. Avise pelo rádio para fecharem todas as saídas da rodovia para interceptarem os criminosos que ainda estão em fuga pela estrada.

Um policial militar aproximou de Carlitos e, antes que dissesse algo, o jovem, totalmente apavorado e preocupado com a situação, disse-lhe:

— Seus doidos, preciso ser libertado antes que aconteça um desastre por aqui!

Pobre Carlitos, estava tão nervoso que acabou por chamar os policiais de doidos. Sentindo-se ofendido pelo jovem, o policial gritou ferozmente com ele:

— O senhor acha que está falando com quem? Acho que não entendeu o que está acontecendo por aqui ou se faz de tonto. Vocês estão presos. O senhor que se aquiete e me respeite, antes que perca a paciência com você — retrucou finalmente o policial.

Decididamente, Carlitos aquietou-se. Estava indefeso e conscientizou-se que não conseguiriam se apresentar aos colegas de profissão, e o jeito foi calar-se e aguardar pelo inevitável. O rádio começou a funcionar novamente e Tony ainda ouvia o piloto do caça chamando-os incansavelmente, quando finalmente emudeceu-se repentinamente e agora já era tarde. A decisão havia sido tomada.

Tony arregalou os olhos, ainda mais abertos do que já estavam, e, preocupado, disse a Carlitos:

— Fique de cabeça bem abaixada, a festa vai começar a qualquer momento. Já assistiu alguma vez e ao vivo um caça agir?

— Não — respondeu Carlitos.

— Então, prepare-se. Comece a contar, será dentro de poucos minutos.

Carlitos viu o caça apontar lá no horizonte, a noite já se fazia presente, de longe ele piscava e confundia-se com as estrelas do céu. Carlitos mostrou-o, avisando a Tony:

— Olhe, Tony. Lá está ele vindo. Céus! E agora?

Antes, porém, no escritório da Polícia Rodoviária, uma busca estava sendo feita às placas do furgão quando um policial entrou correndo e mostrou os documentos que havia encontrados no veículo. Imediatamente e receosos por terem cometido um erro gravíssimo, realizaram uma nova busca rápida na central de polícia na tentativa de checar a veracidade daqueles documentos e, de repente, na tela do computador, uma mensagem assustadora lhe apareceu:

Uso restrito das Forças Armadas.

E a ficha de Tony surgiu na tela.

O policial, ao ver a foto de Tony e a mensagem de que se tratava de um oficial "primeiro-tenente da Força Aérea e membro da Tropa de Elite Aranhas Negras", ficou apavorado. Levantou-se rapidamente de sua cadeira e saiu correndo, chamando pelo seu comandante que estava de folga descansando, dormindo num pequeno quarto no alojamento aos fundos. O grito estarrecedor foi tão grande que o comandante acordou assustado, levantando-se do jeito em que estava e pôs a ouvi-lo sobre o ocorrido, após seu quarto ser invadido.

O comandante, após ser cientificado do que estava acontecendo, caiu também em total desespero e saiu correndo num ritmo desenfreado, acompanhado por todos que estavam dentro do posto rodoviário, deixando o prédio totalmente vazio e desguarnecido.

Carlitos e Tony, de longe, os observavam correndo aos gritos, mas o inesperado era que o primeiro da fila estava sem camisa, descalço e de cueca, enquanto acenava com as mãos em total desespero, dizendo aos berros:

— Parem! Parem, eles são da Força Aérea!

Às vezes, coisas inexplicáveis acontecem, e a providência divina sempre está atenta para amparar a quem necessita. Por incrível que pareça, após certificarem-se sobre Tony, nenhum oficial permaneceu no posto rodoviário, estava totalmente vazio, e foi o suficiente para os livrarem de um trágico acidente. E não é que, inesperadamente, um furgão preto, idêntico, em fuga acompanhada de perseguição logo atrás por mais duas viaturas militares, surge em altíssima velocidade? Infelizmente ou felizmente, o furgão, ao passar por todos e por entre várias viaturas ali estacionadas, estava totalmente desgovernado, seu condutor havia perdido sua direção e simplesmente passou direto, atravessando a enorme porta de vidro do posto rodoviário, invadindo e destruindo tudo em seu interior. O curioso foi que não se passaram muitos segundos após o seu impacto e várias explosões aconteceram no interior do prédio. Todas suas janelas tiveram seus vidros estilhaçados, móveis e equipamentos foram lançados a metros de distância, atingindo as viaturas ali paradas, e um fogo intenso se alastrou, tomando força e vigor, por todo o prédio. O impacto das explosões foi tão violento que chegou a fazer tremer o chão do asfalto, e várias viaturas acabaram sendo afetadas, tendo seus para-brisas e vidros estilhaçados.

A dedução que se supunha, era de que esses, sim, eram os verdadeiros criminosos e certamente estavam portando dentro do furgão granadas ou dinamites, em razão da forte explosão causada no interior do posto rodoviário e, como consequências, terminaram vindo a óbito e totalmente irreconhecíveis, sem contar a enorme escuridão que tomou os arredores.

Tony e Carlitos ficaram boquiabertos ao presenciarem aquela horrenda cena, e conversavam entre si sobre o ocorrido, momento em que não repararam que mais alguém se aproximava deles. Era um policial de meia-idade, forte e alto. Tony reparou que se tratava de um tenente, por causa das patentes que trazia em seu ombro; este, porém, um pouco mais moderado, perguntou a eles num tom cordial e modesto:

— Fiquem calmos, nada acontecerá a vocês. Mas preciso que colaborem comigo e me digam para onde foi o restante de seus comparsas.

— Eles não foram senhor, estão é vindo. Acho melhor o senhor se abaixar com a gente — respondeu Tony, pressionando sua cabeça contra o chão, acompanhado por Carlitos ao seu lado. O tenente não entendeu o que Tony havia lhe dito e o indagou, contrariado:

— Ô! Rapaz! Você acha que está falando com quem? Por acaso está querendo gozar da minha cara? Vamos, desembuche e diga logo. Não tenho tempo para ficar perdendo com vocês. Portanto acho...

Mal terminou de falar o pobre tenente quando, finalmente, o caça passou sobre eles num voo rasante, rasgando o céu. Foi um estardalhaço infernal, e o chão tremia todo por causa da força de seu potente motor propulsor. Tony e Carlitos estavam encolhidos, encostados um ao outro, mal conseguiam respirar direito e observavam o desfecho daquela cena.

O caos estava instalado. Todos os policiais, que já estavam totalmente surpresos com todo o ocorrido, agora estavam ainda mais amedrontados e permaneciam deitados com os rostos ao chão do asfalto. O tenente por fim se entregara ao pedido de Tony, deitando-se também ao seu lado, tremendamente assustado e não entendendo o que estava acontecendo por ali.

Mas já era muito tarde, poucos segundos se passaram, numa manobra rápida e brusca o caça retornou velozmente; no entanto, totalmente armado e agora apontando suas enormes metralhadoras para baixo. Mas, ao bem de todos, felizmente não atirou, apenas um voo rasante de reconhecimento, o suficiente para assustar todos. Apavorados, vários policiais voltaram a se deitar no chão, e muitos outros, em plena escuridão, atemorizados, se embrenharam pelo mato ao redor da rodovia. Quanto ao pobre tenente, ainda ao lado de Tony, estava pálido e não piscava seus olhos de tão assustado. Com os olhos arregalados, inocentemente perguntou:

— Que diabos é isto? Alguém pode me dizer o que está acontecendo por aqui?

Tony, então, pôde dizer, finalmente, o que tanto queria falar:

— Sou Tony, primeiro-tenente da Força Aérea e líder da Tropa de Elite Aranhas Negras. Esse é Carlitos, também fuzileiro e meu assistente. Esse caça está nos acompanhando para nossa proteção em uma missão confidencial das Forças Armadas.

— Céus! Então façam alguma coisa! Detenha-o! Antes que alguém se machuque por aqui.

— Eu bem que tentei avisar, tenente, mas não me deixaram.

— Está bem, mas pare-o.

— Se o senhor soltar as minhas algemas, talvez possa ainda detê-lo, antes que o piloto resolva atirar por aqui.

O tenente apavorado, procurava em seus bolsos pelas chaves das algemas e não as encontrava. Em pânico, começou a gritar:

— Tragam a chave e soltem as algemas desse homem. Pelo amor de Deus!

Ao ouvi-lo, um policial próximo, ainda deitado no chão, rastejou até o encontro de seu corpo inerte:

— Rápido, homem! — ainda gesticulava, alucinado e aos gritos, o pobre tenente.

Enfim, recebera as chaves. O tenente logo abriu as algemas, e Tony e Carlitos, sentindo-se agora mais aliviados, trataram de ser rápidos e correram até o furgão, pegaram o rádio e chamaram-no:

— Não atire! Estamos bem! — dizia Tony repetidas vezes, na tentativa de pará-lo.

E o piloto, ao ouvir os seus chamados, respondeu finalmente:

— Entendido, tenente. O que houve afinal? Por que não respondiam ao meu chamado? O que foi aquela explosão. Pude ver daqui de cima e a quilômetros de distância.

— Depois lhe explico, faça a volta. E, por favor, não atire. Estamos todos bem. Já basta o ocorrido por aqui. Só espero que tenha sobrado alguma coisa ainda de pé ou pelo menos que ninguém tenha se ferido.

— Perdoe-me senhor, fui designado para protegê-los. Tenho ordens até para atirar em qualquer obstáculo ou em qualquer um que os impeçam de prosseguir.

— Tudo bem, estamos cientes disso. Mas não precisa se preocupar. Fique tranquilo. Câmbio e desligo — disse Tony.

Tony e Carlitos estavam agora de pé à frente do furgão. Mais aliviados, entreolhavam-se em silêncio e reparavam por toda extensão a dimensão do estrago ocorrido. Alguns ainda persistiam deitados no chão, mais adiante outros saíam do mato com escoriações por todo o corpo e totalmente enlameados de um típico barro negro. Ao lado da rodovia, estendia-se um enorme brejo a perder de vista, coberto por taboas e aguapés. Carlitos também estava boquiaberto com o cenário e se sentia confuso quanto à situação de alguns policiais à sua frente, e disse para Tony:

— Como é que eles foram parar no brejo? É distante e está no outro lado da pista.

— Nem imagino, Carlitos. De fato, é curioso. Será que alguém se machucou? — preocupou-se Tony.

— Aparentemente ninguém parece estar ferido, somente assustados e alguns com lama até o pescoço — disse Carlitos, aos risos.

— Há um lado bom para a ocasião, o barro faz bem para a pele — disse Tony, rindo, enquanto caminhavam observando a tudo aquilo.

Tony e Carlitos olhavam por todos aos arredores, agora avistavam o prédio da Polícia Rodoviária totalmente destruído, e ainda com um pouco de chamas no que sobrara, mas o suficiente para iluminá-los naquela escuridão. Por conta da forte explosão, os fios de alta tensão acabaram se rompendo, transformando o local num breu absoluto. Do teto nada sobrou, sua estrutura desabou por completo, vindo ao chão. O fogo então se alastrou com intenso furor em seu interior, em que nada restou, e cuspia labaredas num crepitar violento. Tudo foi consumido e devorado pelas chamas. Todas as janelas de um lado ao outro da fachada estavam estilhaçadas e lançadas a metros de distância. Algumas viaturas de pernas para o ar, outras pegando fogo e algumas com seus vidros totalmente estilhaçados. Curiosos, então, de longe se acotovelavam na busca da melhor visão para contemplar o incrível espetáculo, enquanto outros aplaudiam, felizes e emocionados com as cenas. Esses nada sabiam do que estava acontecendo e se sentiam convictos de que se tratava de filmagem para algum filme de ação.

Enfim, nada se podia fazer. As últimas centelhas restantes se apagaram e somente ferros retorcidos e entulhos se viam, sem contar algumas viaturas danificadas; outras, então, totalmente destruídas. Foi o que restou ao final de um incidente controverso e inexplicável.

Aos poucos, tudo retornava a sua normalidade, e todos os policiais foram reaparecendo no breu da noite. Não sabiam o que dizer a respeito e adulavam-nos servilmente. Ao passarem, davam uma ligeira tapa ao ombro de Tony e Carlitos, que nada diziam, apenas os aceitavam cordialmente. Mas, melancólicos, pediam em tom monótono:

— Desculpe, tenente — E saíram cabisbaixos.

O rádio dentro do furgão voltou a crepitar e chamava por Tony, que, ao ouvi-lo, foi atender prontamente:

— Tony na escuta. Prossiga.

— Tony, sou eu, o comandante Roger. Fui avisado pelo piloto do caça sobre o ocorrido. Tudo bem com vocês? Alguma baixa ou feridos?

— Sim, tudo bem. Não há feridos, senhor, mas quanto à baixa, pelo visto, somente mesmo dois criminosos vieram a óbito.

— Pelo menos vocês estão bem. O que aconteceu, afinal?

— Não temos culpa, comandante Roger, ficamos presos na barreira da Polícia Rodoviária. Nosso piloto do caça também é isento de qualquer responsabilidade, até por que não realizou nenhum disparo, simplesmente sobrevoou a área, nos protegendo. Infelizmente, fomos confundidos com assaltantes. Somente momentos após sermos abordados é que apareceu um furgão idêntico ao nosso com criminosos em fuga, que, desgovernado, foi parar para dentro do posto rodoviário e lá dentro acabou explodindo e destruído todo o prédio.

— Como é que pode isso? Por que não se identificaram?

— Nós tentamos, comandante! Mas, infelizmente, não nos deixaram ser ouvidos. Como disse, fomos confundidos.

— Vou resolver isso e agora. Há algum superior por aí? Coloque-o para falar comigo.

— Sim, há. Só um instante.

Tony chamou o tenente da Polícia Militar e colocou-o na linha para falar, mas, antes, comunicou-lhe que era o comandante Roger, seu superior hierárquico.

— Pois não, senhor, tenente Ambrósio na escuta.

— Sou Roger, comandante da Tropa de Elite Aranhas Negras. O primeiro-tenente Tony está em missão pelas Forças Armadas e deve ser liberado imediatamente.

— Mas o que faremos? Tudo foi destruído, as viaturas...

— Tenente, cada um com seus problemas. Primeiramente, preciso resolver o meu e peço urgentemente para liberar o primeiro- tenente Tony e seu assistente, Carlitos, também fuzileiro. Quanto a você, tenente, verei em que posso ajudá-lo. Fui informado de que meus homens foram parados equivocadamente pelos seus homens e impedidos de se identificarem.

— Infelizmente foram confundidos com assaltantes, senhor.

— Não respondeu ao que perguntei, tenente, quero respostas precisas. Meus homens foram impedidos de se identificarem ou não?

— Perdoe-me, senhor, acho que houve um mal-entendido com meus homens.

— Você chama esse tipo de abordagem de mal-entendido? Da próxima vez, tenente, oriente para que seus homens sejam mais sensatos e averíguem direito as pessoas antes de abordá-las equivocadamente.

Deem pelo menos o benefício da dúvida. Até que provem o contrário, todos são inocentes. Copiou ou terei que repetir?

— Copiei, sim, senhor. Entendi perfeitamente.

— Ótimo. Farei pessoalmente uma sindicância para apurar os fatos ocorridos. Saiba que todos poderão ser responsabilizados por obstruírem os trabalhos das Forças Armadas — resumiu o comandante Roger, intimidando-os.

— Mas, senhor, foi apenas um incidente operacional.

— Compreendo, tenente. Verei o que posso fazer para ajudá-lo, voltaremos a nos falar em breve. Enquanto isso, peço que libere imediatamente meus homens e equipamentos. Câmbio e desligo.

O comandante Roger cessou de falar e deixou todos furiosos com seu relato. Principalmente o tenente Ambrósio, que bufava com uma intensa raiva e, aos gritos, procurava explicações de seus homens do que havia ocorrido, afinal, e ninguém soube dizer ao certo o que de fato aconteceu.

Longe deles, Tony e Carlitos certificavam-se de que tudo estava no seu devido lugar dentro do furgão, e foram autorizados a prosseguir imediatamente em sua viagem.

Ninguém mais tocou no assunto, muito menos se defendeu ou disse algo mais. Tony e Carlitos, preocupados com o possível surgimento de repórteres, trataram de partir o mais rápido possível, não pretendiam ser alvos de manchetes de noticiário.

E assim, de volta à estrada, prosseguiam em sua jornada com destino a São Paulo, deixando para trás um emaranhado monte de entulhos e sucatas de um incidente inacreditável, que jamais será apagado da memória daqueles que por lá estiveram.

Capítulo X

O maratonista Cabo Setembrino e o jovial dançarino

Era madrugada, 1h15 da manhã de quarta-feira. Após uma estafante e embaraçosa viagem, finalmente o furgão estacionava em frente ao Hotel River, totalmente seguro. Uma forte chuva torrencial de verão caía sobre a cidade ainda adormecida. Carlitos desceu e foi até o saguão do hotel, enquanto Tony entrava em contato pelo rádio com o piloto do caça, que ainda continuava monitorando-o pelo rastreador:

— Tony chamando águia. Na escuta.

— Na escuta, tenente Tony.

— Já encontramos nosso alvo, repetindo, já encontramos nosso alvo. Obrigado pela companhia, mas onde você está agora?

— Depois do incidente, retornei em direção à base aérea de São Paulo. Estou pousado, aguardando suas instruções para retornar.

— Então, meu amigo, está liberado para retornar.

— Entendido, tenente, vou reabastecer a aeronave para voltar ao Quartel-General no Rio de Janeiro. Partirei imediatamente. Foi uma honra poder acompanhá-los.

— Eu que agradeço, meu amigo, Carlitos também pediu para agradecer a você.

— Se precisarem de mim, basta chamar. Sabem como fazer para encontrar-me.

— Entendido meu amigo, câmbio e desligo — finalizou Tony.

Carlitos, já de posse das chaves de seus aposentos, agora estacionava o furgão no subsolo do hotel. A chuva persistia fortemente em cair e não demonstrava indícios de que terminaria tão cedo. Tony e Carlitos, embora exaustos, resolveram descarregar tudo imediatamente. Era madrugada, um momento propício para não despertar atenção de curiosos. Não demorou muito e em menos de quarenta e cinco minutos já estavam em seus aposentos com toda a bagagem espalhada pelo chão da sala, e decidiram desmontar as caixas para montarem os equipamentos pela manhã seguinte.

Tony e Carlitos estavam famintos, decididos encomendaram pelo telefone algumas pizzas para saciar a fome e algumas cervejas para amenizar o stress e o cansaço. Enquanto aguardavam o entregador chegar, dirigiram-se para suas suítes e foram tomar um bom e merecido banho a fim de revigorarem seus corpos.

Enfim, depois de uma longa espera, o entregador apareceu com a encomenda solicitada, após serem informados pela recepção do hotel e autorizado o ingresso para a entrega.

Poucos minutos se passaram quando um leve toque à porta soou, e foi prontamente atendido por Carlitos, enquanto Tony arrumava a mesa. Era o entregador da pizza que solicitaram.

Após sentaram-se a mesa, ambos se serviram à vontade e, enquanto saboreavam, saciando a fome, conversavam descontraídos a respeito da missão e riam com eloquência quando se recordavam da confusão em que se meteram, envolvendo-se com a polícia na rodovia, até que se silenciaram e partiram para suas suítes. Por lá, o sono não se demorou muito, o cansaço em ambos era visível. Foi à conta exata de enfiar-se por baixo de seus cobertores e apagar num sono merecido e profundo.

Mal amanheceu o dia, Tony e Carlitos já estavam de pé, montando os equipamentos que ainda encontravam-se espalhados pelo chão da sala. Do quarto andar do prédio se podiam avistar os inúmeros arranha-céus ao redor, e Tony olhava incansavelmente pela janela, contemplando-os. Notara que a chuva cessara e o sol ainda parecia estar dormindo, custava a aparecer por detrás daquela selva de pedra, embora fossem quase 10h da manhã, um leve mormaço sobressaía. Tony pediu a Carlitos para continuar sozinho na montagem, tinha que fazer uma ligação urgente. Carlitos concordou, Tony pegou o telefone e discou alguns números. Alguém atendeu do outro lado da linha, era Luiz, um dos diretores do Grupo Wiwa no Rio de Janeiro, e Tony lhe falou cordialmente:

— Alô, senhor Luiz?

— Pois não — respondeu ele do outro lado.

— É Tony quem está falando. Como vai senhor Luiz, como tem passado?

— Que surpresa, Tony, faz tempo que não o vejo. Estive com seu pai há uns quinze dias. Estou bem, e você?

— Também estou bem. Preciso de um grande favor seu.

— Diga. Do que precisa?

— Primeiro, gostaria que ficasse só entre nós esse meu pedido. Não queria aborrecer papai, já anda estressado por demais com os seus afazeres diários. E, se não for pedir muito, gostaria que não dissesse a ninguém que liguei para você.

— Tudo bem, Tony, guardarei segredo. Mas no que posso ajudá-lo?

— Sei que você é bastante influente no meio empresarial e não conheço pessoa melhor para me ajudar no que necessito.

— Pois peça. Aqui você manda, meu jovem.

— Preciso arrumar um emprego para alguém numa certa empresa. Prometi a um amigo que o ajudaria.

— E de qual empresa estamos falando? E qual a função de seu amigo?

— É uma pequena empresa em São Paulo, quer anotar o endereço e o nome dela? Quanto à função, pode ser de ajudante de produção — disse, finalmente.

— Claro, diga. Já estou com a caneta. — E Tony prosseguiu:

— Chocolates Corpus Christi, Rua do Manifesto, nº 55, bairro do Ipiranga, São Paulo. Você a conhece, senhor Luiz?

— Não, Tony. Lamento, nunca ouvi falar dessa empresa, mas darei um jeito. Tenho minhas fontes. Acredito que poderei ajudá-lo.

— Não me pergunte o porquê, mas tenho que arrumar um emprego nesta empresa a esse amigo. Seu nome é Gabriel Ferreira Antunes. Posso contar com a sua discrição e apoio, senhor Luiz?

— Lógico, Tony, aqui seu pedido é uma ordem. Guardarei em segredo nossa conversa. Ligue-me depois do almoço, creio que já terei em mãos o que me pede.

— Obrigado, senhor Luiz. Até mais tarde. — E desligaram seus aparelhos.

Após, Tony retornou para junto de Carlitos e permaneceram por um bom tempo montando o restante dos equipamentos e colocando-os definitivamente em funcionamento, terminando pouco antes do almoço, para o qual fizeram uma pausa momentânea a fim de que pudessem comer tranquilamente, algumas sobras de pizza da madrugada. Logo após o seu término, retornaram aos afazeres e Tony ligou novamente para o senhor Luiz em busca de seu pedido, conforme havia combinado. Dois toques se fizeram e logo foi atendido prontamente:

— Alô. Senhor Luiz?

— Olá, Tony. Estava mesmo aguardando você ligar. Consegui o que me pediu.

— Como sempre prestativo, meu amigo. Sabia que você conseguiria, mas diga.

— Mande seu amigo pela manhã na empresa, ele deverá procurar uma moça chamada Daniela. Pareceu-me bastante simpática e atenciosa, a vaga já está reservada a ele. Consegui através de um amigo, fornecedor de embalagens à empresa. Foi até relativamente muito fácil.

— Mais uma vez, obrigado, senhor Luiz. Ajudou-me e muito — agradeceu Tony.

— De nada — respondeu o senhor Luiz.

— Que falatório estranho é esse que estou ouvindo, senhor Luiz? — perguntou Tony.

— Estou com a televisão ligada, espere um minuto na linha que vou desligá-la — fez-se uma pausa momentânea. Alguns segundos após, tornou a falar com Tony, que ainda o aguardava na linha.

— Estou vendo uma manchete na TV local daqui, aliás, é noticiário em todos os canais de televisão. O assunto é comentário do momento entre todos por aqui no trabalho.

— E o que foi? — perguntou Tony, especulando.

— Não se tem mais paz neste mundo. Aconteceu numa cidade aqui no Rio de Janeiro, divisa com São Paulo. Uma barbaridade sem limites, diga-se de passagem, um tanto cômica.

Tony ficou preocupado com o que senhor Luiz comentara, algo lhe dizia tratar-se do episódio que sofrera em companhia de Carlitos. O relato lhe despertou curiosidade; receoso, tratou de especular sobre o que noticiavam. Enquanto falavam, fez um gesto a Carlitos, apontando-lhe para que ouvisse no outro lado da extensão, e continuaram se falando.

Carlitos correu e pegou o aparelho no gancho, agora também o ouvia silenciosamente. E o senhor Luiz noticiava a matéria jornalística:

— Uma confusão maluca aconteceu na região. Um bando de assaltantes, após roubarem uma agência bancária no centro da cidade, partiu em vários carros, se dispersando numa espetacular fuga. Muitas viaturas da Polícia Militar foram acionadas e iniciaram uma perseguição em massa pela rodovia no sentido São Paulo. A Polícia Rodoviária também foi acionada para fechar a rodovia, preparando uma barreira próxima do posto rodoviário, na tentativa de interceptá-los.

"Vários policiais rodoviários estavam a postos e, com o apoio de algumas viaturas militares em sua perseguição, finalmente os cercaram, conseguindo deter um furgão preto em cujo interior havia quatro assaltantes fortemente armados. Segundo o repórter, após serem abordados, os meliantes tentaram fugir a pé e não se intimidaram. Armados, iniciou-se uma intensa troca de tiros, e até mesmo várias granadas de mão foram lançadas em direção aos valentes policiais no confronto.

"Intimidado pela força policial, o grupo se dividiu, tendo dois criminosos adentrando para dentro do posto rodoviário na tentativa de esconder-se. As explosões podiam ser ouvidas de longe, e deixaram várias viaturas praticamente destruídas, inclusive o próprio furgão utilizado pelos criminosos foi atingido e dele nada sobrou. Foram muitas as granadas atiradas e, dentre tantas, algumas delas foram lançadas pelo restante do bando no prédio do posto rodoviário, e, pelo visto, não imaginaram que dois meliantes do grupo haviam se escondido em seu interior, e se deram mal.

"O impacto da explosão foi tão forte que pouco sobrou do posto rodoviário. Por sorte nenhum oficial ficou ferido, pois o prédio estava totalmente vazio no momento do lançamento, a não ser pelos dois criminosos que estavam escondidos em seu interior e não imaginaram que a sorte poderia lhes trair. Atingidos, acabaram vindos a óbito.

"Somente após a chegada de outras viaturas militares foi que os dois assaltantes restantes sentiram-se cercados e acuados. O confronto cessou, mas não desistiram. Acabaram fugindo, embrenhando-se na escuridão para dentro da mata e às margens de um mangue próximo à rodovia. Mesmo sendo o local de difícil acesso e locomoção, os meliantes foram perseguidos por várias horas pelos policiais em seu percalço, na tentativa de encontrá-los e capturá-los.

— Que história, senhor Luiz! Quer dizer então que dois assaltantes morreram no episódio? E os policiais, alguém se machucou? — perguntou Tony, ainda mais curioso:

— Não, Tony. Nenhum policial se feriu ou morreu, somente mesmo os dois criminosos foram a óbito. Segundo a reportagem, só não ocorreu um final trágico graças à habilidade dos experientes policiais, que agiram rapidamente, intimidando-os. Inclusive, outro grupo de policiais militares, em outro local próximo, acabou cercando e capturando o restante do bando de criminosos que também estava em fuga. Felizmente, o bando foi preso e todo o dinheiro roubado foi finalmente recuperado.

— E os outros dois criminosos fugitivos? Foram presos? — perguntou Tony, curiosamente.

— Você não vai acreditar no desfecho inacreditável que aconteceu. Os policiais não conseguiram alcançá-los, desapareceram misteriosamente. Não se sabe como conseguiram sair daquele lugar e não imaginam quem seriam eles. A região é de difícil acesso, puro brejo e alagado. Alguns deduzem que eles morreram por falta de ar, afundados em alguma área movediça, mas ainda não há uma certeza quanto a isso. É uma área muito vasta e encontrá-los é algo quase que impossível. E, se não bastasse, os policiais acabaram ficando nervosos por conta de outro incidente inesperado.

— E o que aconteceu? — perguntou Tony, receoso quanto ao que viria a saber.

— O problema é que deram pela falta do policial *cabo Setembrino* e começaram a chamar por ele por toda aquela área movediça, mas não obtiveram nenhuma resposta. Já era madrugada e até um helicóptero foi acionado para iluminar o local, e por lá permaneceram até o clarear do dia, vasculhando pelos arredores à sua procura, mas, infelizmente, não obtiveram êxito e seu corpo não foi encontrado. Com muita tristeza, o cabo Setembrino foi dado como desaparecido.

— Que notícia triste, senhor Luiz! Pobre policial, diante da circunstância e do local movediço, certamente morreu sufocado afundado no brejo — disse Tony entristecido ao saber, mas o senhor Luiz o contrariou, dizendo:

— Não, Tony! Aí que você se engana! Por incrível que pareça, o policial cabo Setembrino ainda estava vivo, embora um pouco exausto.

— Como assim? Não entendi! — perguntou Tony.

— Eu lhe explico. A verdade foi que, logo ao amanhecer, nenhum dos corpos foram encontrados, tanto dos meliantes quanto do policial Setembrino, e decididamente as buscas foram encerradas, nada mais se podia a fazer. Chateados, os policiais retornaram cabisbaixos, outros chorosos por conta do desaparecimento do colega policial. Juntos, todos se reuniram próximo ao prédio destruído do posto rodoviário e, abraçados, faziam uma oração em homenagem ao amigo desaparecido, quando foram surpreendidos com a chegada inesperada do cabo Setembrino, são e salvo. Após vê-lo, todos se emocionaram e, felizes, o abraçavam por encontrá-lo.

"O cabo Setembrino acabou também ficando muito emocionado pelo caloroso carinho recebido dos colegas, e terminou confidenciando a eles que se assustou com a explosão e, alucinado, saiu correndo pela rodovia no sentido São Paulo. Quando resolveu parar, foi aí que se deu conta de que havia percorrido quase trinta quilômetros. Somente após se acalmar e recuperar-se de sua exaustão, foi que resolveu retornar a base. Mas estava tão cansado que não conseguia mais correr por conta de câimbras em suas pernas, e decidiu que a melhor maneira seria mesmo retornar andando vagarosamente pelo acostamento da rodovia, e, assim, chegou somente pelo amanhecer. Enfim, após seu relato, todos caíram aos risos."

O senhor Luiz prosseguiu:

— Bom, Tony, esse é o noticiário de hoje, que tem sido apresentado em vários canais de televisão. No entanto, há quem diga por aqui que, na verdade, após o cabo Setembrino relatar o ocorrido com ele, seu pessoal não se agradou com suas justificativas, e ele teve que sair correndo novamente. Se é verdade? Não sei lhe dizer! Mas se comenta que foi divulgado há poucos minutos que o cabo Setembrino foi visto na rodovia no sentido São Paulo, no km 75, correndo em total desespero, acompanhado por um pelotão furioso o perseguindo em seu percalço logo atrás, mas não sabemos se ele foi alcançado. Penso que deva ser uma brincadeira dos colegas do trabalho, não tenho como confirmar a sua veracidade — finalizou. E Tony e o senhor Luiz riam do cômico episódio. Tony, por fim, terminou por dizer:

— É realmente espantosa essa história! Espantosa até demais! — disse finalmente, aos risos, e prosseguiu:

— Bom, senhor Luiz, obrigado mais uma vez pela ajuda, tenho que desligar agora. Um forte abraço ao senhor e obrigado pela comovente história, me fez rir um bocado.

— É verdade, Tony, não deixa de ser engraçada a notícia. Não é mesmo? Um grande abraço a ti também. — E cessaram-se a conversa.

Após, Carlitos também desligou seu aparelho de extensão e dava uma tremenda gargalhada que ecoava por toda a sala, enquanto Tony permanecia sentado em uma poltrona, totalmente entregue, pensativo sobre tudo o que ouvira. Carlitos, ainda aos risos, perguntou a Tony:

— De onde foi que surgiu essa história? Ainda bem que não fomos citados, não é mesmo?

— É verdade, Carlitos, fomos poupados. Mas sabemos que essa história não corresponde à verdade. Não é mesmo? Por outro lado, quem poderia imaginar que dois idênticos furgões pretos estariam trafegando ao mesmo tempo numa mesma rodovia. E, para ajudar, nós, pobres inocentes, armados até os dentes. Só podia dar no que deu, fomos confundidos, melhor dizer, todos se confundiram.

— É verdade, Tony, quem é que poderia imaginar isso — disse Carlitos, mas Tony acabou lhe dizendo:

— Quanto a essa história noticiada na mídia, só conheço uma pessoa com mente insana, possuidora de um grandioso senso de humor e brilhante intelectualidade, para transformar uma tragédia numa comédia e, melhor ainda, todos acreditarão nesta história com muito humor. — Convictos, juntos responderam:

— Comandante Roger — e riam da cômica reportagem.

Tony e Carlitos permaneceram tanto tempo montando e testando seus equipamentos que não tinham visto o apartamento em pior estado. A pilha de louça suja em cima da pia dava medo, se equilibrava de modo tão precário que não era possível acrescentar mais nenhum prato. Uma enorme pirâmide de caixas de pizzas se formara ao lado da lata de lixo. Não podiam pedir para alguma pessoa do hotel limpar, era arriscado demais mostrar o que de fato estava ocorrendo por ali. Juntos, decidiram limpar o apartamento.

Já estava escurecendo, final de tarde, quando, enfim, terminaram, e a noite prometia ser muito agradável. Tomaram um banho, fantasiaram-se com roupas discretas e confortáveis, e tiraram o resto da noite para passear pelas redondezas. Não demorou muito e, a uma quadra do hotel, acabaram encontrando um pequeno bar noturno, totalmente iluminado e bastante movimentado. Entraram, sentaram-se a uma mesa e pediram um chope.

Eram 23h20 quando Tony olhou para o seu relógio. Tinha tanta gente se esfregando um no outro naquele minúsculo bar que se perdia a conta de quantas vezes Tony teve que segurar a sua mesa, que insistia em não permanecer no lugar. Porém, o ambiente estava agradável e se conformavam com aquela animada badalação.

Tony e Carlitos haviam tomado várias canecas de chope; porém, somente Carlitos misturava-os tomando tequila, até quando Tony percebeu que algo estranho estava ocorrendo com Carlitos, o que atraiu alguns desconhecidos a encostarem-se à mesa e começarem a falar com ele. Tony só os observava de longe e notava o visível estado precário de Carlitos, estava meio embriagado, falando mole, gaguejava e não dizia coisa com coisa. De repente, ele soltou um grito e revelou seu espírito entusiasta. Tony ficou abismado e perplexo com ele, não acreditando no que estava vendo. Carlitos enrolou o guardanapo vermelho da mesa e o amarrou sobre sua cabeça, tirou a camisa, subiu na mesa e começou a dançar rebolando freneticamente. Com uma das mãos, segurava sua camisa e a girava em sua volta. Uma gritaria infernal iniciou-se por todos os lados do bar, enquanto alguns batiam palmas, as garotas, então, diziam, alucinadas, em coro:

— Lindo! Lindo! Lindo!

Já outros e outras, todos joviais, vinham e colocavam dinheiro na calça dele. Tony até que achava engraçada aquela cena, mas estava envergonhado, sua timidez o impedia de compreender tudo aquilo, mas também aplaudia Carlitos pela sua apresentação, que levou a todos ao delírio. Aos risos, analisava sua bela performance e sua impressão foi a de que Carlitos se posicionava de tal forma que o levava a acreditar que ele estava imitando o soldado Rambo do cinema.

Tony não sabia o que fazer, sua mesa ficou rodeada de moças e rapazes que se acotovelavam para falar com Carlitos, que, definitivamente, foi a atração espetacular da noite. Só depois de muito tempo, Tony percebeu que aquele lugar não era apenas um bar comum, e, sim, uma boate jovial muito diferente, porém bastante acolhedora.

Era madrugada quando finalmente o fogo de Carlitos começava a se dissipar e o show havia terminado. Conversando com ele, Tony acabou descobrindo que Carlitos, mesmo antes de ingressar na Força Aérea, era dançarino de rua em sua cidade e fazia parte de um grupo muito famoso, que se apresentava por várias outras cidades.

Carlitos permaneceu conversando e falando mole com Tony, sentado à mesa por poucos minutos, até que, de repente, adormeceu totalmente embriagado, abraçado a uma garrafa de tequila na mesa ao lado de Tony, que ainda se mantinha firmemente sóbrio, embora bastante confuso com o desatino de Carlitos.

Quanto a Carlitos, permanecia adormecido e a Tony coube à incumbência de pagar a conta. Após quitá-la, pegou seu assistente pelos braços e o levou carregado para fora. Abriu o furgão e, pelo fundo da calça, jogou-o para dentro e fechou as portas. Entrou no furgão e partiu em direção ao hotel. Pelo retrovisor, observava Carlitos, totalmente imóvel, dormindo num sono interminável, parecia a Bela Adormecida, e Tony balançava a cabeça rindo do pobre assistente.

Foi um retorno rápido, pois estavam apenas a poucos metros do hotel. Ao chegar, pediu ao segurança para ajudá-lo a carregar Carlitos até a porta do apartamento, pois ainda estava totalmente apagado.

Por fim, Tony o carregou até o quarto e o jogou de atravessado na cama, deixando-o estirado, e fechou a porta. Tony começou a rir de Carlitos, pois, ao jogá-lo na cama, um bocado de dinheiro caiu de seus bolsos. Recolheu tudo e contou, a noite havia lhe proporcionado seiscentos e cinquenta reais, que deixou na cômoda ao lado dele, enquanto dizia a si mesmo:

— Não é que esse maluco conseguiu arrancar dinheiro daquele povo? — e ria Tony, balançando a cabeça.

Tony estava tão cansado que nem percebeu que horas eram, deitou-se em sua cama e tratou de enfiar-se entre os cobertores, já que a madrugada estava fria. Foi a ponto de apagar as luzes do quarto e adormeceu profundamente até o clarear do dia.

Tony pretendia, ainda pela manhã, dirigir-se até a empresa Chocolates Corpus Christi, e foi o que aconteceu. Às nove horas em ponto, lá estava à entrada da empresa para apresentar-se na administração.

Mas, antes, uma breve conversa havia rolado entre Carlitos e Tony, e não poderia deixar ser engraçada. Era cedo quando Carlitos também se levantou. Tony estava na cozinha fazendo um café quando ele surge à sua frente. Seus cabelos estavam totalmente emaranhados, sua roupa toda amarrotada e seu aspecto, além de deprimente, era desprezível. Um cheiro insuportável estava impregnado por todo o apartamento, uma mistura de perfume, chope, tequila e vômito. Um horror! O cheiro podia ser sentido à distância.

Tony continuava mexendo seu café e observava Carlitos aproximando-se dele em passos lentos, arrastando as chinelas como um moribundo, ainda cambaleando e escorando-se na parede, não havia se recuperado totalmente, sentia-se nauseado e zonzo. Tony ria silenciosamente, mas ocultava seu riso para que ele não o percebesse. Carlitos, aparentemente envergonhado, agora à sua frente decidiu falar-lhe algo:

— Tony. Posso lhe dizer uma coisa? — perguntava-lhe Carlitos, com a mão sobre seu ombro.

Tony tentou virar-se para não desmaiar de tanto rir, ao olhar para a cara de Carlitos com aquele ar de piedade, sem contar com tremendo bafo insuportável que exalava, mas lhe disse mesmo assim:

— Já sei! Você comeu a minha meia. Há, há, há. — respondeu Tony aos risos, e com os dedos prendia seu nariz. Carlitos nada respondia, permanecia mudo, atônito olhando para a cara dele, que o zombava.

Pobre Carlitos, se emudeceu e não conseguia encontrar palavras para conversar com Tony, estava profundamente acanhado e muito envergonhado, não conseguia se lembrar de como voltou para casa e muito menos de como chegou até a sua cama.

Tony, refeito de seus risos, relatou a Carlitos, agora em um tom mais calmo e sério, sobre o episódio da noite. Mas Carlitos não acreditava e insistia, boquiaberto de horror, dizendo que não se lembrava de nada do que estava ouvindo. Nem mesmo os seiscentos e cinquenta reais arrecadados foram suficientes para convencê-lo, e arquejou, dizendo que ele estava ficando louco quanto às suas afirmações. Tony percebeu que seria inútil continuar com aquela conversa, desistiu de lhe fazer perguntas e guardou para si a cômica e inusitada revelação de seu assistente dançarino, *soldado Carlitos Rambo*.

Capítulo XI

Chocolates Corpus Christi

Tony, a partir de então, tinha de estar atento a tudo e a todos. Sua missão, enfim, se iniciava e agora assumia sua nova identidade como *Gabriel Ferreira Antunes*, um simples e humilde operário.

Tony estava sendo monitorado por Carlitos, havia um pequeno chip microfone implantado por dentro do forro de sua blusa, capaz de captar toda a sua conversa e transmiti-la em tempo real aos equipamentos monitorados por Carlitos; tudo estava sendo cuidadosamente gravado para ouvir-se mais tarde. Arrumara um álibi perfeito, um jeito de esconder a sua tatuagem de aranha negra sem despertar alguma suspeita, colocando uma discreta luva aberta ortopédica, cobrindo o desenho completamente. Aos curiosos, diria que havia sofrido uma pequena torção nos ligamentos da mão. Não era nada sério e o médico recomendara o seu uso para se proteger durante o manuseio doméstico ou em tarefas leves.

Gabriel estava à frente do prédio, percebia que se tratava realmente de uma pequena empresa, a única existente numa área residencial antiga, à frente da rua, com dois andares revestidos com vidro fumê espelhado, que refletia constantemente o sol intenso em sua fachada. Ao lado das portas de vidro, havia uma placa em relevo de aço inoxidável, enorme, escrito:

CHOCOLATES CORPUS CHRISTI

Dois agentes de segurança mal-encarados, armados e de terno preto montavam guarda diante das portas trancadas, de óculos escuros idênticos, cujos vidros espelhados escondiam seus olhos.

Gabriel falou com eles sobre a sua vinda e que tinha hora marcada com a senhorita Daniela. Eles assentiram, as portas destrancaram-se e se abriram silenciosamente para lhe dar passagem.

O saguão estava vazio, com exceção de outro guarda, sentado atrás de uma mesa, também sisudo e de traços estranhos. O guarda olhou para ele e disse de forma ríspida:

— O que deseja?

— Tenho hora marcada com a senhorita Daniela — disse Gabriel, receosamente.

— Gabriel Antunes, suponho — disse o guarda.

— Perfeitamente.

— Posso ver seus documentos?

Gabriel pegou a carteira, abriu-a e de lá retirou a sua cédula de identidade e entregou ao guarda.

Ele pegou, analisou por alguns segundos, olhando-a cuidadosamente, e anotou em sua prancheta alguns dados. Em seguida, devolveu a Gabriel, dizendo, ainda em tom seco:

— Suba a escada, primeiro andar, primeira porta à direita. A senhorita Daniela está lhe aguardando.

— Obrigado — disse Gabriel, virou-se, subiu as escadas e parou frente à primeira porta do lado direito. Estava aberta.

Gabriel ficou ali parado, aguardando para ser atendido. Uma moça estava sentada numa mesa, de cabeça abaixada, debruçada, escrevendo algo sobre um chumaço de papéis. Não havia mais ninguém naquela sala, estava completamente só e não percebera a presença de Gabriel à porta, espiando-a. Até que, ao levantar sua cabeça, assustou-se com ele ali parado a sua frente, observando-a, e disse, assustada, ao vê-lo:

— Que susto, moço! Desculpe o meu jeito, não havia percebido que havia alguém aí parado me olhando.

— Eu é que peço desculpas. Achei que a recepção havia me anunciado.

— Tudo bem. Em que posso ajudá-lo?

— Bom dia, sou Gabriel. Gostaria de falar com a senhorita Daniela. Presumo que já esteja falando com ela.

Daniela levantou-se para receber Gabriel, estendeu-lhe a mão, cumprimentando-o, e disse cordialmente:

— Bom dia, Gabriel. Eu sou a Daniela, estava aguardando-o. Perdoe-me pelo meu jeito, estou um pouco assustada hoje.

Gabriel havia percebido em seu semblante que algo a assombrava, mas se conteve e, gentilmente, assentiu-lhe:

— Eu é que peço desculpas, deveria ter batido na porta quando cheguei — disse educadamente, dando-lhe também a mão, retribuindo o seu gesto.

— Não se preocupe, sente-se. É um prazer conhecê-lo, Gabriel. Parece ser alguém muito importante.

— Quem, eu? Imagina! Por que acha isso? — disse Gabriel, espantado quanto a sua afirmação.

— Foi muito bem recomendado para mim pelo senhor Carlos, nosso fornecedor de embalagens de papelão. Parece conhecê-lo muito bem.

— Não, infelizmente não o conheço. Meu primo, talvez, seja muito amigo desta pessoa. Foi para ele que pedi esta ajuda, comentando que precisava de um emprego. Quando falei do local onde estava morando, aqui mesmo nesta região, comentou que certo cliente dele poderia me ajudar e que ficava por perto.

— Compreendo, teve muita sorte. Estamos atravessando um péssimo momento e não dispomos de vagas, nossas vendas estão um pouco fracas por conta de estarmos fora de época. Mas, como disse, está com sorte e abrimos uma exceção para você. Temos que fazer algumas mudanças na fábrica e sua contratação poderá até ser bem-vinda neste instante.

— Fico bastante agradecido pela oportunidade — agradeceu Gabriel, gentilmente.

— Bom, então seja bem-vindo à Chocolates Corpus Christi.

Subitamente, uma pausa se fez e pararam de conversar. A janela da sala estava aberta, um forte vento inesperado surgiu e um redemoinho se formou dentro da pequena sala. Papéis esvoaçavam para todos os lados. O redemoinho desfez-se momentos após, desaparecendo inexplicavelmente. Daniela e Gabriel procuravam de alguma forma pegar os papéis que ainda voavam, caindo por entre a sala e o chão. Prestativo, Gabriel se abaixou para pegar alguns papéis e, simultaneamente, Daniela também se inclinou. Não perceberam que ambos pegavam num mesmo papel, um encontro casual e inevitável lhes ocorreu, uma tremenda cabeçada, fazendo com que ficassem sentados ao chão, momentaneamente atordoados com a forte pancada. Gabriel não percebeu, mas havia sido atingido no nariz e sangrava um pouco entre suas narinas, um pequeno veio se formara. Por pequenos segundos, entreolharam-se, fitaram-se e começaram a rir, embora ainda acanhados e bastante tímidos. Gabriel carinhosamente a pegou pela mão e, levantando-a, disse:

— Desculpe, Daniela, machucou-se?

— Não foi nada — respondeu Daniela.

Ela ainda parecia estar um pouco estonteada, e só pouco após reparou que Gabriel estava com o nariz sangrando, que persistia o sangue escorrendo pelo seu rosto, e desesperou-se ao vê-lo daquela forma, sentindo-se na obrigação de fazer algo a respeito a fim de ajudá-lo.

— Gabriel, você está sangrando. Meu Deus. Deixe-me ajudá-lo! — disse Daniela, procurando um lenço em sua mesa para ajudar a limpá-lo.

— Não foi nada. Acalme-se — dizia Gabriel, calmamente.

Daniela carinhosamente passava o lenço no rosto de Gabriel, e pedia por diversas vezes desculpas pelo ocorrido, e Gabriel assentia-lhe, bastante confortado, isentando-a de qualquer culpa.

— Obrigado Daniela. Não se preocupe, foi só um pequeno acidente.

— Está melhor mesmo? Quer que chame um médico? — insistia Daniela.

— Imagine, não há necessidade. E você, sente algo?

— Não, estou bem! Meu Deus! De onde apareceu esse vento? Nunca vi coisa igual! — exclamava Daniela, passando a mão em sua testa, preocupada com os papéis espalhados por toda a sala.

— Nem eu! — respondeu Gabriel, resumidamente.

Gabriel olhou pela janela reparando se algum papel havia saído por ali, mas não encontrou nada e se voltou para Daniela, que, por sua vez, recolhia os que ainda permaneciam no chão espalhados, sendo ajudada gentilmente por Gabriel, que a acompanhava, recolhendo-os.

— Desculpe pelo incômodo — disse Daniela novamente.

— Não há do que se desculpar, Daniela.

— Este é o último. Bom, o que estava mesmo lhe dizendo? Até me perdi — disse Daniela timidamente.

— Você estava dando-me as boas-vindas e iria dizer algo mais quando o ventou surgiu inesperadamente.

— Lembrei-me. As coisas não andam boas por aqui, está um alvoroço só e piorou mais quando... — Enquanto dizia, fez uma pausa, suspirou fundo e não encontrou mais palavras para continuar a dizer.

Daniela virou o rosto, mas Gabriel percebeu que seus olhos ficaram úmidos de repente, e tentava de todas as formas segurar-se para não chorar, mas não conseguia disfarçar. Era a primeira vez que a via chorar e, naquele momento, sentiu vontade também de fazer o mesmo, e não conseguia entender o porquê daquilo. Gabriel permaneceu em silêncio, aguardando-a recuperar-se. Instantes após, Daniela virou-se e passava um lenço sobre seus olhos, enxugando suas lágrimas. Gabriel, educadamente, disse:

— Não fique assim. Não precisa me dizer se não quiser.

— Tudo bem — disse Daniela. — Perdoe-me. Está sendo muito difícil para mim, perdi meus pais recentemente, no último final de semana.

— Sinto muito, é uma perda irreparável! — disse Gabriel, em tom monótono, como se tivesse sentindo na própria pele o sofrimento de Daniela.

Embora soubesse de tudo o que estava lhe ocorrendo, não podia dizer nada a respeito, somente especular como tudo acontecera e, para isso, tinha que se manter muito discreto e compreensivo. Mas, de alguma forma, procurou consolá-la:

— E o que aconteceu a eles? — perguntou Gabriel com ar de espanto, demonstrando-se de tal forma, como se nada soubesse.

— Foram assassinados. — disse Daniela, com aquele ar de piedade, alguém que não se conformava com a perda e comparava-a como um pedaço de seu coração arrancado de dentro dela.

— Alguma pista? — perguntou Gabriel, cauteloso.

— Ainda nada sabem a respeito. Estou sofrendo muito e, desde então, nem dormir direito consigo mais. Perdoe por dizer isso a você, tinha que desabafar com alguém. Estou bem melhor agora, você é muito gentil e atencioso.

— Obrigado — disse Gabriel. — São seus olhos.

— O que há em meus olhos?

— Uma forma de expressão apenas, nada mais. Mas não podia deixar de dizer que seus olhos verdes são lindos, combinam com você.

— Obrigada. Você realmente sabe como agradar uma mulher. Tem certeza de que não é um anjo? Gostei de você, importaria se o chamasse de anjo Gabriel?

— Você é quem está dizendo. Acho que é um exagero, mas não vou contrariá-la. Mas, de anjo, não tenho nada — disse Gabriel, aos risos.

— Vamos esquecer esse assunto. Venha, vamos fazer uma pequena excursão pela fábrica, vou lhe mostrar o seu ambiente de trabalho. Afinal de contas, veio aqui para trabalhar. Não é mesmo?

Daniela e Gabriel saíram da sala e desceram as escadas, percorreram um corredor estreito ao lado da recepção de entrada do prédio e seguiram em frente pelo corredor de acesso até a fábrica. A cada sala avistada, Daniela entrava, dizia qual era o setor e apresentava-o aos seus colaboradores que ali estavam. Todos pareciam amistosos e desejavam boas-vindas para Gabriel, e prosseguiram até chegar a um enorme galpão. Várias pessoas trabalhando, máquinas enormes em funcionamento e diversas caixas empilhadas sobre paletes de madeira, formando imensas torres. Gabriel permanecia firme, ouvindo Daniela explicar-lhe o funcionamento daquele setor, mas sempre de olhos fixos, procurava avistar tudo aquilo, memorizando em sua mente o que estava vendo ao seu redor para depois estudar minuciosamente, e, aos poucos, foi sendo apresentado para todos aqueles operários, seus novos colegas de trabalho.

No fim do galpão, havia uma pequena escada que dava acesso a outro grande escritório na parte superior, mas, antes, Daniela chamou por Clóvis, um enorme cão *rottweiler* que fazia guarda, apresentando-o a Gabriel, e dizia ela, feliz ao vê-lo:

— Gabriel, este é meu grande amigo Clóvis. Tudo bem, querido? — Ele parecia entendê-la perfeitamente e balançava seu pequeno rabo enquanto era acariciado por ela.

— O povo aqui não sente medo dele? — exclamou Gabriel, meio temeroso com o enorme cachorro, que agora o rodeava, farejando-o.

— É dócil. Todos aqui já acostumaram com a presença dele. O perigo é quando está sozinho durante a noite fazendo guarda. Recentemente impediu um roubo e acabou pegando um ladrão aqui dentro durante a madrugada. Pobre coitado! Deu-se mal! Ele entrou pelo telhado e pulou para dentro, só que deu de cara com o Clóvis.

— Céus! E o sujeito está vivo? — arguiu Gabriel.

— Não morreu, mas teve parte da perna dilacerada. É um bom menino, todos aqui gostam dele. Só que é um pouco temperamental quando está sozinho.

Gabriel procurava de alguma forma permanecer calmo com a presença do cachorro ao seu lado. Mas, desconfiado, olhava meio ressabiado para ele, que ficava cheirando-o; porém, demonstrava ter-se agradado com ele e não oferecia nenhum perigo, pelo menos era o que se imaginava. Gabriel encorajou-se e acabou por lhe fazer carícias, tinha que conquistar a sua simpatia, pois brevemente se encontrariam numa visita noturna, portanto nada mais justo do que iniciar de imediato uma aproximação e, de preferência, bastante amigável. Reparou ao canto onde ele estava algo estranhíssimo, todo mordido e mascado, mas não foi ver o que era aquilo. Continuaram andando, agora em direção à escada, e Daniela voltou a falar com Gabriel:

— Aqui é o escritório da fábrica, meu irmão deve estar por lá —disse ela, meio rancorosa e a contragosto, o que foi percebido por Gabriel, pelo seu tom de voz alterado, e continuou a falar. — Outra hora falarei a respeito dele para você, seu nome é Cristian, um irmão bastardo que meu pai fez questão de incluir na minha família — disse Daniela, rancorosamente. Gabriel ouviu claramente e não disse nada a respeito, simplesmente compreendeu-a muito bem.

A porta estava fechada, Daniela deu um leve toque e entrou, puxando Gabriel para dentro e disse:

— Desculpe interromper a reunião, quero apresentar-lhes um novo funcionário. Este é Gabriel.

Uma reunião estava acontecendo naquele escritório, Cristian estava sentado a uma enorme mesa e, à sua volta, oito homens o acompanhavam. Gabriel fixou os olhos em todos, percebeu que um deles apresentava um grande volume por trás do paletó, certamente uma arma. Cristian permaneceu sentado, bem como todos os que ali estavam, nada disseram, simplesmente ficaram observando-o atentamente enquanto entrava no escritório, e somente Cristian gesticulou algo para ele:

— Seja bem-vindo. Deve ser o rapaz de quem me falou ontem?

— Sim — respondeu Daniela secamente.

— O que há em sua mão rapaz? — perguntou Cristian ao observá-lo.

— Tratamento fisioterápico, senhor — respondeu Gabriel, na defensiva.

— Tudo bem — disse Cristian —, esteja à vontade.

Um frio intenso começou a percorrer o corpo de Gabriel; agora, de olhos mais fixos ainda, reparou, ao lado de Cristian, um dos seus escudeiros. Era ele, Andrei, o tão procurado desertor *Aranha Negra* desaparecido, e imaginou instintivamente: *o que será que esse cretino faz aqui?*

Gabriel o identificara e trazia a mesma tatuagem em sua mão direita, e, de longe, ambos se fitavam, mas nada disseram. Gabriel aproveitou um pequeno descuido, deixando cair algo como pretexto e, ao se abaixar, colou um chip microfone embaixo da mesa, e levantou-se rapidamente sem que ninguém percebesse. Cristian perguntou por onde andava Clóvis, não o havia visto ainda naquela manhã; de repente, ele surgiu ao ouvi-lo indo ao encontro de Cristian, e ele disse ao cachorro, enquanto Gabriel ficava observando-os:

— Por onde andava, Clóvis?

Cristian abraçou-o, falava com o cachorro como se fosse seu filho, e ao mesmo tempo beijava a sua boca toda babada, parecia que se entendiam muito bem, chegando Gabriel a suspeitar que ambos retratavam uma mesma personalidade. *Coitado do Clóvis!*, pensou

Gabriel virou-se para Cristian e disse:

— Ele estava logo ali embaixo. Acho que estava comendo uma fralda.

Cristian, ao ouvir o que Gabriel disse, empurrou o cachorro de lado, fechou a cara e olhou sério para Gabriel, mas nada disse. Por outro lado, todos que estavam ao seu lado começaram a rir, e ele deu um enorme berro, após dar um tremendo murro no tampo da mesa, fazendo com que todos se emudecessem rapidamente, inclusive o próprio Gabriel, que notadamente classificava-o como alguém totalmente descontrolado e sem escrúpulos algum.

Daniela e Gabriel agora desciam as escadas, mas ainda ouviam os desatinos desaforados de Cristian com aquela gente ao seu lado:

— Estão rindo de quê, por acaso tem algum palhaço por aqui?

E todos responderam em coro, encolhidos em suas cadeiras:

— Não, chefe! Longe disso!

— Não esquente com Cristian, infelizmente é um cavalo em forma de gente, só sabe dar patadas. Lamento, terá que aprender a conviver com ele enquanto estiver trabalhando por aqui. É meu meio-irmão, mas não o suporto — disse Daniela, lamentando-se.

Gabriel abaixou-se um pouco e falou algo bem baixo:

— Grave tudo, gênio.

— Disse algo, Gabriel? — perguntou Daniela.

— Parece realmente ter um gênio muito difícil — respondeu Gabriel.

— Difícil até demais, chega a causar náuseas — disse Daniela, enojada. — É hora do almoço, gostaria de me acompanhar? Temos refeitório próprio, tenho certeza de que vai gostar da nossa comida.

No refeitório, serviram-se à vontade e, enquanto comiam, trocavam algumas palavras sobre suas vidas. Daniela parecia estar atônita e maravilhada com a presença dele; porém, Gabriel permanecia mumificado, falava pouco, limitava-se somente a ouvi-la, quando não pronunciava palavras curtas; outras vezes, gaguejava e mastiga as palavras. Enfim, também estava hipnotizado pela estonteante beleza e simpatia da moça.

Algo encantado e angelical pairava sobre eles e os fazia viajar pelas profundezas de seus mais íntimos sentimentos. Instantaneamente, uma linda amizade promissora se iniciava.

Gabriel achou que seu início fosse na segunda-feira, mas Daniela pediu para que iniciasse na manhã seguinte, sexta-feira. Mas, antes, deveria passar pela administração para tratar de sua contratação. Daniela levou-o pessoalmente até o seu RH e por lá o deixou, mas não antes de dizer para que ele passasse por sua sala antes de ir embora.

Gabriel permaneceu na administração por um bom tempo, aguardando, quando, enfim, sua documentação estava preparada e agora a sua contratação estava definida. Despediu-se daquele setor e resolveu subir até o escritório de Daniela para despedir-se dela. Subiu as escadas, dirigiu-se até sua sala e lá estava ela, em sua mesa, escrevendo algo. Desta vez não a assustou; antes, após chegar à porta, chamou-a:

— Daniela?

— Oi, Gabriel, tudo resolvido?

— Já me liberaram. Iniciarei amanhã pela manhã — disse Gabriel.

O dia esteve recheado de surpresas, e conhecer Daniela com certeza foi a melhor coisa que poderia ter-lhe acontecido. Conversaram um pouco, e despediram-se momentos após, prometendo se encontrar no outro dia para conversarem um pouco mais.

Já era noite, pouco mais de 18h15, quando Tony chegou ao apartamento. Carlitos o esperava com tudo preparado, as conversas ocorridas com Daniela foram totalmente apagadas. Pouco se conversaram, Tony estava afoito e queria ouvir o que havia ocorrido na sala de reuniões após a sua saída, e Carlitos posicionou a gravação no seu momento exato. Tony colocou o fone no ouvido e ouviu atentamente aquela conversa ocorrida no escritório de Cristian, logo após a sua saída:

— Por onde andava, Clóvis?

— Ele estava logo ali embaixo. Acho que estava comendo uma fralda.

— Estão rindo de quê, por acaso tem algum palhaço por aqui?

— Não, chefe! Longe disso!

— Então vamos ao que interessa. O que descobriram?

— Nada, chefe.

— Nada! E me dizem como se nada estivesse acontecendo. Vocês estão de brincadeira, são muito bem pagos para fazerem o serviço bem

feito, e o que me dizem é que nada descobriram! Seus idiotas, quero que descubram logo onde está a mercadoria. Tudo culpa daquele velho idiota, tinha que se meter onde não era chamado.

— Vamos descobrir, chefe, não fique nervoso.

— Espero que sejam rápidos, os europeus estão no meu pé e bravos. Não sei por quanto tempo vou segurá-los. Bom, vão, rapazes, e sejam breves. Não podemos perder tempo.

Tony acabara de ouvir a gravação, retirou os fones e começou a falar com Carlitos:

— Isso é tudo o que falaram naquela sala?

— Sim, é tudo. Mas ri muito no episódio do cachorro, e você não perdeu tempo, Tony. Imagino como deve ter ficado a cara dele ao saber que o cachorro estava comendo uma fralda.

— Nem lhe conto. Fez uma tremenda cara feia — riram juntos.

— Sabe quem encontrei por lá participando desta reunião?

— Não me diga que o encontrou.

— Sim, Carlitos. Andrei estava lá — confidenciou Tony.

— Sério? Não é à toa que você desconfiava dele, Tony. Mas o que ele fazia por lá? — perguntou Carlitos, curioso.

— Não sei ainda, mas vou descobrir. Parece ser muito apegado ao Cristian.

— Você precisa ter muito cuidado, Tony, não se esqueça de que esse sujeito é traiçoeiro e muito perigoso. Aliás, lembre-se que ele também é um Aranha Negra — sentenciou Carlitos.

— Eu terei, Carlitos, o Comandante Roger nos foi muito claro, alertando-nos do perigo em que estamos nos metendo. Mas vamos começar a nos mexer, temos muito que fazer ainda nesta noite. Pegue algumas folhas, régua, borracha e lápis. Vou lhe desenhar um mapa de tudo o que vi por lá.

Tony sentou-se à mesa e ficou por um bom tempo rabiscando em um chumaço de folhas, até que, por fim, terminou e vários mapas foram preparados por ele. Com base nisso, montaram um diagrama completo e detalhado de toda a instalação do prédio, para dar início às operações noturnas. Tony, em seus mapas, decidiu que o melhor caminho para entrar no prédio seria pelo teto, e estava disposto a realizar uma varredura completa por dentro das instalações. Já se certificara de que o expediente terminava às 18h e o local era guardado apenas pelo cão Clóvis. Quanto a equipamentos de monitoramento no prédio, todos os pontos estavam previamente identificados, bastava apenas desligá-los quando de sua penetração. Mas ainda não havia decidido quando colocaria o plano em prática e tinha que ser muito cauteloso para o momento exato.

Enquanto Tony explicava os detalhes de seus mapas, Carlitos perguntou sobre Daniela; afinal de contas, o ajudante havia monitorado Tony o dia inteiro e sabia tudo o que dissera a ela, embora tivesse apagado toda a sua conversa, e lhe perguntou, curioso:

— Como é Daniela? É bonita?

— Linda, Carlitos, não imagina como ela é linda e doce! — respondeu Tony, numa forma totalmente estranha, e Carlitos, após ouvi-lo, desconfiou. Algo estava diferente no semblante de seu companheiro, e lhe disse:

— Parece que a moça mexeu com você, Tony, ou é impressão minha?

Tony viajava em seus pensamentos, parecia estar viajando nos confins do infinito, e nem ouviu ao certo o que Carlitos lhe perguntara; ao voltar de sua viagem, respondeu:

— Realmente é muito linda, Carlitos! — disse Tony, totalmente pasmo.

Carlitos permanecia olhando-o, parecia estar viajando ainda para mais longe. Tony não respondeu à sua pergunta, mas Carlitos observava-o calado, até que Tony lhe perguntou, confuso:

— O que foi que disse?

— Nada, Tony — respondeu Carlitos.

De que adiantaria lhe perguntar sobre Daniela? Estava estampado na cara dele a afeição que sentia por ela, simplesmente estava hipnotizado. Resolveu deixá-lo por ali e foi repousar em seu quarto. Se Tony foi dormir, Carlitos não soube.

No dia seguinte, Tony, agora como Gabriel, partiu para o trabalho; no entanto, Daniela estava ainda mais viva em seus pensamentos, e não via a hora de poder encontrá-la novamente. Eram 7h15 da manhã de uma sexta-feira que prometia ser muito quente, e o sol já se fazia forte por detrás dos prédios. Quando chegou à empresa, não avistou Daniela, não encontrá-la o entristeceu. Resolveu perguntar ao segurança, mas ele informou que ela não havia chegado ainda, e Gabriel entrou, apresentando-se ao seu encarregado, que o aguardava em seu setor de trabalho.

Seu dia foi muito corrido e exaustivo, havia vários caminhões para carregar, e teve ainda que ajudar na montagem de várias novas estantes. Não houve tempo para falar com Daniela; quando soube, ela havia saído para uma reunião com um cliente e não retornaria mais para o expediente no dia. Ao saber da informação, ficou profundamente chateado. Ao final da tarde, Gabriel foi convocado pelo encarregado para trabalhar no sábado, designado por Daniela. Algumas mudanças estavam previstas para serem executadas no dia e ela se faria presente para acompanhar de perto uma produção inesperada para um cliente, com entrega urgente na segunda-feira, logo cedo.

Era manhã de sábado, Daniela havia chegado primeiro e, ao se cruzarem no corredor, cumprimentaram-se num simples "bom dia" discreto, no entanto, muito terno e carinhoso. Pouco se falaram, havia muito serviço a ser executado naquele dia, porém disfarçavam-se, olhando discretamente um para o outro. Gabriel não conseguia mais esconder o que sentia dentro de seu peito, parecia mais um vulcão prestes a entrar em erupção a qualquer momento, e, a cada instante em que a via, esquecia de sua missão e até mesmo de quem era. Não havia mais nada em sua mente e decididamente sentia-se atraído por Daniela. Quanto a ela, dúvidas também não lhe faltavam mais em seu pobre coração, estava perdidamente apaixonada por ele. No entanto, ambos ainda permaneciam anônimos quanto aos seus reais sentimentos, tudo era apenas uma questão de tempo entre encontros e reencontros para se revelarem.

Eram 14h, Gabriel empilhava algumas caixas num palete próximo à escada de acesso ao escritório e viu tudo a perder com uma visita inesperada, deixando-o muito assustado e preocupado com o que se deparara. Ao se virar, deu de cara com o doutor Michel à sua frente, que, ao vê-lo também se assustou, ficou branco e pasmo, nada entendia sobre o que Tony estava ali fazendo na empresa que estava visitando. Para complicar a situação, Daniela também surgiu logo atrás dele, no início do corredor, porém bem afastada. Cruzar com ambos no corredor fez Tony pensar rapidamente em algo. Observou à sua volta, certificando-se de que ninguém estava olhando-os, e fez um pequeno gesto colocando um dedo por entre os lábios para o doutor Michel, sinalizando para que ficasse quieto, e disse a ele disfarçadamente:

— Diga que irá ao banheiro, estarei lá. Não diga nada ao meu respeito. — O doutor Michel assentiu, muito surpreso, não compreendia ao certo o seu pedido, mas obedeceu-lhe.

O doutor Michel subiu às escadas à procura do banheiro e acabou entrando no escritório por engano, mas era acompanhado à distância por Gabriel, que o seguia, e terminou por ser surpreendido no corredor por Daniela, que, após encontrá-lo, lhe disse:

— Queria falar com você, mas não aqui. Poderia vir às 16h em minha sala?

— Estarei lá — respondeu timidamente Gabriel.

Daniela virou-se e terminou de percorrer o corredor de acesso. Após subir as escadas, adentrou a sua sala. Gabriel permaneceu ali, parado por alguns minutos, pensativo no que fazer com o doutor Michel, nem por dedução imaginava que o encontraria por ali, e isso o fazia pensar rapidamente em algum plano emergencial, caso algo desse errado. Acabou por decidir ir até a sala de Daniela para bisbilhotar. Ao chegar, não ousou a entrar, e meio de soslaio, notou que uma pequena reunião por lá se iniciava entre Daniela, Cristian e o doutor Michel, pois não havia mais ninguém além deles. Deduziu que o doutor havia vindo tratar do testamento.

Gabriel olhou novamente ao seu redor, percebeu que ninguém nele reparava e saiu em direção ao banheiro. Já dentro, permaneceu parado, se olhando no espelho, e percebia o quanto estava preocupado. Poucos minutos se passaram e o doutor Michel também logo reapareceu e, ao encontrá-lo, indagou, totalmente surpreso:

— Que diabos faz aqui, Tony? — arguiu o doutor Michel.

— Não posso falar agora, ligarei ao seu celular depois. Mas como encontrá-lo mais tarde? — resumiu Tony, temeroso.

— Tome, este é o cartão do hotel onde estou hospedado — disse o doutor Michel, que, após pegar a caneta, anotou o número de sua suíte no verso do cartão e entregou a Tony, que, após recebê-lo, lhe disse:

— Doutor, em hipótese alguma fale sobre mim. É para sua própria segurança. — E frisou com veemência: — Nada doutor, entendeu? Faça o que veio fazer aqui, somente isso! Procurarei você à noite para conversarmos, temos muito para falar. Cuidado com Cristian, ele é perigoso — dizia Tony em tom severo.

— Está bem, Tony, não precisa ficar nervoso comigo. Vou esperar por você. Fique tranquilo!

— Fique aqui um momento. Vou sair primeiro, depois você sai logo em seguida. Não quero que nos vejam juntos. Isso poderá levar minha missão por água abaixo. Explico-lhe mais tarde. Cuidado, meu amigo, seja prudente com Cristian. Esse sujeito é perigoso e ordinário —resumiu Tony.

— Tudo bem, Tony. Tomarei cuidado — respondeu o doutor Michel.

Tony saiu do banheiro apressadamente e dirigiu-se até onde estava inicialmente. Ficou olhando de longe e viu quando o doutor Michel, discretamente, também saiu do banheiro, subiu novamente as escadas e retornou ao escritório, ficando por lá reunido por uma hora e meia, conversando com os meios-irmãos.

Mas, vez ou outra, Tony reaparecia e os observava de longe. Por volta das 15h30, a reunião enfim encerrou-se e agora os três desciam as escadas. Juntos, caminhavam pelo corredor e passaram por perto dele. Tony reparou que Cristian estava nervoso, a visita não lhe agradara. Ofegante, gesticulava com o doutor Michel, estava atônito numa forma de total inconformismo, e Daniela acompanhava-os calada logo atrás, em direção à porta de saída. O doutor Michel cumprimentou a todos e partiu logo em seguida.

Quanto a Tony, seu dia, além de cansativo, foi estafante, e havia consumido todas as suas energias. Ainda permanecia inquieto e curioso para saber o que havia ocorrido naquele escritório, embora suspeitasse do que de fato trouxera o doutor Michel à empresa. Vê-lo partir lhe trouxe um pouco de calma, e retornou a ser Gabriel.

Pontualmente, Gabriel reparou em seu relógio que já eram 15h50. Encostou ao lado de seu encarregado e comunicou que precisava ir até a sala de Daniela, pois havia sido solicitado por ela, que o aguardava às 16h para falar-lhe sobre algo. O encarregado não fez objeção alguma a seu pedido e permitiu a sua saída; aliás, aproveitou a oportunidade e dispensou todos os colaboradores naquele momento, encerrando-se o expediente daquela tarde, já que nada mais havia por fazer. Gabriel aproveitou-se da dispensa e, contando com alguns minutos disponíveis, dirigiu-se ao vestiário. Um banho rápido e frio o fez reanimar, rapidamente trocou de roupa e partiu para o seu encontro marcado com Daniela.

Gabriel demonstrava estar feliz em poder estar agora em frente a Daniela novamente e, por um momento, esqueceu-se de suas aflições. Ao chegar, parou à porta e disse, timidamente, assim que a viu sentada à sua mesa:

— Olá, Daniela. Estou aqui! Queria me ver?

— Sim — afirmou Daniela, pedindo para que entrasse.

— Também queria vê-la — disse Gabriel.

Pela primeira vez desde que a conhecera, Daniela agora parecia de fato ainda mais nervosa ao estar à frente de Gabriel. Não parava de esfregar e soltar as mãos e se denunciava, tentando disfarçar-se ingenuamente, sua presença a perturbava. Mas encorajou-se e disse a Gabriel:

— Eu queria lhe pedir um favor.

— Um favor! — respondeu Gabriel.

— Sim — disse ela, afirmando com a cabeça, gesticulando carinhosamente.

A princípio, pensou que ia lhe pedir para ajudá-la em algo ou então, como não havia motorista por ali, talvez precisasse dele para levar alguma entrega inesperada. Ela suspirou e voltou a dizer-lhe:

— Eu gostaria de perguntar a você se se incomodaria de me fazer companhia, tenho algo para fazer agora e não gostaria de ir sozinha, já é fim de tarde.

— Bem, não sei — respondeu, confuso.

Gabriel percebeu que isso importava muito para ela. O simples fato de lhe pedir deixou muito bem claro. Daniela jamais pedira nada a alguém estranho. Acho que, lá no seu íntimo, desconfiava que ninguém jamais lhe faria algum favor por ela ser quem era, ainda mais pelos motivos horrendos relacionados ao assassinato de seus pais, como também pelo seu irmão, Cristian, que visivelmente assustava a todos e causava-lhes medo. A própria compreensão disso entristeceu Gabriel, e decididamente aceitou seu convite.

— E para onde deseja ir? — perguntou Gabriel.

— Gostaria de ir até o cemitério levar algumas flores para meus pais.

— Sinto-me honrado em poder acompanhá-la. Mas são 17h, o cemitério não está fechado agora?

— Sim, fechado. Mas é permitido que se façam visitas à noite, até por que se trata de um cemitério particular.

— Bom, se é assim, vamos, estou lhe esperando. A que horas pretende ir?

— Agora mesmo, se não se importar. É só o tempo de pegar minha bolsa e já vamos — disse, finalmente.

O carro de Daniela estava estacionado na porta do prédio, ninguém notou que estavam juntos, até por que todos já haviam partido para suas casas e ninguém mais havia por ali para incomodá-los. Mesmo assim, entraram no carro discretamente e partiram para o cemitério. Antes, realizaram uma rápida parada, numa pequena floricultura próxima ao cemitério, e lá Daniela comprou um belíssimo arranjo de flores.

Gabriel inspirava muita confiança e ela sentia-se bem protegida ao seu lado, caminhando pelas ruas em torno do cemitério. Inexplicavelmente, uma certa força interior agradava a Daniela, e sentia-se muito confortada. Agora estavam próximos ao túmulo de seus pais. Daniela estava calma, mas entristeceu-se ao chegar e só então se se deu conta do que estava ali fazendo, afinal, e silenciosamente chorou por durante alguns minutos. Quando melhorou, abaixou-se para colocar as flores sobre a lápide, e silenciou-se novamente, agora entregue em oração e prece. Gabriel permaneceu de pé ao seu lado, acompanhando-a, e não a viu mais chorar, mas assentiu respeitosamente.

Permaneceu ali por um bom tempo ao seu lado, até que, quebrando o silêncio, Daniela levantou-se e virou-se para Gabriel, com seus olhos ainda umedecidos, e perguntou ao jovem sobre os pais dele. Gabriel não sabia o que dizer, não esperava por essa pergunta tão pessoal, e teve que pensar rápido em algo para lhe responder, mas logo lhe disse:

— Infelizmente, ultimamente pouco sei deles, tenho viajado para vários lugares. Tenho me virado sozinho, às vezes, penso que sou um cigano. Confesso que preciso vê-los, não os vejo há muito tempo. De vez em quando nos falamos por telefone.

— Entendo. Você sente falta de não tê-los por perto?

— Às vezes, principalmente quando estou só. Aí me dou conta de que estou com saudades deles e o de quanto me fazem falta.

— Também sinto muita falta dos meus pais. Sinto como se estivesse faltando um pedaço dentro de mim. Está difícil aceitar suas ausências. Não sei se aguentarei suportar tudo isso por tanto tempo.

Foi a primeira vez, depois que conhecera Daniela, que começou a imaginar que talvez tivessem algo em comum, e disse ele, sinceramente, a ela:

— Deve ser muito duro para você aceitar essa perda tão drástica e repentina.

— Não me conformo, Gabriel, dói por demais. Eles não mereciam morrer daquela forma tão drástica.

— Acho que lhe entendo — respondeu Gabriel. — Embora há muito tempo não veja os meus pais, ao menos continuam vivos e sei que estão lá me esperando.

Daniela ergueu os olhos na sua direção, enquanto caminhavam, depois desviou seu rosto mais uma vez e ajeitou de leve seus belos cabelos negros.

Gabriel começava a perceber que ela fazia isso sempre que ficava nervosa, e demonstrava o quanto sentia insegura com suas fraquezas. Gabriel assegurou-se que precisava confidenciar-lhe seus sentimentos, escondê-los o incomodava por demais e não pretendia mais ocultá-los. Decidido, segurou sua mão firmemente e a parou por um instante. Olhou bem fundo em seus olhos e disse a ela com toda a sua sinceridade:

— Você é uma pessoa maravilhosa Daniela. Você é linda, bondosa, meiga...

Mas ela o interrompeu e disse-lhe:

— Não, Gabriel. Você que é maravilhoso e, embora nos conheçamos há tão poucos dias, confesso que me sinto muito feliz ao seu lado. Sinto-me como o tivesse conhecido há muito tempo. Confesso que me sinto muito protegida estando ao seu lado.

A noite começava a esfriar, Gabriel percebeu que seu lábio inferior tremia e o dela também, porém também percebia que seu coração se acelerava; no entanto, o calor de suas mãos fazia aquecer seus corpos.

Gabriel encarou-a no fundo daqueles olhos verdes, sorrindo com todo o sentimento que pode reunir em seu interior, sabendo que não podia mais guardar aquelas palavras que agonizavam dentro dele. Sabia que a hora, talvez, seria inoportuna e inadequada, mas, encorajado, disse assim mesmo:

— Eu amo você, Daniela. Você é a melhor coisa que aconteceu na minha vida. Perdoe-me por ser tão sincero, o dia foi para mim maravilhoso e não posso me enganar pelo que estou sentindo. Sei que é muito cedo ainda, mas tinha que lhe falar.

Foi a primeira vez que ele disse essas palavras a alguém, embora a conhecesse há tão pouco tempo, era amor à primeira vista. Ele sempre achava que seria difícil dizer isso a outra pessoa, mas não foi, com Daniela foi diferente. Nunca teve tanta certeza de seus reais sentimentos e, naquele momento, lembrou-se das palavras doces de sua mãe, que lhe disse que um dia ainda encontraria sua alma gêmea e que, às vezes, ela estava mais próxima do que se podia imaginar. E concluiu que ela realmente tinha razão em sua afirmação.

Assim que lhe falou, Daniela curvou a cabeça e pôs-se a chorar convulsivamente. Gabriel abraçou-a e perguntava o que havia de errado, se por acaso se sentira ofendida com o que dissera, mas ela nada respondia. Continuou chorando em seu peito pelo que pareceu uma eternidade. Gabriel não sabia o que pensar ou dizer, nem se ela sentia o mesmo por ele. Sua tristeza o deixou confuso por vê-la entregue daquela forma. Apesar disso, não se arrependeu das suas palavras que disse a ela. Para ele, a verdade sempre será a verdade, e dizia que jamais mentiria para ela quanto ao que estava sentindo.

— Por favor, não diga isso — disse Daniela, repreendendo-o.

— Mas eu te amo — repetia Gabriel, achando que ela não acreditava no que estava lhe dizendo, e ela começou a chorar ainda mais após ouvi-lo.

— Sinto muito — sussurrou Daniela, entre soluços profundos. — Sinto tanto, tanto...

A garganta de Gabriel de repente ficou seca, um nó se formara impedindo-o de respirar, faltava-lhe ar e disse, consternado, a ela:

— Sente o quê? — perguntava Gabriel, desesperado para entender o que tanto a transtornava, deixando-a tão amedrontada.

Um pequeno intervalo passou até que ela conseguisse conter a sua emoção, e, na mesma hora, ergueu seus olhos úmidos para Gabriel, olhando-o intensamente. Entre suspiros, entregaram-se. Daniela beijou-o com carinho intenso, enquanto Gabriel corria os dedos pela sua face, secando suas lágrimas, que persistiam a escorrer por aquele lindo rosto, e disse Daniela:

— Você não pode se apaixonar por mim, Gabriel. Podemos ser amigos, ver um ao outro, mas você não pode se apaixonar por mim.

— E por que não? — gritou enlouquecido com ela.

— Porque... porque...

Daniela não sabia como dizer a Gabriel o que tanto a perturbava, mas acabou dizendo, em voz baixa e trêmula:

— Tenho medo de que Cristian faça algo contra você.

Após ouvi-la, Gabriel se esquecera das verdades sobre a vida de Daniela, e não se dava conta do porquê de seu medo, e perguntou ingenuamente sem entender, o que significava tudo aquilo:

— E por que seu irmão faria algo contra mim? — praguejou Gabriel.

— Ele não é meu irmão — disse Daniela, com rancor.

Ao afirmar isso a Gabriel, ele lembrou-se dos relatos de seu pai a respeito de Daniela. Embora os soubesse tão bem, tinha que perguntar-lhe assim mesmo:

— O que é ele seu, afinal? — indagou Gabriel.

— Sou filha somente de minha mãe, e tenho Wilson como fosse meu pai, pois foi ele quem me criou. Cristian é somente filho de Wilson, não tem nada a ver comigo e com a minha mãe. Portanto, não temos nenhum vínculo de parentesco. Enfim, não somos irmãos e não gosto dele. Ele é uma pessoa muito má, vejo isso em seus olhos.

— Não há nada que ele possa fazer contra nós e não tenho medo dele — retrucava Gabriel bravamente.

— Sei disso, meu querido, mas mesmo assim tenho medo dele. Desde que papai o trouxe para a família, vive me perseguindo. Não posso conversar com ninguém e ele aparece com suas grosserias, age como se fosse meu dono. Vive dizendo que me ama e já não suporto mais nem olhar para a cara dele.

— Mas, afinal de contas, qual é a dele? — perguntou Gabriel, surpreso com a revelação.

— Não sei, Gabriel. Piorou nestes últimos dias depois que meus pais faleceram. Temos brigado muito e ele tem dito que tenho que fazer o que ele quer. Até seus seguranças já mandou me seguirem. Com a morte de meus pais, ele passou a morar lá comigo, levando uma dezena de seus seguranças para a casa. Vive rodeado deles, todos armados. Sinto como estivesse morando numa prisão. Ontem, ele insinuou dizendo que queria casar-se comigo o quanto antes.

— O que você respondeu a ele? — perguntou Gabriel, curioso.

— O mandei para os quintos do inferno. Disse que preferia morrer do que me casar com ele.

Gabriel percebeu que a situação era mais grave do que se imaginava, e estava fugindo do seu controle, e Daniela estava muito abalada e com enorme medo, seus olhos diziam isso muito bem. Um sorriso triste em seu rosto se formou, ao notá-lo, o jovem se deu conta do que ela tentava explicar-lhe, e não tirava os olhos dela, quando, finalmente, disse as palavras que entorpeceram a sua alma.

— Estou apavorada, Gabriel! Tenho muito medo dele!

Gabriel nada podia fazer por enquanto, mas consolava-a carinhosamente, tentando inutilmente fazê-la esquecer desse pesadelo que tanto a atormentava, mas, intuitivamente, se esforçava em descobrir alguma forma de ajudá-la. Enfim, estava dividido entre sua missão e Daniela, e se gladiava sobre o que deveria fazer.

Gabriel pensava agora em como agir com Cristian, não tinha medo algum dele, mas preocupava-se com a segurança de Daniela. E se perguntava: como passar despercebido sem ele saber de seu romance com ela? Seria algo impossível. Cedo ou tarde, ficaria sabendo, definitivamente teria que arrumar uma solução para tudo aquilo.

Enfim, era muito tarde, conversaram sobre tantas coisas que não perceberam as horas avançarem tão rapidamente, e Gabriel tinha ainda algo importante a fazer na calada daquela noite. Resolveram ir embora, trocaram poucas palavras durante a viagem de retorno, e Gabriel acabou lhe pedindo para que o deixasse próximo de algum ponto de ônibus. Daniela queria levá-lo até onde morava e foi insistente. Mas ele definitivamente não aceitou sua cortesia, não queria revelar-lhe sua localização. Infelizmente, não podia de forma alguma se deixar, àquela altura, ser descoberto, até mesmo por sua própria segurança.

Daniela cruzou uma grande avenida, avistou um ponto de ônibus e parou o seu carro a pedido de Gabriel. Antes de descer, trocaram um doce beijo de despedida. Após, Daniela partiu para sua casa, e Gabriel ficou esperando o seu carro desaparecer pelo quarteirão, quando, enfim, dobrou a esquina e, desde então, voltou a ser Tony.

Tony pegou o cartão do doutor Michel que estava em seu bolso. Acenou para um táxi que passava naquele momento, que, ao avistá-lo, logo parou para atendê-lo. Ele entrou e, antes que o carro começasse a andar, perguntou ao taxista:

— Conhece o Hotel American?

— Sim, senhor, não é muito longe daqui — disse o taxista cordialmente.

— Por favor, leve-me até lá.

— Como quiser, senhor — resumiu seriamente o taxista.

Tony ficou calado durante a viagem, acompanhado pelo taxista, que dirigia, atento, o carro sem nada lhe dizer, o que foi uma exceção, pois o taxista o observava atentamente pelo espelho retrovisor. Momentos após, quebrou-se o silêncio e lhe disse seriamente o taxista:

— Você a ama, rapaz?

— Como assim? — respondeu Tony confuso.

— Perdoe minha sinceridade, sei que não é da minha conta, mas você a ama? Vejo isso em seus olhos e os olhos jamais nos traem. O que lhe aflige, meu caro?

— Sim, eu a amo. Mas tenho que decidir entre a "razão" e o "coração".

— Compreendo — disse o taxista. — Mas lembre-se de que existe uma tênue distância entre a razão e o coração, e o mais importante disso tudo é o amor. Pense nisso! Não deixe para amanhã, poderá ser tarde demais. Se a ama, lute por ela, lute por você.

— Obrigado pelo conselho, mas como pode saber dessas coisas, se nem ao menos nos conhece?

— Levo uma vida muita solitária, mas se existe alguém capaz de saber qualquer coisa sobre as pessoas, é o taxista. Dizem que os taxistas são os únicos que conhecem todos os problemas do coração. Espero tê-lo ajudado — disse, finalmente. A corrida demorou uns dez minutos, e só então o taxista resolveu voltar a dizer-lhe algo:

— Chegamos senhor, aquele é o Hotel American.

— Muito obrigado, quanto é a corrida?

— Vinte e dois reais, senhor.

Tony pegou o dinheiro, deu ao taxista e disse:

— Fique com o troco. Obrigado e boa noite para o senhor — disse Tony, abrindo a porta e descendo no acostamento da avenida, estava do outro lado da via. O taxista agradeceu e partiu logo após, mas não antes de dizer-lhe:

— Ouça o que seu coração diz! Somente ele poderá dar-lhe a resposta de que tanto necessita.

— Tentarei ouvi-lo, meu amigo. Obrigado — finalizou, e se distanciaram.

Tony atravessou a avenida às pressas e, em seguida, andou até a calçada de acesso. Ao chegar, parou frente ao prédio, olhou para todos os lados, certificando-se de que não estava sendo seguido por alguém, e voltou a caminhar, passando pelo hall de entrada do hotel. Parou novamente, agora na recepção, e perguntou a uma jovem atendente por trás de um enorme balcão de mármore acinzentado:

— Boa noite, gostaria de falar com o doutor Michel, encontra-se hospedado aqui. Diga que é Tony, ele está me aguardando.

— Um momento, senhor, vou comunicá-lo — respondeu a moça educadamente.

Tony ficou aguardando encostado ao balcão, observando as pessoas transitarem pelo saguão do hotel, enquanto a recepcionista fazia uma ligação. Logo, voltou-se para Tony e lhe disse:

— O senhor Michel pediu que o senhor suba, está aguardando-o. Ele está hospedado no oitavo andar, apartamento 810. Esteja à vontade, senhor, deseja algo mais?

— Não, somente isso. Obrigado.

— Eu que agradeço, senhor. Uma boa noite e bem-vindo ao Hotel American.

— Boa noite a você também moça — respondeu Tony, retribuindo sua gentileza.

Tony saiu à procura do elevador, encontrou-o logo à sua frente, apertou o botão e ficou aguardando até que abrisse. Rapidamente, a porta abriu-se, entrou e apertou outro botão, instantaneamente fecharam-se as portas e subiu em viagem ao andar desejado. Ao abrirem, o doutor Michel aguardava-o de pé no corredor, à frente de seu apartamento, sua fisionomia denotava estar meio desnorteado por vê-lo novamente, e àquela hora já tão tarde. Deram-se as mãos, cumprimentando-se, caminharam até a porta do apartamento e, ao entrar, fecharam-na. Tony sentou-se numa poltrona e entregou-se em seus pensamentos por alguns segundos, algo o perturbava, enquanto o doutor Michel sentava numa outra poltrona à sua frente, e Tony disse-lhe, afinal:

— Doutor Michel, você reparou se por acaso não foi seguido por alguém ao sair da empresa para cá?

— Não percebi, Tony. E por que me seguiriam?

— Não sei, algo me perturba — confidenciou Tony.

— Mas me diga, Tony, que diabos faz você por aqui em São Paulo? Seu pai me disse que você estava a serviço das Forças Armadas e fora do país.

Tony estava preocupado, algo o incomodava profundamente, deixando-o intrigado, e continuava pensativo. Estava em sinal de alerta. Não respondeu à pergunta do doutor Michel, tomou uma decisão e disse abruptamente, levantando-se:

— Venha comigo, doutor, vamos sair daqui e não me faça pergunta alguma. Em casa conversaremos, é mais seguro.

— O que há por aqui, Tony? — perguntou o doutor Michel, assustado.

— Já lhe disse, meu amigo, sem perguntas. Venha, apresse-se. Temos que sair daqui e rápido. Deixe suas coisas por aqui, mas peço que me acompanhe — disse finalmente.

Tony e o doutor Michel saíram dali apressadamente. Passaram pelo saguão e não falaram com ninguém. Tony observava, reparando tudo e a todos à sua volta, estava com a fisionomia totalmente aguçada e alerta pelo inesperado. Temeroso, pressionou a mão por entre o seu corpo à procura de sua arma, só então percebera que estava desarmado, e sentia-se incomodado por estar totalmente indefeso.

Na rua, certificou-se de que ninguém os observava, pegaram um táxi e partiram em direção ao hotel onde estava hospedado. Ao descerem do táxi, Tony ainda continuava alerta, e novamente fez uma varredura por sua volta, certificando-se que ninguém estava avistando-os ou seguindo-os. Entraram às pressas e passaram pelo saguão em direção ao elevador, que se encontrava parado com as portas abertas; sentia-se aliviado por encontrá-lo disponível à sua espera. Pegaram-no e subiram finalmente. Mal estacionou o elevador, Tony seguiu em direção ao seu apartamento e abriu a porta. Entrou e fechou-a rapidamente, passando-lhe as chaves. Não era comum ele chegar àquela hora, tão tarde da noite, e Carlitos estava preocupado com seu atraso. Assustou-se quando finalmente chegou, repentinamente, mas sentiu-se aliviado por vê-lo chegar. No entanto, surpreendeu-se ao vê-lo acompanhado de alguém desconhecido, e disse temeroso a Tony:

— Por onde andava Tony? E quem é esse homem? Você sabe que...

Tony o interrompeu e disse:

— Sei o que vai dizer, Carlitos, não se preocupe. Este senhor é o doutor Michel, meu amigo e advogado de minha família. É de confiança. Temos que protegê-lo.

— O comandante Roger pode não gostar disso, Tony.

— Sei o que estou fazendo Carlitos, eu me responsabilizo. Estou nervoso e muito preocupado, preciso de um banho para refrescar a cabeça. Fiquem jogando conversa fora, retornarei logo. Preciso pensar calmamente— finalizou.

Tony os deixou e partiu para seu quarto. Carlitos ficou sem graça com a forma de como Tony o tratara; porém, percebera que realmente algo estava o incomodando a ponto de deixá-lo tão nervoso, e sentou-se no sofá ao lado do doutor Michel, permanecendo ali, conversando amigavelmente, enquanto aguardavam o retorno de Tony.

Carlitos decidiu fazer um café fresco para o inesperado hóspede enquanto conversavam. Tony demorou em seu banho, quando reapareceu de repente com uma mochila enorme nas mãos, e disse, surpreendendo-os, no entanto, agora mais calmo e revigorado:

— Peço desculpas, Carlitos, não pretendia ofendê-lo. Compreendo sua preocupação, mas não se acanhe. Só estou um pouco nervoso. Mas, me diga, que horas são? — perguntou Tony.

O doutor Michel olhou em seu relógio e disse:

— 23h45.

— Boa hora. O momento chegou, Carlitos, vamos brincar um pouco — disse Tony.

— Oba! Já era hora. Mas e o doutor? — arguiu Carlitos.

— Pode vir, se quiser. Vocês ficarão no furgão me aguardando. Você e o doutor Michel descem pela escada de emergência enquanto desço pelo elevador, nos encontraremos no furgão. Não quero que nos vejam juntos.

Carlitos entendeu o plano de Tony, mas o doutor Michel não compreendia do que estavam falando, e perguntou, atônito com tudo aquilo:

— O que pretendem fazer a uma hora dessas? Já é tarde! Para onde vamos?

— Você verá, meu amigo — respondeu Tony.

Carlitos virou-se para o doutor Michel e, com a mão sobre o seu ombro, disse com grande euforia:

— Doutor, prepare-se para as aventuras. Tenente Tony começa a entrar em ação. Que Nossa Senhora nos proteja — e ria enquanto o doutor Michel permanecia sério, observando-os, e não compreendendo absolutamente nada do que tanto diziam.

Tony ria com os gracejos sarcásticos de Carlitos, e o doutor Michel permanecia mudo, não estava entendendo o que estava acontecendo, mas aceitou o convite para acompanhá-los, e nem imaginava no que iria afinal participar, e partiram, conforme o combinado.

Dez minutos se passaram, Tony já estava dentro do furgão, aguardando-os, quando Carlitos e o doutor Michel finalmente chegaram, após descerem dezenas de degraus e, enquanto entravam no furgão, Tony falou ao doutor Michel, seriamente:

— Meu caro amigo doutor Michel, a partir de agora está sob juramento perante dois oficiais. O que você verá daqui por diante deverá ser guardado em absoluto sigilo. Isto não é uma brincadeira e estamos a serviço das Forças Armadas. Mais tarde conversaremos do que se trata tudo isso, estamos entendidos?

— Como quiser, Tony, sem perguntas — e calou-se.

Carlitos assumiu o volante do furgão, acompanhado do doutor Michel ao seu lado. Tony optou por ir na parte de trás, e partiram na calada da noite pelas alamedas. Enquanto Carlitos dirigia, Tony estava se trocando, preparando-se para a sua missão. Ao chegarem ao local, Carlitos olhou para o relógio e avisou Tony:

— Chegamos. São precisamente 00h38.

— Obrigado, Carlitos. Boa hora.

As luzes da rua pareciam muito fracas e ofuscadas, não iluminavam muito bem a via, a condição perfeita propiciava para não serem observados, e Carlitos estacionou o furgão embaixo de uma enorme árvore, fazendo com que ficasse mais escuro ainda, e camuflados, já que o furgão era totalmente preto. O doutor Michel percebeu que já estivera naquele local, olhando à sua volta lembrou-se e disse, assustado:

— Mas aqui é a Chocolates Corpus Christi. O que pretendem fazer?

Carlitos respondeu:

— Calma, doutor, faça como Tony mandou, sem perguntas.

— Está bem. Mas não pensem que concordo com o que vão fazer. Vocês não têm um mandado para isso. Lembrem-se de que, se forem pegos, podem ser presos por invasão de propriedade. Terão que me dar muitas explicações a respeito disso tudo.

— E as terá, doutor Michel, só peço que fique calmo e me aguarde. Não vou me demorar, sei o que estou fazendo — disse Tony. — Irá entender minhas razões.

Tony acendeu uma luz, que o iluminou dentro do furgão. Carlitos e o doutor Michel viraram-se. O pobre doutor ficou pasmo com a aparição à sua frente, parecendo que estava vendo uma assombração. Tony estava todo de preto, uma máscara com dois grandes buracos cobriam sua cabeça e, por entre os furos, enxergava somente seus olhos, um grande rolo de cordas, ganchos, uma metralhadora nas costas e, por fim, manuseava uma pistola automática na mão, certificando seu carregador recheado de balas. O doutor Michel ainda olhava-o atônito, sem nada dizer, mas consternou-se, preocupado, e resolveu dizer algo:

— Cuidado, Tony. Pode ser perigoso, não gostaria de ter que transmitir ao seu pai que algo terrível aconteceu a você.

— Não vai acontecer nada, amigo, tenha certeza disso.

— Como pode ter tanta certeza assim, Tony?

Tony se calou, não respondeu à sua pergunta e deixou-a no ar, sem explicações; agora meditava calmamente sobre o que iria fazer. O doutor Michel e Carlitos cochichavam algo; quando se viraram, surpreenderam-se, não perceberam que Tony havia partido à frente de seus olhos, sem fazer nenhum barulho, parecia um fantasma, e, juntos tentavam avistá-lo pelos arredores, mas não o viam mais. Havia simplesmente desaparecido como num passe de mágica. Porém, ainda estava por ali, e agora se esquivava por entre as paredes como uma sombra deslizando pela noite.

Carlitos virou-se para o doutor Michel e disse amistosamente:

— O senhor parece conhecer bem o tenente Tony. E ele o respeita muito.

— Acho que não, Carlitos, aliás, acho que já nem conheço mais o filho do meu grande amigo Anthony.

— Como quiser, doutor, não se preocupe com ele. Garanto-lhe que Tony estará aqui de volta logo mais. Não sei se devo falar sobre isso, mas tudo bem. Doutor, se for necessário, Tony sozinho consegue destruir uma cidade inteira sem ninguém vê-lo.

— Céus! Ele é capaz disso?

— Com toda certeza, doutor — afirmou Carlitos.

— Sempre achei que só em cinema poderia ver esse tipo de cena. E Tony sabe fazer essas coisas, iguais àquelas do cinema? É realmente muito espantoso.

— E algumas coisinhas mais, doutor — complementou Carlitos, aos risos.

— Céus! Vejo que realmente não reconheço mais meu amigo Tony — respondeu o doutor Michel, surpreso com a espantosa revelação.

Após a revelação, o doutor Michel entregou-se num silêncio absoluto, e Carlitos aquietou-se no furgão, mas permaneciam atentos, aguardando pelo retorno de Tony. A rua estava totalmente deserta, calma e serena, ninguém transitava naquela hora, todos hibernavam em suas casas. Eram 2h30 da manhã quando Tony ressurgiu do nada e abriu a porta do furgão para entrar. O doutor Michel cochilava encostado ao vidro e deu um pulo assustado com o barulho da porta se abrindo na parte de trás. Tony entrou no furgão e pediu para que Carlitos ligasse o motor para irem embora.

Carlitos fez o carro funcionar e partiu calmamente. Enquanto Tony trocava de roupa, era observado atentamente pelo doutor Michel, que nada dizia, mas Carlitos perguntou-lhe:

— Encontrou algo, Tony?

— Não, mas sei que vou encontrar. Eles parecem não serem burros, andam muito bem precavidos. Não existe crime perfeito, vou pegá-los ainda. É uma questão de tempo.

— E o cachorro, não o mordeu? Não ouvi nenhum latido.

— No fim da tarde, eu lhe dei um calmante forte. Coloquei um potente sonífero na água dele. Dormia como uma criança, pela manhã deverá estar bem. Irá sobreviver. Mas me diga, Carlitos, descobriu algo nas últimas gravações? Acredito que nada tenha, ninguém esteve por lá hoje.

— Não, Tony, nada aconteceu realmente. No entanto, não me leve a mal, mas você não está sendo um pouco precipitado com Daniela? Pode colocá-la em risco. O que disse a ela é verdade?

— Sim.

— Do que vocês estão falando? — perguntou o doutor Michel.

— Nosso amigo está perdidamente apaixonado pela moça, doutor — disse Carlitos.

— Isso é verdade, Tony? — disse o doutor Michel, agora mais espantado ainda.

— Sim, doutor. Estamos apaixonados.

— Céus, Tony! Qual é a próxima surpresa que tem para me contar? Já não estou entendo mais é nada. Onde pretende chegar com tudo isso?

— Ao chegarmos, amigo, conversaremos. Temos uma longa noite para dialogarmos sobre o que de fato estamos fazendo, e sua ajuda também será muito bem-vinda. Lembre-se do que lhe falei, você prestou juramento perante dois oficiais das Forças Armadas, e tudo o que vier a saber deverá guardar em segredo. Se não concordar, terei que tomar providências drásticas a esse respeito. Portanto, não me decepcione. Não me faça fazer o que não desejo — disse Tony, muito sério, a ele; no entanto, nada mais passava do que uma simples brincadeira por sua parte. Mas, enquanto falava, Tony ajeitava suas coisas dentro de sua mochila no fundo do furgão.

O doutor Michel, após ouvir o que Tony lhe disse, virou-se para Carlitos e perguntou-lhe bem baixinho:

— Ele está falando sério?

Carlitos olhou para o retrovisor e piscou para Tony, que, ao perceber o seu gesto, permaneceu quieto, ouvindo-os conversarem, e continuava ele a dizer ao doutor Michel, também em voz baixa para que Tony não o ouvisse:

— Pode acreditar. Acho que não o conhece tão bem assim, doutor. Teve uma vez que, dentro do carro, Tony prestava o mesmo juramento a uma pessoa muito importante do governo a respeito de uma missão secreta, e o maluco o desafiou, dizendo que não concordava e que levaria a conhecimento dos jornais e da televisão.

— E o que aconteceu? — perguntou o doutor Michel, estava receoso e começava a ficar apavorado com o seu relato.

Tony ouvia silenciosamente a conversa entre os dois, aos risos, enquanto Carlitos continuava a dizer-lhe seriamente:

— Não podíamos correr nenhum risco naquela missão, e, como não havia outra saída, Tony puxou sua arma e deu um tiro nele. Caiu morto, aí mesmo onde o senhor está, com a cabeça tombada para o lado da porta. Deixamo-lo num beco e fomos embora.

O doutor Michel olhou para trás, estava tenebrosamente aflito com a sua narração. Notou que Tony estava cochilando quieto, encostado na lataria do furgão com sua arma sobre o peito, e então disse, bem baixinho, cochichando ao ouvido de Carlitos:

— E se eu não concordar, ele fará o mesmo comigo?

Tony fez de conta que não estava prestando atenção na conversa dos dois, mas tinha ouvido o que o doutor Michel dissera e, naquele exato momento, sem fazer barulho algum, manuseava sua arma, engatilhando-a, e deu um enorme tapa na lataria do furgão, o que fez parecer um disparo de tiro contra a fuselagem do veículo. Ao ouvir o estrondoso barulho, o pobre doutor Michel, assustado com o relato de Carlitos, começou a berrar feito um alucinado dentro do carro ainda em movimento, e dizia, apavorado, entre socos e pontapés, agarrado à porta:

— Não, Tony! Por favor, não me mate. — Esperneava totalmente em desespero, tentando abrir a porta do carro de todas as formas e, de tão assustando que estava, não conseguia encontrar o trinco dela e, indefeso no que fazer, sentia-se ainda mais apavorado.

Carlitos havia parado o carro e, com Tony apoiado ao ombro do doutor Michel, riam do pobre coitado, que continuava ainda a gritar desesperadamente, dizendo:

— Por favor, Tony, poupe-me! Eu só estava brincando, lembre-se que sou amigo da sua família e eu adoro você, Tony — dizia desesperado, quando, definitivamente, aquietou-se covardemente. Estava pálido e um suor frio lhe descia pela face e, só então, percebeu que o carro estava parado no acostamento e nada havia lhe acontecido. O susto havia cessado momentaneamente, mas sentia-se totalmente perdido e sem graça, e não conseguia pronunciar sequer uma palavra. Nada saía.

Carlitos e Tony permaneciam olhando-o aos risos e nada diziam, apenas o observavam. Mas o doutor Michel continuava bravamente ainda agarrado à pobre porta do furgão, visivelmente estava um pouco amassada por conta dos inúmeros pontapés que sofreu, e Tony disse a ele, aos risos:

— Acalme-se, doutor! Afinal de contas, és um homem ou um saco de batatas? Quem disse que vamos matá-lo? Você é meu amigo. Dei um tapa na lataria só para ver como você reagiria — e riam do pobre doutor, que agora os xingava após saber que tudo não havia passado de pura e simples brincadeira deles.

— Já pensou se meu pai sabe do que aconteceu por aqui, doutor? — dizia Tony.

— Por favor, Tony, não diga isso a ele. Lembre-se de que jurei guardar segredo, você deverá fazer o mesmo comigo. — E continuavam rindo.

— Não vou dizer nada, meu amigo, quero que saiba que também adoro você. Perdoe-me, pretendíamos somente pregar uma peça em você. Mas, convenhamos, doutor, foi muito engraçado vê-lo borrando-se nas calças de medo, aos gritos, agarrado à porta — e riam. — Mas vamos, Carlitos — disse Tony —, temos muito o que fazer ainda nesta noite.

— O doutor virá conosco também? — perguntou Carlitos.

— Sim. — respondeu o doutor Michel, com um nó imenso e seco na garganta, mas ainda tremendo-se todo, não havia ainda se recuperado do susto.

— Está mais calmo, doutor? — disse Tony, batendo em seu ombro. — Quando chegarmos em casa lhe contarei tudo o que está acontecendo. — E voltavam a rir, mas o doutor Michel permanecia calado e sério. Embora mais calmo, não sabia se ria também ou chorava de raiva.

Os risos, enfim, cessaram momentaneamente, e a viagem de volta prosseguia em silêncio. Porém, quando olhavam para cara do doutor Michel, ainda visivelmente assustado pelo seu inconcebível desespero, aos risos voltavam a debochar do pobre coitado, que, por outro lado, inconformado com a brincadeira sofrida, saiu de seu silêncio e os xingava, no entanto de forma amistosa, e aos poucos acabou se entregando também aos risos, até que, por fim, todos permaneceram quietos e não tocaram mais no assunto. Só voltaram a se falar quando, enfim, estavam de volta ao Hotel River, e por lá um interminável interrogatório foi articulado pelo doutor Michel, que agora não lhes dava trégua alguma e cobrava-lhes uma explicação convincente sobre o que de fato estavam fazendo.

Capítulo XII

Missão Secreta

Carlitos e Tony demostravam ao doutor Michel os equipamentos das Forças Armadas espalhados naquele quarto do Hotel River, deixando-o perplexo e impressionado com tudo aquilo, era realmente espantoso. Jamais havia, em sua vida, visto algo semelhante, e perguntou a Tony, vislumbrado, mas espantado:

— Isto quer dizer que vocês estão fazendo espionagem?

— Sim, estamos, doutor.

— Por que, Tony? Por que tudo isso? Só por causa de um simples testamento, pelo o que seu pai nos falou? Ele não gostará nada disso ao saber, você o conhece tão bem quanto a mim.

— Não, meu amigo, há mais coisas por aqui do que você imagina. Não vim aqui por causa do testamento e, sim, por outro motivo muito justo. Eu lhe disse que tínhamos muito o que conversar. Papai ainda não deve saber de tudo isso até descobrirmos o que de fato está ocorrendo por aqui. Mas venha, doutor, sente-se aqui. Quero que ouça algo que gravamos de uma reunião realizada dentro da empresa Chocolates Corpus Christi.

Tony pediu para que Carlitos ligasse a sua última gravação ocorrida na sala de reunião. Enquanto Carlitos preparava os equipamentos, ligando-os, Tony pediu para que o doutor Michel se sentasse na cadeira, colocou os fones de ouvido em volta de sua cabeça e fez sinal para que ficasse aguardando o início da reprodução, quando enfim, começou a ouvi-la claramente:

"— Por onde andava, Clóvis?

— Ele estava logo ali embaixo. Acho que estava comendo uma fralda.

— Estão rindo de quê, por acaso tem algum palhaço por aqui?

— Não, chefe! Longe disso!

— Então vamos ao que interessa. O que descobriram?

— Nada.

— Nada! E me dizem como se nada estivesse acontecendo. Vocês estão de brincadeira, são muito bem pagos para fazerem o serviço bem feito, e o que me dizem é que nada descobriram! Seus idiotas, quero que descubram logo onde está a mercadoria. Tudo culpa daquele velho idiota, tinha que se meter onde não era chamado.

— *Vamos descobrir, chefe, não fique nervoso.*

— *Espero que sejam rápidos, os europeus estão no meu pé e bravos. Não sei por quanto tempo vou segurá-los. Bom, vão, rapazes, e sejam breves. Não podemos perder tempo*".

Doutor Michel terminara de ouvir a gravação, sinalizou para Tony, avisando-o enquanto retirava os fones, e perguntou em seguida, confusamente:

— Quem é Clóvis?

— Um cachorro *rottweiler*. Toma conta do prédio — respondeu Carlitos.

— Mas que conversa é aquela, Tony? Do que eles estavam falando?

— Não sei ainda, doutor. Tenho percebido aquelas pessoas muito nervosas e conheço muito bem aquele tipo de gente. Acredite, não são pessoas quaisquer e, sim, pessoas ambiciosas e extremamente perigosas. Estamos lidando com assassinos profissionais. Acredito que os amigos de papai não tenham morrido por acaso, devem ter descoberto algo muito sério para serem brutalmente assassinados, e vou mais longe, mortos por essas pessoas. Ainda não sei ao certo, mas Cristian se esconde por trás de sua arrogante aparência. Caracterizo-o como um sujeito muito cruel, frio e calculista, capaz de fazer coisas horrendas e sem piedade, para tirar alguma vantagem para si.

— Onde pretende chegar com isso afinal, provar que foi o próprio filho que assassinou o pai?

— E por que não? Ele seria capaz de fazê-lo. Não tenho dúvidas quanto a isso.

— Não é possível, Tony, acredita mesmo nisso?

— Eu não acredito, doutor, eu tenho é certeza absoluta do que estou lhe dizendo.

— E como pretende provar isso?

— Ainda não sei. Por isso estou aqui investigando todos os seus passos e de toda aquela gente que os acompanha. Estamos lidando com gangsters, doutor Michel, bandidos da pior espécie.

— O que levou você a essa dedução? Tem de haver algum elo para poder incriminá-lo, Tony. Você está por conta própria ou essa missão é legal? Ou seja, é do conhecimento das Forças Armadas?

— Sim, doutor, meus superiores sabem desta missão e tenho autorização deles para agir no que for preciso.

— Isto inclui matá-los?

— Sim. Se for por um motivo justo, entre a vida e a morte, numa tentativa de defender-me, serei obrigado a usar de minhas habilidades. Doa a quem doer!

— Entendo. E como conseguiu convencê-los tão facilmente?

— Lembra-se das fotos que papai trouxe do velório?

— Sim, o que há nelas? — exclamou doutor Michel.

— Vou contar-lhe detalhadamente, mas antes quero relatar a você um assunto importante. Creio que saiba a respeito do repórter que eu e minha tropa resgatamos no Afeganistão.

— Sim, como poderia esquecer? Você ganhou até uma medalha por conta disso. Eu e minha família estivemos lá para vê-lo ser condecorado.

— Exato. Não sei até que ponto você conhece esta história, talvez, meu pai tenha lhe contado algo.

— Conversamos superficialmente, mas pouco sei. Prefiro ouvir de você, Tony.

— Ótimo. Ocorreu que, além de resgatar o nosso repórter, para mim um inconsequente maluco, também estávamos lá para recuperar diversas armas contrabandeadas para aquele local, conforme apontavam nossas fontes. Só que alguém denunciou nossa operação, fomos surpreendidos por vários guerrilheiros e travamos uma guerra sem trégua. Embora neste confronto tenhamos perdido dois fuzileiros, fomos felizes conseguindo abater os inimigos e escapamos ilesos de lá trazendo o nosso repórter maluco. Quanto às armas, nada encontramos.

— Mas o que Cristian tem a ver com esse assunto? Foi ele quem os denunciou?

— Calma, doutor, irá entender. Voltemos às fotos.

— Sim, desculpe. — disse o doutor Michel.

— Com relação às armas, elas foram roubadas do quartel-general por alguém, um grande arsenal, poderosíssimo. A princípio, suspeitaram da participação de um fuzileiro novato e levaram-no a interrogatório, mas nada descobriram. Logo após o seu interrogatório, ele foi misteriosamente assassinado dentro do próprio quartel por alguém e jamais descobriram a autoria do crime. Por falta de provas, meus superiores resolveram arquivar o caso. Quando da ocasião em casa, lembra-se de que eu estava olhando aquelas fotos?

— Sim, lembro-me!

— Pois foi através delas que identifiquei um fuzileiro igual a mim, e despertou-me certa curiosidade. No entanto, algo me dizia que ele era o verdadeiro culpado.

— Então, foi por isso que você abandonou aquela reunião e resolveu viajar inesperadamente?

— Correto. Naquele mesmo dia, à noite, me reuni com meus superiores. Minhas dúvidas faziam muito sentido, principalmente quando soube de quem de fato era ele, pois se tratava de um ex-fuzileiro igual a mim, que se desligou das Forças Armadas há alguns anos e, naquela reunião, meus superiores me autorizaram a vir até São Paulo para realizar uma investigação mais profunda, numa tentativa de tentar descobrir até que ponto esse ex-fuzileiro tem a ver com o roubo de nossas armas.

Tony pegou a foto que comentara e mostrou ao doutor Michel, que a olhava cuidadosamente, e devolveu a Tony, momentos após examiná-la.

— Não consigo entender onde você quer chegar Tony, continuo ainda confuso. O que há entre ele, o Cristian, a empresa e o casal de amigos assassinados de seu pai? E a moça, onde ela se encaixa nisto tudo? Aliás, você disse que estão apaixonados. Estou totalmente perdido nesta história. Sinceramente, não sei mais o que pensar, ou você está louco sobre o que está dizendo, ou, então, é muito mais sério do que se possa imaginar.

— Sim, é verdade, doutor. Eu e Daniela estamos apaixonados. Não sei dizer como tudo aconteceu, foi inevitável. Acredito que ela e os pais são inocentes e nada sabem ou sabiam a respeito dessas pessoas à volta deles. Acho que estavam sendo usados por eles. Mas deixe-me explicar uma coisa e irá compreender melhor. Este ex-oficial se chama Andrei, alguém muito hábil e extremamente perigoso. Olhando-o pela foto no velório, deduzi que parecia estar muito à vontade no meio de tanta gente, sem contar que, em várias fotos, posava sempre ao lado de Cristian, portanto alguém muito próximo e cordial a ele. Por saber que se tratava de pessoas inescrupulosas, vim para São Paulo investigá-los, e o meu primeiro passo foi infiltrar-me na empresa como um operário. Ainda não encontrei nada que os incrimine, mas continuaremos monitorando toda a movimentação dentro da empresa, e a próxima etapa será vasculhar a residência dos amigos de papai. Portanto, o que posso lhe adiantar é de que Andrei e Cristian estão metidos em algo muito grande, só não descobri ainda o que será, sem contar que ambos são muito fiéis um ao outro. Outro detalhe que nos chamou muita atenção é que existem dentro da empresa algumas pessoas muito estranhas, e não são quaisquer pessoas, trata-se de assassinos profissionais, e chego a concluir que as evidências apontam que são cúmplices numa conspiração muito perigosa. Em suma, doutor, o pouco que consegui apurar até aqui, e segundo minhas teorias, é que estamos lidando com uma quadrilha de mercenários, assassinos da pior espécie e capazes de fazer qualquer coisa para atingirem seus objetivos, inclusive assassinando inocentes. Precisamos ser rápidos quanto a isso, antes que mais inocentes possam também sofrer nas mãos desses crápulas.

— Céus, Tony! Faz muito sentido o que você está dizendo, embora ainda não tenha tantas evidências. Confesso que também não fiquei muito à vontade à frente de Cristian, pareceu-me ser muito arrogante, e realmente percebi alguns homens estranhíssimos e mal-encarados dentro da empresa. Não quero atrapalhar seu trabalho, Tony, portanto sairei de cena e esquecerei momentaneamente sobre o testamento e a minha vinda até a empresa. Ficarei enrolando seu pai pelo tempo que for necessário; enquanto isso, permanecerei no aguardo de suas novas instruções. Está bem assim?

— Acho mais sensato, doutor. Mas ficaremos em contato, sua colaboração será muito bem-vinda neste caso, se necessária. Só preciso de sua discrição e sigilo absolutos quanto ao que ficou conhecendo. Não podemos comprometer a missão. Não se esqueça de que estamos mexendo com gente perigosa e todo cuidado agora é pouco.

— Tem toda razão, Tony, mas será um prazer poder colaborar com você nesta missão. Guardarei em segredo essa nossa conversa.

— Ótimo, doutor — respondeu Tony.

A conversa entre ambos foi interrompida, o celular do doutor Michel crepitou em seu bolso, uma pausa se fez para que pudesse atendê-lo. Alguém do outro lado lhe falava:

— Senhor Michel?

— Sim. O que deseja?

— Boa noite, senhor. Perdoe-me por incomodá-lo a essa hora tão tarde, mas era necessário. Aqui é do Hotel American, um minuto, por favor, a gerência vai lhe falar. — E aguardou alguns instantes e outra pessoa falava-lhe então:

— Boa noite, senhor Michel. Desculpe importuná-lo tão tarde, mas estamos com um problema gravíssimo e necessitamos de sua presença no hotel urgentemente.

— O que há? Diga, meu rapaz.

— Lamento informá-lo, senhor. Um de nossos funcionários encontrou a porta de sua suíte arrombada e todos os seus pertences estão espalhados pelo chão, não sabemos dizer se algo foi roubado. Já chamamos a polícia, que fez uma averiguação geral dentro de seus aposentos, e, neste momento, encontra-se aguardando a sua chegada para formular alguma queixa, caso haja necessidade.

— Não se preocupe, estarei aí dentro de alguns minutos — e desligou seu aparelho celular. Tony perguntou, preocupado:

— Aconteceu algo, doutor?

— Era do Hotel American. Arrombaram a porta da minha suíte e mexeram nas minhas coisas. A gerência disse que todos os meus pertences estão espalhados pelo chão e a polícia está lá, me aguardando para conversar.

— Bem que estava desconfiado, doutor. Lembra-se de quando lhe perguntei se havia sido seguido por alguém naquela tarde?

— É verdade. Poderiam ter nos visto juntos. Mas como sabia disso, Tony?

— Não sabia, doutor, apenas desconfiava. É bem diferente!

— Tenho que ir, Tony, se não se incomodar. Poderemos continuar nossa conversa em outra hora.

— Claro, meu amigo. Lamento pelo incidente, se precisar de algo, sabe onde me achar. Infelizmente estamos sem celulares, por precaução. Carlitos o acompanhará até o seu hotel. Carlitos, leve sua arma e certifique-se que não está sendo seguido ou vigiado por alguém. Todo cuidado agora é pouco. O que pretende fazer, meu amigo?

— Verei o que aconteceu e pela manhã partirei para a sua casa, tenho que falar com seu pai a respeito da minha conversa na empresa de chocolates. Não será nada fácil enrolar seu pai quanto a esse assunto, o velho é uma raposa.

— É verdade, doutor, e acabamos por esquecer de comentar sobre a sua reunião com Cristian e Daniela. Percebi que o Cristian não gostou muito da sua visita por lá. Deixou-o bastante bravo.

— Praxe, Tony, eu já esperava por isso. Ele não gostou nada da história do testamento e saber que a empresa foi deixada para Daniela deixou-o ainda mais transtornado, principalmente quando soube que seu pai será o tutor dela por um bom tempo. Realmente, acho que ele não esperava por isso e foi pego de surpresa. Ao ler a cópia do testamento, xingava e cuspia labaredas para todos os lados. Já a pobre moça ficou quieta. Coitada, o que afinal poderia dizer? Mas também ficou surpresa com a existência deste documento e, até onde pude constatar, ambos desconheciam este testamento.

— Compreendo, meu amigo, esta parte é com você. Mas preciso pedir-lhe algo, não conte nada ainda a ninguém e nem que me viu por aqui. Não podemos nos precipitar, ainda é muito cedo para julgamentos, e, mais uma vez doutor, perdoe-nos pela nossa brincadeira. Não imaginei que fosse levá-la tão a sério. Cuide deles por mim. — Cumprimentaram-se com um forte abraço, despedindo-se logo em seguida.

Ao sair, o doutor Michel virou-se e disse a Tony, carinhosamente:

— Cuidado, meu amigo, tenha juízo. Quero vê-lo ainda vivo.

— E me verá, amigo, tenha certeza disso! Adeus e boa viagem — disse Tony, retribuindo também carinhosamente à saudação do amigo, o doutor Michel.

Capítulo XIII

O assassinato de Gabriel

Havia algumas semanas que Tony estava trabalhando disfarçado na empresa Chocolates Corpus Christi e, por enquanto, permanecia sem nada descobrir com relação a Cristian e Andrei, mas continuava implacavelmente investigando-os noite e dia e não lhes dava trégua alguma.

Tony, ou seja, Gabriel, e Daniela decididamente estavam perdidamente apaixonados, era inegável o quanto se amavam e inevitavelmente assumiram um romance secreto. Viviam mantendo encontros às escondidas, longe dos olhos de Cristian e de seus homens e, a cada dia, mais se sentiam atraídos um pelo outro. Não conseguiam mais ficar longe um do outro, conviviam com o perigo constante sempre os rodeando e temiam pela possibilidade de serem descobertos, o que não seria nada agradável. Mas o amor entre ambos falava ainda mais alto, e arriscavam-se inocentemente, enquanto os dias avançavam em completa temeridade. Infelizmente, Tony esqueceu-se de seus instintos e, infantilmente, acabou se comprometendo, colocando em risco a sua missão e até mesmo a pobre Daniela.

Era manhã de domingo quando Tony levantou-se, caminhou pela cozinha atrás de algo, estava faminto. Abriu a geladeira, não havia nada que o atraísse, optou por tomar um copo d'água para espantar a fome. Reparou na mesa um bilhete, pegou e o leu:

Tony,

Não quis acordá-lo, resolvi tirar o dia para um passeio. Voltarei no fim da tarde.

Abraços,

Carlitos.

Após lê-lo, Tony o amassou e colocou no cesto de lixo. Sentou-se numa poltrona e permaneceu silenciosamente pensativo. Estava com sua mente totalmente voltada para Daniela, e sua vontade naquele momento era poder estar ao lado dela, sua ausência o corroía por inteiro. Pela primeira vez resolvera ligar o seu celular e, contrariando a si próprio e a seus instintos, ouviu algumas mensagens deixadas e por fim as deletou, não havia nada de importante ou algo que se aproveitasse. Discou alguns números, uma pausa se fez enquanto aguardava para ser atendido e, alguém o atendeu. Tony percebeu que era a voz de Daniela que o atendia do outro lado da linha, e seu coração pulsava ainda mais forte após ouvi-la dizer:

— Alô.

— Oi, Daniela. Sou eu, To... — ele pigarreou, consertou seu descuido e voltou a dizer — Desculpe, sou eu, Gabriel.

— Gabriel, você é louco em me ligar. Espere um instante, não desligue.

Daniela estava na sala naquele momento, subiu correndo as escadas e entrou em seu quarto, fechou a porta e passou as chaves, trancando-a. Deitou-se em sua cama e voltou novamente a falar com Gabriel:

— Pronto, cheguei... Gabriel, alô?

— Oi, desculpe-me. Estava tomando água.

— Você é louco em me ligar.

— Eu sei. Queria ouvir sua voz, mas a verdade é que adoraria vê-la, querida.

— Eu também.

— Vou até aí, preciso lhe ver — respondeu Gabriel, demonstrando para ela que não tinha medo de nada.

— Não, Gabriel. Já lhe disse, é muito perigoso.

— Quantos seguranças há por aí agora?

— Hoje, somente um. Não sei o que aconteceu, parece que saíram com Cristian.

— Estou com saudades de você. Preciso lhe ver, eu quero lhe ver, não aguento mais.

— Onde você está agora, Gabriel?

— Em casa.

— Como faço para chegar até aí? — perguntou Daniela.

— Não Daniela, aqui não. Não é lugar apropriado para você.

— E qual o problema? Por que você não me fala onde mora? Por que tanto mistério? — perguntou Daniela, curiosamente, tentando persuadi-lo a dizer:

— Está bem, Daniela, vou dizer-lhe. O problema é que moro numa pensão. Compreende agora a minha situação?

— Entendi. Por que ficou escondendo isso de mim? Também queria lhe ver meu amor. Como faremos então?

— E o segurança, o que dirá a ele?

— Mando-o a favas. Vou dar um jeito de sair sem ser vista. Acho que sei para onde podemos ir sem sermos importunados.

— E para onde pretende me levar?

— Uma pequena surpresa. Você irá gostar.

— Está bem! Agora são 9h45. Encontrar-nos-emos às 11h em frente ao Museu do Ipiranga, está bom assim para você?

— Está ótimo. Espere-me se eu atrasar, nos veremos logo, um beijo — e desligaram seus aparelhos.

Após desligar o telefone, Tony correu em direção ao banheiro para uma chuveirada rápida. Escolheu sua melhor roupa, perfumou-se todo, pegou sua arma e partiu ao seu encontro momentos após.

Tony, enfim, estava no local marcado e demonstrava estar ansioso para tê-la em seus braços, acreditava que o risco valia a pena, mas também se preocupava e olhava constantemente ao seu redor à procura de alguém o espionando, certificando-se de que não fora seguido por alguém. Nada havia para preocupá-lo e não avistava ninguém suspeito bisbilhotando ou coisa parecida, o que o deixava menos tenso e um pouco mais tranquilo.

Daniela, para variar, estava atrasada, típico de toda mulher e com ela não era nada diferente. Tony, visivelmente, aparentava estar um tanto perturbado com a sua constante demora e começava a imaginar um bocado de bobagens em sua cabeça, deixando-o preocupadíssimo, e começava a se culpar e questionar se não havia cometido um grande erro tirando-a de sua casa. Mas, às 11h33, seu carro apontou na esquina e sentiu-se finalmente mais confortável quando a avistou e aliviou-se com a sua chegada. Daniela parou o seu carro, e a partir de então, Tony tornou-se novamente em Gabriel. Trocaram um doce beijo apaixonado ao se encontrarem.

Gabriel gentilmente pediu para que o deixasse dirigir, e Daniela assentiu-lhe. Mas, antes de assumir a direção do carro, disfarçadamente escondeu sua arma por debaixo do banco. Após, prosseguia pela avenida, enquanto Daniela disse a ele, apontando o caminho a ser seguido:

— Saia por essa avenida, no quarto farol entre à esquerda e dará numa rodovia, pegue-a no sentido litoral.

— Aonde pretende me levar afinal? — perguntou Gabriel.

— Preciso de novos ares Gabriel, tenho certeza de que você irá gostar deste lugar. Quero ir até o litoral, apreciar o mar de perto. Aonde vamos existe uma pequena ilha chamada Praia dos Sonhos. Nos finais de semana, a estrada de terra que leva à praia fica cheia de carros, levando pessoas em busca do mar, do sol e dos prazeres, se é que me entende. O maior número de banhistas é de jovens, mais preocupados em surfar nas ondas gigantescas que por lá se formam, sem contar com a possibilidade de poder admirar a bela paisagem e seus enormes rochedos. É lindo, muito lindo. Ficará maravilhado com a beleza do lugar.

— Acho que vou gostar, Daniela. — respondeu Gabriel, embora timidamente. Na verdade, estava acovardado, esqueceu-se completamente dos bandidos e começou a ficar é com medo de Daniela.

Eram 13h30 da tarde de domingo quando chegaram ao seu destino, e o sol começava a se deslocar lentamente para o oeste, mas um forte calor intenso ainda persistia, incidindo fortemente sobre a praia e cozinhando os corpos estendidos na areia. Não havia muitos surfistas naquele dia, a maré estava baixa e as ondas deslizavam suavemente no mar, tornando-o calmo e sereno. Enquanto conversavam, descalços, passeavam por entre as areias soltas na orla da praia. Mais à frente, avistaram uma bela paisagem, uma pequena formação rochosa que levava a um penhasco acima das águas. Um local totalmente escondido, onde casais encontravam-se nestes pequenos refúgios para criar seus próprios mundos de ilusões e sonhos.

— Não é lindo esse lugar, Gabriel? — perguntou Daniela.

— É espantoso. Um bom lugar para namorar, para passear, para ler um bom livro sem ser incomodado, enfim, um local apropriado para meditar sobre a pureza da vida e sua essência.

— Gosta de ler, Gabriel? — perguntou Daniela.

— Costumo ler alguns livros, gosto muito de William Shakespeare.

— Leio também alguma coisa, mas nunca li nada de Shakespeare.

— Suas obras são fantásticas, um patrimônio da humanidade. Sei de um pequeno trecho de "Hamlet" de que gosto muito. Gostaria de ouvir?

— Sim — disse Daniela.

— Então preste atenção. — Gabriel virou-se para o lado e, com a mão ao peito, buscava certas forças interiores e iniciava uma profunda declamação para Daniela:

Ser ou não ser, eis a questão! Que é mais nobre para o espírito: sofrer os dardos e setas de um ultrajante fado, ou tomar armas contra um mar de calamidades para pôr-lhes fim, resistindo? (...) E é assim que a consciência nos transforma em covardes. E é assim que o primitivo verdor de nossas resoluções se estiola na pá da sombra do pensamento. É assim que as empresas de maior alento e importância, com tais reflexões, desviam seu curso e deixam de ter o nome de ação... Agora, silêncio!... A bela Ofélia! Ninfa, em tuas orações, recorda-te de meus pensamentos![4]

E por aí indo, finalizou.

— Adorei Gabriel, não conhecia esse seu lado poético — dizia, aplaudindo-o. É realmente um grande cavalheiro. Por isso que te amo muito, meu amor.

Após essa encenação, sentarem-se no chão de pedras, pouco conversaram por alguns instantes. Totalmente entregues, se beijavam como dois apaixonados e despreocupados com o mundo ao seu redor.

---

4. William Shakespeare (1564-1616). Poeta, dramaturgo e ator inglês.

Ocasionalmente, os gritos estridentes das gaivotas, sobrevoando em busca de comida, elevavam-se acima dos zumbidos das conversas e do barulho das ondas e os faziam viajar pelas profundezas do infinito. Nada os impedia, suas almas gêmeas se tornavam num só ser e ardentemente seus corpos se misturavam numa magia inexplicável.

Não perceberam que a poucos metros, escondida por trás de um monte de pedras, às suas costas, havia uma barraca onde se amava um jovem casal, pelo menos era o que imaginavam. Gabriel e Daniela continuavam se beijando loucamente, mas foram interrompidos quando ouviam uma voz invisível soar e riam da cômica situação. Suspeitavam, no entanto, não sabiam o que de fato estava ocorrendo, simplesmente deduziam. Mas ouviam claramente, fazendo-os rir:

— Não... não... aí não... não... vai... vai...— e sumia por alguns momentos, talvez levados pela mudança do vento.

Daniela e Gabriel continuavam se beijando cada vez mais, e novamente as vozes voltavam:

— Aí... não... de novo... Não... não... aí não... não... vai... vai... vai... vai... — de repente, cessaram e se tornaram silenciosas, somente o barulho do mar ouvia-se e ficaram somente eles.

Daniela e Gabriel, agora, estavam abraçados, deitados ao chão, seus corpos colados se misturavam numa química perfeita, pura e mágica, parecia um vulcão em erupção prestes a explodir a qualquer momento. Perdiam a noção do tempo e do espaço e amavam-se cada vez mais. Lentamente, as mãos de Gabriel deslocavam-se por trás de Daniela. Passando um braço pela sua cintura, ele puxava-a contra seu corpo, viravam-se ardentemente, levantando-lhe a saia com a outra mão. As coxas e as nádegas dela estavam nuas. Ele lhe comprimiu a mão contra o púbis, murmurando, em voz rouca e doce, ela disse prazerosamente:

— Eu te amo, Gabriel, me ame... por favor...

Daniela definitivamente se entregara. Gabriel estava sobre o seu corpo, beijava-a incansavelmente e, um momento após, Daniela sentia-

-o profundamente dentro de si. Soltou um fôlego eloquente, suas mãos apertavam a de Gabriel, contorciam-se e ela voltou a ofegar. Um gemido semelhante a um miado emergiu de sua garganta. As mãos de Gabriel comprimiam-na, seus corpos ardentes, unidos como um só, arremetiam-se, e o coração pulsava velozmente, a respiração ainda mais ofegante, gemidos incontroláveis soavam. As unhas de Daniela cravaram na pele de Gabriel e, juntos, compartilhavam o doce momento da dor e do prazer, até que explodiu, completando-os por inteiro. Daniela mantinha-se imóvel, permaneceram abraçados por muito tempo até que suas forças se esgotaram e, por fim, restabelecidos, juntos banharam-se nas enormes ondas do mar.

Gabriel e Daniela, descontraídos brincavam na água e não perceberam a chegada de várias pessoas que os observavam. Infelizmente, subestimaram por demais os seus desejos e perderam a noção do perigo que os cercava.

Infelizmente, eles haviam sido seguidos por um dos homens de Cristian, que, ao localizá-los, informou a ele por onde se encontravam.

Com seus homens em dois carros, para lá se deslocaram. Cristian estava posicionado em frente à praia de pé, acompanhado de seu fiel escudeiro, Andrei, o desertor Aranha Negra, que não tinha escrúpulos e muito menos piedade. Com eles, seis outros homens fortemente armados também permaneciam ao seu lado. Gabriel e Daniela nada podiam fazer, haviam sido descobertos, e Gabriel estava temeroso, totalmente desarmado, sua arma estava dentro do carro escondida debaixo do banco, mas disse a ela numa tentativa de poder acalmá-la:

— Fique calma, Daniela, vou resolver isso de uma vez por todas.

— Gabriel, estou com medo. Cristian é um louco — disse Daniela, apavorada.

— Fique atrás de mim — disse a ela, enquanto saíam da água. — Estamos quase próximos deles — continuou a dizer Gabriel, e Cristian começou a falar aos gritos com Daniela:

— Sua vadia! Eu lhe falei para não se envolver com ninguém — e se dirigia em direção a ela.

Antes mesmo que Daniela pudesse dizer alguma coisa, Cristian começou a esbofetear seu rosto por diversas vezes, o que a fez cair aos prantos no chão da areia, e disse grotescamente a ela:

— Já lhe disse, fará o que eu quero. Estamos entendidos? Dê um corretivo nesse vagabundo, não é à toa que não gostei desse sujeito nem um pouco.

Daniela pedia a Cristian que não fizesse nada de mal a Gabriel, mas o meio-irmão não lhe deu ouvidos. Daniela ainda estava no chão, e Cristian a segurou pelos cabelos, levantando sua cabeça, e disse rudemente a ela:

— Eu quero que você veja o que faço com quem se mete comigo. Eu lhe falei, agora é tarde.

Daniela chorava, apavorada com a situação. Cristian permanecia ali, em pé, vendo Gabriel ser surrado covardemente por seus capangas, e ria impetuosamente dele.

Gabriel até que tentou se defender, mas eram muitos. Em poucos segundos, acabou sendo rendido por eles após uma sequência de socos e pontapés aplicados contra seu corpo. Indefeso, nada podia fazer. Andrei foi o mais cruel de todos com Gabriel, que agora estava sendo segurado de pé por dois homens e impedido de reagir. Estava quase sem sentidos, faltava-lhe ar para respirar, seu rosto todo machucado sangrava muito, e Andrei começou a bater sem parar contra o rosto de Gabriel, esmurrando-o por várias vezes seguidas, não lhe dando trégua. Poucos segundos após, Andrei cessou e pediu que o soltassem. Meio desacordado, Gabriel caiu ao chão com os joelhos dobrados, violentamente machucado, mas ainda se mexia, e ouvia bem de longe os gritos de Daniela, que chorava convulsivamente ao vê-lo sofrer daquela maneira e sentia-se culpada por tudo aquilo. Ninguém percebeu ao certo o que Gabriel havia dito ainda no chão, mas Andrei o entendeu perfeitamente quando ele disse:

— Ainda vou lhe matar, seu desgraçado traidor.

Gabriel aos poucos se levantava, ainda cambaleando, sentia dores insuportáveis por todo o corpo e posicionou-se de pé. Daniela gritou para ele:

— Gabriel, fuja! Eles vão lhe matar.

Não havia como fugir e Gabriel estava entregue agora à própria sorte. Uma expressão de surpresa estampou-se em seu rosto quando avistou a arma nas mãos de Andrei. Foi a última coisa que ele viu.

Andrei olhou para Cristian, que consentia balançando sua cabeça. Andrei virou-se e atirou duas vezes contra o pobre Gabriel. Daniela gritou alto horrorizada ao ouvir os disparos contra ele:

— Não!... — e chorava ainda mais, em total desespero. Cristian persistia em rir, não se importando com a dor de Daniela e muito menos com o indefeso Gabriel, agora gravemente ferido.

As balas atingiram sua barriga e o arremessaram fortemente para trás, fazendo o sangue correr pelo seu corpo, derrubando-o no chão e fazendo com que fosse encoberto pelas ondas do mar, que o jogava de um lado para outro, enquanto agonizava, totalmente desacordado.

Cristian passou por cima do corpo de Gabriel e disse covardemente a ele:

— Ninguém pode comigo e não será você, seu idiota — disse, segurando-o pela camisa e, em seguida, após soltá-lo, cuspiu em seu rosto.

Daniela estava sendo contida por dois dos homens de Cristian, e tentava de todas as formas se soltar deles, mas era uma tentativa vã. Cristian, então, caminhava lentamente até eles e disse, assim que se aproximou:

— Vamos embora, rapazes, deixe que apodreça por aí mesmo.

Daniela, enlouquecida, disse, batendo contra o peito de Cristian:

— Assassino... assassino... Eu o odeio, seu maldito.

Cristian ainda estava à sua frente e ria cinicamente; puxou-a pelos cabelos e forçosamente aplicou-lhe um beijo. Daniela tentou desvencilhar-se do beijo virando seu rosto, mas, ao voltar, lhe deu uma cabeçada, atingindo-o no seu nariz. Cristian passou a mão, limpando o sangue que escorria, e disse rindo a ela:

— Custe o que custar, você será minha, somente minha. Está me ouvindo? — disse, intimidando-a.

— Prefiro morrer a que viver ao seu lado, seu assassino! — disse Daniela, rudemente e totalmente descontrolada.

Cristian ainda ria, caminhando em direção ao carro, acompanhado de seus homens, e voltou a dizer:

— Vamos embora, homens. Não há mais o que fazermos por aqui. Algum de vocês, traga o carro dela.

Já estava escurecendo quando partiram, e com eles levaram Daniela, deixando para trás, agonizando, o pobre e inocente Gabriel. Não se certificaram de seu estado, acreditavam que estava definitivamente morto e liquidado, até porque já era noite e ninguém havia por ali, estava totalmente deserto. Gabriel estava à própria sorte, não havia chance alguma de sobreviver.

Daniela sentia-se inconformada com tudo aquilo, e uma grande tristeza se formava em torno de seu pobre coração. Enquanto o carro se distanciava, ela permanecia ainda olhando pelo vidro traseiro, torcendo para que Gabriel se levantasse, era sua última esperança em vê-lo ainda vivo. Mas, infelizmente, não se levantou, continuou ainda com seu corpo inerte no chão, e agora não conseguia mais avistá-lo. Daniela silenciou e, entre soluços, chorava toda a sua irremediável dor por perder seu grande amor.

Capítulo XIV

Renascendo para a vida

Tony ainda estava vivo e, aos poucos, recobrava os seus sentidos; porém, muito ofegante, lhe faltava ar para respirar. Enquanto agonizava, pressionava suas mãos contra os ferimentos em sua barriga, numa tentativa de conter o sangue que persistia a jorrar abundantemente por entre as feridas, e arrastava-se com muita dificuldade até a beira da praia. Um frio intenso o consumia, tremia todo e sentia-se bastante preocupado com a sua situação, pois começava a entrar num estágio muito crítico e perigoso. Completamente só, estava prestes a entrar em choque. Sentia-se totalmente estonteado e fraco, lhe faltavam forças para rastejar e, por alguns segundos, iniciou sua despedida do seu mundo, e perdia as esperanças, por não avistar ninguém ao seu redor para poder salvá-lo. Decididamente, acreditava que, dentro de poucos minutos, estaria morto afinal, ali agonizando em plena escuridão.

Mas estava errado com seus pensamentos, não chegara sua hora ainda e alguém apareceu inesperadamente para socorrê-lo. Cristian e seus homens não viram o jovem casal por detrás das pedras, que assistiu a tudo em silêncio e, assim que os homens partiram, foi ao seu encontro.

Tony ainda estava com os olhos semicerrados, sua visão estava ofuscada e pouco enxergava; ao vê-los à sua frente, se esforçava para dizer-lhes algo, mas não encontrava forças para poder lhes falar. O rapaz ajoelhou-se e agora o auscultava, ouvindo as batidas do coração em seu peito. Constatou que seus batimentos cardíacos estavam fracos, perdera muito sangue e estava prestes a entrar em choque hipovolêmico, se não fossem breves. Tony ainda se esforçava para dizer-lhes algo e, mesmo sem ar para falar, com muita relutância, conseguiu apenas pronunciar:

— Sou da Força Aérea, meu nome é Tony — e tossia brandamente a cada palavra dita.

O rapaz entendeu o que ele havia dito e falou-lhe:

— Tony, não fale, fique quieto. Procure descansar.

Tony sentia dores intensas e contorcia-se muito. Não estava conseguindo suportar aquela sua agonia desesperadora, e o rapaz voltou novamente a dizer, enquanto continuava a lhe prestar os primeiros socorros:

— Calma, Tony, você ficará bem. Somos estudantes de medicina, vamos ajudá-lo. — O rapaz olhava para seus olhos, a palidez era extrema em seu rosto, perdera muito sangue e seu corpo começava a enrijecer. O rapaz tirou a sua própria camisa e colocou-a sobre o ferimento e pedia para que a moça ficasse pressionando-a, contendo aquele sangue, enquanto iria buscar o seu carro, que estava estacionado a poucos metros de distância, para levá-lo a um hospital,.

Tony começou a delirar, um suor frio escorria pelo seu rosto todo machucado e aos poucos ia se entregando, cerrando seus olhos. A moça ao perceber, começou a gritar desesperadamente com ele e batia contra o seu peito para fazê-lo permanecer acordado, e dizia:

— Não durma, Tony, por favor, acorde! Não quero perdê-lo agora. Vamos, reaja! Sei que pode fazer isso. — disse ainda a pobre moça, sacudindo-o contra o chão úmido e gelado.

Tony a ouvia de muito longe, agora viajava velozmente dentro de seu pensamento numa velocidade incontrolável. Um filme passava rapidamente em sua imaginação delirante, estava com todos de sua família, sua mãe, seu pai, sua irmã, seu cunhado e com o pequeno Waldez, seu sobrinho, e, juntos, brincavam com seus admirados aviões em seu quarto. Não compreendia quem o chamava, nem o que estava dizendo, e lentamente reabriu seus olhos cansados, agora umedecidos pelas lágrimas que vertiam, e se recordava de sua última visão. Lembrava-se de Daniela e o desespero agora o tomava.

No breu da noite, faróis de um carro em alta velocidade os iluminavam e, de repente, uma freada brusca. A ajuda finalmente chegara e em poucos segundos, Tony foi levado às pressas ao hospital mais próximo. Estavam há uns oito quilômetros do centro da cidade e, ao chegarem, o ferido foi conduzido imediatamente para dentro da unidade, a fim de prestar-lhe socorro imediato. Àquela altura, estava totalmente inconsciente e muito debilitado. De repente, um alvoroço se formou entre os plantonistas, Tony começava a ter uma parada cardíaca e teve que ser submetido a vários choques para tentar ressuscitá-lo. Os médicos de plantão foram rápidos e, momentos após, ele voltou com seus batimentos cardíacos restabelecidos, porém ainda permanecia totalmente inerte e adormecido. E foi levado às pressas para sala de cirurgia.

Ao jovem casal estudante de medicina foi autorizado participarem do atendimento, em cordialidade por terem-no trazido ainda com vida. Interrogados, os jovens e futuros médicos promissores disseram como o encontraram e falaram que seu nome era Tony, alguém da Força Aérea, mas não portava nenhum documento para identificá-lo. No carro, enquanto delirava, chamava por alguém de nome comandante Roger.

Por ser forte e atlético, Tony teve muita sorte e renasceu para a vida. Duas horas de grande esforço foram necessários para socorrê-lo do risco que o cercava. Enfim, agora estava repousando, dormindo sedado num quarto do hospital totalmente fora de perigo. Os tiros que recebeu foram perfurantes e não ficaram alojados em seu corpo. Diagnosticamente, não haviam detectado nenhuma sequela grave que o comprometesse e nenhum órgão vital fora atingido, o que foi uma grande sorte. Sua recuperação seria rápida e estaria apto às atividades em poucos dias.

A direção do hospital optou por não avisar a polícia local e entrou diretamente em contato com as Forças Armadas para falar e comunicar o ocorrido. Depois de várias tentativas e algumas explicações, conseguiram encontrar o comandante Roger no Rio de Janeiro, e ele se prontificou a se deslocar imediatamente até o hospital, mas não antes de certificar-se do estado de saúde de Tony, o que o deixou muitíssimo abalado. Saber da notícia de que estava bem e fora de perigo deixou-o muito confortável e feliz. Porém, aborreceu-se profundamente com a notícia, como se sentindo na própria pele o que aconteceu a seu pupilo, e jurou a si próprio que faria todos os esforços para prender os culpados.

Era manhã, Tony estava acordado, seu sofrimento havia acabado e agora repousava mais aliviado. Alegrou-se ao ser visitado pelo jovem casal que o salvou.

Ficaram alguns momentos dialogando, jogando conversa fora, e o enfermo agradecia-os gentilmente. Tony estava bem e ria muito, era muito engraçado o jovem casal. Ficou sabendo que eram irmãos gêmeos e chamavam-se Jorge e Cristina. Porém, Tony se sentiu confuso ao lembrar-se dos barulhos estranhos que havia ouvido saindo de sua barraca por de trás das pedras e, discretamente, perguntou-lhes, curioso:

— O que faziam afinal de contas na barraca, já que são irmãos?

— Massagem chinesa — respondeu Jorge.

Tony, enfim, compreendeu a sua curiosidade malsã e o jovem casal despediu-se, cumprimentando-o, deixando a ele um cartão para um contato futuro, caso fosse necessário. E Tony ria, quando se recordava dos gemidos estranhos que ouvia quando esteve aos braços de Daniela.

Era 7h30 da manhã quando dois táxis estacionaram à frente do hospital. Dois fuzileiros fortemente armados acompanhavam o comandante Roger e, com eles, uma equipe de médicos militares.

O comandante Roger, ao entrar no hospital, pouco falou, mas agradeceu aos médicos por terem atendido Tony prontamente. Uma ambulância estava de prontidão e Tony foi levado até o cais de um pequeno porto na cidade, onde um helicóptero aguardava-o, estacionado, para levá-lo ao Hospital das Força Aérea do Galeão, no Rio de Janeiro. E partiram logo em seguida.

Pela manhã, por volta das 10h20 de terça-feira, Carlitos apareceu também para visitá-lo, pois fora avisado pelo comandante Roger do acontecimento e que Tony estava internado no Hospital da Força Aérea, se recuperando. Estava chateado por não ter estado ao seu lado quando mais precisava e sentia-se bastante culpado por Tony ter sido ferido. Mas Tony gentilmente dizia a ele que nada podia ser feito, fora pego de surpresa e não devia de forma alguma se culpar pelo o que lhe acontecera e Tony atribuía a si próprio toda a responsabilidade pelo ocorrido. Carlitos o avisara que a missão estava suspensa até que melhorasse, mas que voltaria para São Paulo e continuaria o monitoramento enquanto, Tony, estivesse ausente, recuperando-se; porém, disse preocupado:

— Descobriram que você esteve na empresa de chocolates.

— Como? — perguntou Tony, espantado.

— Acalme-se, vou lhe explicar. Não sabem sobre você. Lembra-se daquela noite em que fomos até a empresa?

— Sim, o que houve?

— Quando estava lá dentro, você por acaso retirou o seu capuz por algum momento?

— Não.

— Ótimo, por isso ainda estão confusos. Embora você tenha desativado as câmeras, infelizmente você deixou uma para trás e foi gravado. Na segunda-feira, houve uma reunião para discutirem sobre as gravações e sabem que um "Aranha Negra" esteve por lá, vasculhando à procura de algo. Já é de conhecimento deles que as Forças Armadas estão vigiando os seus passos. Redobraram a segurança, e temos que ter muito cuidado de agora por diante. Penso que temos de ser rápidos para pegá-los, Tony, antes que fujam.

— O comandante Roger está sabendo disso?

— Sim. Tive que falar com ele a respeito. Espero que me compreenda.

— Sim! E o agradeço por isso. O que ele disse, afinal?

— Está esperando você melhorar para retornarmos com os trabalhos.

— Entendi, ótimo trabalho, Carlitos. E Daniela, o que sabe dela?

— Não a vi mais na empresa, Tony. Até onde pude constatar, ela está dentro de casa com um monte de seguranças vigiando-a. Não tenho visto ela sair para canto algum. Algo muito estranho está acontecendo dentro daquela casa.

— Há algo mais que eu não saiba?

— Tony, eles estão muito afoitos e assustados por saberem que as Forças Armadas estão atrás deles. Continuam desesperados à procura de algo, mas ainda não consegui descobrir o que seria. Cristian tem brigado com seus homens diariamente e sempre sobre o mesmo assunto. Parece que algo aconteceu errado, não sei ao certo. Acredito que...

— Em que acredita, Carlitos? — interrompeu Tony.

— Desconfio que os pais da moça tenham alguma coisa a ver com o que eles estão procurando. Não faz sentido algum.

— Mas o que seria, afinal? — surpreendeu-se Tony.

— Não sei, lamentavelmente não imagino o que possa ser. Parece ser algo muito importante para eles e novamente disseram sobre os europeus, só que, desta vez, ouvi dizerem que eles estariam vindos em breve. Na última gravação, tive a ligeira impressão de que Cristian demonstrava estar com muito medo deles.

— Mais alguns dias estarei recuperado e retomaremos onde paramos. Tenho certeza de que iremos descobrir e prender essa quadrilha — disse Tony, sério e convicto em sua afirmação.

Tony silenciou e pediu emprestado o celular de Carlitos por um segundo. Resolveu ligar para o doutor Michel, para comunicar-lhe o que havia acontecido com ele, antes que as informações chegassem até sua família totalmente distorcidas e, consequentemente, deixá-los apavorados com a notícia. O doutor Michel atendeu assim que seu celular tocou, e disse ao atendê-lo prontamente:

— Alô!

— Doutor Michel, sou eu, Tony.

— Olá, Tony. Como vai você?

— Agora melhor, meu amigo.

— Só um instante — disse o doutor Michel, e voltou a falar novamente. — Aconteceu-lhe algo?

— Preste atenção, doutor! Preciso que me ouça com bastante clareza e não levante nenhum alarde, por favor.

— Estou ouvindo, continue.

— Fui baleado. — respondeu Tony.

— O quê? — respondeu o doutor Michel, espantando com o que Tony lhe disse. — Você está brincando comigo, não está?

— É muito complicado, meu amigo, mas tentarei resumir para você. Lembra-se do Aranha Negra, o desertor de que lhe falei?

— Sim. O que há?

— Ele me baleou, estava junto com Cristian. Não faça nada por enquanto, mas há algo muito sério acontecendo e tenho que descobrir o que é, antes que seja muito tarde. Ainda não suspeitaram de nada, fui baleado porque estava com Daniela. Cristian é um louco e demonstrou um ciúme doentio por Daniela, é um assassino incontrolável. Eu já lhe disse isso e não tenho mais dúvidas de que eles tenham algo a ver com o assassinato dos pais de Daniela, só não sei ainda como tudo ocorreu, mas vou descobrir.

— E seus pais, o que digo a eles agora?

— Onde você está agora?

— Lamento, Tony, estou em sua casa conversando com seu pai. Está assustado agora e quer lhe falar. Ele ouviu o que conversamos, perdoe-me. Conhece seu pai melhor do que eu. Obrigou-me a deixar o viva-voz ligado. Espero que me perdoe por isso.

— Tudo bem, o velho é uma raposa. Cedo ou tarde ele descobriria de qualquer jeito mesmo. Deixe-me falar com ele.

— Pode falar, Tony, todos estamos ouvindo-o — eu disse, finalmente.

Tony ficou pensativo no que dizer-me e, antes que pudesse se pronunciar por alguma coisa, acabei falando, primeiramente, após desativar o viva-voz:

— Alô, filho. O que aconteceu, onde você está? Vou imediatamente para aí.

— Estou bem, pai. Foi um acidente, só isso!

— Tony, você foi baleado e o que me diz é que foi um acidente? Tenha a santa paciência, sua mãe está aqui chorando apavorada. O que faço com ela agora? Você ainda vai nos matar, filho!

— Pai, não se preocupe. Estou bem. Juro. Recuperar-me-ei em breve, por enquanto estou internado no Hospital da Força Aérea.

— Eu e sua mãe vamos até aí vê-lo. E por favor, não me impeça!

— Não, pai, é melhor que fique. Já lhe disse que estou bem e não há com o que se preocuparem. Assim que melhorar, vou para casa vê-los. Mas deixe-me falar com o doutor Michel, tenho algo muito importante para dizer a ele.

Lucila estava aos prantos, inconformada, e tomou na marra o celular de minhas mãos, querendo falar com Tony, não deixando que o passasse para o doutor Michel, e disse preocupada, chorando:

— Filho, como está? O que aconteceu?

— Estou bem, mãe, não se preocupe. O doutor Michel explicará para vocês. Tenho que desligar, mas antes preciso falar com o doutor Michel. Por favor, coloque-o na linha.

Lucila acalmou-se um pouco após ouvir sua voz e esticou o braço, passando o telefone para o doutor Michel, dizendo:

— Tony quer lhe falar, doutor. — ao pegar o aparelho, voltou a dizer:

— Estou ouvindo, Tony, diga.

— Doutor, converse com papai e mamãe. Pode dizer tudo o que sabe sobre a minha missão e o meu relacionamento com Daniela. Está dispensado do juramento prestado. Acho que mamãe ficará mais calma ao saber que eu e Daniela estamos apaixonados.

— Falarei com eles, Tony. E quanto a você?

— Não devo ficar muitos dias internado. Tive muita sorte, foram dois tiros que vararam minha barriga, mas não sofri nenhuma sequela grave. Minha recuperação é rápida. Ligarei para vocês em breve. Tenho que desligar agora, tchau. — E desligou.

Após a ligação, o doutor Michel se reuniu com todos da família e fez uma longa e complicada explicação do que Tony estava fazendo em São Paulo, inclusive da invasão misteriosa em sua suíte. Mas nos orientou de que tudo era sigiloso e não deveríamos, em hipótese alguma, deixar aquela conversa sair dali. Deveríamos aguardar Tony pronunciar-se, e todos concordaram quanto ao seu pedido.

Quanto à Daniela, estava sofrendo por demais. Cristian a proibiu de sair para trabalhar e a fez refém dentro de sua própria casa. A residência virou uma prisão, vigiada por vários homens impedindo-a de fugir ou de falar com alguém. Ninguém entrava ou saía da casa sem o consentimento de Cristian, enquanto Andrei continuava a comandar seu próprio exército funesto e maligno.

A cada dia que se passava, Tony melhorava ainda mais no seu restabelecimento. Após obter alta pelos médicos, fez uma breve visita aos seus pais, confortando-os, e voltou logo em seguida, ainda no mesmo dia, com Carlitos para São Paulo, para retomarem sua missão. Porém, Daniela não lhe saía da cabeça. Quinze dias se passaram depois do trágico incidente, e teve que se conformar com a situação, pois Gabriel, definitivamente, estava morto para ela.

Tony e Carlitos, no Hotel River, voltaram a observar seus adversários de longe e continuavam rastreando e gravando todas as conversas dentro da empresa Chocolates Corpus Christi.

Novos planos estavam sendo traçados para poder flagrá-los, mas Tony aparentava estar muito abatido, dizia a Carlitos que reencontrar Daniela agora seria algo impossível, mas não suportava a ideia de ficar longe dela e sentia por demais sua falta. Carlitos o compreendia muito bem, mas o encorajava, confortando-o para esquecê-la no momento para não comprometer a missão, pois era o melhor a fazer naquele instante, até mesmo para não arriscar a vida da pobre moça.

Razões e conselhos não faltavam a Tony e, para Daniela, seria melhor nada saber, melhor viva do que arriscá-la a morrer inocentemente, dizia Carlitos, que percebia visivelmente a preocupação de Tony quanto à segurança de sua amada.

Tony, enfim, se conformou com a opinião imposta por Carlitos, e reafirmava que ele estava absolutamente certo em suas observações. Se porventura algum problema ocorresse, ela certamente poderia ser a primeira vítima a ser atingida. Era muito inocente para compreender o que de fato estava acontecendo ao seu redor e não havia nenhuma chance de defender-se. No entanto, somente eles poderiam ajudá-la, e tinham que ser bastante cautelosos e prudentes quanto a isso. Carlitos ouvia-o atentamente e, por um instante, lhe disse:

— Realmente temos que ter muita cautela, Tony. No momento, você não pode e não deve ser levado pelas emoções do seu coração. Lembre-se de que é muito importante que a razão esteja em primeiro lugar, antes de tudo. Tenho certeza de que ela está sofrendo, magoada e chorando muito por você. Mas acalme-se, também estou convicto de que no final tudo dará certo e vocês poderão ser muito felizes ainda, quando tudo isso terminar. Portanto, paciência, meu amigo.

Carlitos, ao afirmar isso, fez com que os olhos de Tony se tornassem úmidos e avermelhados. Envergonhou-se por estar daquela forma à sua frente, e disse timidamente a ele:

— Eu choraria ainda mais, se a causa fosse de sua morte. Perdoe-me por dizer-lhe isso, Carlitos, mas você não compreende o quanto eu a amo.

— Sinto muito pelo o que vocês estão passando, mas, juntos, vamos encontrar uma solução. Tenho certeza que tudo se resolverá brevemente — finalizou Carlitos.

Capítulo XV

Invadindo a noite silenciosa

Era tarde da noite, o grande brilho da lua cheia iluminava todos os espaços da alameda lindamente arborizada. Mas Tony e Carlitos estavam escondidos detrás de algumas grandes árvores, fazendo campana nas proximidades, observando toda a movimentação que se formava dentro daquela imensa casa.

Os equipamentos no Hotel River estavam sozinhos, mas alguns estavam ligados. Algo estava acontecendo e alguns seguranças conversavam entre si, outros corriam e pareciam estar preparando-se para sair a qualquer momento, até que, por fim, os portões da casa foram acionados e três carros partiram, saindo em alta velocidade avenida afora. Ao passarem próximos ao furgão, Carlitos e Tony perceberam que Daniela também havia sido levada com eles, mas não sabiam ao certo quantos ainda tinham permanecido vigiando a residência. Tony virou-se e tomou uma decisão um tanto precipitada, e perguntou a Carlitos:

— Que horas são agora?

— 00h32, precisamente — respondeu Carlitos.

— Vou entrar lá agora — alertou Tony.

— Tem certeza de que deseja fazer isso agora, Tony? — disse Carlitos.

— E por que não? Não podemos perder mais tempo, temos que aproveitar a oportunidade, quase todos saíram. — Enquanto falava, Tony, decidido, saltou do banco da frente e pulou para trás do furgão, a fim de preparar-se para a invasão.

Carlitos permanecia à frente do volante com o furgão parado, faróis apagados e silenciosos, porém atento a qualquer movimento suspeito na rua, enquanto Tony se esquivava para dentro do furgão para trocar-se. Poucos minutos após, Tony novamente se tornara um "Aranha Negra" com sua roupa negra e escura, totalmente irreconhecível, e partiu, deixando o colega aguardando o seu retorno.

Tony pulou o muro dos fundos como um gato, não havia ninguém na rua para impedi-lo e não foi notado por nenhum vizinho bisbilhoteiro. Entrou quieto e em silêncio, encostado e esquivando-se por entre as paredes. Percebeu que a casa estava sendo vigiada somente por dois homens. Tony sacou de sua pistola nove milímetros, colocou um carregador recheado de balas e parafusou um silenciador na ponta do cano, engatilhou-a e continuou andando em direção a eles. Tony avançava lentamente sem fazer nenhum ruído e, ao pisar num pequeno degrau de concreto, assustou-se. Todos os refletores da casa se acenderam em torno dele, o sensor automático o denunciara, transformando a noite em dia, e ele disse, pasmo, para si mesmo:

— Caramba! Por essa não esperava! — praguejou Tony, mas prosseguiu com sua arma em punho, e caminhava lentamente em silêncio, às escondidas.

Tony preocupava-se por não saber se havia sido avistado por alguém, e estava ainda mais atento e alerta pelo inesperado. A claridade o revelara, e um homem fazia ronda pelo quintal na parte lateral, e caminhava em sua direção. Ao vê-lo, surpreendeu-se e disse em voz alta:

— Você, mão na cabeça! — disse o homem, apontando-lhe uma arma.

Mas Tony foi muito mais rápido e preciso do que ele poderia imaginar, e, antes mesmo que pudesse indagar por algo mais, Tony o abateu, atirando por duas vezes à queima-roupa em seu peito; nenhum estampido foi ouvido de sua silenciosa pistola, e o sujeito caiu morto ao chão instantaneamente.

Tony continuou a avançar por aquele imenso quintal; um passo mais à frente, passou por cima do corpo inerte no chão após certificar-se de que estava realmente abatido, colocando sua mão em sua jugular, e constatando que pulso algum havia no sujeito. Decidiu entrar para dentro da casa, a porta de acesso à sala estava aberta e ninguém a vigiava. Avançou por um corredor comprido quando se deparou com o segundo e último homem, estava de pé na cozinha. Tony virou-se, encostado pela parede, e apareceu bruscamente na cozinha, pegando o segurança de surpresa. O homem levantava um copo na mão direita, estava desarmado, pois Tony notara que ele havia deixado sua arma em cima da mesa enquanto tomava água. Ao deparar-se com a presença de Tony à sua frente, soltou imediatamente o copo de sua mão, e o objeto se espatifou ao chão, e partiu em direção à mesa para pegar sua arma. Mas sua tentativa de se defender foi inútil, nosso herói foi ainda muito mais rápido e preciso, puxando o gatilho de sua automática contra ele, não lhe dando tempo para poder reagir. O segurança ferido cambaleou em volta da mesa no interior da cozinha e caiu agarrado a uma cadeira, derrubando sua arma no chão ruidosamente. Tony olhou para ele e percebeu que sua morte também fora instantânea. Não havia mais ninguém por ali para incomodá-lo, estava agora completamente só e calmamente guardou sua arma de volta ao coldre. Mas tinha de ser rápido dentro da casa, poderiam voltar a qualquer momento.

Tony estava sozinho agora no interior da residência e terminou por fazer uma varredura completa por todos os cômodos da casa, certificando-se de que realmente estava seguro e ninguém havia para incomodá-lo. Reparou num canto da sala, uma porta fechada por trás de um barzinho todo espelhado. Tony tentou abri-la, mas estava trancada. Afastou e jogou-se contra ela, arrombando-a. Notou que se tratava apenas de um quarto pequeno, não havia nenhuma mobília. Porém, concluiu que talvez fosse um quarto de empregada e reparou que apenas duas caixas grandes empilhadas estavam ao lado da parede em seu interior. Tony puxou-as e abriu ambas a fim de saber o que havia dentro delas. Ficou estático, pasmo com o seu conteúdo, e pôs se a analisá-lo. Várias granadas de mão, diversas pistolas nove milímetros, inúmeras caixas de balas e o mais incrível, cinco fuzis AK-47, um poderosíssimo armamento russo de uso exclusivo das Forças Armadas.

Tony conhecia muito bem esses armamentos e os identificava como sendo propriedade das Forças Armadas, suas numerações correspondiam às que foram roubadas do quartel. A questão que o intrigava é que uma imensa quantidade havia sido subtraída, e ele se indagava intuitivamente: *onde será que está o restante das armas?*

Dúvidas não havia mais, e o grande mistério que os envolvia estava por fim desvendado. Andrei e Cristian estavam realmente metidos nisso, e Tony acabava de descobrir que uma grande conspiração estava sendo tramada por todas aquelas pessoas, e concluiu que a meta delas seria vender todo o armamento roubado das Forças Armadas para a Europa. Tony se recordava de sua missão anterior e concluía que o destino final dessas armas seria mesmo o Afeganistão.

Não podia levar aquelas armas, isso aguçaria os seus rivais. Para não desconfiarem, resolveu colocá-las de volta dentro das caixas da mesma forma como as encontrou. Retornou à sala e permaneceu andando em círculos por toda a extensão da casa, e lembrou-se de meu comentário sobre dispositivos de segurança, já que, pouco antes do falecimento do senhor Wilson, ele havia me confidenciado que tinha providenciado sua instalação por toda a casa. *Mas onde estariam?* dizia a si mesmo em pensamento.

Tony olhava incansavelmente por todos os cantos à procura de algo que o levasse a tais equipamentos, e uma coisa lhe chamou a atenção. Reparou na parede da sala, pendurado, um enorme relógio antigo. Ao centro dele, um pequeno ponto despercebido e um tanto estranho lhe despertou curiosidade. Tony pegou-o e, ao manuseá-lo, constatou que realmente tratava-se de uma pequena e sofisticada câmara de filmar em miniatura, algo muito moderno, e perguntava a si mesmo: *Mas onde estaria sendo armazenadas suas gravações? Tenho que encontrar esse equipamento!* E continuava a fazer-lhe inúmeras referências. *Onde estaria, afinal, essa central? Tem que estar em algum lugar por aqui. Será possível que não vou conseguir encontrá-la?*

Nada havia ao seu redor que pudesse levá-lo até uma central, e resolveu olhar para o teto da sala numa tentativa de tentar encontrar por algo. Curiosamente, percebeu um pequeno alçapão que dava acesso ao sótão, ao canto de uma lareira. Puxou uma mesa enorme, colocando-a embaixo do alçapão e, com mais uma cadeira apoiada sobre a mesa, atingiu a uma altura considerável para se chegar até ele. Tony escalou subindo até a cadeira e, com um pequeno esforço, conseguiu finalmente chegar até o teto e abriu o alçapão, cuja porta estava apenas encaixada. Não dava para enxergar muita coisa, estava muito escuro em seu interior, mas avistava, logo à sua frente, algo luminoso e colorido que piscava sem parar em intervalos diminutos.

Tony procurava em seus bolsos uma pequena lanterna e, ao encontrá-la, acendeu-a, apertando um pequeno botão, e começou a iluminar o caminho para se chegar até aquilo. Após pequeno esforço, Tony adentrou o sótão e caminhou com muito cuidado até aos objetos encontrados. Ao chegar próximo, Tony fez uma análise rápida de tudo aquilo e constatou que se tratava de um sofisticado equipamento eletrônico de monitoramento, e ainda estava ligado. Cuidadosamente, Tony retirou seu HD e o recolheu, colocando-o dentro de seu bolso.

Encontrar os equipamentos lhe trouxe um imenso ânimo, mas também começou a demonstrar certa preocupação e resolveu olhar para seu relógio. Percebeu que estava havia muito tempo por ali, e tinha que sair rapidamente antes que fosse surpreendido com a chegada deles; não seria nada agradável um confronto direto naquele momento, e certamente seria muito complicado ter que enfrentar sozinho um bando de criminosos fortemente armados, embora soubesse que Carlitos estava nas imediações, bastava apenas chamá-lo. Tony desceu do sótão às pressas, fechou o alçapão, arrumou os móveis, deixando-os como estavam e evaporou-se de dentro da casa. Só foi reaparecer quando estava à porta traseira do furgão. Carlitos também estava preocupado com a sua demora e acalmou-se quando finalmente o viu chegar, após abrir a porta. Imediatamente, Tony, após entrar, fechou a porta do furgão, dizendo preocupado:

— Pé na tábua, Carlitos. Podem chegar a qualquer momento. Vamos embora daqui o quanto antes — resumiu finalmente.

Carlitos obedeceu prontamente, deu partida no carro e partiu dirigindo em alta velocidade pela avenida com destino ao Hotel River. Após uma considerável distância percorrida, ambos se sentiam mais aliviados e agora trafegavam calmamente. Enquanto isso, Tony permanecia aos fundos do furgão, trocando-se, enquanto continuava a falar com Carlitos:

— Encontrei algumas das armas roubadas do quartel, Carlitos. Cristian e Andrei estão mesmo envolvidos naquele roubo.

— Bem que suspeitávamos deles. A coisa parece que vai ficar feia agora. Qual o próximo passo a tomar, Tony?

— Não sei ainda. Em casa, com mais calma, descobriremos o que fazer. Sabe o que mais encontrei por lá? Você gostará de saber.

— Nem imagino o que possa ser, Tony.

— Sistema de segurança. A casa tinha câmera de filmar e consegui encontrar os equipamentos escondidos no sótão, ainda estavam ligados. Ao mexer neles, retirei o seu HD e o trouxe comigo. Acredito que haja algo gravado nele. Essa é sua parte, Carlitos.

Carlitos ouvia atentamente Tony, mas não dizia nada e permanecia atento ao volante, apenas resumiu:

— Deixe comigo, Tony. Procure relaxar um pouco, você está muito tenso. Já estamos quase chegando.

Enfim, estacionaram em segurança o furgão no Hotel River. Mal chegaram ao apartamento e partiram imediatamente para o quarto. Ligaram outros equipamentos e a eles conectaram o HD trazido por Tony. Atentos, sentaram-se à frente do monitor e, com os olhos fixos, assistiam horrorizados às imagens reveladoras e comprometedoras de como foram assassinados o senhor Wilson e senhora Ana, pais de Daniela e, principalmente, os motivos para tanta crueldade.

Antes, porém, algumas cenas foram adiantadas por não conter nada de interessante para serem analisadas e, poucos minutos após, assistiam à cena fatídica do dia do crime, que assim se apresentava:

O senhor Wilson e sua esposa, Ana, estavam em casa, sentados no sofá da sala, assistindo televisão. Daniela não estava presente. Cristian chegou acompanhado de Andrei, mas apenas Cristian se apresentou com sua arma em punho.

Momentos após, Cristian guardou na cintura sua arma e começou a discutir furiosamente com o senhor Wilson, com suas mãos o pegou, sacudindo-o pelos colarinhos, e perguntava rudemente a ele:

— Onde estão as armas, velho idiota?

— Não direi nada, seu canalha — disse o pobre Wilson.

— Como não vai dizer seu cretino? — disse Cristian maldosamente.

Diante da negativa do senhor Wilson, Cristian puxou novamente sua arma da cintura e passou a apontá-la contra a cabeça do pobre homem. Intimidando-o, dizia que iria matá-lo se não respondesse à sua pergunta.

— Prefiro morrer, seu ingrato — disse Wilson, olhando em seus olhos.

— Você irá dizer-me. Vamos, onde elas estão? Me diga antes que perca a paciência com você — disse Cristian, ainda mais furioso com ele, por conta de sua resistência.

O senhor Wilson ainda persistia bravamente, enfrentando-o, e se recusava a lhe dizer a localização das armas e não demonstrava estar preocupado frente às ameaças do filho. Cristian notou que não estava conseguindo intimidá-lo e perdeu a cabeça, dando-lhe uma bofetada. O pobre homem, atingido fortemente, caiu ao chão, mas, com sua queda, acabou por bater com a cabeça na quina da pequena mesa de centro da sala. Covardemente, o filho o pegou, levantando-o pelos colarinhos, e sacudiu-o contra a parede. Cristian novamente voltou a apontar-lhe a arma contra a cabeça e dizia a ele aos gritos:

— Você vai dizer, velho idiota. Ah, se vai! Você não me conhece! — disse Cristian.

O senhor Wilson não sabia o que fazer e passava a mão no seu rosto, estava sangrando muito. Com a queda, a batida foi muito forte contra a quina da mesa, ocasionando um corte profundo em seu couro cabeludo, que fazia seu sangue escorrer pelo seu rosto em abundância.

Do outro lado, a pobre senhora Ana assistia a tudo e chorava convulsivamente com os maus-tratos que estava sofrendo Wilson por obra de seu filho, Cristian. Para intimidá-la, Andrei também lhe apontava uma arma contra a sua cabeça, impedindo-a de reagir enquanto observava atento à agressão que Cristian impunha ao seu próprio pai. Estava sério, com seus olhos cruéis, nada dizia e assistia a tudo aquilo com muita frieza.

Cristian perdeu todos os sensos de sua lucidez e provava o tamanho da sua crueldade. Ao olhar para Andrei, gesticulou com a cabeça para que atirasse contra a pobre mulher indefesa, ali ainda sentada.

Andrei deu um passo para trás e tomou posição, virou-se engatilhando sua arma e, impiedosamente, disparou a queima-roupa um tiro frontal na cabeça da mulher. Sua morte foi instantânea e seu corpo tombou de lado, caindo ao chão. O pobre homem gritou, alarmado ao vê-la morrer na sua frente:

— Não! — Um eco ressoou por toda a casa.

Cristian voltou-se para ele e sua fúria incontrolável parecia não ter mais fim. Permanecia com sua arma ainda apontada para seu pai e dizia com berros estarrecedores:

— Vamos, velho idiota, poupe sua vida! Diga-me logo onde estão as minhas armas!

O senhor Wilson desesperou-se, travando um duelo contra seu filho. Cristian cometeu um pequeno descuido, vacilando por um instante, e não percebeu quando seu pai avançou desesperadamente para cima dele, agarrando-se à arma em sua mão e forçosamente tentando tomá-la de todas as formas, até que, acidentalmente, um tiro foi disparado de sua pistola. O senhor Wilson caiu com a mão no pescoço, havia sido atingindo por um tiro violento e seu sangue esguichava por entre o ferimento e o chão da sala.

Cristian nada pôde fazer para salvá-lo, sua fúria insensível e incontrolável deixou-o totalmente cego e irreconhecível. Aparentemente, não era seu desejo matá-lo e, sim, apenas intimidá-lo. Porém, quando percebeu o que havia feito, afinal caiu em sua própria desgraça, e pedia alucinado para que Andrei o ajudasse a salvá-lo. Acreditem, agora chorava, arrependido do que havia feito, porém um choro medíocre e falso. Remorso era algo que Cristian não possuía em sua consciência.

Mas era tarde demais e nada havia por fazer. Andrei abaixou-se e colocou sua mão no pescoço dele para ver a sua pulsação. Nada sentia, o coração de Wilson havia parado de bater, e também estava morto. Cristian levou as mãos à cabeça. Descontrolado, desesperou-se, inconformado, e dizia a Andrei que foi um acidente, e o soldado, por outro lado, procurava acalmá-lo. Mas Cristian calou momentos após, acompanhado de Andrei. Pensou por alguns segundos e disse em seguida:

— Venha, vamos sair daqui. Deixe-os aí.

— O que fará, Cristian? — perguntou Andrei.

— Eu já sei o que fazer, mas temos que sair daqui rapidamente, sem sermos notados. A polícia certamente concluirá que entraram aqui para roubar alguma coisa e no final resolveram assassiná-los.

Cristian puxou a toalha de mesa na cozinha, enrolou em sua mão direita e começou a derrubar ao chão tudo o que havia na sua frente. Não queria deixar vestígios de suas presenças, mas desejava criar um álibi perfeito e, para isso, deixou a sala totalmente revirada, a fim de confundir a polícia quando da investigação. Após concluir o seu plano, partiram dali às escondidas, certificando-se de que ninguém os observava e desapareceram-se na calada da noite.

Dali por diante, outras cenas irrelevantes havia. Dentre tantas, havia a chegada da polícia e até mesmo eu aparecia por alguns momentos, quando de minha visita a casa, até que Tony pausou o vídeo, paralisando as cenas seguintes, dizendo horrorizado:

— Para mim já basta, Carlitos, isto é o suficiente para prendê-los e levá-los a julgamento — disse Tony, com a cabeça baixa e muito triste com o que assistira. — Agora sabemos quem assassinou aquele casal, como também os motivos que o levaram a cometer esses assassinatos. — disse Tony, balançando a cabeça, bastante inconformado. — Mas lhe peço que conclua assistindo às demais cenas em busca de mais informações relevantes.

— Sim, o farei. No entanto, Tony, até onde pude entender, Andrei e Cristian estavam de posse das armas roubadas do quartel e algo aconteceu errado em seus planos — concluiu Carlitos.

— Também penso assim — respondeu Tony. — Pelo visto, o senhor Wilson descobriu sobre as armas e as escondeu em algum lugar seguro. Indo mais além, deduzo que estava tentando ganhar tempo para saber o que fazer com elas, ou talvez procurando por alguém que pudesse auxiliá-lo. Não houve tempo, e Cristian e Andrei descobriram antes que Wilson pudesse fazer alguma coisa. Mas onde as escondeu? Na empresa não há nada, já revistei quando estive por lá. Nossas escutas pouco revelaram. Estão procurando por elas e ainda não as encontraram. Na casa encontrei somente algumas, certamente para uso exclusivo deles, as demais ainda continuam desaparecidas. Temos que encontrar urgentemente alguma pista que nos leve às nossas armas, antes que eles descubram primeiro que nós a sua localização e desapareçam junto com todas elas.

— Temos provas suficientes para prendê-los, Tony. O que pretende fazer? Algum plano? — perguntou Carlitos.

— Não sei ainda, mas não podemos nos antecipar revelando essas imagens para a polícia e nem prendê-los no momento. Temos que, primeiro, descobrir onde essas armas estão, antes que elas possam ir parar em mãos erradas — resumiu Tony, temeroso. — E Daniela, meu Deus! Temos que tirá-la o mais rápido possível daquela casa, não posso deixar de fazer isso por ela. Carlitos, se não se importar, preciso de um banho para refrescar a cabeça. Volto logo, pensarei em algo. Sei que é muito tarde e precisamos descansar. Mas preciso que faça ainda algo muito importante.

— Pois peça, Tony, o que deseja?

— Quero que faça cópias de tudo o que descobrimos até o momento e transmita o mais rápido possível para o quartel-general aos cuidados do comandante Roger. Creio que vamos precisar da ajuda dele e de minha tropa.

— Providenciarei imediatamente, Tony — respondeu Carlitos.

Tony saiu de perto dos equipamentos, deixando Carlitos trabalhar sossegadamente e, enquanto isso, se dirigiu para o seu quarto e por lá ficou por muito tempo, incomunicável, entregue aos seus pensamentos.

Carlitos permanecia atento, mexendo nos seus equipamentos em atendimento ao pedido de Tony, que, por outro lado, enquanto tomava banho, viajava em devaneios pensando em sua amada, manifestando toda a sua preocupação em torno dela. Tinha que fazer algo para ajudá-la e o momento estava se tornando cada vez mais perigoso. Intuitivamente, imaginava que teria que tomar uma medida drástica, não havia outra solução. Decidiu que tinha que tirá-la de perto daqueles bandidos e mandá-la para algum lugar bem seguro. Era a mais provável e sensata alternativa que lhe restava, antes que fosse tarde por demais. Enfim, concluiu que não havia outra saída a não ser sequestrá-la e, para isso estava disposto a enfrentá-los de qualquer forma, usando de toda a sua habilidade, e com o apoio de Carlitos.

Capítulo XVI

O sequestro de Daniela

Na casa de Daniela, uma grande confusão se armou após Cristian e seus homens voltarem. Era madrugada ainda quando todos retornaram, mas os portões da casa não se abriram e ninguém apareceu para recebê-los. Os carros ficaram enfileirados à porta de entrada e um dos homens de Cristian desceu do primeiro veículo e seguiu entrando, abrindo um pequeno portão lateral. Ao dirigir-se para destravar o enorme portão da garagem, deparou-se com o corpo do segurança morto estirado no chão e começou a gritar clamando por ajuda, avisando-os que a casa fora invadida por alguém, mas Cristian não ouviu sobre o homem morto. Daniela foi puxada por Cristian, após ouvir o homem aos gritos, impedindo-a de descer, e o líder disse aos seus homens:

— Vasculhem tudo. Olhem por todos os cantos da casa. Podem estar por aqui ainda.

Cristian permaneceu com Daniela dentro do carro, aguardando serem autorizados a descerem. Dois homens fortemente armados faziam guarda ao lado do carro, protegendo-os, enquanto os outros, com armas em punho, entravam na casa revistando todos os cômodos e toda a extensão do quintal.

Aos poucos, todos foram ressurgindo, apresentando-se a Cristian e dizendo que nada haviam encontrado em seu interior, ocultando também dele sobre o outro segurança morto, encontrado baleado e sem vida no chão da cozinha. Andrei estava um pouco mais afastado, pensativo no que dizer quanto à visão encontrada no interior da casa. Caminhou em direção ao carro de Cristian para falar-lhe e ao chegar disse em tom monótono, mas preocupado:

— Podem descer, já foram embora. Não há mais ninguém por aqui.

— E quanto aos nossos dois homens que ficaram tomando conta da casa? Onde estão eles afinal? — perguntou Cristian.

— Mortos — disse Andrei secamente. — Não tiveram tempo de reagir. Foram surpreendidos por alguém muito experiente e seu trabalho foi muito bem executado e preciso.

— Como mortos? Explique-se melhor! — perguntou Cristian, atônito e confuso, não acreditando no que Andrei acabava de apresentar-lhe.

— Como disse, mortos. Lamento! As Forças Armadas estiveram por aqui. Isso só pode ser trabalho de algum Aranha Negra — disse Andrei, preocupado com a sua descoberta.

— Droga! Mais essa agora. Faça algo, Andrei. Descubra quem é esse homem. Você precisa eliminá-lo o quanto antes, poderá colocar em ruínas toda a nossa operação.

— Você não entendeu, Cristian. As Forças Armadas estiveram por aqui — repetiu, seriamente, a ele.

— E o que há nisso? Você é bem pago para fazer o que quero. Faça seu trabalho, você é igual a eles, esqueceu-se disso?

— Não me esqueci, Cristian. O problema é que não se trata de apenas um homem. Terei que travar uma batalha com inúmeros Aranhas Negras, e você não sabe o que eles são capazes de fazer. São máquinas de guerra e experientes. Não será nada fácil enfrentá-los.

— Por acaso você está com medo deles, Andrei?

— Não é medo — disse Andrei —, estou apenas explicando o meu ponto de vista. O problema é que nossos homens não possuem preparo algum para enfrentá-los. Não passa pela cabeça deles o que são os homens da Tropa de Elite Aranhas Negras, e, pelo visto, nem você me deu ouvidos quando falei sobre eles. Está subestimando-os por demais e isso não é nada bom para nós e nem para os negócios. Lamento! Estou muito preocupado. Não sei o que fazer. Temo pelo pior! — finalizou.

— Deixe de ser frouxo, homem. Você tem vários homens e, se for necessário, arrume mais. Temos dinheiro e muitas armas, do que mais precisará para preparar nossos homens?

— Talvez treiná-los seria a melhor opção. Precisarei de um bom lugar ermo. Necessitarei apenas de poucos dias para ensinar-lhes algumas táticas especiais e um plano infalível de como surpreendê-los.

— Então faça isso, Andrei, o que está esperando? Prepare-os para enfrentá-los à altura. Tenho certeza de que pode fazer isso. Ou não?

— Está bem, farei o que me pede — disse Andrei receoso a Cristian, mas ainda muito preocupado com a situação.

No fundo, estava acovardado e com medo. Sabia que agora era ficar ou morrer, e ter que encarar vários fuzileiros Aranhas Negras de uma só vez seria uma tarefa dificílima. Vencê-los era algo quase que impossível, suas chances eram mínimas e irrisórias, mas previa que poderia afugentá-los por algum tempo e, assim, teriam tempo suficiente para fugir do país. Esta era a sua única saída e acreditava que poderia preparar seu pequeno exército medíocre de facínoras para um combate mortal.

Andrei passou o resto da noite, até o clarear do dia, acordado conversando com seus homens, explicando-lhes seu maravilhoso e exuberante plano de ataque. Era quarta-feira; porém, não imaginou que na sexta-feira seguinte à noite, ainda por vir, Tony tornaria a invadir a residência, agora de forma ainda mais ousada e um tanto atrevida, surpreendendo a todos.

Decidido, na quarta-feira ainda pela manhã, Andrei ausentou-se da casa levando boa parte de seus homens a um lugar bem afastado para um treinamento específico, e conseguiu agregar alguns mais para incorporar ao seu exército. Orientava-os como encarar os fuzileiros Aranhas Negras e lhes ensinou suas táticas e métodos para autodefesa. Estava convicto de que o mínimo a eles ensinado seria o suficiente para surpreender os inimigos. Todos o ouviam prazerosamente e se encorajavam pela facilidade de como poder enfrentar os rivais.

Na casa, Cristian mantinha Daniela ainda presa, amarrada e amordaçada a uma cadeira em seu quarto, totalmente incomunicável. Em toda a sua extensão, vários seguranças a guardavam, treze homens fortemente armados faziam prontidão, atentos, o que dificultaria redondamente uma tentativa de resgate por Tony e Carlitos, que, do alto de um prédio próximo, avistavam de binóculo toda aquela movimentação em seu interior nos dias que se seguiam.

Mas Tony se sentia confuso, achava muito estranho o sumiço repentino de Andrei e de vários de seus homens nos últimos dois dias, pois não os avistava no interior da casa, e isso o fazia repensar com muito mais cuidado a sua meta. Mas seu plano de surpreendê-los na calada da noite para resgatar Daniela estava devidamente preparado e não admitia por hipótese alguma em adiá-lo por mais um dia, poderia ser muito tarde e, para isso, tinha o aval de seu comandante para invadir a casa a qualquer instante.

Tony e Carlitos estavam precavidos e não podiam cometer nenhuma falha, a bem de Daniela e de todos. Para invadir o imóvel, dependiam apenas de uma questão, de uma única oportunidade propícia, e estavam dispostos a enfrentarem qualquer um que os obstruíssem em sua passagem.

Mas, enfim, a sexta-feira chegou e a tensão os tomava. Estava chovendo fraco, um frio intenso e a noite se fazia presente. Carlitos acabara de olhar para o painel do carro e avistou que eram 20h20. Com o furgão, Tony e Carlitos faziam constantes voltas pelas redondezas vigiando os inimigos e, em algumas vezes, ficavam estacionados por alguns minutos, observando-os de longe. A meta traçada por eles era: entrar, render todos os seguranças de forma rápida, pegar Daniela, deslocar-se até o aeroporto mais próximo e colocá-la no avião com destino a Cuiabá, minha casa, com saída prevista para as 23h30. Carlitos já havia providenciado a compra da passagem aérea e agora estavam à mercê da sorte.

Não havia outra alternativa a seguir e acreditavam que esta seria a melhor forma de manter Daniela fora do que estava prestes a explodir a qualquer momento, sem contar que a deixariam fora do alcance de seu meio-irmão e seus homens, que certamente não saberiam onde ela estaria escondida. Tal medida propiciaria uma nova investida a fim de prendê-los em outra emboscada e, para isso, contariam com o apoio maciço de sua tropa. Enfim, mandaria a moça para minha casa em segurança e a deixaria sob meus cuidados e de minha família. No entanto, não imaginou que, ao fazer isso, estava nos colocando também em risco, principalmente por um fato que ainda era totalmente desconhecido de todos, até mesmo de Tony e Carlitos, que não previram a possibilidade de falha em seus planos, não imaginada por eles, que certamente poderia comprometer toda sua ação.

Tony havia conversado pelo telefone por vários minutos comigo. Falou a respeito do andamento de sua missão e sobre o que de fato havia descoberto envolvendo aquela família, e me deixou abismado com sua revelação. Enfim, terminou por esclarecer certos assuntos, afim de que pudesse obter o meu apoio.

Fiquei muito preocupado com os comentários expostos por parte de Tony, mas os compreendi muito bem, pelas razões misteriosas que cercavam o caso. Principalmente por saber o quanto estava apaixonado pela garota, aceitei atendê-lo em seu apelo, concordando em hospedar a inocente moça em minha casa. Sentia-me feliz pelo pedido de Tony, principalmente por saber agora quem era afinal Daniela, que não era somente a filha de meus amigos, e, sim, agora alguém ainda mais especial dentro de minha família.

Tony me explicou que iria promover o sequestro de Daniela ainda naquela noite. Já havia comprado a passagem aérea e a colocaria no primeiro avião com destino a Cuiabá. Tudo estava muito bem planejado e, se ocorresse dentro do previsto, ele me ligaria avisando para ir buscá-la no aeroporto quando de sua chegada. Mas um assunto muito pessoal intrigava a Tony e pediu a mim:

— Pai. Preciso que todos vocês guardem sigilo sobre mim quanto a Daniela. Não diga meu nome, não lhe mostre minhas fotos. Nada, entendeu?

Ouvi-o claramente, mas não compreendia o porquê de seu pedido, e disse confuso a ele:

— E qual o problema, filho? Não é essa a moça que você tanto gosta?

— Sim pai. Eu não gosto dela, na verdade, eu a amo mais do que tudo na vida. Acho que você esqueceu-se do incidente quando fui baleado.

— Não, filho! Não esqueci. Mas o que isso tem a ver?

— Pai, ela não sabe meu nome, nem quem sou e muito menos o que faço. Ela conheceu Gabriel, um simples operário, alguém totalmente diferente de mim, e está sofrendo por conta disso. Para ela, Gabriel está morto.

— E o que fará agora? — perguntei, surpreso quanto a seu relato. Então me disse:

— Não sei o que fazer, pai. Mas também não posso dizer a ela quem sou. Darei um jeito, mas não agora.

— Não é certo, filho, o que está fazendo. A moça pode estar sofrendo muito por conta disso. Não seria melhor ela ficar sabendo de uma vez quem é você?

— Não, pai. Melhor que ainda não saiba. Tenho minhas razões e espero que me compreenda.

— Embora também não saiba o que fazer a respeito, farei o que me pede filho. Não direi nada a ela. Falarei com sua mãe e com todos de casa, certamente compreenderão o seu pedido. Retiraremos tudo o que tiver ao seu alcance, inclusive todas as suas fotos, até por que não há muito.

— Não se esqueça, pai, todos devem ser cientificados do que estou lhe pedindo.

— No momento, somente com William não tenho como falar. Está em viagem com o doutor Michel, ficarão por dois dias fora a negócios. Quando retornarem, falarei com eles.

— Obrigado, pai. Não se preocupe, vai dar tudo certo. Em breve saberá que prendi todos aqueles bandidos.

— Acredito, filho, tenho certeza de que meus amigos Wilson e Ana, por onde estiverem, ficarão felizes pelo que você está fazendo por eles.

— Dê um grande beijo em todos por mim, pai.

— Será dado, meu filho. Mas, olhe, sabe que orgulhamos muito de você. Embora jamais concordasse com o que faz, o respeito muito pelo seu trabalho. Sei que é muito difícil para mim dizer isso, foge de meus princípios, mas, filho...

— O que foi, pai? Diga.

— Pegue todos... todos, filho... Sei que é isso o que deseja e sei que você pode fazê-lo. Não adiantaria pedir para você não o fazer, por outro lado, não concordo com vingança, mas gostaria de ver os culpados pela morte de meus amigos presos. Vá, meu filho, que Deus o acompanhe.

— Pai, tenha certeza de que os pegarei. Ainda verá estampado em todos os jornais do país:

Tropa de Elite Aranhas Negras da Força Aérea desmantela quadrilha de contrabandistas internacionais. As Forças Armadas já vinham há muito tempo no percalço desta quadrilha que, ousadamente, roubou inúmeras armas de uso exclusivo das Forças Armadas, contando com a ajuda de um desertor Aranha Negra. Após uma intensa investigação, o tenente Tony e sua equipe de Aranhas Negras, integraram uma missão na tentativa de recuperar as armas, até então, desaparecidas. Esta missão foi batizada de CONSPIRAÇÃO CORPUS CHRISTI. *Após intensa investigação, o plano foi descoberto e a quadrilha toda identificada. Um enorme cerco foi formado para prendê-los. Após recusarem a se entregar, uma guerra iniciou-se entre os bandidos e as Forças Armadas. Ao final, todos daquela quadrilha acabaram por ser presos pela Tropa de Elite Aranhas Negras, liderada pelo tenente Tony e seu assistente, fuzileiro Carlitos. Todas as armas foram recuperadas e devolvidas ao poder das Forças Armadas. Certamente, por esse feito, Tony e seu fiel assistente Carlitos receberão uma medalha pelo ato de bravura e pelo belo trabalho prestado à nação. E Carlitos certamente obterá sua tão sonhada tatuagem, pois será integrado e promovido à Tropa de Elite Aranhas Negras.*

— O que achou, pai? — disse Tony.

— Acho que deveria parar de viajar nas nuvens, Tony. Esqueça que é um fuzileiro e vire um redator de jornal. Não é melhor? Pelo menos deixaremos de ficar com o coração na mão por causa de suas maluquices. O que acha?

Há, há, há, ria Tony do outro lado da linha, e desligaram seus telefones.

Tony e Carlitos ainda insistiam em ficar nos arredores, no entanto um pouco distantes para não serem descobertos, e observavam o constante entra e sai naquela imensa casa. Novamente, por volta das 22h10, estranhamente dois carros saíram às pressas. Só que, desta vez, notaram que Daniela não estava dentro de nenhum dos carros, mas Cristian pôde ser visto com bastante clareza. Estava sentado ao lado do motorista com sua janela aberta em um deles, e Tony disse para Carlitos:

— Saíram novamente! Alertou! Ou estamos com muita sorte ou então são mais idiotas do que possamos imaginar. O que será que está acontecendo agora para saírem tão depressa e tarde da noite? Os carros estavam cheios deles, acredito que na casa devam ter ficado no máximo, para o momento, uns cinco homens apenas. Tem que ser agora, Carlitos, talvez seja a única oportunidade que teremos para tirar Daniela de lá, antes que seja tarde.

— Concordo, Tony, e temos que ser rápidos. Podem voltar a qualquer instante. Será que nos viram e planejaram uma saída rápida para nos surpreenderem quando estivermos dentro da casa? — praguejou Carlitos.

— Pode até ser, Carlitos. Mas acredito que não nos viram. Foram fazer outra coisa, mas concordo que podem retornar logo. Teremos que ser rápidos, no máximo de três a quatro minutos para entrarmos e sairmos sem sermos vistos com Daniela.

— Tem razão, Tony. — respondeu Carlitos.

— Só que, desta vez, vou precisar de você Carlitos, tome, vista-o.

Tony pegou um macacão preto e um capuz dentro da sua mochila e mandou que Carlitos os colocasse por cima de sua roupa para também não ser reconhecido. Carlitos obedeceu Tony e sentiu-se muito confortável com o pedido. Era a primeira vez que se tornava de fato um "Aranha Negra".

Poucos segundos se passaram, ajustaram seus relógios, sincronizando-os. Decidiram que teriam quatro minutos para entrar e sair da casa, para colocarem em prática o plano de sequestro e fuga. Fecharam a porta do furgão e, fortemente armados, juntos partiram no silêncio da noite.

Tony e Carlitos pularam o muro dos fundos sem ser avistados, a rua estava deserta e no quintal ninguém vigiava por ali naquele momento. Em silêncio, caminhavam pelo lado esquerdo rente à parede da casa, empunhando suas armas com silenciadores. Vozes se ouviam pelo interior da casa, ecoavam pelo quintal, e os dois se esquivavam para surpreender os homens lá dentro.

Tony passou abaixado pela janela de um dos quartos e foi levantando-se aos poucos, observando os inimigos por uma pequena fresta. Sinalizou para Carlitos, que entraria por aquela janela, e apontou-lhe para que entrasse pela porta da frente.

Carlitos ainda olhava-o, quando num pequeno salto pulou para o interior daquele quarto, estava escuro com a lâmpada apagada. Carlitos continuou a avançar em direção à frente da casa e, ao virar o contorno da parede, um segurança fazia guarda encostado no muro. Não houve tempo de reação e foi atingindo por um disparo certeiro de Carlitos.

No interior da casa, Tony ainda se esquivava pelos cantos rentes à parede. Um homem de costas estava parado próximo à porta do quarto. Tony andava silenciosamente, pegou-o pelo pescoço e, com a sua outra mão, tampou-lhe a boca para não chamar reforços, e puxou-o para dentro do quarto. Numa pequena torção, quebrou o seu pescoço e deixou-o caído morto ao chão. Tony continuou a caminhar, atingindo a sala, e abriu a porta para que Carlitos entrasse. Porém, Carlitos assustou-se apontando a arma para Tony, imaginou que pudesse ser um dos seguranças da casa pegando-o desprevenido, mas acalmou-se ao certificar-se de que era o tenente, seu parceiro.

Tony voltou a sinalizar para Carlitos, apontando a escada e o quarto de cima. Subiram silenciosamente, nenhum barulho ouvia-se de seus passos lentos, e vozes agora soavam ainda mais fortes ao se aproximarem.

Deitaram-se no último degrau da escada e, de lá, olhavam para o interior daquele quarto. A porta estava escancarada, Daniela totalmente presa, amarrada a uma cadeira, era vigiada por dois homens ao redor dela. Um deles estava de pé ao lado da janela olhando para fora e outro sentado ao seu lado, mantendo guarda. Tony olhou para Carlitos, puxou um frasco e retirou um pequeno pino. Uma enorme cortina de fumaça começou a sair daquele frasco, e Tony atirou-o para dentro do quarto. Esperaram cinco segundos apenas para invadir o cômodo, tempo necessário para que o gás começasse a evaporar e fazer seu efeito sonífero.

Os dois homens e Daniela começaram a tossir, perdidos naquela nuvem de fumaça, e caíram desmaiados segundos após, inclusive a moça.

Tony entrou no quarto rapidamente e soltou as amarras que prendiam os braços de Daniela, e a mordaça que a impedia de falar. Desmaiada, pegou-a no colo e saíram, descendo pelas escadas às pressas. Carlitos abria-lhe caminho indo na frente, enquanto Tony esforçava-se cuidadosamente para carregar Daniela em seus braços.

Carlitos certificou-se de que não havia ninguém para impedi-los e foi à frente, abrindo dianteira, contornou novamente a casa e pulou de volta o muro, deixando Tony e Daniela para trás. Entrou no furgão, deu-lhe partida para funcionar e pisou fundo no acelerador. Ao chegar próximo ao portão da casa, pisou nos freios bruscamente, fazendo cantar os pneus no asfalto. Abriu a janela, abaixando o vidro, e gritou à frente do volante:

— Tony... Tony... Venha! — gritava Carlitos, aflito.

Tony abriu o portão, estava no quintal esperando-o chegar. Daniela estava de pé, sendo segurada por ele, nada entendia o que estava acontecendo e sentia-se ainda totalmente nauseada e zonza pelo efeito do gás, ainda impregnado em suas narinas.

Tony pegou-a novamente no colo e caminhou para trás do furgão. Ao abri-lo, entraram rapidamente e, antes que pudesse fechar a porta, gritou com Carlitos:

— Vai Carlitos, pé na tábua! Tire-nos daqui o mais rápido possível!

— Segure-se, Tony — disse Carlitos.

Carlitos, após ouvir o pedido de Tony, acelerou até onde podia e fazia cantar os pneus de seu furgão, atravessando os vários quarteirões à sua frente em alta velocidade. Fora do raio de alcance, a alguns quarteirões da casa, Carlitos agora dirigia mais calmo, e Tony voltou a dizer-lhe, soltando um suspiro aliviado:

— Bom trabalho, Carlitos, conseguimos. Segundo meu relógio, são 22h30, temos uma hora para chegarmos até o aeroporto. Não há pressa agora, vamos relaxar um pouco — e riam, cautelosos.

Tony e Carlitos estavam felizes, o resgate foi um sucesso e dentro do planejado. Não sabiam se era de felicidade, de tensão ou de nervosismo, mas o fato era que riam inexplicavelmente e sentiam-se aliviados pelo êxito.

Permaneceram quietos momentaneamente e procuravam respirar um pouco de ar para diminuir a tensão ofegante de seus corpos. Até que, por fim recuperados, Carlitos perguntou algo a Tony que o intrigava tanto:

— Como fará para convencê-la a pegar o avião?

— Não terá como recusar. Chegará à conclusão de que será a melhor opção para ela. Meus pais saberão como cuidar dela.

Foi a última coisa que Tony falou, definitivamente calou-se ao canto do furgão. Carlitos, enquanto dirigia, procurava de alguma forma tirar seu macacão, estava o incomodando por demais e fazia-o se coçar todo. Parecia que estava cheio de pulgas, mas não disse nada a Tony, temia que ele se sentisse ofendido caso o comentasse. Mas, enquanto isso, o jovem parecia um contorcionista dentro de uma caixa, se contorcendo todo a fim de livrar-se daquele apertado macacão.

Enfim, após tirá-lo, arremessou para trás, e um alívio lhe tomou conta. A coceira incômoda cessou, limitou-se somente a dirigir em direção ao aeroporto e, meio de soslaio, discretamente observava Tony pelo retrovisor do carro. Ele estava sentando ao lado de Daniela, que ainda permanecia desacordada deitada no chão do furgão, mas apoiada em suas pernas.

Tony a olhava incansavelmente e permanecia de olhos fixos, admirando sua estonteante beleza. Enquanto segurava uma de suas mãos, com a outra acariciava sua face. Lentamente, escorregava seus dedos por todo o contorno de seu belo rosto, e por fim corria-os por entre os seus longos cabelos negros. Momentos após, Tony suspirou e disse a Carlitos:

— Nunca tive algo tão perfeito em minha vida.

— Vejo que você está realmente apaixonado por esta garota, Tony. Seus gestos dizem tudo — respondeu Carlitos.

— Sim, Carlitos. Amo esta garota. Algo que jamais imaginei que pudesse acontecer em minha vida, talvez um sentimento ainda mais maravilhoso do que jamais imaginara.

— Como soube que era amor, Tony? — perguntou Carlitos.

Tony sentia-se fora do mundo ao pensar em como responderia a essa pergunta, mas disse assim mesmo:

— Bem, a gente sabe que é amor quando tudo o que se quer é estar o tempo todo com a outra pessoa, e desconfia que a outra pessoa se sente da mesma maneira. Não sei se fui bem claro para você.

Carlitos pensava na resposta de Tony, franziu um leve sorriso e disse, compreendendo, sua afirmação em voz baixa:

— Muito claro, Tony. Entendo como você se sente.

Carlitos ainda o observava, emudecido. Viu quando Tony abaixou-se, inclinando sua cabeça e a beijou em seus lábios, mesmo que ainda inconsciente. Não foi daqueles beijos longos, muito menos daqueles que se pode ver no cinema, mas foi maravilhoso à sua maneira, doce e apaixonado. Tony levantou-se, fez uma pequena pausa, passou a mão pelo seu rosto e disse, muito triste, arrancando algo do fundo de sua alma:

— Acho que esse tenha sido o meu último beijo em Daniela. Talvez esta seja a última lembrança que guardarei para sempre comigo.

— Por que diz isso, Tony? Ela o ama. Acalme-se.

— Não, Carlitos, ela ama Gabriel, não a mim.

— Mas é a mesma coisa — disse Carlitos, não o compreendendo.

— Para você, não para ela. Quem é que sabe? Jamais serei capaz de compreender as mulheres e seus sentimentos. Tudo pode acontecer, e só o destino poderá me dizer.

— Agora o entendo — disse Carlitos e calou-se.

Carlitos, naquele momento, era o único que sabia sobre os verdadeiros e reais sentimentos de Tony, e compreendia o quanto ele estava sofrendo. Sentia pena dele perante aquela cruel circunstância na qual se envolvera com Daniela, mas, de repente ela acordou e começou a tossir, sentia-se sufocada. Aos poucos, suas pálpebras foram se abrindo e, quando notou Tony, todo de preto e mascarado ao seu lado, assustou-se e começou a se debater no chão do carro, chorando desesperadamente. Tony gentilmente acudiu-a, segurando pelos braços e, enquanto procurava de alguma forma acalmá-la, disse carinhosamente a ela:

— Acalme-se, somos amigos. Não lhe faremos mal algum.

Daniela ainda chorava; no entanto, um pouco mais calma, se rendeu, porém ainda muito assustada. Olhava para todos os lados, notava um monte de coisas estranhas que jamais vira em sua vida e preocupou-se ainda mais quando notou que ele estava armado.

Tony passava a sua mão em seu rosto enxugando suas lágrimas, que vertiam de seus olhos, e continuava a lhe pedir calma. Procurou, de alguma forma, falar descompassadamente e devagar, apresentando uma voz em tom diferente para que não o reconhecesse. Sua máscara, que encobria seu rosto, também contribuía e foi o suficiente para que ela o ouvisse sem desconfiar, e continuou a lhe dizer:

— Não tenha medo, o pior já passou. Estamos aqui para ajudá-la.

— Mas quem são vocês, afinal de contas? De onde surgiram?

— Somos das Forças Armadas. Sou o líder da Tropa de Elite Aranhas Negras, e esse é Carlitos, meu parceiro.

— Nunca ouvi falar. O que é tropa de elite?

— Desculpe, somos um grupo de táticas especiais das Forças Armadas. Como disse, estamos aqui para ajudá-la. É o que posso lhe dizer para o momento.

— Obrigada por me ajudar, moço. E quanto a todos aqueles bandidos em minha casa, o que farão com eles?

— Por enquanto, ainda nada podemos fazer. Estamos investigando as operações de seu irmão, Cristian, aliás também sabemos quem é ele, afinal, e que não é seu irmão de fato. Estou certo?

— Sim, está. Mas como sabe de tudo isso?

— Como disse, estamos em missão perante as Forças Armadas. Sabemos de tudo o que está acontecendo, sobre a morte de seus pais, inclusive de você estar presa dentro de sua própria casa. Por isso, tiramos você de lá, sequestrando-a.

— O que está acontecendo, afinal?

— Saberá na hora certa, não podemos dizer muito agora, até mesmo para o seu próprio bem e segurança, melhor que nada saiba.

— Não sabe o quanto sofri dentro daquela casa. Rezava para que alguém aparecesse para tirar-me de lá. Estava com muito medo.

— Entendo como se sente. Agora está tudo bem — resumiu Tony.

— Não... você não entende! Não sabe o que é ser refém dentro de sua própria casa, rodeada de bandidos por todos os lados. Não sabe o que é perder os seus pais da forma como perdi os meus, assassinados. E Gabriel, meu Deus! A única pessoa que tinha ao meu lado, alguém que aprendi a amar com todas as minhas forças. Em tão pouco tempo foi alguém capaz de preencher o grande vazio que se tornara minha vida, e até isso tiraram de mim, mataram-no covardemente na minha frente.

Enquanto falava, seus olhos lacrimejavam de tanta dor e sofrimento. Tony e Carlitos percebiam o seu estado desolador, um tanto comovente e triste ao mesmo tempo. Entristeceram-se por ela. Tony também estava com os seus olhos úmidos por ouvi-la, mas mantinha-se firme e não deixava passar para a pobre moça o que também estava sentindo, e isso o corroía por dentro. Ele não podia fazer nada naquele momento, virou-se de lado e percebeu que Carlitos o olhava seriamente pelo retrovisor. Carlitos notou que Tony estava olhando para ele e, ao perceber, lhe disse:

— Não olhe para mim chefe. Estou apenas dirigindo, deixe-me fora disso.

— Não disse nada, Carlitos — respondeu Tony, encabulado.

— Antes que me pergunte algo, já estou respondendo-lhe.

Daniela nada entendia do que estavam falando. Tony percebeu que Carlitos também se emocionara com as palavras ditas por Daniela, mas não desejava participar e nem expor sua opinião a respeito. A cena, embora comovente, também os deixava confusos. Tony compreendeu educadamente, respeitando o seu silêncio.

Tony virou-se frente à Daniela, reiniciou seu diálogo com ela e disse, pausadamente:

— Daniela, preciso esclarecer-lhe algumas coisas. Espero que compreenda nossa preocupação e obedeça ao que estamos propondo-lhe. Esteja certa de que nossa proposta será o melhor para você.

— Eu obedecerei — disse Daniela.

— Bom... deixe me ver. — Tony pensou por alguns segundos e olhou para Carlitos, numa tentativa de encontrar palavras no que pretendia dizer a ela. Notou que Carlitos estava sem o seu capuz, embora Daniela também não tivesse o avistado tão bem, mas precisaria dele para acompanhá-la até o avião. Após decidir-se no que fazer, voltou a dizer:

— Esse é Carlitos, também fuzileiro das Forças Armadas. Nós estamos neste momento nos dirigindo para o aeroporto.

— Aeroporto? — espantou-se Daniela.

— Sim, aeroporto. Mas, antes, ouça muito bem o que tenho a lhe propor. Você sabe quem é o senhor Anthony Gutierrez?

— Sim. É um amigo de meus pais. Como sabe a respeito dele?

— Por favor, ouça-me e não me faça perguntas. Quando tudo isso terminar, saberá de todas as respostas, mas não agora.

— OK. Sem perguntas — respondeu Daniela.

Daniela levantou as suas mãos e colocou-as sobre o rosto de Tony, querendo tirar-lhe seu capuz, enquanto dizia:

— Posso saber o seu nome?

Mas Tony a impediu, segurando suas mãos, e disse-lhe seriamente:

— Apenas Aranha Negra, está bem assim.

— Este não é seu nome. Pelo menos, deixe-me ver o seu rosto!

— Lamento! Não posso me revelar.

— Você é tão misterioso assim?

— Sem perguntas, lembra-se? Você me prometeu.

— Está bem. O que tenho que fazer?

— Sabemos que o senhor Anthony e sua família eram muito amigos de seus pais. Já conversamos com ele a seu respeito, e gentilmente a hospedará em sua casa. Pouco sabe de nossa operação e guardará absoluto sigilo sobre você, inclusive todos da família dele estão cientificados. Com eles, se sentirá mais confortável e protegida, até porque nutrem muito carinho por você e estão dispostos a ajudá-la no que precisar. Pareceu-me bastante sensato e gostava por demais de seus pais. Portanto, não deverá dirigir-lhes perguntas sobre o que está ocorrendo. Temos o compromisso deles de que não lhe contarão nada a respeito. Você ficará hospedada na casa deles até tudo isso terminar. Às 23h30, partirá um avião para Cuiabá, e aqui está sua passagem de ida. Carlitos a acompanhará até o avião partir. Quando o avião pousar no aeroporto de Cuiabá, o senhor Anthony estará aguardando-a pessoalmente para buscá-la. Foi o melhor que pudemos dispor para ajudá-la neste momento. Lembre-se de que você corre sério risco, e não deverá se expor para ninguém, poderá comprometer sua segurança, aliás, de todos. Está me entendendo? Não deverá sair de casa, não atenderá e não falará por telefones.

— Sim. Mas você tirou-me de uma prisão para colocar-me em outra? — retrucou Daniela.

— Sei que tudo isso é muito desagradável, mas você continuará presa numa casa. Porém, com um detalhe muito importante, terá bastantes amigos à sua volta que estarão ali para atendê-la no que precisar. Antes que me pergunte sobre suas roupas, não se preocupe. A esposa do senhor Anthony lhe providenciará roupas novas. Alguma dúvida ainda ou pergunta que deseja fazer?

— Não — disse Daniela.

— Ótimo, mais uma coisa, tenho uma agradável surpresa. Gabriel não morreu! — disse, seriamente, apontando o dedo a ela. — Espero que esta notícia a deixe feliz.

Carlitos continuava ouvindo-os e estranhou o que Tony dissera para Daniela a respeito de Gabriel, não estava compreendendo o que ele pretendia fazer. Após olhar para seu relógio, tentou interrompê-lo dizendo, até mesmo numa tentativa de impedi-lo de prosseguir com o que queria dizer a ela, mas de nada adiantou:

— Senhor, estamos chegando ao aeroporto. São 22h50. Temos quarenta minutos ainda até a partida do avião. Portanto, sejam breves, temos pouco tempo.

— Entendi, Carlitos — respondeu Tony.

Daniela não acreditava de forma alguma no que ele estava lhe dizendo, mas ficou um tanto eufórica por saber que Gabriel não havia morrido, e agora interrogava Tony com um brilho intenso em seus olhos:

— Onde ele está? Não pode ser! Eu o vi caído no chão sem se mexer, logo após aquele desgraçado ter atirado nele.

— Mas conseguiu salvar-se. Um jovem casal assistiu a tudo por detrás de algumas grandes pedras, sem serem vistos. Após Cristian partir, eles pegaram Gabriel ainda vivo e o levaram para o hospital mais próximo. Enfim, conseguiu sobreviver.

— Quando o verei? Onde ele está agora? — perguntava Daniela, não acreditando ainda no que acabara de ouvir.

— Vê-lo-á em breve — resumiu Tony. — Está recuperando-se e em segurança no Hospital da Força Aérea.

— Por que foi levado para lá, ele também é igual a vocês? — desconfiou Daniela.

— Gabriel não. Por questões de segurança, permanecerá no Quartel-General da Força Aérea. Só será liberado após tudo isso terminar.

— Mas...

Daniela queria ainda perguntar-lhe algo mais, mas Tony a interrompeu e voltou a dizer-lhe:

— Psiu! Lembre-se, sem perguntas. Esqueceu-se? Você me prometeu.

— Está bem. Mas está sendo injusto comigo.

— Lamento. Espero que compreenda que tudo o que estamos fazendo é para o seu bem. Quando perceber, tudo terá terminado e poderá voltar normalmente para a sua vida habitual.

Daniela respirou fundo, agora mais aliviada, e abraçou Tony carinhosamente, agradecendo-o pela notícia, mesmo sem saber ao certo quem na verdade estaria por de trás daquela máscara, mas aceitou educadamente:

— Obrigada por estar me ajudando, e a você também, moço.

Tony certamente havia pensado em tudo, e seu plano funcionou da forma como esperava que acontecesse, mas ainda restava algo para ser feito, um simples e singelo bilhete para Daniela, escrito por Gabriel.

Enfim, o furgão estacionava lentamente no estacionamento do aeroporto. Tony abriu a porta para que Daniela descesse. Ele resolveu não descer, e permaneceu dentro encostado à porta. Ainda estava todo fantasiado e com um monte de armas por todos os lados. Carlitos também havia descido e estava de pé, posicionado ao lado dela, calado e cabisbaixo, ouvindo-os, enquanto Daniela perguntava a Tony:

— Você não vem?

— Não, tenho que ficar por aqui. Afinal de contas, não posso entrar no aeroporto desse jeito. Certamente serei preso, pensarão que sou um terrorista.

— Compreendo — ria Daniela do gesto engraçado de Tony quanto à sua afirmação.

Daniela estendeu-lhe a mão, despedindo-se, mas Tony a interrompeu dizendo algo mais:

— Ainda não, tenho outra surpresa para você — disse, enfiando a mão em seu bolso, retirando de dentro um papel dobrado, e estendeu sua mão para lhe entregar.

Daniela pegou o papel da mão de Tony. Não imaginava do que se tratava, mas se sentia surpresa com aquilo, olhava desconfiada para ele, e Tony voltou a lhe dizer:

— Abra — ele insistiu, fitando-a nos olhos.

Daniela atendeu o seu pedido e começou a desdobrar aquele pequeno papel, encostando-se de costas na lateral do furgão. Notou que havia algo escrito e começou a percorrer os seus olhos por entre aquelas sublimes linhas. Tony a observava um pouco mais ao lado enquanto ela lia, queria presenciar de perto a sua reação ao deparar com aquelas singelas palavras. Embora fosse de Gabriel sua autoria, desejava, de alguma forma, dizer-lhe algo, manifestando todo o seu amor, e lhe doía muito não poder dizer-lhe que Gabriel jamais existiu.

Tony acabou entrando no furgão e se encostou ao lado da porta. Contestava-se por aquilo e não acreditava no que estava fazendo, sentia-se confuso. Meditava se estava certo ou errado, mas tinha que fazer algo, e conscientizou-se que estava correto no que havia feito. Afinal, era a vontade de seu coração. As mãos de Daniela começaram a tremer quando percebeu de quem eram aquelas lindas palavras. Foi o suficiente para enchê-la de alegria e fazê-la voltar sorrir novamente. Seus olhos brilhavam de tanta emoção.

Carlitos reparou que Tony estava com a sua cabeça abaixada por entre as pernas e encostado na lateral interna do furgão, quieto e entregue em seus pensamentos.

Os olhos de Daniela começaram a encher-se d'água, e suas lágrimas desciam pelo seu belo rosto, e se emocionava a cada palavra lida naquele singelo bilhete, que dizia:

Daniela.

Neste momento, enquanto todos dormem no silêncio da noite, recordo-me de você e sinto saudades. Tudo é triste porque você não está aqui, juntinho de mim.

Sinto-me só sem você. Fico aqui pensando no calor de seu corpo junto ao meu, no sabor de seus beijos e tudo...

Às vezes, quando estou sozinho, penso em tudo que aconteceu. Não sei se o culpado fui eu, realmente não sei. Mas isto, para mim, já é passado, para que pensar se agora, no presente, estou feliz?

Por estar com você, tudo é diferente. Pelo menos é o que sinto, me fez mudar em muitas coisas. Realmente, você transformou minha vida. Não sei como e nem por que isto aconteceu.

Esperei por tanto tempo para que alguém chegasse para tornar os meus sonhos em realidade e, de repente, você apareceu para me dar esta felicidade.

Pela primeira vez na vida, posso dizer que tenho alguém que precisa de mim. Nunca deixarei a tristeza te machucar como antes. Sua imagem fixou-se em minha mente e vive dentro do meu coração.

Porém, gostaria que me amasse como sou, não esperando encontrar em mim aquelas qualidades que você imagina, que talvez procure em um homem ideal. Mas espero que você possa me amar com minhas qualidades e defeitos, que não são poucos, como todo ser humano.

Agora você é tudo que mais quero e mais preciso. Seu doce amor, sei que não é fantasia, por mais completo que seja, dentro de você reside um amor puro e incondicional, fazendo você viver uma realidade que nunca sonhou.

Eu te amo, te amo muito. Obrigado por você existir...

Gabriel.

Enquanto Daniela permanecia atenta lendo o bilhete de Gabriel, um filme passava pela cabeça de Tony, as imagens atravessavam sua mente numa velocidade totalmente incontrolável, até que retornou ao ponto de partida, voltando a olhar para ela, e se esforçava muito para manter-se firme, sem se denunciar.

Daniela finalizou sua leitura e, ao terminar de ler, virou e olhou para Tony dentro do furgão. Um belo e lindo sorriso de felicidade estampou-se em seu belo rosto, misturado aos seus lindos olhos verdes, agora ainda mais brilhantes e emaranhados de lágrimas. Ele, por sua vez, ainda tímido e encabulado, perguntava-se, em seu interior, como se apaixonara por uma garota como Daniela.

Ela estava muito feliz, hipnotizada. Sentia-se radiante com a bela surpresa recebida. Ainda olhava para Tony, e com gratidão, resolveu estender-lhe os braços. Tony levantou-se e a abraçou fortemente, e Daniela lhe disse carinhosamente:

— Obrigada por me fazer reviver.

Tony nada falou, retribuiu aceitando o seu abraço, e sentia um grande nó formando-se em sua garganta. Na verdade, pela primeira vez, sentia-se profundamente enciumado entre *ele e Gabriel*. Logo após, afastaram-se, mas, antes, ele disse:

— Vão. É chegada a hora. Boa viagem, Daniela — disse, finalmente, e Carlitos e a moça distanciaram-se diante de seus olhos.

Daniela caminhava agora em direção ao saguão de embarque do aeroporto, e Carlitos a acompanhava ao seu lado. Tony ficou para trás e permaneceu dentro do furgão, aguardando o retorno de seu assistente.

Sentou-se num canto com suas mãos ao rosto e novamente debruçado entre os joelhos. Agora gladiava uma luta intensa entre seus sentimentos, uma parcialidade marcante fazia-o ultrapassar os limites da lógica, e entregou-se, definitivamente, entre a lucidez e a razão, o amor e o ódio. Compreendeu mais do que ninguém que estava só, não tinha como ser derrotado, mas também não tinha como vencer, lhe faltava o seu adversário imaginário. Sozinho, triste e aborrecido, nosso grande herói descobria o quanto amava Daniela, e sua ausência o fazia chorar como uma criança.

Capítulo XVII

Surpresa insólita

Daniela enfim estava dentro do avião, longe dos temores que a perturbavam, e alcançava àquele momento altura considerável para uma viagem tranquila e segura, longe de todo aquele tormento que se tornara sua vida.

Já era madrugada quando Tony e Carlitos retornaram para o Hotel River. Estavam cansados e exaustos, um nevoeiro denso se aproximava rapidamente e começava a rastejar pela estrada, convertendo os faróis dos carros em luzes difusas. Carlitos olhou para o relógio, era 00h45, e disse feliz:

— Meus parabéns, Tony. Eu diria que você pensou em tudo.

— Obrigado, Carlitos. Quanto tempo falta para chegarmos em casa? Preciso de um banho refrescante — balbuciou Tony, sonolento e bocejando.

— Em trinta minutos, aproximadamente. Já estamos pertos.

— Vou aproveitar para ligar para o meu pai, preciso avisar sobre Daniela, antes que me esqueça. — E começou a teclar os números de seu aparelho celular.

Quanto a mim, aliás, todos em casa estavam agoniados, aguardando a ligação de Tony, quando meu celular começou a crepitar em cima da mesa, e o atendi prontamente:

— Alô.

— Pai. Sou eu, Tony.

— Oi, filho, estamos aqui aflitos aguardando a sua ligação. Como foi, conseguiu pegar a moça?

— Sim, pai, a operação foi um sucesso. Ela está agora a caminho de casa.

— Graças a Deus, filho. Peço-lhe um minuto, todos estão à minha volta me cutucando para saberem notícias. Estão todos agoniados por aqui. — Baixei o telefone e falei para eles:

— Tony disse que a operação foi um sucesso e Daniela já está a caminho para nossa casa. — Um enorme grito eufórico no outro lado da linha pôde ser ouvido por Tony. E retornei a falar com ele.

— Pode falar, filho, estou lhe ouvindo.

— Pai, Daniela está no avião dirigindo-se para aí. Partiu do aeroporto às 23h30, conforme o previsto, e dentro de duas horas deverá estar pousando em Cuiabá. Já conversei com ela sobre tudo. Mas cuidado, ela é muito curiosa e esperta, não hesitará em fazer perguntas a vocês para descobrir alguma coisa.

— Entendi, filho, fique tranquilo, tomaremos todo o cuidado. Partirei agora mesmo para o aeroporto. E como você está? Parece abatido. Sua voz parece triste e longe, algo está lhe aborrecendo, não é?

— Um pouco pai — disse Tony.

— Se o conheço bem, é por causa da moça. Acertei?

— Também, pai.

— Eu o conheço, Tony. Não se preocupe, cuidaremos bem dela.

— Não se esqueça do que lhe falei pai, é importante que não digam nada sobre mim.

— Não diremos nada, filho. Todos em casa já estão cientes de sua ordem. Quando nós o veremos novamente, filho? Sua mãe anda desesperada com toda essa sua história. Ela quer vê-lo, vive chorando pelos cantos. Já não sei mais o que fazer para agradá-la.

— Não sei ainda, pai. Mas, quando tudo isso terminar, nós estaremos todos juntos novamente.

— Tenho certeza disso, filho. Fique tranquilo, todos estaremos aqui o aguardando.

— Quando chegar em casa com Daniela, me ligue, pai. Gostaria de ter notícias dela. Deixarei o meu celular ligado.

— Assim que chegarmos em casa, ligo para avisá-lo. Procure descansar filho, você demonstra estar muito tenso.

— Sim, pai. Seguirei seu conselho. Por enquanto, obrigado. Vou desligar agora. — E silenciaram-se.

A viagem de retorno enfim terminava, Carlitos acabava de estacionar o furgão no estacionamento subterrâneo do Hotel River. O cansaço e o estresse eram tão intensos que, para se chegar até o apartamento no quarto andar do hotel, parecia ter transcorrido uma eternidade, mas, enfim, chegaram em seus aposentos.

Após entrarem, encostaram-se deitados no sofá da sala, pouco se falaram até que adormeceram, cochilando por ali mesmo.

Eram 4h30 da manhã quando o celular de Tony soou em cima da mesa e Carlitos o atendeu:

— Alô.

— Tony.

— Não, senhor Anthony, sou eu, Carlitos. Tony estava esperando sua ligação, mas acabou dormindo. Tentei chamá-lo, mas está totalmente desmaiado.

— Não precisa acordá-lo. Só liguei para avisar que acabo de chegar do aeroporto com Daniela. Estamos todos bem e em casa agora.

— Ótimo, senhor Anthony. Tony ficará feliz em saber que Daniela já está com o senhor. Assim que acordar pela manhã o avisarei e pedirei para que ele ligue ao senhor. Está bem assim?

— Ficarei aguardando. Muito obrigado e boa noite a vocês.

— Para o senhor também. — E encerramos a ligação.

No entanto, na casa de Daniela, por volta da meia-noite em diante, tudo permanecia calmo. Cristian havia saído para se encontrar com Andrei e seus homens, para se reunirem. Agora retornavam todos juntos para casa, numa grande quadrilha ainda muito maior, com novos membros distribuídos em vários carros.

Andrei estava no primeiro carro; ao passar em frente da casa notou que havia algo errado e um tanto estranho pelas imediações. Temeroso, olhou para cima e avistou a janela de um quarto, ainda estava aberta tarde da noite e com sua luz acesa. Seu carro parou na rua à frente da entrada e novamente reparava que o portão da casa estava semiaberto, e logo atrás os outros carros foram parando também, enfileirando-se um após o outro. Andrei saiu do carro às pressas com sua arma em punho e pediu para que Cristian não descesse. Mas ele não deu ouvido e acabou por descer também, ignorando o pedido. Andrei chamou seus homens e disse a eles:

— Vasculhem por toda a casa, há algo errado acontecendo por aqui.

Todos os homens voltavam seus olhares por toda a extensão da casa, estavam nervosos, com suas armas em punho e atentos a qualquer movimento, enquanto invadiam a casa na tentativa de surpreender algo ou alguém. Mas, novamente, sentiram-se frustrados por nada encontrarem e, aos poucos, retornavam consternados com a cena deixada em seu interior.

À frente de Andrei e Cristian, balançavam suas cabeças inconformadas por nada encontrarem. Relatavam que havia um homem morto na entrada da casa, no quarto rente à janela, outro com o pescoço quebrado e, no quarto onde estava Daniela, dois homens ainda permaneciam vivos, porém totalmente desacordados.

Andrei olhava pensativo, rodando de um canto para outro, tentando descobrir o que havia de fato acontecido por ali. Agora estava dentro do quarto, de pé e em frente aos dois homens desmaiados, quando um de seus homens trouxe um balde de água fria e, ao recebê-lo, jogou por cima deles para despertá-los. Após despertarem assustados, Andrei os interrogou, mas diziam que foram surpreendidos por uma intensa fumaça, fazendo-os desmaiar. Ao olhar para o chão, notou algo estranho e abaixou-se para pegá-lo. Levantou-se e olhava cuidadosamente para aquilo. Andrei conhecia muito bem o que era aquele pequeno frasco e de como fizeram seus homens desmaiarem. Avermelhou-se de raiva e resmungava para si mesmo:

— Droga... droga... droga... — disse repetidas vezes, enfurecido e inconformado.

Cristian também se avermelhou de raiva em saber que sua casa havia sido novamente invadida, e disse irado para Andrei:

— Você não me disse que esses eram seus melhores homens?

— E são, aliás, eram! Foram surpreendidos, o que quer que faça?

— E Daniela?

— Creio que a levaram. Lamento, não está aqui. Veja você mesmo!

— Como podem não conseguir tomar conta de uma simples casa? Quatro homens, quatro homens fortemente armados — repetia Cristian. E deu um berro que se podia ouvir do outro lado da esquina:

— Vocês são todos uns imbecis! — gritou Cristian rudemente.

— Vamos pegá-los, chefe — respondeu um dos homens.

— Vamos pegar? Quando? Como? Alguém aqui poderia me dizer quando é que farão as coisas certas? Estou cansado e farto disso.

Todos ouviam os gritos de Cristian, num total inconformismo, mas nada diziam e o ouviam cabisbaixos. Cristian olhou para Andrei e perguntou:

— O que é isto na sua mão?

— Um frasco de gás sonífero. Foi isso que os fez desmaiarem — após dizer, jogou o frasco no quintal.

— Como podem ser tão idiotas assim para serem pegos de surpresa sem perceberem que estavam sendo observados?

— Eu lhe disse, Cristian, esses homens são bons. São treinados para enfrentar qualquer tipo de situação. Não estamos lidando com amadores.

— Como esses homens? Você tinha me dito, até agora, que somente um homem havia entrado nessa casa e na empresa. O que há agora de novo?

— Desta vez, dois homens estiveram aqui dentro. Veja você mesmo as posições dos corpos estirados e as circunstâncias de como foi feito. Um ficou parado à frente da porta da sala após eliminar aquele homem. O outro entrou por aquela janela — Andrei apontou-a para Cristian. — Certamente, o que entrou pela janela abriu a porta da sala para que o outro entrasse, mas, antes, eliminou esse outro homem estrangulando-o. Juntos, rastejaram pela escada e ficaram observando-os por alguns segundos sem serem vistos. Pegaram o frasco de gás sonífero e atiraram para dentro do quarto. Todos que estavam dentro desmaiaram. Um pegou Daniela no colo, certamente também desmaiada e desceu pelas escadas, enquanto o outro abria caminho para ele chegar até o portão, certificando-se que não havia mais ninguém para impedi-los de saírem com tranquilidade. O primeiro homem saiu para buscar o carro, enquanto o segundo permanecia pelo lado de dentro ao lado do portão esperando-o chegar. Após isso, saíram sem serem percebidos por ninguém. Simples, preciso e cronometrado. Coisa de profissionais — disse Andrei finalmente, com comedido aplauso, mas seu gesto nada agradou a Cristian, que logo disse:

— Que foi? Virou fã deles? Só me faltava mais essa.

— Lamento, há de conformar, Cristian. São profissionais e nos fizeram de idiotas.

— Já que sabe tanto, por que não o fazem da mesma forma como você explica, já que parece ser tão fácil? — gesticulou Cristian, irritado com ele.

Todos se calaram e ninguém respondeu absolutamente mais nada por alguns minutos, enquanto Cristian, totalmente irado continuava a reclamar grotescamente, até que também se acalmou por alguns instantes e voltou a falar momentos após:

— Andrei, temos que encontrar essas armas o mais rápido possível. Não podemos ficar aqui esperando que elas nos apareçam como num passe de mágica. Precisamos agir o quanto antes. Vamos, reúna todos os homens, quero realizar uma reunião com todos eles agora mesmo. Precisamos de um plano audacioso.

Andrei olhou para o relógio da sala e notou que era 4h20 da manhã, e disse para Cristian:

— Sabe que horas são? Esses homens estão acordados há horas e precisam descansar.

— Têm três horas e nada mais. Temos muito por fazer ainda hoje. Precisamos montar um plano para descobrir onde estão escondidos esses homens e eliminá-los de uma vez por todas.

Andrei, após ouvir Cristian, despachou seus homens para que fossem descansar. Todos permaneciam quietos e inconformados, alguns faziam cara feia, mas nada diziam e se acomodavam amontoados pelos cômodos da casa.

Andrei e Cristian não dormiram, ficaram sentados no sofá comentando sobre a invasão na casa, mas Cristian persistentemente lamentava por terem levado Daniela, enquanto eram vigiados por três homens que montavam guarda. Um dos vigias interrompeu a conversa deles e disse, ingenuamente:

— Como é que sabem o que estamos fazendo?

Andrei pensou por alguns segundos e disse:

— Boa pergunta, rapaz!

— O que foi? Perdi algo? — disse Cristian.

— Não fale mais nada. Desconfio que estamos sendo observados pelos Aranhas Negras e há tempos. Acho que colocaram escutas em algum lugar desta casa. Venha, ajude-me a procurar.

Andrei e Cristian passaram o resto da noite até o clarear do dia vasculhando e arrastando móveis por toda a casa a procura de escutas. Não encontraram absolutamente nada que os levasse até elas. Estavam exaustos e, pelo chão da sala, todos os móveis haviam sido retirados de seus lugares. Andrei sentou-se no sofá e disse, com as mãos sobre a cabeça:

— Não é possível. Tem que haver algo por aqui, mas onde? Teremos que olhar também na empresa, pode ser que colocaram somente por lá.

Cristian estava na cozinha, bebendo algo, e perguntou de lá mesmo:

— Que horas são, Andrei?

Andrei olhou para o relógio à sua frente, mas não reparou que horas eram. Havia avistado algo estranho nele que lhe despertou certa curiosidade. Rapidamente, levantou-se e foi ao encontro do relógio, retirando-o da parede, e disse para Cristian:

— Espere! Acho que encontrei algo.

Ao dizer isso, Cristian engasgou-se e voltou correndo para a sala. Andrei estava com o relógio em sua mão e olhava por todo ao seu redor. Cristian perguntou-lhe:

— O que há neste relógio?

— Veja. Está vendo esse pequeno ponto.

— Sim. O que tem?

— Olhe agora.

Andrei havia aberto o relógio e retirado a tampa do fundo, mostrou a Cristian uma moderna câmara de filmar em miniatura dentro dele e disse, preocupado:

— Em algum lugar desta casa existe uma central que recebe as imagens captadas por essa câmera. Temos que achá-la. Isso é obra de seu pai, Cristian.

— Será, Andrei? — disse Cristian.

— Com toda a certeza.

Andrei olhou para cima, notou o pequeno alçapão e voltou a perguntar para Cristian:

— O que há acima desta laje?

— Não sei. Nunca soube.

Andrei gritou com um de seus homens:

— Tragam-me uma escada. Há uma no quintal — e partiu o homem atrás dela.

Após receber a escada, Andrei colocou-a encostada na parede e subiu até o teto. Retirou o alçapão e, ao olhar em seu interior, voltou a dizer:

— Aqui é um sótão e há algo logo à frente piscando. Tragam-me algo para iluminar aqui dentro, está muito escuro. — Cristian ainda falava na parte de baixo, enquanto subia pela escada para levá-lo a lanterna, havia uma na estante da sala que lhe foi entregue por um de seus homens.

— Tem certeza de que encontrou a central? — perguntou Cristian.

— Sim, veja você mesmo — apontava-lhe Andrei.

Andrei caminhava no interior do espaço em direção ao que tinha visto, e Cristian acompanhava-o logo atrás. Ao chegarem, surpreenderam-se. Andrei olhou para todos os lados, iluminando os espaços, e notou marcas de sapatos recentes naquele chão empoeirado do sótão, e avisou a Cristian:

— Malditos Aranhas Negras, também estiveram aqui. Descobriram primeiro do que nós e levaram o HD de gravação. Todos os equipamentos foram deixados ligados. Isso significa que sabiam que logo mais nós também os acharíamos, e deixaram rastros para que soubéssemos de que estão de posse do HD. Será que há algo muito comprometedor nele para nos incriminar? — disse Andrei receoso.

Cristian ficou totalmente irado com o que dissera Andrei, e disse repetidas vezes:

— Droga... droga... droga...

Andrei procurava poupar-lhe, dizendo:

— Calma, Cristian. Talvez não haja nada nesse HD.

— Calma? E como pode ter tanta certeza assim? — disse Cristian, totalmente contrariado.

— Eu não tenho certeza, eu disse talvez — assentiu Andrei.

— Será que você é tão burro assim? Lógico que há algo comprometedor nesse HD. Velho desgraçado, nem depois de morto me dá sossego. Tenho certeza de que gravou tudo.

— Gravou o quê? — gesticulou Andrei.

— As mortes, Andrei. Compreende agora a nossa situação?

— E o que faremos? — disse Andrei, agora ainda mais preocupado.

— Exato, seu paspalho. Eu que tenho que dizer o que faremos agora, e não você.

Andrei demonstrava estar muito incomodado com Cristian. Sua maneira estúpida e arrogante de falar com ele e com seus homens os deixavam muito irritados. Irado, resolveu chamar-lhe a atenção quanto a isso, não estava suportando mais suas ironias constantes e grosseiras:

— Qual é a sua, Cristian? Você está nessa tanto quanto eu. Só sabe gritar, xingar e dar patadas. Parece mais um cavalo.

— Desculpe, Andrei, não fique zangado comigo. Estou muito nervoso, só isso.

— Então se acalme, brigando desse jeito não chegaremos a lugar algum. Vamos encontrar um jeito de pegar esse HD de volta e precisaremos de todos nossos homens. Porém, do meu jeito e da forma que tem de ser. Afinal de contas, somos parceiros ou uma dupla de idiotas?

— Já pedi desculpas, Andrei. Você está certo, temos que ficar calmos, será melhor assim. O que faremos? Como vamos conseguir recuperar esse HD?

— Não sei — disse resumidamente Andrei. — Mas pensarei em algo, de preferência com urgência.

Cristian e Andrei desceram do sótão. Cristian sentou-se no sofá da sala enquanto Andrei permanecia na porta da sala, pensativo, e olhava para cima, quieto. Cristian voltou a perguntar-lhe:

— O que você está procurando olhando para cima?

— Como fui tão idiota assim para não perceber? Olhe! — disse, apontando para os prédios à frente da casa. — Tenho certeza de que eles estavam nos observando de cima daqueles prédios, por isso sabiam de toda a movimentação nossa dentro da casa. Para pegá-los, teremos que descobrir onde se escondem. Não devem estar muito longe daqui.

— E o que pretende fazer? — disse Cristian.

— O mesmo! — respondeu Andrei.

— Como o mesmo? — disse Cristian, surpreso.

— O mesmo que fizeram para nos descobrir. Temos que simular algo e fazer com que essa informação chegue até eles. Não é possível, tenho certeza de que há alguma escuta na empresa, temos que achá-la. Acredito que devem estar nos monitorando há muito tempo e não percebemos o quão próximos estão de nós.

— E o que seria essa simulação? — perguntou Cristian, curioso.

— Vamos nos reunir em algum lugar e ficaremos por lá um bom tempo, conversando e simulando uma situação. Isso despertará certa curiosidade neles. Logo que formos embora, tenha certeza de que eles irão ao mesmo lugar para saber o que estávamos fazendo por ali e farão uma investigação por todos os lados para descobrir o que estava acontecendo. Quanto a nós, estaremos pelo alto, fotografando-os. Depois disso, é comigo! Com essas fotos, posso descobrir qualquer coisa, até mesmo identificá-los.

— Vamos colocar em prática esse seu plano, achei-o formidável. Chumbo trocado não dói, não é mesmo? — respondeu Cristian.

— É verdade. Mas preciso que me ajude a encontrar esse lugar e não esqueça de que precisaremos de uma ótima câmera fotográfica profissional para longo alcance — disse Andrei.

— Se for necessário, comprarei uma. Não se preocupe! Venha, precisamos descansar. Os homens daqui a pouco estarão se levantando e nós não descansamos nem um pouco ainda. Pensaremos com mais calma no que fazer depois de descansados.

— Acho que você tem razão, vamos — disse Andrei.

Andrei e Cristian silenciaram e caminharam em direção aos seus quartos para descansarem.

Capítulo XVIII

Troca de chumbo não dói

Já havia amanhecido, eram 9h30 da manhã. Tony ainda cochilava, deitado no sofá, quando seus olhos se abriram lentamente. Uma claridade intensa veio diretamente ofuscando sua visão e o dia prometia ser ensolarado. Levantou-se quieto, caminhando com os pés descalços no chão frio da sala e foi até o quarto de Carlitos, que também ainda permanecia adormecido. Estava imóvel, abraçado ao travesseiro, mas enquanto dormitava roncava feito um urso encafuado em sua toca, o que o fez esboçar um tímido sorriso.

Precisava dele, havia muita coisa para fazer naquele dia e sentia--se desapontado por ter que acordá-lo, já que foram dormir tão tarde. Tony bateu na porta e percebeu que o barulho fez o ajudante despertar. De olhos abertos, Carlitos não tomava conhecimento da claridade que jazia pelo lado de fora e muito menos de que horas eram. Tony abriu as cortinas e o sol inundou o quarto por inteiro ofuscando sua visão e disse a ele aos risos:

— Lamento. Acorde homem, já é dia. Temos muito o que fazer!

— Já vou, Tony — disse Carlitos, enquanto espreguiçava esfregando os olhos, ainda emaranhados de sono.

Tony saiu do quarto e entrou no banheiro para um banho refrescante. Momento depois, retornou à sala enrolado em uma toalha, sentou-se no sofá e pegou seu celular. Carlitos ainda permanecia no quarto, trocando-se, e de lá ouvia Tony dizer-lhe algo:

— Vou ligar para meu pai. Não sei por que não me ligou!

— Desculpe, Tony. Seu pai ligou sim, mas era madrugada. Tentei chamá-lo, mas você estava apagado aí no sofá.

— Mas devia ter me acordado.

— Já disse, o chamei você por várias vezes, estava desmaiado. O que queria que fizesse? Ela chegou bem de viagem e está bem, se deseja saber. Fique calmo, tudo está bem. Eu disse para seu pai que você ligaria para ele assim que acordasse.

— Vou ligar agora mesmo — frisou. Após teclar os números, dois toques se fizeram e logo atendi do outro lado da linha:

— Alô.

— Pai. Sou eu, Tony.

— Olá, filho. Eu liguei assim que cheguei. Seu parceiro disse que você estava desmaiado de tanto sono e pedi para que não o acordasse. Mas pedi que lhe avisasse, Daniela está bem. Está dormindo ainda, pelos menos até agora não a vi descer de seu quarto.

— Só liguei para saber se está tudo bem por aí, pai.

— Sim, filho. Está tudo bem. E você, o que pretende fazer daqui por diante?

— Não sei ao certo ainda, tudo está muito confuso. Meu comandante virá hoje para cá. Faremos uma reunião para decidirmos o que fazer. Não vejo a hora de acabar com tudo isso. Estou cansado e farto desta história.

— Eu o compreendo filho. Mas por falar em confuso, também estou com problemas, Tony. Só um minuto.

Após a pausa, parei para cumprimentar alguém que chegara repentinamente em casa e disse a ele:

— É você, doutor? Bom vê-lo. Chegou à boa hora, estou falando com Tony.

— Mande um abraço a ele — disse o doutor Michel, e voltei a falar ao telefone.

— O doutor Michel acabou de chegar aqui. Mandou-lhe um abraço, filho.

— Diga-lhe o mesmo. Mas que tipo de problemas está tendo, pai? Posso ajudar-lhe em alguma coisa?

— É a respeito das caixas, filho, não sei o que fazer com aquilo. Nem ao certo sei o que há dentro delas!

— Que caixas, pai? Do que está falando? — Tony exclamou e levantou-se rapidamente, não compreendendo do que estavam falando.

— As caixas que recebi do senhor Wilson.

— Não estou sabendo de caixas alguma, pai. Por que não me falou antes sobre isso? Quem mais sabe a respeito disso?

— Todos de casa, somente — disse-lhe, espantado.

— Mas como é que vocês recebem coisas desse tipo de alguém assassinado e ficam quietos?

— Mas você sabia, Tony, eu disse na reunião, lembra-se?

— Pai, estou cheio de problemas e com a cabeça fervilhando. Lamento, não dá para lembrar-me de tudo. Desculpe-me. Achei que você estaria recebendo algo sem significância, uma carta talvez ou algo parecido. Você não me disse nada e acabei por não se importar quanto a isso. Perdoe-me, acabei esquecendo também de perguntar-lhe se havia recebido algo, afinal. Mas também não poderia imaginar que você estaria recebendo caixas, não é mesmo? E, afinal de contas, o que há dentro delas? — disse Tony, seriamente, do outro lado da linha, num tom de voz muito elevado, que ecoava por todos os cantos do apartamento, chegando a deixar Carlitos muito preocupado e curioso para saber do que de fato estavam falando para deixá-lo daquela forma tão nervoso e assustado.

— Eu que peço desculpas, filho, deveria ter falado antes. Sou um idiota mesmo, me perdoe. Eu não as abri. Não sei o que há dentro delas, mas estão guardadas seguramente — respondi, timidamente.

— Meu Deus! Devia ter me falado, pai. Estou preocupado — exclamava Tony, assustado com a informação que acabara de saber. E continuou a falar. — Pelo visto seguiu a orientação do doutor Michel, querendo sempre fazer as coisas certas e à sua maneira. Essa não é hora para ficar pensando no que fazer, pai. Temos que fazer o que tem de ser feito e de preferência o mais rápido possível. Vocês jamais poderiam ter omitido essa informação de mim.

— Você tem razão, filho. Realmente ele pediu-me para que as guardasse até que soubéssemos um destino a dar para elas.

— E o que decidiram fazer a respeito? — indagou Tony.

— Ainda não sabemos, por isso estou lhe perguntando.

— Há quanto tempo está com isso em casa pai? — perguntou Tony.

— Acho que... Sei lá filho, não sei. Foi logo depois da morte dos meus amigos, no dia daquela nossa reunião em casa. Foi logo após quando você saiu em viagem. Lembra-se?

— E só agora você me diz isso, pai? — respondeu Tony, ainda mais bravo e sério comigo, deixando-me muito sem graça pelo outro lado da linha.

— Sei que devíamos ter-lhe falado antes filho, acabei esquecendo-me. Devem ter-se enganado mandando essas caixas para cá. Não deve ser nada de importante. Até onde deduzo, tratam-se de chocolates.

— Como você é ingênuo, pai! Lógico que não foi engano, você foi avisado de que receberia alguma coisa de seu amigo. Acho que vocês não perceberam a gravidade da situação e podem comprometer-se com o que nem sabem ao certo o que seja. Seus amigos foram assassinados misteriosamente. Depois descubro o motivo de suas mortes e já havia lhe explicado que estava relacionado com contrabando de armas das Forças Armadas, não é mesmo? Somente uma coisa não pude lhe dizer, sei quem os matou e, por favor, não me pergunte.

— Desculpe, filho, não achei que ficaria tão nervoso comigo por conta disso.

— O que está acontecendo, Tony? Parece nervoso com seu pai? — perguntou Carlitos.

— Nem lhe conto o que acabo de saber — respondeu Tony a Carlitos, deixando-o intrigado com o que dissera.

— Tudo bem, pai, deixe isso para lá. Não estou bravo com você. Perdoe-me pelo meu jeito, mas estou muito preocupado e nervoso com essa notícia repentina. Mas me diga, quantas caixas você recebeu afinal de contas e qual o tamanho delas?

— Bom, são caixas enormes. Se não me engano, caixas grandes para embalagens de chocolate. Estão fortemente bem lacradas. Vieram daí, da empresa Chocolates Corpus Christi.

— Sei de quais caixas está falando. E quantas você recebeu, pai? Pare de enrolar e me diga logo. Estou ficando agoniado.

— Não contei, filho. Sei que é um monte delas.

— Não acredito pai. Afinal de contas, o que é um monte para o senhor? Seja mais preciso pelo amor de Deus — gesticulava Tony.

— Um grande caminhão baú fechado até o teto — disse-lhe, na defensiva.

— O quê? — respondeu Tony, desacreditando no que acabava de ouvir. — E só agora você me diz isso, pai! — Tony, assustado com a minha informação, prosseguiu: — Estou arriscando o meu pescoço nesta operação, com um monte de bandidos da pior espécie querendo me pegar e o senhor com um monte de caixas estranhas em seu poder, sem saber o que de fato há dentro delas!

— É tão grave assim filho? Você está deixando-me assustado.

— Lógico, pai, que é grave. E é para se assustar mesmo, mas fique calmo. Eu até imagino o que há dentro das caixas — disse Tony, aflito, coçando-se todo e pensativo no que fazer.

— O que deseja que façamos, filho?

— Pai, não vamos perder tempo. Vá e abra-as urgentemente. Não se assuste com o que vai ver. Me ligue de volta para dizer-me, embora já saiba o que há dentro delas. Mas quero que me confirme.

— E o que é? — perguntei, receoso.

— Olhe e me ligue de volta. Leve o doutor Michel junto com você. Enquanto isso, ficarei pensando no que fazer a respeito. — E desligamos os telefones.

— O que aconteceu, Tony? Parece atormentado com algo. Está pálido e suando frio. Acalme-se — disse Carlitos —, embora também agora me sinta preocupado.

— Acredita que meu pai recebeu um monte de caixas da empresa de chocolates, enviadas pelo senhor Wilson antes dele morrer, e não me disse nada?

— Complicado. Será isso o que tanto estão procurando? — indagou Carlitos.

— Com certeza, o que mais poderia ser? Adivinhe, se for capaz, o que há dentro daquelas caixas?

— Nossas armas.

— Exatamente. Por isso não entendíamos aquelas conversas estranhas deles. Estão procurando por elas, certamente não sabem onde elas estão. Não demorará muito e eles descobrirão a sua localização. E mais essa ainda, agora tenho que me preocupar com a segurança da minha família. Por essa, juro que não esperava.

Tony colocava a mão em sua cabeça, pensativo, rodando de um lado para outro em torno da sala, estava angustiado em busca de alguma solução para aquilo. Carlitos deixou-o só com suas aflições e resolveu ficar quieto, tratando também de pensar em algo para ajudá-lo, afinal de contas, agora era a família dele que estava correndo risco, e esperar era algo a que não se dispunha face à grande gravidade.

Havia-se passado vinte minutos do nosso último contato, quando resolvi ligar para ele. Tony ainda estava segurando seu celular em sua mão, enquanto rodopiava feito um pião dentro da sala, perdera-se a conta de quantas voltas havia dado em torno da mesa. Mas atendeu o aparelho assim que tocou, e disse-lhe, após atendê-lo:

— Alô, Tony — chamei-o, muito assustado.

— Fala, pai. Assustou-se, não é? — ironizou Tony.

— Estão cheias de armas, filho! Não olhei em todas, mas em cinco delas pude constatar. São enormes fuzis! Duarte disse que são fuzis AK47, armamento russo e muito utilizado por guerrilheiros.

— Exato! Mas tudo bem, pai. Se acalme e não fique assustado com o que viu. Peço desculpas pelo meu nervosismo. Lamento, mas realmente não esperava por esta notícia. Por um lado, fico feliz por enfim tê-las encontrado, no entanto, também me deixou muito preocupado com vocês com isso em casa. Peço que as deixe onde estão, aliás, onde mesmo as colocou?

— Naquele pequeno galpão, lá nos fundos de casa.

— Ótimo, não mexa mais nelas. Tranque bem as portas do galpão e, se possível, mande Duarte tomar conta delas, não posso confiar isso a mais ninguém. Vou ver o que posso fazer, mas antes tenho que falar com o comandante Roger, ficará feliz por saber que estamos com as armas e em segurança. Ligarei mais tarde e, por favor, pai, não diga nada a ninguém em casa sobre o que viu. Não os deixem mais assustados do que já estão. Tenho que desligar agora. Tchau — disse, finalmente, e desligou seu aparelho celular.

Tony sentou-se no sofá e se pôs a ficar pensativo em busca no que deveria fazer, sua mente lhe martelava confusamente e não encontrava respostas sobre como agir. Carlitos estava no quarto mexendo em seus equipamentos, havia ligado-lhes quando Tony ainda falava ao telefone. Novamente, ele resolveu fazer mais uma ligação, agora para o seu comandante, a fim de saber a que horas chegaria afinal em São Paulo. Mal tocou o telefone e ele atendeu prontamente no outro lado da linha:

— Alô — disse ele.

— Olá, comandante Roger. Sou eu, Tony.

— O que foi, filho? Parece assustado — observou o comandante Roger.

— E muito.

— O que foi, posso ajudar em algo?

— Não quero lhe falar agora, mas ficará muito feliz e aliviado com a notícia que tenho. No entanto, temos muito que conversar, e urgentemente. Tenho novidades que o deixarão de cabelos em pé. A que horas chegará por aqui?

— São 10h agora, estarei partindo daqui a pouco. Estou somente aguardando o helicóptero chegar para me buscar. Creio que por volta das 14h deverei estar chegando ao hotel. Reservei outro apartamento neste mesmo hotel, no quinto andar. Seus homens partirão logo mais à noite, são doze ao todo. Deverão chegar amanhã pela manhã.

— Ótimo. Ficarei aguardando sua chegada, comandante — e desligaram seus aparelhos.

Enquanto isso, na empresa de Chocolates Corpus Christi, Cristian e Andrei faziam um patrulhamento por dentro das instalações e procuravam algum tipo de escuta colocada pelo Aranha Negra e seu ajudante.

Estavam cansados de tanto andarem em círculos e decidiram entrar no escritório da fábrica. Não haviam encontrado nada e, exaustos, sentaram-se frustrados à mesa para conversar. Andrei enfiou a mão por debaixo da blusa, pegando sua arma, e colocou-a sobre a mesa. Cristian mantinha-se ao seu lado, porém bastante perturbado enquanto conversavam.

Eram 12h quando a sirene soou agudamente, avisando que chegara a hora de desligarem as máquinas na produção. Os funcionários amontoavam-se no corredor, deslocando-se em fila para o refeitório a fim de almoçarem. Um silêncio imenso formou-se. Cristian e Andrei continuavam a conversar entre si dentro do escritório e, de repente, Cristian deu um murro indignado na mesa, dizendo:

— Andrei! Já estou cansado de ficar brincando de gato e rato. Onde foi que erramos?

Andrei ficou olhando-o, mas nada lhe disse, pegou sua arma novamente e começou a desmontá-la para uma limpeza de rotina. Cristian levantou-se e ficou de costas para Andrei, olhando de pé e em silêncio pela janela do escritório, avistando toda a fábrica. De repente, Andrei percebeu um pequeno e estranho ruído em baixo tom enquanto manuseava sua arma. Sinalizou para que Cristian fizesse silêncio e, juntos, aquietaram-se.

Andrei debruçou-se, encostando sua cabeça no tampo da mesa, e ouvia algo, um chiado muito estranho, embora numa frequência baixíssima. Após, levantou-se da cadeira e abaixou-se em seguida para debaixo da mesa. Após olhar para o fundo do tampo da mesa, surpreendeu-se com algo colado sobre ela. Desconfiado com o que havia encontrado, sinalizou com o dedo entre os seus lábios a Cristian para que permanecesse em silêncio e, com o movimento de sua mão direita sinalizou para que ambos saíssem dali para conversarem em outro lugar.

Cristian atendeu a seu pedido, logo imaginou que Andrei havia de fato encontrado a escuta que tanto procuravam nas instalações e, enquanto caminhavam, nenhum comentário disseram a respeito, até porque Andrei seguia distante, um pouco à frente de Cristian. E assim, prosseguiram até chegarem à rua. Assim que pode, após certificar que estavam a sós, Andrei resolveu por fim dizer-lhe o que estava ocorrendo:

— Eu a encontrei, Cristian. Não lhe disse que estávamos sendo monitorados por eles? Tenho certeza de que estavam nos ouvindo naquele momento. Por isso lhe pedi silêncio.

— E o que faremos agora? — perguntou Cristian.

— Temos que pensar em algo rápido. Que lugar teríamos para atraí-los para uma emboscada?

— Acredita mesmo que conseguirá atraí-los?

— Com certeza, os conheço muito bem. Não se esqueça de que já fui um deles.

— É verdade. Pensando bem, podemos ir ao depósito de contêineres. Afinal de contas, conhecemos aquele lugar muito bem. É o melhor lugar que temos e bem perto daqui.

— Pode ser lá, havia me esquecido daquele lugar. Aliás, nem gosto de lembrar que foi lá que começaram os nossos problemas. Não sei, acho que deveríamos voltar a investigar aquele lugar, temos que encontrar alguém que possa nos ajudar.

— Já nem sei mais o que pensar, Andrei. Mas podemos tentar novamente.

Andrei pensava, maquinando algo, e, de repente, voltou a falar:

— Que tal às 16h? Vamos reunir todos nossos homens e partiremos para lá. E a câmera fotográfica?

— O que estamos esperando? Vamos até a uma loja para compra-la.

— Ótimo. Mas, antes, venha. Temos que retornar ao escritório.

— O que pretende fazer?

— Vamos conversar, só isso. Quero que ouçam nossa conversa. Daremos pistas de onde iremos para atraí-los. Apenas siga meu raciocínio, finalizou.

E, assim, Andrei e Cristian caminhavam de volta ao escritório. Após entrarem a sala de reuniões, retornaram a conversar brevemente, simulando um encontro com alguém, e disse Andrei para Cristian:

— O que vamos fazer agora?

— Não sei, mas estou com medo deles.

— A que horas marcou o encontro com eles?

— Às 16h, no armazém de contêineres.

— E onde fica isso?

— Na Rua dos Sorocabanos. Fica aqui perto. Estarão nos esperando logo no portão de entrada.

— E quantos virão?

— Não imagino. Mas estarão armados. Não podemos ir sozinhos naquele lugar e desarmados.

— Então vamos levar nossos homens. Ao vê-los, não farão nada, vão se sentir intimidados. Duvido que queiram fazer algo contra nós. O que você acha?

— Acho que você tem razão, Andrei, vamos levá-los por precaução.

— Estou com fome. Podemos ir almoçar agora, se quiser.

— Também estou, vamos.

Andrei e Cristian encerraram sua conversa maquiavélica. Após saírem, fecharam a porta do escritório cuidadosamente e partiram até a uma loja para comprar uma máquina fotográfica. No caminho, Andrei ligou para seus homens e comunicou que iriam às 16h até um lugar e precisaria da companhia de todos eles. Porém, disse que às 15h encontrar-se-iam na casa para antes conversarem, a fim de instruí-los.

Infelizmente, Tony e Carlitos, ingenuamente caíram na conversa de Andrei e Cristian. Carlitos havia gravado toda aquela estranha conversa e agora mostrava a Tony, que a ouvia atentamente. Ambos decidiram também ir até aquele lugar para vigiá-los e, para isso, contariam com mais uma presença, o comandante Roger, que estava prestes a chegar, e o levariam também consigo para participar do encontro. Porém, Tony disse a Carlitos:

— Temos que chegar antes deles. Deixe separados os nossos binóculos, vamos precisar deles. Tenho um plano.

— E o que pretende fazer, Tony?

— Ficaremos no alto, em cima de algum contêiner, à distância. Não podemos ser avistados por eles. Aliás, por precaução, levaremos nossas armas, nunca se sabe o que poderá acontecer. Se algo sair errado, estaremos somente nós três contra um monte de homens, não se esqueça disso. Portanto, melhor estarmos também preparados para contra-atacar, caso seja necessário.

— É verdade, Tony. Mas, se temos que chegar bem antes deles, a hora é agora. Já são 13h45.

Mal completou de falar Carlitos e alguém bateu à porta da sala. Após certificar-se pelo olho mágico, Tony atendeu, abrindo a porta, e disse, ao receber a visita que se anunciava:

— Olá, comandante Roger. Que bom revê-lo!

— O prazer é meu filho. E você, Carlitos, como tem se saído com seus brinquedos?

— Muito bem, senhor. Não posso reclamar. Temos obtido bons êxitos.

— Ótimo, filho — disse, animado, o comandante Roger.

— Não podemos conversar muito agora, comandante Roger. Precisamos que venha conosco, no caminho lhe explicarei — disse Tony, puxando-o para fora, enquanto Carlitos vinha logo atrás, com os binóculos dentro de uma mochila.

— Está armado senhor? — perguntou Tony.

— Sim, não consigo me separar dela. É minha companheira inseparável onde quer que esteja.

— Ótimo, então me acompanhe.

No caminho, Tony e Carlitos contaram tudo ao comandante Roger sobre as suas novas descobertas. Após cientificado, manifestou preocupação com os rumos da missão, principalmente ao saber da localização das armas furtadas, e também temia por alguma retaliação contra a família de Tony por estarem de posse daquelas armas em sua residência. Mas, ao mesmo tempo, também se sentia mais aliviado por saber que as armas roubadas haviam finalmente sido encontradas e por estarem seguras.

Enfim, chegaram ao enorme depósito de contêineres. Tony olhou para seu relógio, eram 14h50, estavam adiantados e os bandidos não haviam chegado ainda. O furgão fora deixado escondido pelas imediações, e foram a pé até o local. Após entrarem, Tony avistou, à sua frente e um pouco distante, três enormes contêineres empilhados, um em cima do outro, uma altura consideravelmente boa para se esconderem e, de lá, observar os inimigos sem serem notados. Precavido, havia levado cordas para alguma emergência inesperada e, através dela, escalaram até o topo da pilha de contêineres. E, por lá, permanecerem quietos, deitados sobre o contêiner, aguardando a chegada de Cristian e seus homens.

Tony estava impaciente e muito agoniado, olhava a todo instante para o seu relógio, até que, finalmente um carro se aproximou lentamente e parou na entrada. Alguns homens desceram calmamente e, dentre eles, Cristian e Andrei. Ficaram parados, conversando e gesticulando entre si. Minutos após, outros três carros também chegam, e muitos homens desceram, se aglomerando entre si.

Tony, Carlitos e o comandante Roger posicionaram seus binóculos, escondidos e deitados no teto do contêiner, e permaneciam de longe, observando-os atentamente sobre o que de fato estavam ali fazendo.

Andrei e Cristian conversavam com os outros homens, gesticulavam e apontavam para algum lugar. Demonstravam estar nervosos, mas não houve nenhuma reação perigosa entre eles, limitaram-se apenas a conversar, e assim ficaram por quase vinte minutos sendo observados à distância. Por fim, deram-se as mãos e entraram em seus carros, partindo logo após, misteriosamente.

Preocupados por uma volta repentina de Cristian, os três militares resolveram permanecer ainda por mais meia hora em cima dos contêineres. Enquanto isso, conversavam entre si, até que decidiram descer para irem vistoriar pessoalmente aquele local onde estiveram Cristian e Andrei.

Tony, Carlitos e o comandante Roger caminhavam em direção ao ponto de encontro daqueles homens, estavam receosos, com suas armas em punho, temerosos pelo inesperado. Olhavam aos arredores, não compreendiam o que tanto conversaram por ali e apontavam naquele lugar sombrio, cheio de enormes contêineres espalhados por todos os cantos, e não conseguiam encontrar respostas para aquilo.

Tony ficou quieto, pensativo, sentia-se totalmente confuso e perdido quanto ao mistério que os cercava. O comandante Roger demonstrava também estar muito surpreso. Indignado, resolveu perguntar:

— Não faz sentido algum tudo isso, Tony. Aqui não há nada de interessante para se observar, a não ser um amontoado de contêineres.

— Também concordo com o senhor — disse Carlitos.

Tony andava em círculos, olhava para o imenso prédio à sua frente, procurava encontrar alguma coisa diferente e não avistava absolutamente nada. De repente, virou-se, começou a rir nervosamente e guardou sua arma no coldre, dizendo-lhes:

— Guardem suas armas, senhores e sorriam.

— O que está dizendo, Tony? Ficou doido? — disse Carlitos.

— Façam o que estou dizendo. Fomos descobertos.

— Como sabe? — perguntou o comandante Roger.

— Olhem vocês mesmos. Não há nada aqui. Fomos enganados.

Tony ria, mais nervoso ainda, fazia poses e pedia aos seus companheiros:

— Vamos, façam o mesmo. Querem saber quem somos.

— Não o entendi ainda, Tony — disse Carlitos.

— Será que vocês não compreendem que fomos atraídos até aqui de propósito? Há alguém nesse exato momento nos fotografando pelo alto, não tenham dúvidas quanto a isso. Não podemos vê-lo, mas está nos observando neste exato momento. Lamento! Fomos descobertos! Por enquanto, não sabem onde estamos e temos que ficar muito atentos daqui por diante. Mas não demorará muito tempo e nos localizarão também. Temos que pensar em algo, e rápido. Venham, vamos embora, não há mais o que fazer por aqui. Quem estava nos fotografando acabou de partir aos risos.

— Como sabe destas coisas, Tony? — perguntou, curioso, o comandante Roger.

— Elementar, meu caro comandante. Elementar! — balbuciou Tony.

Tony caminhava só, cabisbaixo e pensando no que fazer agora. O comandante Roger e Carlitos vinham logo atrás dele, também em silêncio, não queriam incomodá-lo. Sabiam que Tony estava pensativo, raciocinando algo, e voltaram silenciosos para o Hotel River, sem trocar sequer uma palavra durante o percurso. Tony estava indignado e se condenava por ter sido enganado tão facilmente, a ponto de ser atraído ingenuamente para aquele lugar.

Capítulo XIX

Ataque contra Ataque

Andrei conquistou o que tanto queria, atraiu-os para uma emboscada e conseguiu finalmente enganá-los. Tony estava certo quando afirmou que estava sendo fotografado, e isto o deixou muito preocupado, pois seriam revelados.

Andrei, de fato, estava no alto de um prédio próximo, sozinho, fotografando-os com uma câmera fotográfica de longo alcance. Tudo foi muito bem planejado por ele e não havia nenhum encontro com alguém misterioso, apenas uma simulação para atraí-los. Para isso, encaminhou um grupo de seus homens num primeiro carro e, logo em seguida, chegou com outros numa caravana de carros a fim de aguçá-los.

Para ganhar tempo, ficaram simulando uma conversa que nunca existiu, partindo momentos após. Porém, somente Andrei ficou pelas imediações. Subiu às pressas para cima de um prédio e, do alto, ficou aguardando Tony, Carlitos e o comandante Roger dirigirem-se até o local de seu encontro. Enquanto investigavam o que havia acontecido, Andrei batia seguidas fotos deles e partiu momentos após, deixando-os por ali atônitos, sem nada entenderem do que de fato estava acontecendo, e ficaram confusos ao descobrirem que nada havia. Definitivamente, haviam sido enganados.

Andrei percebeu que Tony havia descoberto que estava sendo observado, o seu gesto o denunciava, e disse para si mesmo, reverenciando-o:

— Você é bom garoto, muito bom mesmo — Andrei o venerava, mas dizia para si:

— Ainda nos veremos novamente, garoto. Isso ainda não terminou. Esteja certo disso.

Enquanto isso, Cristian permanecia em sua casa com seus homens, aguardando a chegada de Andrei que ainda não havia reaparecido, estava incomunicável desde o último encontro, e isso deixava Cristian impaciente e um tanto preocupado. Somente por volta das 21h40 foi que Andrei resolveu surgir, estava sorridente e com um grande envelope grosso debaixo dos braços. Ao entrar pela sala, não cumprimentou ninguém e jogou em cima da mesa aquele pesado envelope. Cristian estava sentado no sofá da sala, com um copo duplo de uísque na mão, enquanto mexia com o dedo o gelo em seu interior, e perguntou-lhe, surpreso, ao vê-lo chegar:

— O que há nesse envelope, Andrei, são as fotos?

— Sim. Você não vai acreditar no que verá, ficará muito surpreso. Demorei um pouco porque passei na empresa, precisava de um computador para certas buscas e algumas ligações telefônicas necessárias. Você acredita em fantasma?

— Que conversa é essa, Andrei?

— Veja primeiro as fotos. Se não acredita, tenha certeza de que passará a acreditar em fantasmas. Ficará surpreso com o que verá — disse Andrei, aos risos.

— Também descobrimos algo muito importante — disse Cristian.

— E o que descobriu? — indagou Andrei.

— Um de nossos informantes conseguiu descobrir algo quentíssimo. Acho que sei onde estão as armas.

— Gostei dessa. Se é o que imagino, também sei onde elas estão. Sempre estiveram bem à nossa frente e não percebíamos como estava tão fácil encontrá-las. Mas continue. O que estava me dizendo?

— Alguém comentou sobre uma viagem especial para Cuiabá feito por um sujeito desconhecido. Após nosso informante me avisar, fui procurar o tal sujeito. Também acabo de chegar, mas o encontrei.

— E o que ele disse?

— Ele não disse, eu arranquei a força. Enfiei o trabuco na cara dele até que me dissesse algo que me convencesse. Por fim, acabou dizendo que levou várias caixas para a casa de uma pessoa em Cuiabá. E sabe quem descobri?

E responderam juntos em coro:

— Anthony Gutierrez.

— Como soube também? — perguntou Cristian.

— Coisas de Andrei, meu caro. Eu lhe disse que também tenho minhas fontes para descobrir o que desejo. Mas, antes, gostaria que olhasse as fotos. Ficará surpreso com o que tenho para lhe falar. Enquanto isso, vou pegar um uísque para acompanhá-lo. Agora temos motivos para comemorarmos, não é mesmo? Volto logo — disse, caminhando em direção à cozinha.

Cristian voltou a se sentar no sofá e olhava atento para as fotos, manuseando-as após tirá-las do envelope. Ao ver o rosto de Tony, não se conteve e não acreditava no que estava vendo, ficou estático, com a foto em sua mão, e levantou-se espantado, balançando-a no ar a Andrei, e disse, surpreso:

— Não é possível! Esse sujeitinho de novo?

— Não lhe disse que ficaria surpreso ao ver as fotos? Acredita agora em fantasma? — disse Andrei, que havia retornado da cozinha e agora estava ao seu lado, mas antes o saudando com o tilintar de seus drinques.

— Mas o que significa isso, Andrei? Esse é Gabriel, aquele sujeito que você matou lá no litoral. É possível que seja ele? — indagou Cristian.

— Eu explico! Sente-se aqui. Fomos enganados! Gabriel nunca existiu e, não sei como, o infeliz não morreu. Continua ainda vivo.

— E quem é ele, afinal de contas? — gesticulou Cristian.

— *Anthony Gutierrez Júnior*. Ele é o nosso *Aranha Negra*, que nos causou tantas dores de cabeça.

— Você está brincando? Explique isso direito, deixou-me agora ainda mais surpreso. Esse miserável nos enganou muito bem. Que sujeitinho audacioso esse, hein!

— É verdade, tanto que se infiltrou entre nós e ninguém suspeitou. Realmente foi muito audacioso e digno de aplausos. Também me surpreendi após focá-lo em minha lente, custou-me a acreditar. Esse sujeito é filho do tal Anthony Gutierrez, amigo de seu pai, e possui o mesmo nome do pai, atualmente residem em Cuiabá. Porém, ele também é das Forças Armadas. Alguém muito importante dentro dela; recentemente foi condecorado com uma medalha por bravura. É conhecido nas forças armadas como primeiro-tenente Tony, e atualmente é o líder de uma equipe muita bem preparada dentro da *Tropa de Elite Aranhas Negras*. Todos eles possuem uma aranha tatuada na mão, igual à minha. Veja você mesmo — disse, mostrando a ele sua tatuagem e em seguida apontando a de Tony. — Não esqueça de que também estive lá. Só não percebemos isso porque ele sempre usava uma munhequeira na mão, lembra-se deste detalhe? — disse Andrei.

— Sim, me lembro. Disse que estava fazendo tratamento na mão. Que safado, nos enganou muito bem. Quer dizer, então, que o tal sujeitinho com cara de idiota é um primeiro-tenente das Forças Armadas?

— Exatamente. Esse outro é Carlitos, também fuzileiro das Forças Armadas, ainda um novato. Ele certamente foi o responsável pelas escutas, é um gênio em equipamentos de comunicação e muito habilidoso com armas. Está prestes a entrar para a tropa de elite. Com Tony ao seu lado, será fácil para ele se integrar ao seu grupo. Isso é, se não os apagarmos antes disso — sentenciou Andrei.

— E esse coroa, quem é?

— Seu nome é Roger, mas é um comandante das Forças Armadas, aliás, ele é o comandante da *Tropa de Elite Aranhas Negras*. Eu o conheci quando estive na ativa.

— Céus! E o que faremos agora, Andrei? Pelo visto devem ter trazido com eles um batalhão inteiro e podem vir aqui a qualquer momento para nos prenderem. Temos que encontrar uma solução, não podemos mais perder tempo por aqui — disse Cristian.

— Concordo. E temos que ser espertos para o que pretendo fazer — advertiu Andrei.

— E o que tem em sua mente?

— Temos que partir urgentemente para Cuiabá. Vamos entrar na casa daquela família, fazendo-os reféns, não há outra saída. Temos que partir agora e não podemos esperar mais nenhum minuto. Acho que estão planejando algo e deduzo que virão atrás de nós logo pela manhã. Tenho certeza de que Tony mandou Daniela para a casa dele, estão apaixonados. Não se surpreenda se, quando chegarmos lá, você a encontrar.

— Aquela vadia! Vou esganar o seu pescoço quando pegá-la — disse, ferozmente, Cristian.

— Não se precipite com isso. Lembre-se do mais importante, as armas, meu caro, e a nossa aposentadoria definitiva. Mas o mais importante agora será pegar toda aquela família, e sei como vou fazer. Já tenho muito bem planejado com minhas fontes seguras.

— E como o fará? — perguntou Cristian, atento.

— Meus informantes disseram-me algo muito importante. Tony tem um sobrinho pequeno. Podemos sequestrar o garoto na entrada da escola. Só precisamos descobrir quem é ele para pegá-lo. De posse dele, a família se desesperará e atenderá a tudo o que desejarmos.

— Isso é fácil. Agora as coisas parecem estar caminhando muito bem a nosso favor — disse Cristian, ainda receoso, porém, e continuou a dizer: — Mas e quanto ao soldadinho de chumbo? Certamente ele virá atrás de nós quando souber que estamos com sua família como reféns.

— Tenho certeza de que não nos impedirá. Tony e sua tropa de elite não vão ousar a nos enfrentar. Se por acaso aparecerem, ficarão com medo e aceitarão tudo o que pedirmos. Nada farão enquanto estivermos de posse da família. Mas acredito que, quando descobrirem onde estamos agora, já estaremos bem longe. Tony não é idiota e duvido que vá tentar fazer algo e arriscar a sua família. O que não entendo é que seu pai é muito rico e não sei como permitiu que ele fosse parar nas Forças Armadas. Inclusive, até avião particular possuem e é guardado num hangar do aeroporto de Cuiabá. Veja que coisa boa, levaremos o menino conosco e voaremos com o próprio avião deles direto para a Europa, com nossas armas, sem sermos importunados. Não há como nos impedirem de fugir. Temos em mãos tudo o que mais precisamos para sumirmos do mapa e do alcance deles.

— Como conseguiu descobrir tudo isso tão rápido?

— Tenho minhas fontes, Cristian, e descobrir sobre ele foi relativamente fácil, é de uma família muito importante no país.

— Então o que estamos esperando? Vamos homens, mexam-se. Partiremos ainda hoje. Aprontem-se — disse Cristian, batendo palmas para encorajá-los.

Por volta das 23h45, Cristian e Andrei saíram com seus homens divididos em cinco carros e partiram com destino a Cuiabá. Planejavam chegar à cidade antes do jantar da noite seguinte.

Enquanto isso, Tony, Carlitos e o comandante Roger também faziam seus planos de ataque para surpreender os rivais, não podiam mais ficar esperando e poderia ser tarde demais. Para isso, aguardavam a chegada da tropa, que estava a caminho, e com eles fariam um ataque em massa. Invadiriam simultaneamente a empresa e a casa, no mesmo instante. Queriam finalmente colocar fim naquela história, surpreendendo a todos de tal forma que os impedissem de fugir e, mais do que isso, prendendo-os definitivamente e desmantelando toda a quadrilha.

Enfim, era muito tarde da noite. Todos estavam cansados e sonolentos, precisavam de um repouso merecido. Mas, antes, se despediram para que o comandante Roger pudesse dirigir-se até sua suíte, no andar de cima, para também descansar.

Capítulo XX

Uma sala infestada por aranhas

Amanheceu o dia, por volta das 7h30, quando o sol ainda mal se levantava por detrás dos grandes arranha-céus, e todos estavam em pé, acordados e reunidos no apartamento do quarto andar. Tony e o comandante Roger conversavam na sala, trocando informações superiores, enquanto Carlitos lhes preparava um café forte para dissipar as tensões que persistiam em circular pelos ares daquela manhã tão intensa, deixando o ambiente totalmente sobrecarregado e nebuloso. O telefone em cima da estante ainda permanecia mudo, até que, repentinamente, começou a tocar e os interrompeu. Tony o atendeu prontamente, após o seu segundo toque:

— Alô — disse Tony.

— Senhor Tony, aqui é da recepção, alguns homens estão aqui procurando pelo senhor ou pelo senhor Roger. No quarto do senhor Roger não há ninguém, e então resolvi ligar-lhe.

— Obrigado. O senhor Roger está aqui comigo. Quem são as pessoas?

— Dizem ser das Forças Armadas, são vários homens. Pude constatar após identificarem-se pelos seus documentos.

— Obrigado, amigo. Peça para que subam, estou aguardando-os.

Tony virou-se e disse:

— Nossos homens chegaram. Estão subindo.

— Ótimo, bem na hora. Água na chaleira, Carlitos, terá que fazer café para um batalhão. E olhe, com pouco açúcar! Pode fazer mal a eles — disse o comandante Roger, aos risos.

Carlitos inocentemente perguntou:

— E por que pouco açúcar, comandante?

— Ô! Meu caro amigo Carlitos! Esqueceu-se de que eles são aranhas e não formigas? Há, há, há — continuava ele, aos risos, enquanto Carlitos e Tony também riam de sua brincadeira. Tony ainda disse:

— Esse não perde o jeito mesmo, como sempre bastante espirituoso. — E riam.

Poucos segundos após, ouviram um leve toque à porta e Tony atendeu, abrindo-a, e logo disse, recebendo-os:

— Bom revê-los, meus amigos Aranhas Negras. Já estava sentindo falta de vocês. Fizeram boa viagem? — congratulou Tony aos recebê-los.

— Também o saudamos, tenente — disse o primeiro, enquanto todos entravam, cumprimentando-os dando as mãos. — A viagem foi bastante tranquila, só para chegar aqui que foi um transtorno. Primeiramente achamos que estávamos perdidos, só depois de três voltas pelo quarteirão foi que percebemos que estávamos na mesma rua e havíamos passado por três vezes em frente ao hotel. O tenente conhece muito bem nosso cabo Ortiz, e o quanto é teimoso, conseguiu se perder utilizando-se do GPS, e acabou nos metendo num lugar um tanto assustador, que deixou a todos nós apavorados. Mas conseguiu nos tirar de lá. Graças a Deus! Só ele mesmo! — riam-se todos.

Por fim, todos entraram e se acomodaram como podiam pela sala. Outros tiveram que permanecer em pé, não havia cadeiras suficientes para que todos se sentassem, e por lá ficaram, conversando praticamente o dia inteiro, planejando e revendo o andamento da missão de como surpreendê-los taticamente.

Há muito tempo Tony não sorria como naquele momento, estava feliz por estar rodeado pelo seu grupo. Assuntos não lhe faltavam para conversarem. Afinal de contas, esse era seu mundo, essa era sua tropa e Tony o seu líder. Todos o respeitavam.

Carlitos acabou se entrosando perfeitamente com o grupo e sentia-se bastante à vontade ao lado deles, embora não os conhecesse tão bem quanto a Tony. O comandante Roger aproveitou a ocasião e não perdeu tempo para demonstrar a sua habilidade comediante. Como de costume, e sempre nos momentos inoportunos, deliciava-se fazendo brincadeiras com coisas sérias, o que não era novidade para Tony, que se irritava por conta disso, mas não tinha o que se fazer, senão aceitá-las cordialmente. Porém, o comandante pilheriava com os pobres rapazes, fazendo-os se divertirem. Eram bastantes extrovertidos e riam das gozações do comandante Roger, principalmente quando se levantava e gesticulava imitando alguns generais, coronéis, outros comandantes e até o próprio Tony ele ousou imitar. Mas o mais engraçado da história foi quando Tony resolveu também imitá-lo, numa forma de dar-lhe o troco merecido, e todos riam de se doer, não acreditando no que estavam vendo. No entanto, somente o pobre comandante Roger não gostou da sua imitação, emudeceu-se, fez cara feia e acabou por perguntar a Tony, inconformado:

— Tem certeza de que era eu mesmo que você estava imitando?

— Sim, senhor, comandante.

— Céus! Preciso me cuidar! — E ria também.

Carlitos foi mais além, riu tanto que acabou engasgando-se com o café e ficou por um bom tempo rindo e tossindo ao mesmo tempo, arrancando enormes gargalhadas de todos. Mas, para a tropa, ver Tony imitando o chefe foi simplesmente inacreditável, e todos riam da cara do pobre comandante Roger, que tentava de alguma forma justificar dizendo que Tony estava ficando maluco. E quanto mais se defendia, mais se enrolava e os risos persistiam ainda mais animados e intensos.

Porém, as brincadeiras acabaram cessando momentos após, e voltaram para os compromissos sérios, pauta daquela conturbada reunião. No entanto, às 19h21, a reunião foi interrompida, o celular de Tony crepitava em cima da mesa. Ele levantou-se para atender o chamado e pediu desculpas por ter que parar a reunião por alguns instantes. Tony o pegou e atendeu prontamente ainda aos risos:

— Alô.

— Tony. Sou eu.

— Olá, pai. Aconteceu alguma coisa?

— Sim.

— O que foi, parece assustado? Viu um fantasma, por acaso? — E Tony ria.

— Parece alegre e espirituoso hoje, filho, mas não foi nada, fique calmo. Preciso dizer-lhe algumas coisas que aconteceram por aqui hoje — disse a ele, timidamente.

— E o que foi, pai? Estou ouvindo. Continue — disse Tony.

— Espero que me entenda, filho. Retirei aquelas armas daqui — disse seriamente, e Tony praguejou, indignado:

— Mas falei para que não mexesse nelas, pai. Como você é teimoso!

— Eu sei, filho, mas acho que foi melhor assim. Duarte as levou para a fábrica e trancou-as no depósito. Estarão mais seguras por lá, pelos menos estarão muito bem vigiadas pela segurança. Não se preocupe, não disse nada a ninguém. Mas tinha que tirá-las daqui, estava me sentindo incomodado com elas aqui em casa, sem contar que todos estão apavorados por essa história, pois tive que lhes contar. E, certamente, minha maior preocupação é com Waldez, você conhece bem o seu sobrinho. Ele é terrível. Hoje, acordou animado fantasiado de Aranha Negra. Mal tomou o café e se juntou a um bando de meninos colegas dele e passaram o dia brincando e sempre fazendo referência que era o tenente Tony. Quando me dei conta, os peguei todos em cima daquelas caixas, por isso fiquei ainda mais preocupado e resolvi tirá-las daqui. Espero que me compreenda, filho.

— Tudo bem, pai. Entendo a preocupação de vocês, tudo terminará brevemente. Realmente, Waldez é terrível. Melhor ficarmos prevenidos com ele, não é mesmo?

— Tenho mais um assunto para dizer filho. Não sei nem por onde começar, mas você precisa saber, aliás, você é a razão disso — disse-lhe, receoso.

— Diga, pai, está deixando-me preocupado agora. O que aconteceu?

— Sua mãe e Daniela saíram com Duarte até a cidade e acabaram de me ligar.

— Pai, eu não disse para que não saíssem com ela para nenhum lugar? — Tony disse pelo telefone, indignado por ter sido contrariado.

— Eu sei, filho, mas a moça estava passando mal. Tivemos que levá-la para um hospital.

— Está bem, pai. E o que aconteceu com ela?

— Eu não quis deixar você preocupado, mas a moça está sofrendo por demais, filho. Sua mãe tem conversado muito com ela, parece que conquistou a sua simpatia. Vivem conversando muito e falando sobre você, aliás, sobre o tal Gabriel, realmente não sei o que fazer ou dizer. É complicado, filho.

— Vocês não lhe disseram nada a meu respeito?

— Não, filho, não dissemos. Só que a moça começou ontem a passar muito mal. Sua mãe a princípio achou que era somente um mal-estar apenas e deu-lhe algum remédio, mas não adiantou muito, embora houvesse melhorado um pouco. Durante a noite, eu e sua mãe conversamos muito a respeito e ficamos muito preocupados com o estado dela. Sua mãe alertou-me, desconfiada do que estava acontecendo com ela por estar daquele jeito.

— E o que foi? — espantou-se Tony.

— Bom, hoje pela manhã, Daniela levantou-se muito indisposta. Aos poucos melhorou, mas a tarde voltou a se sentir mal novamente, e sua mãe resolveu levá-la até o hospital, não podíamos deixá-la aqui daquele jeito, sem fazer nada a respeito. Tínhamos que fazer algo.

— E ela, como está agora?

— Ela está bem, filho, foi medicada. Estão para chegar a qualquer momento, mas...

— O que foi pai, diga logo? Estou curioso.

— A moça está grávida, filho! — disse-lhe seriamente.

Ao ouvir meu comentário, Tony silenciou, enquanto eu o chamava do outro lado da linha. Carlitos também estava ao seu lado e perguntava a ele, querendo saber se estava tudo bem conosco. Mas Tony continuava mudo e cristalizado, não dizia nada.

— Alô... Tony... Alô... Tony... Está me ouvindo? — Até que, por fim, voltou a falar comigo.

— Sim, pai, desculpe. Estava pensando.

— Achei que a linha houvesse caído. É melhor que pense muito bem, filho, não sei o que fazer agora. Sua mãe disse que a moça falou que o filho é do Gabriel, você tem noção da confusão que nos arrumou?

— Não esperava por essa notícia, pegou-me de surpresa. Mas fiquei feliz, tenha certeza, pai, de que a criança é seu neto.

Todos dentro daquela sala ouviam o que Tony estava falando e ficaram espantados com o que dissera. Preocupado, o comandante Roger perguntou-lhe:

— O que aconteceu, Tony?

— Só um segundo, pai — Tony virou-se e disse, com um intenso brilho nos olhos:

— Serei papai.

Ao dizer isso, Carlitos começou a rir. O comandante Roger aquietou-se, pensativo, sentindo-se preocupado com aquela notícia inesperada, quanto aos outros não diziam nada, porém batiam palmas para Tony, que voltava a falar ao telefone:

— Alô, pai, continue. Estou ouvindo.

— Não quero parecer intrometido, filho, mas o que deseja que façamos agora? Aliás, qual será sua próxima surpresa? — E ria de Tony. Mas o filho continuou a falar-me:

— Continuem cuidando dela por mim, pai. Estou com um monte de gente aqui numa reunião muito complicada. Nem sei o que vou fazer agora, mas deixou-me muito feliz, pai.

— Está bem, filho, isso é tudo o que tinha para lhe falar. Também estou feliz por você e pelo meu neto ou minha neta. Quem é que sabe?

— Obrigado, pai. Tenho que desligar agora — disse Tony, desligando seu celular.

Tony caminhou para o centro da sala, cabisbaixo e quieto. Todos o aguardavam e sentou-se na cadeira, pensativo. Carlitos disse logo que pode:

— Parabéns, Tony! — E todos o acompanharam, parabenizando-o.

Tony agradeceu gentilmente os cumprimentos, embora de forma tímida. Estava preocupado, agora caía na real e imaginava os enormes problemas que teria de enfrentar pela frente.

A reunião naquele apartamento perdurou por mais um pouco apenas, já havia anoitecido e o dia pareceu que voara como um relâmpago. Mas, enfim, chegaram à decisão de que, pela manhã seguinte atacariam as instalações da empresa de chocolates e da casa de Daniela. Estavam convictos de que toda a história estava a um passo do fim, desmantelar a quadrilha e prender todos os envolvidos era uma questão de honra e estavam preparados para surpreendê-los.

Capítulo XXI

Amanhecer de aflições

Embora houvessem planejado para a manhã seguinte um ataque surpresa para prender Cristian, Andrei e seu bando, Tony não imaginava que nossa família estava correndo um grande perigo.

Cristian e Andrei já haviam chegado à cidade de Cuiabá por volta das 21h50 daquela noite de quarta-feira com seus homens. Haviam se atrasado um pouco na viagem em decorrência de problemas mecânicos ocorridos num dos carros.

Ao chegarem, ficaram quase que boa parte da noite perambulando pela cidade em busca de informações sobre nossa família. Cristian e alguns homens permaneceram próximo à entrada da nossa empresa, enquanto Andrei e outros ficaram vigiando a nossa residência, monitorando toda a entrada e saída em nossa casa.

Mais tarde, Cristian e Andrei reuniram-se num pequeno bar afastado com seus homens, avaliando todas as informações colhidas ao longo do dia. Estavam preparados para invadir nossa residência a qualquer custo logo pela manhã seguinte, mas antes teriam que garantir o seu plano de fuga e, para isso, sequestrariam meu neto, o pequeno e indefeso Waldez, mantendo-o como refém. Por fim, para acalmar os nervos, que estavam à flor da pele, passaram a madrugada conversando e bebendo como alucinados, aguardando até ao amanhecer do dia para colocarem em prática seu maquiavélico plano.

Pela manhã, por volta das 5h00, quando pequenos raios de sol começavam a apontar no longínquo horizonte iluminando toda a cidade, Andrei e seus homens começavam a se preparar. O dia prometia ser ensolarado e de alta temperatura, embora fosse muito cedo ainda, o clima era seco, não havia nenhum vento e o calor já começava a se fazer presente. Todos estavam muito nervosos, a hora estava chegando para se posicionarem à frente da escola para sequestrarem o pobre e indefeso garoto, meu neto Waldez.

De todos, Andrei parecia estar mais ainda preocupado, um frio intenso consumia todo o seu corpo, e suava de forma abundante, fazendo com que o suor escorresse pelos contornos de sua face. Seus olhos estavam exasperados e vermelhos, injetados de sangue devido à bebedeira da noite. Estava incomodado com o ardor que sentia nos olhos e, numa tentativa de melhorar, esfregava-os tão fortemente que, em vez de sanar a dor, deixava-os ainda mais irritados, chegando a ponto de ficarem ligeiramente inchados.

Agora se arrependia, calculava que havia gastado mais do que imaginava com rodadas de uísque e chope com todos os seus homens, e isso o preocupava por demais. Estavam vulneráveis, pois notava que alguns deles aparentavam estar um pouco além dos limites, visivelmente alcoolizados e, dentre eles, Cristian parecia estar ainda pior. Enquanto gesticulava, balançando as mãos, falava mole pelos cotovelos de forma incompreensível, numa linguagem totalmente enrolada e um tanto esquisita. Com os braços sobre o ombro de Andrei, disse para seus homens:

— Eu amo esse cara, vocês não sabem o quanto — e, de repente, para provar a sua fidelidade, virou-se e puxou Andrei para seu lado, aplicando-lhe um beijo. Andrei, na tentativa de defender-se dele, tentou se apoiar a mesa, mas se desequilibrou e ambos caíram no chão numa cômica cena.

Andrei foi pego de surpresa e não esperava por esta atitude tão dramática de Cristian. Se não fosse rápido, por poucos centímetros teria recebido um caloroso beijo todo babado em sua boca. Mas o aceitou sem nada dizer a respeito, até porque estava convencido de que Cristian estava embriagado e totalmente fora de si, e não se importava com ele ainda agarrado a tiracolo ao seu pescoço.

No entanto, à frente de seus homens, Andrei começou a se sentir incomodado com o estado precário de Cristian, e procurava esquivar-se dele, empurrando-o para o lado. Porém, de nada adiantava e ele voltava a continuar agarrando-o à frente de todos, que riam da cômica e inusitada situação de Cristian. Andrei, totalmente envergonhado com o gesto de Cristian, acabou perdendo a paciência com ele e disse, segurando-o pelos colarinhos, sacudindo-o:

— Acalme-se, homem! Que diabos está acontecendo com você? Comporte-se!

Enquanto falava, continuava a empurrá-lo para o canto, mas ele insistentemente voltava, tornava a abraçá-lo e disse a Andrei:

— Você sabe que te amo cara, não sabe? Você é meu irmão!

— Eu sei — respondia Andrei, pacientemente balançando sua cabeça, que se esquivava de Cristian de todas as formas.

Visivelmente embriagado e para lá de pegajoso, Cristian estava totalmente descontrolado e fora de si. Andrei estava bastante envergonhado à frente de seus homens e terminou agarrando-o novamente e disse, bravo com ele:

— Se você não parar com essas frescuras, vou lhe enfiar umas tapas na cara. Está me ouvindo?

Mas de nada adiantou. Cristian, ao ouvir os berros de Andrei, até que se aquietou, porém por poucos segundos, apenas. Não demorou muito para que ele retornasse novamente a beijá-lo em seu rosto. Andrei começou a se irritar com aquilo, pegou um lenço em seu bolso e passou no rosto, limpando-se, pois Cristian havia lhe dado um daqueles beijos todos babados. Não havia alternativa, e Andrei começou a rir da situação a que estava submetido frente aos vexames de Cristian. Tinha que fazer algo, e acabou chamando por alguns de seus homens, pedindo-lhes ajuda, e disse:

— Conversem com alguém do bar, procurem ver se conseguem dar um banho nele para curar este fogo, antes que faça alguma bobagem por aqui. Mas que sejam rápidos, temos que sair e já não dispomos de mais tempo.

Tal pedido fez com que todos rissem à vontade, principalmente, por causa de Cristian, que, ao caminhar cambaleando, terminou sozinho trançando suas próprias pernas e, na tentativa de se segurar em algo, acabou caindo, agarrado à toalha da mesa, derrubando tudo à sua volta e terminou se enrolando todo com ela, indo parar no meio da calçada, se espatifando com os braços abertos e a cara no chão em plena avenida.

Andrei, ao ver aquilo, inconformado, colocou a mão sobre seu queixo e, balançando a cabeça, disse aos risos:

— Céus! A coisa está feia mesmo! — Seu comentário acabou arrancando risos de todos.

Enfim, todos se aquietaram, mas riam disfarçadamente, enquanto outros levavam Cristian para dentro do bar à força. O garçom apontou a direção do banheiro que ficava aos fundos do corredor e para lá Cristian foi arrastado na marra. Ao entrarem, tiraram suas roupas e o enfiaram debaixo da água fria, totalmente nu, fazendo com que tremesse feito uma vara verde. Poucos minutos após, agora revigorado e lúcido, voltou recuperado, como se nada tivesse acontecido, e ninguém teve coragem ou a audácia de lhe contar o que havia feito afinal, muito menos insinuaram qualquer coisa. No entanto, todos, entre si, cochichavam em silêncio e riam dele, porém longe dos olhos de Cristian e Andrei.

No entanto, retornando à noite anterior em São Paulo, Tony estava muito preocupado e não conseguia pregar seus olhos, algo o perturbava incansavelmente, e decidiu que falaria comigo a fim de dizer o que faria na manhã seguinte, numa forma de desabafar o que estava sentindo e que, finalmente, o grande mistério que os envolvia estava prestes a terminar.

Carlitos resolveu sair naquela noite, levando com ele alguns Aranhas Negras. Certamente foram para aquele barzinho bacana e jovial, onde Carlitos revelou-se um grande dançarino. Tony sentia-se muito cansado e agradeceu o seu convite, mas resolveu permanecer sozinho, entregue à meditação no apartamento do hotel, enquanto o comandante Roger e alguns Aranhas Negras que sobraram procuravam descansar no andar de cima pelo pouco que sobrara do estafante e exaustivo dia.

Tony sentia-se muito confuso. Já era tarde da noite quando resolveu me ligar e ficamos um bom tempo conversando. Dentre vários assuntos, me explicava que achava que, com seus poucos vinte e três anos, talvez estivesse em desvantagem por ser tão jovem ainda naquela missão tão perigosa. Mas procurei de todas as formas encorajá-lo como ninguém, minhas palavras e conselhos deixaram-no ainda mais confortável e confiante em si mesmo. Avisei-o de que tudo sairia bem, bastava somente contar com suas habilidades e de toda a sua equipe, que, embora fossem jovens, também gostavam do que faziam e não havia o que temerem. Porém, Tony prosseguia, dizendo para mim que nem por dedução imaginava que integraria uma missão como esta, muito menos passava por sua cabeça que nossa família estaria envolvida com o caso, e sentia-se responsável por isso. Embora nossa participação fosse de forma tímida e inocente, era um fator que o deixava bastante temeroso, e quanto mais pensava a respeito, mais se sentia preocupado e se culpava por tudo, a ponto de começar a ficar apavorado de, porventura, algo dar errado e comprometer toda a nossa família. Definitivamente, seu plano de ataque não poderia ter nenhuma falha, um simples e pequeno erro não pensado poderia ser trágico para todos.

Por fim, após uma conversa demorada, desligamos nossos telefones. Tony se sentia mais aliviado por falar comigo, mas não foi o suficiente, e permaneceu perambulando por alguns momentos pela sala, rodando de um lado para outro, até que finalmente resolveu sentar-se no sofá, no entanto, ainda muito apreensivo.

Amanheceu o dia e a quinta-feira se fazia presente. Tony nem percebeu que adormecera no sofá da sala, e acordou às 6h30 da manhã com o barulho dos Aranhas Negras, que se preparavam para a invasão, muito menos viu Carlitos chegar ainda pela madrugada. Enfim, descansara um pouco, embora que ainda sentado no desconfortável sofá. Sua cabeça começou a latejar fortemente, assim que lhe veio à mente a lembrança de que aquele seria o seu grande dia. Em silêncio, também começou a se trocar, agora pensava em Daniela e de como estaria ela, afinal. Algo voltava a assombrá-lo confusamente, mas não sabia o que aquilo significava, percebeu que seu estômago começou a se revirar todo e saiu correndo em busca de um copo d'água a fim de acalmá-lo, sentia náuseas e câimbras convulsivas intermináveis. Carlitos percebeu a sua intensa preocupação e abraçou-o como a uma criança desamparada, sentando-se ao seu lado com a mão sobre o seu ombro, e disse-lhe, confortando-o:

— O que foi, Tony? Parece estranho hoje! Você está bem?

— Não sei. Sinto uma angústia tão profunda dentro de mim que está me consumindo por inteiro. Algo como que se estivessem arrancando um pedaço de mim.

— Somente está preocupado, Tony, vamos acabar com toda essa história ainda hoje. Acalme-se! — respondeu Carlitos.

— Não me importo com o que vamos fazer, mas não estou aguentando mais isso. Dormi muito mal e passei boa parte da noite em claro em plena agonia, acho que estou prestes a ter um colapso nervoso — confidenciou-lhe Tony.

— Tudo dará certo, Tony. Estamos todos aqui para ajudá-lo, tenha fé e muita calma. Precisamos de você.

Enfim, todos estavam preparados com suas roupas especiais e, finalmente, Carlitos também estava usando a sua roupa tão sonhada, agora se tornava um autêntico Aranha Negra. Ambos manuseavam suas armas e certificavam-se de que não estavam se esquecendo de nada, até que alguém bateu à porta, surpreendendo-os. Todos ficaram atentos, enquanto Tony a abria. Era o comandante Roger, que estava à sua frente, preparado e disposto a liderar aquela missão, também fantasiado de Aranha Negra, e disse, espirituosamente, aos risos:

— Acho que engordei um pouquinho, faz muito tempo que não coloco minha roupa, está um pouco apertada. Às vezes, até me esqueço de que também sou um Aranha Negra, aliás, pelo desconforto dela, creio que já fui um de vocês há muito tempo atrás. É triste, mas tenho que me conformar de que estou ficando velho e ultrapassado.

Alguém espirituoso ao fundo disse e provocou um grande riso entre os rapazes:

— Percebemos, comandante Leitão! Há, há, há — e riam.

Após os risos, todos partiram calmamente. Ao passarem pelo saguão do hotel, alguns hóspedes sentiram-se assustados com aquelas figuras fantasmagóricas ainda tão cedo naquela manhã, saindo às pressas e passando por eles fortemente armados, sem nada dizerem, pelo corredor do saguão, desaparecendo momentos após. Entraram em seus carros e partiram em direção aos alvos, divididos em dois grupos. Um, liderado por Tony, se dirigia à empresa Chocolates Corpus Christi, e outro, liderado por Carlitos e pelo comandante Roger, partia em direção à casa. Como a distância entre a empresa e a casa era relativamente pequena, ambos prosseguiam juntos no mesmo trajeto. Tony mantinha-se firme e atento à frente da direção, porém cabisbaixo e quieto, entregue aos seus pensamentos.

No entanto, neste mesmo momento, em Cuiabá, Andrei e Cristian também estavam preparados, agora parados próximo à entrada do Colégio São Lucas, aguardando a chegada de Duarte, nosso motorista e segurança.

Era 6h45 da manhã quando Duarte apontou na esquina com seu carro, trazendo o pequeno Waldez, meu neto e sobrinho de Tony, para a escola. Duarte dirigia calmamente, conversando com ele, o que era um hábito natural diário, não prestava atenção no que havia logo à sua frente e não suspeitava de que estavam sendo aguardados por pessoas perigosas.

Duarte estacionou o carro em frente ao colégio e desceu para abrir a porta para o garoto descer. Mas, antes que pudesse abri-la, Andrei apareceu logo atrás dele, surpreendendo-o, apontando uma arma abaixo de sua cintura e disse, pressionando-a contra o seu corpo, enquanto Cristian e outro homem entravam no carro na parte de trás, surpreendendo o pobre e indefeso garoto, impedindo-o que descesse:

— Não faça nada, amigo. Queremos somente o garoto — disse Andrei, rispidamente.

— Mas é somente uma criança, deixe-o e me levem com vocês — disse Duarte, assustado. — Tenho certeza de que a família dará o que vocês quiserem, mesmo sendo eu.

— Você não me serve para nada, velho idiota. Vamos, entre e dirija o carro. Se fizer qualquer coisa para reagir, mato você e o garoto. Está me ouvindo? — intimidou-o Andrei.

Duarte gesticulou que estava de acordo e manteve-se calmo. Olhou para o interior do carro e viu que um deles tampava a boca do menino para que ele não gritasse. Andrei passou a mão pelas costas de Duarte, revistando-o, e encontrou sua Colt.45. Ao vê-la, se surpreendeu e disse, ironicamente:

— Você é bem preparado, hein, meu chapa? O que pretendia fazer com um canhão desses, matar elefantes aqui em Cuiabá?

Duarte não respondeu à sua pergunta, mas, atento, olhava friamente em seus olhos.

— Percebo que não tem medo, seus olhos me dizem tudo — disse Andrei, aplicando-lhe uma tapa contra seu rosto, intimidando-o, e continuava a dizer-lhe:

— Vamos, velho idiota, entre logo nesse carro e dirija — advertiu Andrei.

Duarte não tinha como reagir, estava totalmente indefeso e assumiu o volante do carro, enquanto Andrei sentava-se ao seu lado, com sua arma ainda apontada para ele, abaixo da cintura. Duarte começava a movimentar o seu veículo e Andrei voltou a lhe dizer:

— Siga em direção à casa dos Gutierrez.

— O que querem afinal? — perguntou Duarte.

— Nada de seu interesse, simplesmente dirija. — E calou-se, porém ainda atento ao que falavam.

— Andrei, será que Anthony está ainda em casa? — perguntou Cristian.

— Não sei, Cristian, talvez o amigo aqui saiba nos dizer algo. — disse Andrei, pressionando sua arma em sua barriga, enquanto dirigia. E respondeu Duarte:

— Não sei se ainda está por lá, creio que saiu pela manhã para ir até a empresa — disse Duarte. Porém, ao ouvir o nome de Andrei e Cristian, Duarte sentiu um frio que descia pela sua espinha e lembrou-se de quem realmente se tratavam aquelas pessoas. O doutor Michel havia lhe contado tudo sobre eles.

Duarte estava na metade do caminho da casa quando Andrei pediu para que parasse o veículo no acostamento; estavam num local de pouca movimentação e deserto. Duarte prontamente o obedeceu e parou o carro, conforme solicitado. No entanto, antes que pudesse dizer algo, foi golpeado fortemente em sua cabeça por Cristian, que estava no lado de trás, com a coronha de sua arma, fazendo-o desmaiar com a forte pancada. Andrei abriu a porta do motorista e empurrou-o para fora, deixando-o caído na calçada. Cristian assumiu o volante do carro e continuou dirigindo até a minha residência, acompanhado de outros carros logo atrás. Ao chegarem à frente dos portões, meu segurança, que fazia guarda, foi prontamente atendê-los. Andrei não deixou que o pobre homem falasse com ele, antes mesmo o baleou de raspão no braço e rendeu-o em seguida. Todos seus homens entraram, invadindo a casa, e se dividiram por toda a extensão da propriedade, agora a vigiando e impedindo qualquer aproximação não esperada.

Lucila, minha esposa, estava na cozinha junto com Daniela e com minha filha Camille, conversando calmamente, quando Cristian apareceu inesperadamente surpreendendo-as na porta, apontando-lhes uma arma e acompanhado de vários outros homens, que invadiram a casa por completo, causando-lhes muita tensão.

Daniela, ao vê-lo, partiu alucinada em direção dele e disse, aos gritos, agarrada a ele:

— O que faz aqui, seu maldito? O que quer agora?

— Cale a boca — disse Cristian, pegando-a pelo braço e jogando-a junto ao sofá. — Onde está seu marido, dona? — perguntava para minha esposa, Lucila, totalmente indefesa com vários homens armados à sua volta.

— Saiu, não se encontra em casa. Posso ligar para ele, se quiser — respondeu Lucila, assustada com a arma apontada em sua direção.

— Ainda não! Quem mais está em casa, dona?

— Só nós três, todos saíram pela manhã. Por favor, não nos façam nenhum mal. Daremos o que pedirem — disse Lucila, não compreendendo o que de fato estava acontecendo dentro de nossa casa invadida por aqueles inúmeros homens desconhecidos.

Lucila e Camille tremiam apavoradas com aqueles homens armados, e o medo às tomava. Daniela, percebendo o estado de choque de Lucila e Camille, confortava-as, abraçando-as, pedindo-lhes calma e, resumidamente, disse a elas de quem se tratavam aquelas pessoas, mas não sabia o que estavam fazendo ali, e as mulheres choravam compulsivamente. Andrei também logo apareceu em seguida com o pequeno

Waldez, segurando-o pelos braços, e o soltou, deixando que fosse para o lado da avó, e disse em seguida para ambos:

— Não façam nada. Sentem-se e fiquem quietos se querem viver. Entenderam? — intimidou-os Andrei.

Lucila, Camille e Daniela balançaram a cabeça, afirmando que concordavam com o seu pedido. Porém, Lucila, agarrada com o nosso neto em seus braços, perguntou:

— E Duarte, o que fizeram a ele?

— Está vivo, se quer saber, dona. Apenas um pouco tonto, jogado na beira da estrada. Irá sobreviver — e riam.

— Ligue para seu marido agora, madame! — disse Cristian.

Lucila pegou o telefone e se tremia toda discando os números, mal conseguia enxergá-los de tanto nervoso. Dois toques se fizeram quando, por fim, atendi do outro lado da linha e falei:

— Alô.

— Anthony, sou... sou...

— O que foi querida, parece assustada. O que aconteceu? — perguntei a ela apavorado; porém, Cristian tomou o telefone da mão dela e me disse:

— Como vai, senhor Anthony?

— Bem. Mas quem é você? Quero falar com minha mulher!

— Acalme-se, ela está bem. Quero que venha para sua casa agora, temos muito o que conversar.

— Sobre o que deseja conversar? É dinheiro que você quer? Diga de quanto você precisa que eu mesmo levo até você, mas deixe minha família em paz.

— Sei que tem muito dinheiro, senhor Anthony, mas não é isso o que quero.

— O que você deseja então? — perguntei, receoso, não compreendia quem estava do outro lado da linha falando comigo e comecei a sentir minhas pernas bambearem.

— As armas, onde elas estão? Eu as quero todas e rápido.

— É você, Cristian, seu assassino? Não sei do que você está falando, seu cretino, se fizer algo com minha família eu juro que... — Cristian o interrompeu.

— O que fará, seu idiota? Não percebe que não está em condição de fazer nenhuma exigência? Vou refrescar sua cabeça, estou com minha arma apontada para a cabeça de seu neto, ou melhor ainda, que tal para a sua mulher? O que acha?

— Por favor, não faça nenhum mal a eles. Preciso fazer umas ligações, eu ligo logo em seguida para você.

— O que pretende fazer, ligar para o soldadinho de chumbo, seu filho? Pois ligue e diga a ele para não se meter conosco, senão já sabem.

— Ele não fará nada, tenha certeza disso. Procurarei tranquilizá-lo da situação.

— Espero que saiba o que está dizendo velhote. Pelo visto, ele já lhe contou sobre as mortes. Tenho certeza de que ele virá para cá o mais rápido possível quando souber de que estou aqui. Diga-lhe que quero também o HD que está com ele. Dentro de oito horas, quero todas as armas e o HD no seu avião. Providencie para que o avião esteja abastecido para partir em segurança para a Europa, levaremos o seu neto como refém conosco. Se avisar a polícia, já sabe, mando todos para o inferno.

— Mas...

— Nem mais e nem menos, faça o que lhe pedi. Não farei mal nenhum a eles, desde que cumpra com a sua parte. Estamos entendidos ou terei que lhe repetir? Não abuse de minha paciência.

— Está bem, está bem! — concordei, mas bastante receoso e resignado, e desligaram-se nossos telefones.

Logo que desliguei o telefone, debrucei sobre minha mesa, não sabendo o que fazer, afinal; um desespero avassalador me tomava por inteiro e eu estava apavorado. Duarte havia acabado de chegar à empresa, estava com uma toalha sobre a sua cabeça e deixou todos assustados na recepção, assim que chegou com sua camisa toda ensanguentada. Às pressas, dirigiu-se a caminho de minha sala, acompanhado do doutor Michel, também muito assustado com o seu relato. Alguém avisou do estado de Duarte para William, que veio também às pressas logo atrás para saber o que havia lhe acontecido. Duarte entrou primeiro no escritório e ficou chocado com o que vira, ao me encontrar debruçado sobre a mesa, e percebeu que eu já sabia o que estava acontecendo. Ao vê-lo, levantei-me e tentei disfarçar, mas meus olhos estavam avermelhados e úmidos. William também acabava de entrar no escritório e assustou-se com Duarte, assim que o avistou naquele estado totalmente ensanguentado. E, sem cerimônias, Duarte me disse, preocupado:

— Senhor, temos que fazer algo urgente. Sequestraram o menino, não pude evitar, perdoe-me.

— Não há o que perdoar, meu amigo. Já estou sabendo, acabaram de me ligar. Estão em casa agora, meu neto também está lá com eles e com minha família. Fiquem calmos! Temos que ser bastante fortes neste momento e encontraremos juntos uma solução para isso.

William, ao saber da gravidade do problema e do terror que se instalara na família, começou também a chorar desesperadamente abraçado a mim, e procurávamos juntos de alguma forma nos consolarmos e pensar no que fazer, afinal. Todos se sentaram à minha frente e expliquei-lhes o que Cristian havia me dito. O doutor Michel nada podia fazer a respeito, e só restava-lhe apenas uma única alternativa: com o telefone já em suas mãos, discava para Tony a fim de avisar-lhe do que estava acontecendo. Com certeza ainda nada sabia dos acontecimentos, e somente ele poderia fazer alguma coisa. Apenas dois toques foram necessários para que ele atendesse do outro lado.

— Alô — disse Tony.

— Tony. Sou eu, Michel.

— Doutor, não posso falar agora, me desculpe.

— Precisa me ouvir, Tony, eles estão aqui — disse o doutor Michel, apavorado.

Tony, ao ouvir o que doutor Michel dissera pelo outro lado da linha, pisou fortemente no freio do carro, jogando-o contra o acostamento, e sinalizava com a mão para que Carlitos também parasse. Sua freada brusca e repentina assustou Carlitos, que vinha logo atrás dele, parando também em seguida em sua traseira. Carlitos conhecia muito bem Tony e percebeu que algo havia acontecido para que ele fizesse aquela manobra tão brusca e perigosa. Desceu do carro às pressas e correu até ao lado de Tony para saber o que havia acontecido, afinal. Porém, Tony sinalizou para que ele o aguardasse por um instante enquanto falava ao telefone.

— Quem está aí, doutor? Vamos, diga!

— Todos, Tony. Cristian, Andrei e seus homens. Estão na sua casa com Lucila, Camille, Daniela e Waldez. Eles renderam Duarte na porta da escola e sequestraram o Waldez, e depois partiram com ele para sua casa.

— E Duarte, como está?

— Ele está bem, foi pego de surpresa. Teve que dirigir até quase próximo à sua casa quando foi golpeado na cabeça por Cristian. Com a pancada, acabou desmaiando e o jogaram na beira da estrada. Após acordar, conseguiu ajuda de moradores e veio para a empresa nos avisar do que havia lhe ocorrido. Duarte sabia que eles estavam na casa, mas não podia fazer nada sozinho.

— Só um minuto doutor — disse Tony, virando-se para Carlitos, dizendo-lhe:

— Aborte a missão, não estão mais aqui.

— Como não estão, Tony? Não me diga que...

— Exatamente, Carlitos, todos estão em minha casa agora — disse Tony, levando as mãos à cabeça, manifestando uma preocupação agora mais intensa ainda, e tornou a dizer para Carlitos:

— Tinha certeza de que algo muito estranho estava acontecendo. O que vamos fazer agora? — disse Tony, passando sua mão em sua testa à procura de alguma solução imediata.

— Ir para lá, Tony, não há outra solução — disse Carlitos, enquanto Tony voltou a falar ao celular.

— Doutor Michel, está me ouvindo? — disse Tony.

— Sim, Tony. Estou lhe ouvindo.

— Procurem ficarem calmos, pensarei em algo. Partirei agora mesmo, chegarei aí o mais rápido possível. Não façam nada por enquanto, mas vou ligar para eles para ganhar algum tempo. Deixem a polícia fora desse assunto, quando chegarmos, resolveremos o que fazer.

— Como quiser, Tony, ficaremos lhe aguardando no escritório de seu pai. Só uma coisa, eles pretendem fugir para a Europa com o avião de seu pai e querem levar o Waldez como refém. Estão pedindo todas as armas e aquele HD que os incrimina.

— Entendi. Mas, como eu disse, fiquem calmos. Não lhes farão nenhum mal enquanto não receberem o que querem. Logo estarei aí. — E desligaram os telefones.

Tony estava muito nervoso e retornou com todos da sua equipe ao Hotel River a fim de traçar um novo plano e discutir o que, enfim, poderiam fazer para surpreender Cristian e os seus homens numa nova emboscada. A questão agora era de como pegá-los entre um monte de reféns.

Apenas uma breve conversa entre eles aconteceu e Tony decidiu que precisavam partir para Cuiabá urgentemente, levando toda a sua equipe. Mas como fariam isso? Precisavam de uma aeronave, sua única saída para chegarem o mais rápido possível a Cuiabá, já que estavam muito distantes.

O destino é algo intrigante em nossas vidas, e nada acontece por acaso. No fundo, todas as coisas no Universo têm seu plano mais secreto, e estamos muito longe de compreendê-lo. De uma forma ou de outra, Deus sempre está presente, nos acolhendo e amparando, dando aquela mãozinha angelical, e não foi diferente com eles.

O comandante Roger estava nervoso demais, mas concordava com a decisão tomada por Tony. A tensão atingiu todos por completo. Sentou-se e começou a fazer inúmeras ligações aos seus superiores, informando-os de todo o ocorrido. Por fim, o destino revelou-lhes uma grata surpresa. Conversando com o coronel Wesley, o comandante Roger foi informado que uma aeronave acabara de pousar na base aérea de São Paulo, trazendo onze aspirantes Aranhas Negras, ainda jovens, que vieram para São Paulo para participar de treinamento tático. O comandante Roger percebeu que a oportunidade era bem-vinda para todos, principalmente aos jovens Aranhas Negras, e imediatamente após entrar em contato suspendeu seus treinamentos e convocou-os para integrá-los ao grupo. Alertou para serem informados previamente do que estava acontecendo, requisitando para que fossem preparados e devidamente armados a fim de se juntarem à equipe. Juntos, partiriam para Cuiabá em missão oficial, utilizando-se da mesma aeronave que os trouxera.

Ainda eram 11h35 daquela manhã quando, finalmente, o comandante Roger, Tony, Carlitos e sua equipe de Aranhas Negras chegavam à base aérea de São Paulo e agora caminhavam em direção à aeronave, que estava estacionada e devidamente abastecida para partida imediata. Todos os onze jovens "Aranhas Negras" estavam a postos e enfileirados próximos à escada da aeronave. Em sinal de respeito, permaneciam com a mão sobre suas cabeças, prestando continências à guisa de saudação aos mais experientes enquanto passavam por eles, que, gentilmente, também retribuíam continências aos jovens cadetes. Tony vinha por último e, ao passar pelo primeiro dos jovens, certamente seu líder, interrompeu-o impedindo sua passagem e disse, orgulhosamente:

— Tenente Tony, nós vos saudamos. Estamos honrados em acompanhar-vos como nosso líder e faremos de tudo para resgatar a vossa família. Nossos sentimentos — finalizou o jovem cadete.

Tony gentilmente agradeceu a todos e disse que também se sentia honrado por tê-los junto consigo. Autorizou para desfazerem a continência e pediu para que se apressassem a entrar na aeronave, pois teriam uma longa viagem e muito o que conversar. O comandante Roger e Carlitos assistiam atentos à conversa de Tony com o jovem líder Aranha Negra. O comandante, emocionado, disse a Carlitos:

— Realmente, Tony é um ser predestinado, um grande amigo e querido por todos.

— Também concordo, comandante Roger, Tony é venerado por toda a corporação, principalmente pelos mais jovens. É nosso ídolo, comandante. Desculpe dizer isso, mas é a pura verdade. Não desmerecendo sua autoridade.

— Sim! Compreendo-o, Carlitos. É justo e louvável, também penso dessa forma. Realmente, Tony é a fonte de inspiração para esses jovens cadetes. Tenho muito apreço por ele, certamente o filho que sempre imaginei em minha vida. Sinto-me orgulhoso por Tony — resumiu o comandante Roger.

Enfim, todos se encontravam em suas poltronas na aeronave, que se deslizava pela pista e, segundos após, alçava voo considerável, agora com destino a Cuiabá. Tony pouco conversava, sentou-se em sua poltrona e permanecia em silêncio, pensativo, e não dava ouvidos ao que falavam. Estava angustiado e muito preocupado com a sua família.

O comandante Roger e Carlitos conversavam sobre a missão com todos os demais. Não duraram muito as explicações e todos estavam cientes do que deveriam fazer quando aterrissassem em Cuiabá. Após, todos se entregaram à descontração, para variar, até para reavivar os ânimos um tanto abalados, pois a viagem seria longa e chegariam a Cuiabá próximo ao final da tarde. Então, novamente o comandante Roger esqueceu-se de que era um Aranha Negra e transformou-se no irreverente comediante de sempre, pilheriando com os jovens Aranhas Negras e fazendo-os rirem à vontade por conta de suas piadas um tanto engraçadas.

Tony ainda permanecia isolado e pensativo, estava atordoado com a notícia, até que resolveu falar:

— Vou ligar para casa e falar com eles, comandante Roger. O que acha?

— É necessário, Tony, para ganharmos mais tempo, mas mantenha-se calmo ao falar com eles. Precisa ser muito cauteloso no que vai dizer, lembre-se de que eles estão com sua família.

— Compreendo, senhor.

Tony pegou o telefone celular e apertou alguns números; após três toques, alguém atendeu do outro lado:

— Alô — disse Tony.

— Quem está falando? — alguém perguntou.

— Quero falar com Cristian, sei que ele está aí — falou Tony.

— Só um instante, vou chamá-lo — respondeu o homem.

Poucos instantes após, Cristian falava ao telefone com ele:

— Quem está falando? — perguntou ele, rudemente.

— Como vai, seu canalha? — disse ferozmente Tony.

— Se não estiver enganado, creio que estou falando com uma assombração, acertei? — E ria cinicamente.

Daniela, Camille, Lucila e o pequeno Waldez estavam sentados no sofá, com as mãos para trás e amarrados, vigiados por três homens armados à sua frente, e ouviam perfeitamente o que falavam ao telefone nos fundos da sala. Lucila percebeu que ele estava falando com seu filho Tony, até por que era de seu celular que falavam, e certamente Tony havia ligado para ele. Mas permanecia imóvel, sem nada dizer ou perguntar, seu medo era tanto que não conseguia nem ao certo respirar, quanto mais dizer algo. No entanto, Daniela parecia estar um pouco mais calma, permanecia atenta ao que estavam conversando, algo havia despertado sua atenção, principalmente quando Cristian disse que estava falando com uma assombração. Imaginou que ele estava falando com Gabriel, mas não compreendia porque falavam ao telefone, estava totalmente confusa e perguntou a Lucila:

— Com quem será que ele está falando?

— Tenho certeza de que é com meu filho, Tony.

— Mas a senhora tem um filho?

— Sim.

— E por que nunca me falou dele para mim?

— Desculpe-me, não quero falar sobre isso agora. Estou com medo que façam algo de ruim com ele.

— E por que fariam?

Lucila acabou por dizer algo que deixou a jovem ainda mais confusa e pensativa:

— Ele é da Força Aérea.

— Como ele se chama?

— Tony. Primeiro-Tenente Tony.

— Seu filho é um tenente? A senhora sabe que me deve certas explicações? Não entendo por que escondeu isso de mim. Jamais soube que a senhora tinha um filho. Meus pais nunca me disseram.

— Terá as explicações, minha filha — disse Lucila, com lágrimas pelo rosto.

Daniela, ao ver o sofrimento de Lucila, poupou-lhe de fazer mais perguntas e aquietou-se ao seu lado. Mas mantinha-se atenta ao que tanto conversavam do outro lado da sala.

— Sim, sou eu — respondeu Tony.

— Preguei uma bela peça em você, não foi, soldadinho de chumbo? Você que se achava tão esperto, agora lhe faço uma pergunta. Quem pegou quem, afinal? Há, há, há — ria Cristian, debochando de Tony, que, calmamente, não se intimidava com seus sarcasmos e o ouvia pacientemente do outro lado, com seus risos indigestos, e isso o fazia ranger os dentes de tanta raiva. Mas entregou-se:

— Você venceu, Cristian. O que quer afinal de contas? — rendeu-se Tony.

— Quero minhas armas, sei que você sabe onde elas estão.

— Estou chegando a Cuiabá, estão em lugar seguro e eu mesmo as levarei até você, mas deixe minha família em paz.

— Sem truques, meu camarada, senão mato todos eles. Coloque todas as armas dentro do avião e venha nos buscar num helicóptero. Não quero correr nenhum risco na estrada. Quero também o HD, entendeu? Não me subestime, sabe que não estou brincando.

— Tenha calma, Cristian, farei o que me pede. Mas não faça nenhum mal a eles. Se machucá-los, juro que vou até ao fim do mundo para buscá-lo, e não gostará do que farei com você.

— Pelo visto é muito corajoso, além de possuir sete vidas iguais aos gatos. Olhe aqui, camarada, você não está em condições de exigir nada. Quero todas as minhas armas dentro do avião, depois verei quem vou soltar primeiro. Estou lhe aguardando, não me deixe esperando por muito tempo, posso perder a paciência e você sabe perfeitamente o que faço quando sou contrariado em minhas decisões. Não se esqueça de que você é um exemplo vivo de minha fúria!

— Sei o quê, Cristian? O que você quer dizer com isso?

Cristian não deu atenção ao que Tony lhe perguntou e ficou mudo ao telefone. Brincava com sua arma em direção ao sofá, e voltou a dizer em seguida para Tony:

— Estou com minha arma apontada para sua família, vou provar a você como estou falando sério. Tem cinco segundos para escolher uma vítima, se não o fizer eu mesmo escolherei uma delas. Está me ouvindo bem?

— Você é um louco, um débil mental, Cristian. — disse Tony.

Cristian apontou e disparou um tiro de sua arma, porém, para um canto da sala a ermo, e Tony ao ouvir o disparo, deu um grito alarmante no outro lado da linha:

— Não...

— Assustou-se, não é? Fique calmo, errei o tiro e não acertei ninguém, somente uma lasca do reboco da parede ficou danificada. Mas, olhe, estou aguardando você chegar com o helicóptero. Se tentar me enganar, mando todo mundo mais cedo para o céu. Você decide. Compreendeu?

— Sim— respondeu Tony. Suspirando de alívio após perceber que ele estava apenas blefando, no entanto, não conseguia dizer sequer mais uma palavra, um enorme nó se formava em sua garganta, que o impedia de pronunciar ou dizer algo mais.

Cristian encerrou sua conversa e desligou, batendo o celular sobre a mesa, enquanto Tony ainda tentava falar com ele pelo outro lado, mas era uma tentativa inútil, a ligação havia sido interrompida.

Capítulo XXII

Corra, que o Aranha Negra vem aí!!!

Nada mais podia ser feito, o desfecho de tudo e prender todos aqueles criminosos estavam nas mãos das habilidades aguerridas dos Aranhas Negras, e, assim, nosso herói *Aranha Negra* revelou-se ainda mais destemido e valente, surpreendo todos e inclusive a mim.

Deus me livre!!!

Era fim de tarde, por volta das 17h45, o sol começava a se despedir, e todos nós estávamos no escritório, em enorme desespero, aguardando-os chegar.

Mas, pouco tempo depois, enfim, Tony chegou a Cuiabá e se reuniu com todos nós. Após conversarmos rapidamente, retiramo-nos da sala para que Tony e sua equipe conversassem a sós. O que nos causou estranhamento foi nos depararmos com um monte de jovens para nos ajudar, e isso nos levava a refletir se teriam experiência suficiente para enfrentar um bando de criminosos sem que algo trágico pudesse ocorrer com nossa família. O que nos dava um pouco de conforto era a presença do comandante Roger à frente do comando, o que alimentava nossa esperança em depositarmos total confiança nas habilidades de Tony.

Naquele momento, uma reunião acontecia com todos de sua equipe, um batalhão de Aranhas Negras fortemente armados, em meu escritório, onde permaneceram por alguns minutos, trancados, conversando e assim decidiram-se por um plano perfeito de como surpreender Cristian e seus homens ainda ao anoitecer daquele fatídico dia.

O avião da família estava abastecido, com o HD trazido por Tony e todas as armas devidamente colocadas em seu interior, conforme a exigência solicitada, e pronto para decolar. O helicóptero também estava disponível para seu uso, e Tony designou um membro de sua equipe para pilotá-lo, quando requisitado. Enfim, partimos em diversos carros em direção à minha residência. No entanto, precavido, Tony nos advertiu da condição de que permanecêssemos aguardando nas proximidades do portão de entrada, por questão de nossa própria segurança e de todos. Tony se precavera, sabia que nos deixar para trás seria algo improvável, éramos teimosos por demais e, por dedução, sabia que não o obedeceríamos.

Após os carros pararem, todos nós descemos. Tony franziu as sobrancelhas, olhando intrigado. Estávamos a três quilômetros de distância de minha residência, e ele olhou seu relógio e notou que eram 20h20. Todos da equipe permaneciam reunidos ao seu redor e, do alto de um grande vale, avistávamos toda a nossa propriedade. Tony, aliás todos nós, estranhamos que tudo estava escuro, num breu absoluto, e não conseguíamos avistá-la, muito menos entendíamos o que de fato estava acontecendo em seu interior. Tony sentia-se perturbando por nada enxergar, e acabou por assim dizer:

— Algo está errado, comandante Roger. Não estou vendo minha casa, tudo está escuro por lá. Veja o senhor mesmo — disse Tony, apontando a direção da casa para o comandante Roger, que, por outro lado, com o binóculo também se esforçava para poder avistá-la, e só enxergavam um intenso breu. Tudo estava apagado, e em completo silêncio, me disse:

— Acalme-se, Tony — disse cautelosamente o comandante Roger.

Todos estavam atentos e confusos com a visão encontrada, certamente algo não imaginado. Inesperadamente, todos se espantaram, uma imensa explosão aconteceu no interior da casa; mesmo distantes, todos nós pudemos vê-la com muita clareza. Tony se desesperou, levando a mão à cabeça, e todos se assustaram com o barulho estarrecedor que ecoou por todo o vale. Uma enorme claridade pôde ser avistada à distância e, segundos após, cessou, desaparecendo por completamente, voltando a escuridão e tornando-se novamente num breu absoluto. Tony gritou em total desespero:

— O que foi aquilo, meu Deus? Minha família está lá dentro, tenho que chegar logo até eles para ajudá-los! — disse Tony, apavorado, novamente levando a mão à cabeça num total desespero.

— Acalma-se, Tony. Muita calma — disse o comandante Roger, agora falando ainda mais sério com ele e impondo sua autoridade superior de comandante, a fim de repreendê-lo. Tony acalmou-se ao ouvi-lo, mas disse com veemência:

— Como calma, comandante? É minha família que está lá dentro da casa. Já não sei nem o que mais pensar. Devem estar todos mortos — disse Tony, com seus olhos umedecidos de lágrimas, e esqueceu-se de que parte de sua família estava com ele logo atrás o acompanhando.

Ao lembrar-se do que havia dito, resolveu olhar para trás e ficou profundamente chocado com o que viu, percebeu que seu pai, William, o doutor Michel e Duarte estavam de cabeça baixa e silenciosamente choravam. Tony também nada mais disse. Inconformado, soltou um suspiro seco e agoniante de dentro si. Pela primeira vez em sua vida, sentia que havia sido derrotado. Mais calmo, com uma enorme dor em seu peito, procurou encontrar um pouco de força interior que ainda lhe restava, mas sua fúria aparecia esculpida em sua face. Todos entraram em seus carros e voltaram a prosseguir vagarosamente pela estrada a caminho da casa. Tony permanecia de ombros curvados e de cara fechada. Sentia-se angustiado, ferido em sua própria alma e, intuitivamente, temia pelo o que encontraria no interior de sua casa, e em silêncio sofria com enorme dor.

O comandante Roger não imaginava o que fazer para consolá-lo e não conseguia encontrar palavras para lhe dizer o quanto sentia, também estava muito triste com o que acabara de ver diante de seus próprios olhos, mas, mesmo assim, encontrou forças para dizer algo a ele a fim de confortá-lo:

— Acalme-se, filho, não se torture precipitadamente, estamos chegando. Talvez esteja enganado e todos possam estar bem. É uma possibilidade! Pense nisso! Já passamos por situações semelhantes.

Tony, enfim, se acalmou e atendeu ao pedido do comandante Roger. Pensativo, alimentava esperanças de que tudo não passava de um sonho, e procurava de alguma forma esquecer-se do que de fato havia visto. Voltou a esboçar um intenso brilho de esperança nos olhos, embora bastante irremediável, típica daquele que foi ferido na própria alma. Aos poucos, foi recuperando seu ritmo normal, exceto pelo fato de ainda não falar sequer uma palavra.

Naquele momento, paravam em frente ao portão de entrada da residência. Estranhamente, ninguém havia por ali, tudo estava calmo, em completo silêncio e num absoluto e completo breu. Todos desceram calmamente, embora bastante temerosos e fortemente armados. Os nervos estavam fervilhando à flor da pele, Tony examinava cuidadosamente tudo ao seu redor, e acabei perguntando-lhe, muito contrariado:

— Pois bem, filho, o que foi agora? Como você está?

— Da mesma forma, pai. Sei que estão lá agora, mas ao mesmo tempo, olhando para o vazio, é como se nada existisse. Não sei! Isso me preocupa!

O comandante Roger e Carlitos fizeram um gesto com a cabeça, concordando com ele dissera. Olharam para os outros Aranhas Negras e notaram que eles também estavam desconfiados e atentos para alguma surpresa inesperada.

— Minha opinião, homens, é que não podemos esperar mais nenhum segundo. Vamos agir agora, preparem-se. Entraremos dentro de dois minutos. Pai, fique aqui com William e o doutor Michel. Por favor, não quero que se machuquem.

Tony pegou uma pistola automática de seu coldre e a entregou a Duarte, voltando a dizer-lhes:

— Duarte está armado e ficará com vocês para protegê-los. Enquanto estiverem aqui, estarão seguros. Fui bem claro com vocês? — disse Tony, num tom sério, olhando para nós. Ambos gesticulamos, balançando nossas cabeças, concordando quanto ao seu pedido.

Tony virou-se e, com seus homens, prepararam-se, engatilhando suas armas, e o tenente dividiu-os em vários grupos que se espalharam por toda a extensão da propriedade. Para se comunicarem, colocaram escutas nos ouvidos. Para enxergarem naquele breu, todos estavam com óculos infravermelhos. Quanto a nós, estávamos preocupados com o que Tony iria fazer, temíamos que algo pudesse acontecer-lhe, mas fomos consolados por ele nos alertando que tudo sairia bem. Porém, somente Duarte ainda permanecia atônito e muito desconfiado, apenas observava tudo aquilo com muita tranquilidade, e foi repreendido por Tony, que lhe perguntou:

— O que foi, Duarte? O que tanto o preocupa? Por que está tão sério e calado?

— Não sei, Tony, há algo muito estranho por aqui. Estou preocupado com o que possa ver.

— Também estou, meu amigo, não sei se vou conseguir suportar tudo o que tenho para ver. Mas tenho que ser forte e este é meu trabalho. Lembre-se disso!

— Sim. E o entendo perfeitamente. Mas não é o que estou pensando. Posso estar errado, Tony, mas não subestimaria tanto assim o pequeno Waldez.

— E por que faria isso? Do que você está falando, Duarte? Não o estou entendendo — disse Tony.

— Nada, Tony, talvez esteja delirando e sonhando por demais. Vá, ficaremos aqui esperando por você. Mas muito cuidado — concluiu Duarte.

Tony despediu-se de todos nós e, com seus homens então encapuzados e armados, partiu em direção à casa num completo silêncio, estavam distante dela uns oitocentos metros. Os Aranhas Negras, ao ganharem terreno, espalharam-se e cercaram toda a extensão dos arredores da casa. Tony e o comandante Roger, totalmente cobertos por seus homens e com suas armas em punho, resolveram entrar na casa. Ao entrarem, perceberam que estava totalmente vazia, e ficaram espantados com a cena deixada no seu interior. Móveis revirados e a cozinha parcialmente destruída. Tony e o comandante Roger olharam-se, em seguida baixaram suas armas e analisaram o estado precário em que ficara a casa. A primeira coisa que viram foram as pegadas em várias direções, iluminadas pelo clarão proveniente de um pequeno fogo ainda presente ao canto na cozinha. Após verificarem, notaram que eram manchas de sangue. Foram-lhes necessários vários segundos para entenderem o que de fato havia acontecido por ali, tudo estava muito confuso. Deduziam que haviam brigado entre si e depois partiram inexplicavelmente.

— Mas por que teriam brigado? Para onde teriam ido? — resmungava Tony.

Embora com a visão um pouco prejudicada pela escuridão, notava-se que realmente não havia ninguém por ali, mas ouvia-se, bem baixo, gemidos por detrás das paredes. Mais ao fundo, uma pequena claridade era proporcionada por um pouco de fogo, que voltara a ficar aceso dentro da cozinha e foi apagado imediatamente pelo comandante Roger, a fim de que ele não se propagasse. Tony resolveu ir até a chave geral. Após abrir a caixa, percebeu que a chave estava desligada, o que o deixou ainda mais intrigado. Apertou os botões dos disjuntores e, para sua surpresa, toda a casa e o quintal voltaram a iluminar-se, e ouviu o comandante Roger dizer mais adiante:

— Céus! O que será que aconteceu por aqui, Tony? Há sangue para todo lado, veja isto! — disse, apontando-lhe. — Mas para onde foram todos? Parece que houve uma guerra aqui dentro. Há sangue no chão espalhados para todas as direções.

Neste momento, Tony recebia chamadas de algum de seus homens:

— Tenente Tony, prendemos seis homens que estavam em cima de uma árvore no quintal. Todos foram rendidos e agora estão algemados.

— Onde?

— Como disse, senhor, em cima de uma enorme árvore. Estavam com medo de um cão *rottweiler* enorme que não os deixava descer. Encontramos também Andrei, está muito machucado, senhor. Não sei se irá sobreviver. Estava caído atrás da casa, estirado no chão e bastante machucado. Quantos cachorros há na casa senhor?

— Dois, por quê? — disse Tony. E voltou a ouvir:

— Andrei estava estirado no chão, não havia como ele se mexer. Havia outro cão que estava com sua boca em seu pescoço, não o deixando fugir. O estranho foi que eles não nos atacaram, pareciam que estavam sob ordens de alguém. Posso estar enganado, mas os cachorros parecem que até nos conhecem. Quando chegamos, os cães se acalmaram e afastaram-se, dando-nos passagem. Chego a desconfiar que estavam apenas esperando a gente chegar.

— Entendi. Traga-os aqui para dentro. Chame os paramédicos e a polícia. Peça para que o helicóptero também venha para cá. Mas mantenham-se atentos. Aqui dentro tudo está sob controle — disse Tony.

— Perfeito, senhor. Desligo.

Tony permaneceu andando em círculos pela casa por alguns minutos e não conseguia achar uma explicação para tudo aquilo. Mais um chamado repentino para Tony, estava recebendo cobertura do helicóptero que estava sobrevoando a residência, e disse o piloto da aeronave:

— Tenente Tony. Há alguém em cima do telhado. Está sob minha mira, preciso de sua autorização para atirar.

— Certifique-se de quem é — disse Tony. — Não há ninguém dentro da casa por enquanto. Tente prendê-lo. Se reagir, tem ordens para atirar.

— Espere, senhor. Estou vendo-o mais nitidamente agora. Está acenando para mim. É um dos nossos. Mas o que ele está fazendo em cima do telhado? — disse surpreso o piloto.

— Não sei, tire-o de lá — disse Tony.

Tony virou-se, pensando no que acabara de ouvir, e deu de cara comigo, com o doutor Michel, William e Duarte, que olhávamos abismados com o estado precário em que se tornara a casa e também não compreendíamos o que de fato havia acontecido por dentro dela; Tony gritou alto ao nos ver ao seu lado.

— Eu não disse para ficarem lá no portão? Como são teimosos, meu Deus!

Emudecemos ao ouvirmos os gritos de Tony e não respondemos nada. Mas, novamente, o piloto do helicóptero voltou a chamar por ele:

— Senhor, é realmente um dos nossos. Acabei de pegá-lo em cima do telhado. Você não vai acreditar, é a primeira vez que vejo um *Aranha Negra Anão* e, pior ainda, de tênis pisca-pisca. Há, há, há — ria o piloto.

— Do que você está falando? Não acredito que...

— Exatamente o que está pensando senhor, também não acreditei quando o peguei. É realmente espantoso, puxou a você. Precisa ouvi-lo, é simplesmente inacreditável.

— Ele está bem? Traga-o até aqui. O que será que esse moleque aprontou agora? — E Tony ria disfarçadamente, temendo o que viria a saber.

— Sim Tony, ele está bem. Ele pediu para dar uma volta de helicóptero, vou atendê-lo. Darei mais uma volta pelo quarteirão da casa para mais uma varredura. Ele disse que a avó, a mãe e a moça estão escondidas no fundo do túnel, num pequeno quartinho e que você sabe onde fica. O segurança da casa está amarrado e preso no galpão.

— Ótimo, sei onde estão. Não demore, traga-o aqui rápido. Quero falar com ele — disse Tony, mais aliviado por saber que toda sua família estava bem.

— OK! Tony. Desligo.

Os *Aranhas Negras* haviam revistado todos os andares da casa e, antes mesmo que Tony fosse procurar por sua família e pelo segurança, já haviam sido encontrados. Estavam todos bem, somente muito assustados. Lucila, Camille e o segurança estavam lúcidos, somente Daniela não passava bem, estava em estado de choque.

Enfim, todos estavam agora na sala de nossa residência. Após uma enorme varredura por toda a propriedade e interior da casa, todos foram definitivamente capturados sem oferecer nenhuma resistência. Na enorme sala, vários homens muito machucados e algemados permaneciam deitados no chão, aguardando para serem atendidos nos primeiros socorros antes de serem levados presos. A equipe de paramédicos e a polícia haviam chegado e agora atendiam aos feridos; antes, porém, atendiam a pobre Daniela, ainda visivelmente muito abalada.

Lucila, ao ver o filho Tony correu e abraçou-o fortemente e, em seguida, também abraçou todos nós. Duarte, mais calmo e aliviado, disse a Tony, sem receios:

— Não lhe disse que havia algo estranho por aqui e que não deveríamos subestimar o pequeno Waldez?

— Deixe de bobagens, Duarte, algo estranho aconteceu por aqui e vamos descobrir o que foi. Mas dizer que esta confusão tem a ver com o Waldez, isso já é demais! Não acha que está exagerando um pouco?

O que um pirralho de dez anos poderia fazer cercado por um monte de criminosos fortemente armados? Só na sua cabeça! Lamento meu amigo, creio que você está ficando de miolo mole — finalizou, contrariando-o.

Tony ainda persistia em não acreditar no que estava lhe insinuando Duarte, mas sua afirmação começava também a influenciá-lo e disfarçadamente o forçava a repensar a respeito, se Duarte não tinha lá sua razão.

— Não diga que não o avisei, Tony. — Ainda disse Duarte, aos risos, com absoluta certeza de que o garoto havia aprontado mais uma de suas travessuras.

Enfim, o pequeno Waldez resolveu aparecer e Tony o avistou quando apareceu na porta da sala. Ao vê-lo, gritou de lá mesmo:

— Tio! — disse Waldez, que, ao ver Tony, partiu correndo e pulou em seus braços.

Tony o recebeu, abraçando-o fortemente e sentia-se muito feliz por encontrá-lo tão bem, e disse a ele em seus braços:

— Como sabe que sou o seu tio? Podia ser outro.

— Sei lá, mas sei que é você tio. Tire sua máscara.

— Ainda não, mas não vejo a hora de tirá-la. O que aconteceu aqui em casa? Como você foi parar em cima do telhado?

— Bom, tio. Alguém tinha que fazer alguma coisa por aqui.

— Alguém tinha que fazer alguma coisa! Acho que você não bate bem do juízo, garoto. Você estava lidando com bandidos armados, podiam ter machucado você ou até mesmo ter morrido.

— Bandidos, não, tio, na verdade, um bando de toupeiras!

O jeito irreverente de Waldez, em sua infantil afirmação, arrancou risos de todos que estavam por perto, os observando enquanto conversavam. Naquele momento, todos da família estavam reunidos, inclusive o comandante Roger, Carlitos e toda sua tropa de Aranhas Negras espalhados pela imensa casa. Um batalhão, melhor dizer. E disse Tony, aos risos:

— Toupeiras? Não acha que está exagerando um pouco? Bom, tudo bem! Deixe isso para lá — e o abraçou novamente. E continuou a dizer-lhe:

— Mas terá que nos dar muitas explicações a respeito, seu maluco. Aliás, como conseguiu enganar a todos eles? — E Waldez disse firmemente:

— Preparei algumas surpresas para eles, tio, enquanto me procuravam por dentro da casa feito um bando de alucinados.

— Sei! E onde aprendeu tudo isso?

— Tio Duarte me ensinou algumas coisinhas.

Tony virou-se, olhou para Duarte aos risos, e voltou a perguntar ao garoto:

— E de onde apareceu esta roupa?

— A vovó fez para eu brincar de Aranha Negra. Queria ser igual a você, tio. — Tony se emocionou ao ouvir, e disse, balançando sua cabeça:

— Sabe, Waldez, devia lhe dar era umas palmadas. Eu não concordo com o que fez. Poderiam ter matado você, sabia? Mas estou feliz por todos estarem bem. Estou muito orgulhoso de você. Bom, agora fique aqui e não saia. Deixe-me dar uma olhada de como está à situação por aqui. Carlitos, quero um relatório completo de tudo o que aconteceu e enquanto isso, seu moleque, vai pensando no que irá nos falar — disse Tony ao pequeno Waldez, passando-lhe a mão sobre sua cabeça:

— Está bem, tio — disse o garoto.

— Ótimo! Assim espero — disse Tony, finalmente.

Tony enquanto conversava com Waldez, não percebeu que todos estavam à sua volta, atentos ao que falavam. Virou-se e caminhou para o canto da sala, em direção aos paramédicos que ainda atendiam os feridos e, perguntou ao chefe da equipe médica:

— Doutor, como está a...

— Se quer saber como está à moça, ela está bem. Seu pai me disse superficialmente de quem se tratava. Ela ficará boa, está somente assustada. Dei-lhe um calmante, agora está adormecida e, com relação ao bebê, ele passa muito bem. Ela será levada para o hospital e passará esta noite internada em observação, por precaução. Embora a situação por aqui não seja das melhores, quero parabenizá-lo pelo seu filho.

— Obrigado, doutor — disse Tony, com intenso brilho nos olhos com a notícia.

Daniela permanecia deitada no sofá a poucos metros, embora meio atordoada pelo efeito do calmante. Estava semiacordada, mas acabou por ouvir o que Tony e o doutor conversavam, e começou a chorar silenciosamente, só que, desta vez, de felicidade. Percebeu que tudo finalmente havia terminado e não havia mais o que temer. Os seus reais sentimentos já não era mais nenhum segredo para ela, e sabia que seu grande amor estava ali, à sua frente, no entanto, ainda relutava, pensando no que diria a ele.

— E esses homens, doutor, como estão? — perguntou Tony.

— Bem, senhor, não há nenhum morto por enquanto. Estamos terminando os primeiros socorros, mas terão que ser levados urgentemente até o hospital, teremos um grande trabalho com eles nesta noite. Até agora, temos um homem com a boca toda machucada, disse que foi espetado por palitos de dente no céu da boca, fratura em várias costelas e um braço quebrado. Outro com o fêmur quebrado, e aparentemente também apresenta algumas costelas quebradas. Três homens bastante machucados por todos os lados, dizem que foram atingidos por pregos. Não sei como isso foi possível, e outros bastante machucados, mordidos por cães, e, por fim, um homem com as mãos sem dedos. Foi decepado, este estava em estado de choque, perdeu muito sangue. Mas irá sobreviver. De todos, acho que o da boca espetada apresenta uma situação mais crítica, está muito machucado e pode vir a óbito. Apresenta uma forte hemorragia interna, não tenho como ser mais preciso, mas temos que removê-lo com urgência para uma cirurgia.

— Podem levá-los — disse Tony ao médico e virou-se bruscamente para Waldez, e disse, assustado com o que ouvira:

— Céus! Que diabos você fez por aqui, Waldez?

Ao ouvirem o que Tony disse para o pequeno Waldez, todos começaram a rir da sua cara de espanto e em seguida, começaram a aplaudi-lo. Tony, encabulado com o gesto de todos que o cercavam, acabou por aderir ao cortejo, e com eles aplaudiam o *Pequeno Herói Aranha Negra*, que, por outro lado, nem imaginava o que aquilo significava, e batia palmas também, lhes retribuindo ao gesto recebido.

Por fim, depois de tanta confusão, Cristian, Andrei e seus homens foram levados por um comboio de ambulâncias até o hospital da cidade para que pudessem ser medicados. No entanto, por precaução, estariam sendo vigiados de perto por um batalhão de policiais fortemente armados, impedindo-os de fugirem.

Tony estava mais calmo, após saber que todos daquela quadrilha finalmente estavam presos, e pretendia, junto com o comandante Roger, iniciar um interrogatório com o pequeno Waldez, a fim de que ele explicasse a sua façanha para lá de inexplicável. Mas, antes, tinha que resolver um assunto muito importante e não sabia nem por onde iniciar aquela conversa. Era algo que todos da família e sua equipe aguardavam ansiosos, estava relacionado ao que fazer ou dizer a Daniela, seu grande amor e seu segredo.

Uma ambulância aguardava para levar Daniela ao hospital, e ela permanecia deitada no sofá da sala, mas estava bem melhor e restabelecida. Naquele momento, conversava calmamente com Lucila, com

Camille ao seu lado. Tony caminhou, aproximando-se dela ainda fantasiado com seu uniforme e com sua máscara ainda encobrindo seu rosto. Estava bastante nervoso e ofegante, não sabia nem por onde começar aquela conversa, nem muito menos o que dizer a ela. Deu alguns passos a mais e parou, olhando ao seu redor, mesmo encoberto, esboçava um leve sorriso estampado em seu rosto. Por um instante, olhou em direção à sua mãe, Lucila. Ela percebeu sua hesitação estampada em seu rosto, notava o intenso brilho crescente em seus olhos, por dentro daquela máscara, suspirou por alguns segundos e balançou a cabeça, como se sentindo o peso da perda, gesticulando que aquela era a hora dele acertar o rumo de sua nova vida ao lado de Daniela, e temia, talvez, por ela não o compreender. Ao chegar à sua frente, Tony se abaixou, ajoelhando-se no chão, e de olhos fixos segurou a mão de Daniela. Houve um longo silêncio entre eles, que pareceu se estender por alguns minutos, e todos permaneciam quietos, observando-os. Tony sentia-se bastante confuso, apertou a mão dela para que percebesse que queria lhe dizer algo, porém, com muita sinceridade:

— Tudo terminou, Daniela. Poderá viver agora em paz — disse Tony.

— Obrigada — ela respondeu, timidamente.

— Quando você precisar, eu lá estarei para ajudá-la — disse Tony.

Ela sorriu e levantou os braços. Enquanto dizia, com as pontas dos dedos tentava tirar-lhe a máscara, que ainda o encobria, mas foi impedida por ele:

— Você é um grande amigo, Tony, ou será que devo continuar a chamá-lo de meu querido Gabriel? Não sei o que faria sem você —resumiu Daniela, olhando-o seriamente.

Daniela que estava deitada, agora se sentou no sofá. Tony, após ouvi-la, rendeu-se e permitiu que ela retirasse sua máscara. Seus olhos enfim se encontravam novamente, sentiam-se radiantes e felizes por estarem tão próximos agora.

— Como soube que o Gabriel era eu? — exclamou Tony.

— Descobri hoje enquanto você conversava no telefone com Cristian. Embora eu sempre suspeitasse que algo estranho estava acontecendo à minha volta, comecei a perceber logo após você me dar aquele seu bilhete. Fiquei muito feliz quando soube que estava vivo e mais feliz ainda por estar aqui agora ao meu lado. Eu e Gabriel precisamos de você, Tony.

— Eu amo você, Daniela — repetia Tony, com os olhos cheio d'água. — Achei que a tinha perdido para sempre, por conta de não compreender que Gabriel e eu éramos a mesma pessoa. — Daniela o entendeu perfeitamente e também chorava por vê-lo naquele estado. Ambos se levantaram, e ao invés disso, entreolharam-se, e seus olhos brilhavam, ainda mais vivos e umedecidos pelas lágrimas que iluminavam seus corações.

— Eu também te amo, Tony — sussurrou ela, finalmente.

— Eram as palavras que eu vinha rezando para ouvir de você Daniela. E por que Gabriel? — disse Tony.

— Tenho certeza de que nosso filho será um menino, e por que não darmos a ele o nome de Gabriel? Quero por todo o sempre ao chamá-lo, lembrar-se dos momentos mais lindos de minha vida, de quando o conheci.

— Não sei o que dizer, Daniela, mas prometo fazê-la a mulher mais feliz deste mundo. Quer se casar comigo?

— É o que deseja, tenente Tony? — perguntou Daniela, seriamente.

— Sim, Daniela. Não posso ficar mais longe de ti. Sem você, minha vida não tem sentido algum. Preciso de você para criar nosso filho. Amo-te — disse Tony, levantando-a pelos braços.

Então, os dois tornavam a estar um diante do outro, deram-se às mãos e sorriram felizes. Acabaram se abraçando e, num longo e demorado beijo, se entregaram. Todos que os cercavam, entusiasmados, aplaudiram e gritavam vivas ao jovem casal, que se declarava em juras de amor. Por fim, todos da família foram ao encontro do dois e também os abraçaram, muito felizes.

— Estou feliz que tudo tenha terminado bem, mas temos algo ainda para resolver e creio que todos estão ansiosos para saberem. Aliás, onde estão o comandante Roger e Waldez? — disse Tony, após perceber que não estavam por ali, haviam desaparecidos.

— Não sei. Acho que estão lá em cima, vou chamá-los — disse William.

Momentos após, ressurgiu William, que estava aos risos, balançando a cabeça. Tony resolveu perguntar a ele:

— O que houve, William?

— Nada, Tony. Só achei engraçado o que vi. Waldez e o comandante Roger, estavam deitados no chão do quarto, brincando de carrinho. Pode uma coisa dessas? Não sei quem é mais louco por aqui.

— O comandante Roger não tem jeito, é pior do que moleque — disse Tony, aos risos, observando-os se aproximarem em sua direção. O comandante vinha carregando o menino em suas costas, aos risos.

Após chegarem, todos se acomodaram pela sala e Tony perguntou seriamente para Waldez:

— Bom, rapazinho! Estamos todos aqui reunidos para ouvi-lo. Pode começar a nos explicar o que afinal de contas aconteceu por aqui.

— Puxa, tio, estava tão legal brincar com o comandante Roger...

— Nem mais e nem menos. Estamos esperando. Vamos! Pode começar com suas explicações. E quanto ao senhor, comandante, aquiete-se também, por favor!

— É melhor você ouvir, seu tio, parece bravo. Mande ele tomar aquele remedinho — disse o comandante Roger, cochichando ao garoto.

— É, comandante! Tio Tony parece que está mesmo nervoso.

— Não estou nervoso, só estou querendo saber como tudo isso aconteceu — respondeu Tony, após ouvir o que ele havia dito ao comandante Roger.

— Está bem, tio, mas se estiver nervoso tenho um remédio bom para acalmar você.

— Que remédio? — perguntou Tony.

— Nervosol, faz bem — Waldez ria.

Ao dizer isso, todos começaram a rir da afirmação do pequeno Waldez que não esboçava nenhuma preocupação a respeito, achava que tudo aquilo não passava de uma pura e simples brincadeira. Não se dava conta da dimensão dos problemas e do estrago que havia causado. Mas, após a constante insistência de Tony, resolveu explicar a todos o que havia feito afinal para surpreender a todos aqueles bandidos dentro da casa, e começou a relatar sua brava e heroica aventura, aliás, travessura, melhor dizer. E, assim, começou a nos dizer:

Bom, por nenhum momento fiquei com medo deles tio...

— Como não ficou com medo... — iria dizer Tony, mas foi silenciado por todos num coro uníssono:

Cale-se, Tony!

— Está bem, está bem! — respondeu Tony aos risos, aquietando-se em seu canto, enquanto o pequeno Waldez explicava sua fantástica ação:

— Primeiro, ficamos um bom tempo sentados aqui no sofá da sala, vigiados por eles enquanto conversavam. Depois, eles resolveram levar a gente lá para cima, amarraram com cordas para que a gente não pudesse sair e deixaram todos nós trancados dentro do quarto. Fiquei pensando no que podia fazer para me soltar. O tio Duarte tinha me ensinado como fazer para escapar quando se está amarrado, e foi fácil me soltar das cordas que me prendiam. Depois soltei a mamãe, a tia Daniela e a vovó. Pedi para que não fizessem nenhum barulho e saímos de lá. Lembrei do túnel escondido dentro do guarda-roupa e do quartinho no final dele. Deduzi que demorariam para descobrir onde a gente estava, e que lá escondidos a gente ficaria seguro, trancados dentro do quartinho sem ser incomodados por eles. Eu estava tranquilo, sabia o que estava fazendo, mas a mamãe, a vovó e a Daniela estavam muito nervosas e pedi que ficassem tranquilas.

"Calmamente, convenci elas para que ficassem trancadas lá dentro me esperando, enquanto eu iria procurar alguma ajuda. Voltei para o quarto e bolei um plano. Ninguém conhecia melhor a casa do que eu e comecei a brincar com eles. Coloquei a minha roupa de Aranha Negra que a vovó tinha feito para mim e saí pela janela do quarto, descendo pela própria corda que eles tinham usado pra me amarrar. Por sorte, não havia ninguém naquela hora embaixo da janela e foi fácil sair de lá. Como estava todo de preto e à noite, achei que o melhor caminho seria apagar todas as luzes para que tudo ficasse no escuro e então eles não me enxergariam. Até que pudessem descobrir o que tinha acontecido, eu achava que já estaria bem longe deles em busca de alguma ajuda.

"Só que fiquei pensando numa coisa e, de longe, permaneci por algum tempo olhando pra eles e percebi que poderia pegar eles de surpresa de algum jeito. Alguns estavam no lado de fora fazendo guarda, o Cristian estava na sala conversando com o Andrei, dois estavam na cozinha fazendo lanches para eles e outros espalhados pela casa. Resolvi entrar na casa. Enquanto conversavam, não perceberam minha presença e passei por entre eles sem ser notado. Fui até a chave geral e desliguei tudo, deixei eles no escuro. Me escondi embaixo da mesa e ouvi quando Cristian perguntava o que tinha acontecido, mas ninguém sabia explicar. Alguém disse que a energia havia acabado, e resolvi sair dali. Fui caminhando encostado pelas paredes até chegar na cozinha. Ao passar por ela, vi que estava vazia, não havia ninguém naquele momento, estavam na sala conversando. Reparei que alguns lanches estavam prontos na mesa e resolvi preparar uma surpresinha. Acho que foi em dois lanches, espetei vários palitos de dente dentro deles. Depois me lembrei de que, de manhã, estava mexendo nas ferramentas do tio Duarte e que havia deixado no chão da cozinha uma lata cheia de enormes pregos. Abri o forno do fogão, coloquei a lata de pregos dentro dela e fechei a porta. Liguei o gás e sai dali o mais rápido possível, pois certamente poderia explodir a qualquer momento. Pensei que por estarem no escuro, tentariam acender algo por ali e aconteceu como eu pensei. Estava tão escuro que não perceberam que eu havia passado entre eles novamente e fui para os fundos da casa, saindo pela lavanderia. Do lado de fora, eu ouvia eles discutirem e o Cristian pedia para que procurassem algo para iluminar a casa. Não sei ao certo, acho que três ou quatro homens procuravam por velas dentro da casa. E eu, de onde estava, do lado de fora, ficava vendo eles pela janela. Vi que um deles voltava da cozinha trazendo os lanches e pelo visto não percebeu que o gás estava ligado. Cristian estava muito bravo e gritava feito um maluco com eles. Ouvi quando um deles disse que encontrou velas na estante da sala. Enquanto tentavam acender a vela, ouvi quando alguém começou a gritar desesperado de dor e Cristian perguntava o que estava acontecendo. Os homens que estavam por ali começaram a correr pela sala, foi aí que resolvi sair de perto da janela e fui até o canil para soltar o Zeus e o Apolo. Após ouvirem os gritos de dentro da casa, outros homens que estavam do lado de fora entraram correndo. Agora sei que foi o Andrei que pegou um lanche. Ao morder ele, não esperava que tivesse pontas de palitos de dente no meio dele. Com a mordida, espetou toda a sua boca, machucando bastante. Após soltar o Zeus e o Apolo, ouvi uma explosão imensa vindo da cozinha. Não sei ao certo como aconteceu, mas funcionou. Alguém foi até a cozinha com uma vela acesa e por causa dos três homens machucados, acho que estavam juntos na hora da explosão. O gás ligado estava vazando tinha bastante tempo e quando chegaram perto com a vela acesa, o fogo acendeu e causou aquela explosão dentro da cozinha. Espero que a vovó me perdoe, não pretendia estragar sua cozinha, mas foi necessário. A explosão foi tão forte que o fogão quebrou ao meio a explosão jogou a lata de pregos bem longe, se espalhando por toda a cozinha. Eu queria somente assustar eles com isso, mas os pregos voaram para todos os lados com tanta força que acabaram pegando neles, deixando eles bastantes machucados. Enquanto isso, o Andrei continuava gritando na sala e estava sendo atendido por alguém, enquanto o Cristian atendia seus homens machucados na explosão da cozinha. Acharam que alguma coisa estava acontecendo dentro da casa e o Cristian, desconfiado, foi até o quarto para ver se a gente estava lá ainda, e se surpreendeu quando chegou e não achou a gente. Do lado de fora, eu ouvia gritos dizendo que a gente tinha fugido e pedia para que seus homens procurassem a gente. Nessa hora, chamei o Zeus e o Apolo, que estavam do meu lado e conversei com eles para que me ajudassem."

— Você conversou com os cachorros? Mas como consegue fazer essas coisas? — perguntou Tony surpreso.

— *Psiu!* — exclamaram todos.

Tony silenciou novamente e o garoto continuou a falar:

— Sei lá, tio, mas sei que me entendem quando converso com eles. Alguns homens saíram pra nos procurar, mas foram surpreendidos pelo Zeus e o Apolo que partiram para cima deles, mordendo. Começaram a correr desesperados pelo quintal e subiram na árvore, escondendo-se deles. Enquanto ficaram em cima da árvore, os dois cachorros ficaram embaixo vigiando para que não descessem. Então, resolvi subir de volta pela corda até ao quarto. Estava quase chegando ao topo da janela, quando ouvi alguém gritando, desesperado. Percebi que os berros vinham de dentro do guarda-roupa, mas não sabia de quem era. Comecei a ficar preocupado com a vovó, a mamãe e a Daniela, estavam sozinhas, trancadas lá dentro. Continuei escalando até perto da janela, quando de repente um homem aparece na minha frente. Ele apoiou suas mãos na janela e gritou que havia me encontrado. Esticou os braços para tentar me pegar e, antes que pudesse me alcançar, destravei o pino na janela do quarto. Você sabe que aquela janela é de correr e pesa um bocado. Quando soltei o pino, a janela desceu com força e, antes que ele pudesse sair, ficou com suas mãos presas. Por isso, havia um homem sem as pontas dos dedos, a janela, ao descer, cortou elas. Resolvi descer de volta, contornei a casa e não vi mais ninguém, todos tinham desaparecido. Fui até a porta da sala e de novo não vi ninguém. Como disse, estava preocupado com a vovó, a mamãe e a Daniela e tinha que saber como elas estavam. Passei pela sala e, como estava tudo livre, subi pelas escadas. Ao passar perto da varanda, notei que tinha mais alguém, era o tal do Andrei. Estava em pé na sacada de costas, olhando para baixo. Como eu tinha ouvido ele falar que iria matar a gente, não pensei duas vezes. Peguei impulso correndo e empurrei ele para baixo. Acho que, até agora, ele não sabe quem foi que o empurrou lá de cima, e do alto fiquei olhando para ele caído no chão se estrebuchando de dor. Assobiei para um dos cachorros e apareceu o Apolo. Fiz sinal para que não o deixasse escapar. O Andrei começou a se mexer e, então, o Apolo segurou ele, permanecendo com sua enorme boca agarrada ao pescoço dele até que pudesse chegar alguém para prendê-lo. Não sabia mais o que fazer, olhei pela janela e percebi que havia mais homens no lado de fora. Rapidamente troquei de tênis, colocando o de pisca-pisca por causa da sola, para não escorregar, e resolvi subir pelas calhas até o telhado para me esconder, enquanto pensava em alguma coisa. Só então percebi que eram vocês que tinham chegado, e fiquei mais calmo. Logo em seguida, apareceu o helicóptero voando sobre o teto da casa e fiquei acenando para que ele me visse, o que acabou acontecendo. Por fim, acabei passeando de helicóptero pelo quintal, foi muito divertido. E assim, acabei pegando carona para descer.

— E como o Cristian machucou-se daquele jeito? — perguntou Tony.

— Bom, tio, quando voltei ao quarto, logo após ter deixado a Daniela, a vovó e a mamãe no quartinho, virei um pote enorme de bolinhas de gude pela escada. No escuro não veriam elas e, se por acaso quisessem ir até o final do túnel, teriam primeiro que descer pelas escadas. Achei que poderiam cair das escadas após pisarem nelas e o tombo não seria nada agradável, sem contar que os lances de degraus da escada são muito grandes, e foi o que acabou acontecendo. O Cristian tinha achado a saída por dentro do guarda-roupa e resolveu entrar. No escuro, não sei se estava iluminando com algo, acho que não, mas escorregou por causa das bolinhas de gude após pisar nelas e caiu rolando pela escada abaixo. Por isso estava gritando de dor. Na queda, acabou se machucando todo, pelo menos foi o que vi quando os médicos levaram ele. Bom, tio, tudo muito simples e perfeitamente calculado. Como disse, não passavam de umas toupeiras. Por um momento, achei que fossem mais espertos, mas me enganei. Azar deles e sorte de vocês. Não é mesmo?

— Por que sorte nossa? — gesticulou Tony, ao ouvir a insinuação ousada do pequeno Waldez.

— Ué, tio! Eu quebrei o galho de vocês, não precisaram fazer nada para prender eles. Nem um tirinho sequer vocês deram.

Há, há, há... , riam todos.

Tony, enquanto ria, o pegou nos braços e, suspendendo no ar o nosso *pequeno e grande herói Aranha Negra*, lhe dizia:

— E eu ainda pergunto o porquê, seu demônio! Só você mesmo, pirralho. Não sei se tenho dó de nós todos ou de todos aqueles bandidos. Você tem ideia de como os deixou? Acredito que devam estar felizes por estarem bem longe de você agora.

— E por que, tio? — perguntou o pequeno grande herói, não compreendendo o que o tio estava lhe dizendo:

— Por nada Waldez, por nada! Amo-te muito, seu moleque, e obrigado por ter nos ajudado. Todos estamos orgulhosos e felizes por você.

— De nada, tio, quando precisarem de mim, sabem onde me achar.

— Deus me livre! — disse Tony. — Que esta seja a primeira e última vez. Está me entendendo? Espero sinceramente que não tenhamos que passar por tudo isso novamente. Não sei se teria coração para suportar mais uma dessa. Promete-me?

— Está bem, tio. Eu prometo. Mas quando eu crescer, me ensina a ser um Aranha Negra como você?

— E precisa? Não há o que lhe ensinar. Você é um legítimo Aranha Negra. Alguém aqui tem alguma dúvida quanto a isso?

Todos estavam rindo e balançavam a cabeça, concordando com a afirmação de Tony, que continuava a dizer ao garoto:

— Está vendo? Só precisa crescer um pouco, seu pirralho, o resto você já sabe, e que Deus proteja aqueles que você estiver procurando. Já sinto até pena deles!

Há, há, há, riam todos após as exposições engraçadas de Tony, mas o comandante Roger parecia estar mais feliz ainda por tudo ter acabado tão bem, e resolveu, enfim, dizer algo a todos:

— Bom, senhores, depois de toda essa confusão, acho que somente nos resta mesmo uma comemoração. O que acham de brindarmos?

— Também concordo — eu lhe disse. E continuei — Duarte, por favor! Providencie bebidas para todos. Vamos brindar este momento único de nossas vidas.

— Será providenciado, senhor Anthony — disse Duarte, saindo logo após, indo até a adega da casa.

Momentos depois, Duarte ressurgiu com algumas garrafas de vinho, uísque e vodca debaixo dos braços. Após abri-las, preparou inúmeras doses sobre a mesa e nos disse:

— Senhores, por favor! Aproximem-se da mesa. Queiram se servir.

Após ouvirem o pedido de Duarte, todos foram até a mesa e serviram-se à vontade.

Duarte estava muito emocionado com aquele momento. Radiante, aproveitou e pediu para que todos o acompanhassem, resolvera proferir um pequeno discurso a fim de comemorar aquele momento sublime, e disse alegremente:

— Estou muito feliz que tudo tenha acabado tão bem. Principalmente por Tony e Daniela, que agora poderão ser muito felizes juntos. Tenho certeza de que nos trarão muitas alegrias.

— Meus amigos, um brinde a eles — dissemos eu e o comandante Roger, levantando nossos copos, reverenciando-os.

— *Viva!* — dissemos todos em tom uníssono.

O doutor Michel também acompanhava com seu copo em mãos, e percebeu uma pequena claridade formando-se no chão da cozinha. Assustado, terminou por dizer:

— *Fogo!* — gritou o doutor Michel, que correu para apagá-lo.

Mas foi acompanhado por alguns *Aranhas Negras* ao lado, que lhe retribuíram em alto tom e uníssono:

— *Bom fogo!* — o que acabou fazendo todos a caírem aos risos.

— ***Zdorov'ye*** (здоровье) — disse Duarte, levantando seu copo.

Ao ouvi-lo silenciaram-se todos. Ninguém compreendia ao certo o que significava o que ele havia dito, salvo a nossa família, que certamente sabia o seu significado, porém também permanecemos emudecidos quanto ao inesperado episódio. O comandante Roger também se estranhou com aquela palavra um tanto estranha e sinistra, jamais ouvida em toda a sua vida, e perguntou para Tony, curioso:

— O que ele disse, afinal?

— ***Zdorov'ye***, comandante.

— Isso eu entendi. Mas o que significa?

— Saúde, senhor... *em russo.*

— Em russo? Por acaso, esse homem é russo, Tony?

— Por incrível que pareça, sim! Ficará espantado ao saber da história desse grande amigo. Um dia lhe contarei, tenho certeza que o deixará de cabelos em pé. — disse Tony aos risos e abraçado ao ombro de Duarte, que, por outro lado, mantinha-se calado e sério. Deduzia que cometera um erro gravíssimo quanto ao que havia dito. Havia, enfim, se denunciado. Mas, pensativo, o comandante Roger continuava ainda intrigado com aquilo e perguntou:

— De onde ele é, Tony?

— Chechênia, antiga União Soviética — disse Tony.

O comandante Roger, após ouvir, franziu sua testa. Desconfiado, olhou bem sério para Duarte e lhe disse:

— Céus! Por essa não esperava. Já até imagino qual será nossa próxima aventura. Deus me livre! — disse, finalmente, e voltou a dizer:

— Bom, já que é assim! — ***zdorov'ye*** para você também, Duarte. Seja bem-vindo — disse o comandante Roger gentilmente, aos risos, levantando seu copo para ele e não se importando com o que acabara de saber.

Passados estes bons momentos, as comemorações por fim se encerraram. Daniela foi levada finalmente para o hospital logo após ouvir as explicações do pequeno Waldez e de nossa comemoração. *O comandante Roger, Carlitos e a Tropa de Elite Aranhas Negras* agora partiam para casa, e a Tony foi concedido um bom e merecido descanso de férias ao lado da família.

Enfim, nossa família não mais seria a mesma, tomava então um novo rumo, numa nova história, agora um pouco maior por conta de Daniela, que, definitivamente, passava a fazer parte de nossa família, e em breve maior ainda, com o mais novo integrante e esperado membro da *família Gutierrez* que estava por vir, nosso amado e pequeno *Gabriel*.

Capítulo XXIII

Após tanta confusão, o que mais ainda aconteceu...

Depois de todo aquele episódio, nossas vidas se modificaram e a felicidade voltou a reinar na *Família Gutierrez,* em nossa belíssima cidade de Cuiabá, e assim continuávamos morando em nosso sossegado lar. Lógico que, graças a Waldez, meu neto, tive que gastar uma fortuna numa grande reforma em nossa casa. Mas valeu a pena, não posso nem reclamar dele.

Quando, enfim, pudemos, toda nossa família se reuniu e calmamente explicamos a Daniela o que de fato aconteceu em sua família. No final daquela complicada conversa, entreguei-lhe o estojo de joias atendendo ao último pedido de meu grande amigo Wilson, pai da moça, que, ao receber o presente, chorou, muito emocionada.

Quanto ao ocorrido, foi manchete na cidade e nos principais meios de comunicação do país. Não havia como evitar a imprensa, com comentários facetos e espirituosos, falavam sobre o assunto e do *pequeno herói Aranha Negra*, agora uma celebridade nacional.

Um grande jornal de alcance nacional publicou uma extensa matéria de capa a respeito, além de outras referências que ocuparam uma página inteira, como assunto da semana, em que noticiava:

"Tropa de Elite Aranhas Negras das Forças Armadas desmantela quadrilha de contrabandistas internacionais. As Forças Armadas já vinham há muito tempo no percalço desta quadrilha, que ousadamente roubou inúmeros fuzis AK47, armas de uso exclusivo das Forças Armadas, contando com a ajuda de um desertor Aranha Negra. Após intensa investigação, liderada pelo primeiro-tenente Tony, sua equipe de Aranhas Negras integrou uma missão na tentativa de recuperar essas armas. Esta missão foi batizada de 'CONSPIRAÇÃO CORPUS CHRISTI'.

"Um enorme cerco foi formado para prender os criminosos. Uma guerra de nervos iniciou-se entre os bandidos e as Forças Armadas, que não mediram esforços em suas aguerridas habilidades para detê-los. O desertor Aranha Negra de nome Andrei, depois de identificado, ex-membro do grupo de atiradores de elite Aranhas Negras, em parceria com seu comparsa, Cristian, pretendia contrabandear as armas para a Europa. Felizmente, tudo foi descoberto após o assassinato de um casal em São Paulo, senhores Wilson e Ana, de forma bastante cruel e misteriosa. Curiosamente, os falecidos eram amigos íntimos do pai do primeiro-tenente Tony, o empresário Anthony Gutierrez. Cristian, comparsa de Andrei, na verdade era filho único do senhor Wilson. Um 'HD' entregue **à** *polícia local pelo primeiro-tenente Tony contém vídeos e* **áu***dios revelando tudo sobre a morte do casal, onde claramente aparecem Andrei e o próprio filho de uma das vítimas, Cristian, como autores dos crimes cometidos e os motivos que o levaram a tamanha crueldade. O casal havia descoberto os planos de Cristian, seu filho, que pretendia utilizar a empresa da família, CHOCOLATES CORPUS CHRISTI, para enviar, junto com seus produtos, as supostas armas roubadas para a Europa. Após descobrirem as armas e os planos de Cristian, o casal desviou-as para a casa do senhor Anthony Gutierrez, antes que pudessem cair em mãos erradas e, assim, buscar ajuda para encaminhá-las as autoridades competentes. Mas não houve tempo, após descobrirem o desaparecimento das armas, o casal foi brutalmente espancado pelos criminosos, para forçá-los a dizerem sobre o paradeiro delas, o que não acabou acontecendo, vindo, por vingança, a serem assassinados friamente. Após esse incidente, Andrei e Cristian não desistiram e permaneceram por um bom tempo* **à** *procura dessas armas,*

até descobrirem que elas estavam em poder do amigo da família, Anthony Gutierrez. Na tentativa de recuperá-las, invadiram a residência Gutierrez, mantendo todos da sua família como reféns e, dentre eles, nosso herói, o pequeno e grande 'Aranha Negra', Waldez Antonelli Neto.

"A mansão Gutierrez passou por momentos de intenso terror, cercada por inúmeros homens fortemente armados, sob o comando de Andrei e Cristian. Porém, numa investida audaciosa e corajosa, nosso herói Waldez surpreendeu até mesmo os integrantes da equipe de atiradores das Forças Armadas. Nosso herói corajosamente atraiu todos os bandidos de uma só vez para uma emboscada. Embora tais detalhes não nos tenham sido confidenciados, as informações dão conta de que todos os sequestradores foram presos, e os familiares libertados. Porém, segundo relatou o comandante Roger, da Tropa de Elite Aranhas Negras e membro das Forças Armadas, o garoto foi muito corajoso e atribui a ele os créditos pela captura de todos os bandidos, bem como a recuperação de todas as armas roubadas.

"Segundo as últimas informações, todos daquela quadrilha acabam de ser levados pela tropa de elite para o quartel da Força Aérea, comandado pelo primeiro-tenente Tony e seu assistente, fuzileiro Carlitos, onde permanecerão presos para interrogatório e após serão encaminhados a Penitenciária de Segurança Máxima até o julgamento final. Todas as armas recuperadas foram encaminhadas e devolvidas ao poder das Forças Armadas.

Com mais ou menos espírito, os comentários não se cessavam. Por um bom tempo, não se comentava outro assunto, até nos programas de televisão pôde ser visto o pequeno Aranha Negra, sempre acompanhado de perto pelo comandante Roger e pelo seu tio, o primeiro-tenente Tony, que não se cansavam de concederem intermináveis entrevistas. Quanto aos verdadeiros heróis, tiveram que se contentarem como simples e meros espectadores, *soldados de chumbo*.

Com exceção de Andrei, Cristian e seus homens, encontravam-se todos presos em uma Penitenciária de Segurança Máxima, aguardando o julgamento do processo criminal aberto contra ambos, que segue em tramitação perante a Justiça, onde estão sendo processados pelos crimes de porte ilegal de armas, crimes contra o patrimônio público, roubo, homicídio duplamente qualificado, sequestro e associação criminosa. Dificilmente serão absolvidos, e serão condenados a penas duríssimas, estima-se que trinta anos de prisão em regime fechado, e não sairão tão cedo por de trás das grades. Quanto a Andrei, também responde à mesma pena de seus comparsas, porém, diferentemente, encontra-se preso, banido da sociedade, trancafiado nos porões solitários das Forças Armadas.

A vida prosseguia e, meses após, somos surpreendidos com alguns fatos, no entanto me abstenho de dizer se foi uma notícia feliz ou infeliz. Mas Cristian se envolveu em brigas com vários detentos na penitenciária, ainda imperava aquele seu lado arrogante e cruel de ser. Acabou levando a pior num final trágico, sendo espancado por vários companheiros de cela, e acabou sobrando para mim ter que providenciar o seu enterro. É triste dizer, mas, em memória de meu grande amigo Wilson, somente eu estava em seu velório. Tenho certeza de que meu grande amigo ficou feliz por tudo o que fiz por ele e por sua família.

Quanto a Andrei, esse foi por demais audacioso e surpreendeu a todos. Seu processo criminal continuava em tramitação, mas acabou sendo denunciado em um novo processo, agora por conta do assassinato de um jovem fuzileiro, ainda da ocasião do roubo das armas das Forças Armadas, e terminou sendo levado a julgamento.

No entanto, era um final de tarde e chovia muito forte quando saíam do fórum após o seu interrogatório. Andrei era escoltado por três militares e por outros que os aguardavam com o carro estacionado à frente do prédio, para levá-lo de volta a prisão. Graças à mídia, o julgamento tornou-se assunto de grande repercussão e não imaginaram que um batalhão de jornalistas e repórteres estariam presentes, fazendo cobertura jornalística, sem contar aos inúmeros curiosos que se aglomeravam, também acompanhando.

O impensável aconteceu, um plano de fuga foi arquitetado por forças estranhas. Andrei, muito experiente, aproveitando-se da vulnerabilidade do momento e rodeado por um monte de pessoas, mesmo algemado acabou entrando em luta corporal com os militares que os escoltavam, gerando um grande tumulto. Pasmem! No meio daquela aglomeração, outros homens, fortemente armados e disfarçados, se revelaram, rendendo todos, momento esse em que também surgiram, em alta velocidade, dois veículos pretos para resgatá-lo. Face às circunstâncias do momento e preocupados com a segurança de todos, os militares não ofereceram resistência, e felizmente não houve danos maiores, apenas a fuga foi consumada. Andrei e seus homens entraram nos veículos e partiram em fuga às pressas pela avenida, e simplesmente desapareceram como fantasmas. Uma intensa busca foi promovida na cidade, mas foi infrutífera, e não mais os encontraram, apenas os veículos foram encontrados abandonados a poucos quilômetros do local.

Lógico que o incidente virou um alvoroço por conta da mídia e das autoridades, numa intensa investigação que perdurou por vários meses. A conclusão é que simplesmente nunca conseguiram descobrir quem foi o audacioso articulador do plano de fuga, e de quem seriam aquelas pessoas que o resgataram. Andrei foi dado como fugitivo e até a Interpol foi acionada face aos rumores de que ele havia fugido para o exterior. A bem da verdade, ninguém sabia ao certo por onde andava, e acabou se tornando uma grande incógnita para todos, até mesmo para a justiça.

Quanto a Tony e Daniela, logo após o desfecho de tudo, resolveram se casar o mais rápido possível e decididamente morariam juntos conosco, em nossa casa. A empresa *Chocolates Corpus Christi* foi anexada ao *Grupo WIWA*, propriedade da família Gutierrez, e, após um imenso investimento, tornou-se uma das principais e a mais moderna empresa de chocolates do país.

Tony, como havia de se esperar, agora trabalharia ao lado do comandante Roger na preparação de jovens cadetes, e o mais inusitado de tudo foi que, juntos, resolveram montar um pequeno semanário das

Forças Armadas, tendo como editor responsável Tony, talvez algo previsto anteriormente por mim, e traziam imensas reportagens dos trabalhos proporcionados por todas as bases das Forças Armadas do país e, para variar, uma coluna especial para o nosso ilustre comediante, o comandante Roger, que ainda aprontava as suas travessuras, mas agora numa forma mais ousada, porém bastante espirituosa e divertida, que arrancava risos de seus leitores.

Quanto a Carlitos, foi promovido e integrado à Tropa de Elite Aranhas Negras, e se gabava ostentando sua tão sonhada e almejada tatuagem de aranha negra; no entanto, quando pôde, nosso dançarino continuava se apresentando com seu grupo de dança. Confesso que até eu fui ver com minha família uma apresentação sua. Pensem num espetacular show. Realmente, Carlitos é um grande dançarino.

Enfim, chegou o dia do casamento, o sim uniu Tony e Daniela. A alegria foi grande em nossa família, como em tal caso, novamente não podia passar sem uma grande festa e um baile, agora para lá de inesquecível, com muitos convidados ilustres, e, não podendo deixar de citar, os nossos convidados especiais e padrinhos dos noivos, o comandante Roger e a esposa, o doutor Michel e a esposa e os jovens irmãos Jorge e Cristina. Sim! Aqueles jovens estudantes de medicina que salvaram Tony. A verdade foi que, após todo aquele episódio, Tony e Daniela foram pessoalmente visitá-los, e de lá para cá se tornaram grandes e inseparáveis amigos.

A grande e belíssima catedral de Cuiabá estava toda enfeitada para receber o jovem casal *Tony e Daniela*. Mas uma surpresa inesquecível para Tony o aguardava, e fizemos de tudo para atrasá-lo, e praticamente acabaram chegando juntos na catedral, porém em carros separados.

Tony estava ansioso e muito nervoso. Assim que chegou, foi o primeiro a entrar na catedral. Ao passar pela porta, emocionou-se demais e não esperava por aquilo. Ao som de violinos tocavam a música de *Toni Braxton, How Could an Angel Break my Heart*[5], e Tony caminhava

5. "Como um anjo poderia partir meu coração", em tradução livre.

pelo corredor, saudado por uma comissão de honra formada por todos de sua equipe da Tropa de Elite Aranhas Negras. Estavam vestidos com seus uniformes de gala, todos brancos, e portando espadas, sendo, no final de cada lado, liderados pelo seu assistente, fuzileiro Carlitos, e pelo jovem, seu sobrinho Waldez, que, juntos formavam uma guarda de honra, cruzando suas espadas, enquanto Tony caminhava, deslumbrado, por baixo delas até ao altar e era aplaudido de pé por todos os presentes.

No entanto, talvez o mais feliz de todos em nossa família tenha sido Duarte, a quem coube levar a jovem e bela Daniela até ao altar da igreja, representando seu falecido e amado pai, para entregá-la a Tony e, assim, também foram recebidos da mesma forma pela guarda de honra e sentiam-se muito emocionados com tudo aquilo.

Após o casamento, o jovem casal realizou uma pequena viagem de lua-de-mel, percorrendo o Nordeste brasileiro. Agora estavam ansiosos pela chegada do bebê, Daniela estava por completar nove meses de gravidez e preparava-se para o parto a qualquer momento, mas o pequeno Gabriel, esse não estava nem um pouco preocupado para vir ao mundo.

E uma nova surpresa, uma grande festa estava sendo preparada no Quartel da Força Aérea no Rio de Janeiro. Todos da família sabiam o que iria acontecer por lá, lógico, menos Tony, Waldez e Carlitos, que não imaginavam o que lhes estavam sendo reservados, mas havíamos de estar todos juntos novamente para participarmos neste grandioso dia.

O grande dia, enfim, chegara. Era manhã, um belo dia de intenso calor, ensolarado, que iluminava a todos da família Gutierrez. Ainda era cedo quando acordei assustado com o despertador tocando, passei por cima de minha esposa Lucila e, numa tentativa de me levantar, acabei tropeçando e caí no chão, com os cabelos emaranhados, parecia um mico-leão dourado. Após me levantar resmungando, cambaleei pelo quarto, onde tateei até encontrar o despertador, que fazia um estardalhaço danado. Não sei por que ainda o mantinha em meu quarto, sempre odiei barulho de despertador. Dessa vez, calou-se para sempre, pois o joguei da janela do meu quarto, que ficava no segundo andar, e disse a ele:

— Quero ver se me acordará de novo, seu tic-tac repugnante — e ria inconsequentemente dele — Há, há, há...

Eram 7h da manhã de sábado e um corre-corre se iniciou por todos os lados em nossa casa. Afinal de contas, nosso avião nos aguardava com partida prevista para as 9h, destino ao Quartel General da Força Aérea no Rio de Janeiro, para a festa-surpresa, com início previsto para as 19h. Mas, antes, uma parada emergencial. Teríamos que pousar no aeroporto em Santa Catarina, em uma nova escala para pegar mais passageiros convidados, meu advogado e inseparável amigo de minha família, o doutor Michel, sua esposa e seus filhos.

Enfim, após uma rápida viagem, depois de todos os preparativos, lá estávamos presentes com nossa família e vários amigos. Muita gente por todos os lados num enorme e enfeitado salão de convenções. Todos das Forças Armadas estavam lindos com seus uniformes de gala, todos brancos e, ao lado esquerdo do peito de Tony, ainda mais visíveis, suas valorosas e honrosas medalhas.

No entanto, alguém teve que se despedir rapidamente da festa. Daniela começou de repente a sentir as contrações, e sua bolsa estourou. Um imenso corre-corre iniciou-se dentro do salão. Tony, então, não sabia se a acompanhava ou se ficava para a cerimônia. Por fim, carinhosamente, Lucila, sua mãe, resolveu acompanhá-la e Daniela foi levada às pressas para o Hospital da Força Aérea. Ainda bem que ficava bem próximo do próprio quartel.

— Enfim, chegou o momento, filho — disse a Tony, abraçando-o. — Tudo sairá bem, vamos ficar calmos. Relaxe! Já passei por isso. — E ri...

Estávamos muito contentes, afinal de contas, era o primeiro filho de Tony, mas feliz mesmo era eu, que aguardava ansiosamente pelo meu segundo neto. E ambos estávamos maravilhados e encantados com a mágica magia que nos cercava.

A verdade é que foi uma noite agonizante de espera e nada sabíamos sobre o nascimento de nosso pequeno Gabriel, porém as comemorações se iniciaram e todos aguardávamos ansiosos pela grande festa-surpresa.

O comandante Roger, acompanhado de outros generais, brigadeiros e até mesmo do Presidente da República, estava presente no palco e fez uma ligeira exposição dos feitos das Forças Armadas. Após terminarem de falar, solicitaram que subissem ao palco Tony e Carlitos. Assim que chegaram ao palco, uma grande salva de palmas intermináveis soava por todos os cantos do salão de convenções. Mesmo não sabendo do que se tratavam todos aqueles aplausos, gentilmente foram puxados para mais próximo do centro do palco pelo próprio Presidente.

Nosso Presidente da República fez uma breve exposição dos trabalhos de Tony e Carlitos e os congratulou pela atuação no episódio da missão *CONSPIRAÇÃO CORPUS CHRISTI*. Com muita honra, ele próprio condecorou Tony e Carlitos com uma medalha pelo ato de bravura e pelo imenso trabalho prestado à nação e às Forças Armadas. Tony estava muito feliz por estar recebendo uma nova condecoração, mas radiante mesmo estava Carlitos, recebendo do próprio Presidente uma medalha em seu peito, sua primeira condecoração honrosa e, diga-se de passagem, merecida. Por fim, o Presidente da República voltou a falar e disse, surpreendendo a todos os presentes:

— Senhores! Não pensem que a nossa festa terminou por aqui, quero conhecer de perto aquele pirralho da televisão. Alguém aqui sabe me dizer onde ele está? Sim! O nosso famoso *Aranha Negra*!

Olhei para o lado e disse ao meu neto, enquanto todos os presentes aplaudiam-no de pé:

— Vá lá, Waldez, o Presidente está lhe chamando no palco.

Waldez não perdeu tempo, saiu correndo como um relâmpago e, num piscar de olhos, lá estava ele abraçado com o Presidente da República, ao seu lado e todo feliz. Afinal de contas, não é todo dia que se pode estar ao lado de alguém tão importante, quanto mais o nosso Presidente da República, que dizia, enquanto o cumprimentava:

— Como vai, jovem rapaz, tudo bem com você?

— Tudo bem, senhor Presidente — disse Waldez, radiante por estar ao seu lado, e continuou o Presidente a falar-lhe:

— Não podíamos comemorar esta festa sem poder lhe dar um presente, meu jovem. É com imenso prazer e me sinto muito honrado de não só poder conhecê-lo pessoalmente, mas também por colocar em seu peito esta medalha. Não só eu, mas creio que todos aqui presentes e o país todo devem estar muito orgulhosos de você. Receba essa medalha em nome das *Forças Armadas e de todos da Tropa de Elite Aranhas Negras* pelo seu ato de bravura. E, enquanto tivermos heróis como você na *Tropa de Elite Aranhas Negras* sempre existirá alguém para nos encher de orgulho. Obrigado, soldado — disse por fim o Presidente da República, elevando sua mão direita à cabeça à guisa de saudação, batendo-lhe continência.

Após, uma salva de palmas intermináveis soou, outros assobiavam num tremendo alvoroço, enquanto nosso jovem *Aranha Negra* cumprimentava a todos do palco, acenando-lhes com as mãos.

Tony não havia percebido que eu também estava agora no palco. As salvas haviam sido interrompidas pelo comandante Roger, que trazia um comunicado muito importante para fazer aos presentes. Após sinalizar para que todos se silenciassem, nos puxou para ao seu lado, abraçando o ombro de Tony e comigo ao seu outro lado, e disse carinhosamente:

— Senhor Anthony Gutierrez e meu querido amigo Tony, é com imenso prazer, e em nome de todos das Forças Armadas, que estamos felizes por acabarmos de ser cientificados de que seu filho e meu afilhado *Gabriel* acaba de vir ao mundo. Sua esposa e seu filho passam bem. Esperamos que esta criança possa nos trazer muitas alegrias e, de todo o coração, desejamos a vocês muitas felicidades. Parabéns, meu filho! finalizou o comandante Roger.

Tony não sabia o que dizer ou pensar, a verdade era que estava radiante e muito feliz com a notícia. Com abundância, seus olhos vertiam lágrimas e, comovido, nos abraçou. Por um bom tempo, enaltecidos e emocionados, permanecemos abraçados e, junto com a plateia, choramos de felicidade.

*** *FIM* ***

Capítulo XXIV

Considerações finais

Esta, talvez, tenha sido uma das histórias mais engraçadas e comoventes que pude contar. Informo que todos os locais, empresas, pessoas vivas ou mortas e autoridades são produtos da imaginação do escritor, e qualquer semelhança aqui retratada nada mais é do que mera e simples coincidência, não há nada que prove a veracidade dos fatos.

Essa obra *é* uma história de ficção e sem precedentes. Somos carentes por heróis, e muitos sequer são lembrados pelo seu justo valor ou reverenciados por sua bravura. Esse foi o nosso jeito irreverente e carinhoso em homenagear a todos das Forças Armadas que lutam e arriscam suas próprias vidas em defesa da preserva*ção* da ordem e da felicidade de todos nós. A vocês, nosso carinhoso abraço fraternal.

Agora, devam estar curiosos para saber sobre o Sansão, não é mesmo? Pois bem! Depois daquele lamentável incidente que sequer gosto de lembrar, Sansão desapareceu de minha mente por algum tempo. Não demorou muito e, recentemente, tornou a me rodear. Minhas alucinações retornaram, mas não contei a ninguém, e vivia ressabiado, com medo de encontrá-lo.

E, para piorar a situação, Tony começou a ficar preocupado comigo quando acordei numa certa noite aos gritos clamando por "Sansão" e deixei todos assustados.

Interrogado, lógico, os enrolei. Mas Tony, desconfiado foi falar com Duarte e o doutor Michel a respeito, pois tinha certeza de que eles saberiam de algo. Para minha surpresa, meus adoráveis e amados amigos, aliás, dois miseráveis, contaram tudo para ele sobre Sansão, e acabei virando motivo de chacota e risos por todos em casa.

Pacientemente, acabei me conformando. No entanto, com o passar dos dias, minhas visões começaram a ser mais intensas, até que algo me surpreendeu e tinha que falar com Duarte e o doutor Michel a respeito, e os convoquei para uma reunião emergencial. Lógico que meu pedido os assustou, e começaram a ficarem com medo do tema que abordaríamos, pois lhes avisei que estaríamos indo para a *Chechênia*.

Ninguém ousou me dizer "não", mas deduziam que, novamente, iria atrás de *Sansão*, e não compreendiam o porquê disso. Ir atrás dele era inevitável e o resultado, como sempre se revelará numa nova aventura, cheia de mistérios e com muita confusão. Mas essa é outra história, depois eu conto, não agora.

Um grande abraço a todos.

Anthony Gutierrez

LETRAS Jurídicas

Letrasdo Pensamento

QUEM SOMOS

As **Editoras LETRAS JURÍDICAS** e **LETRAS DO PENSAMENTO**, com 24 anos no mercado Editorial e Livreiro do país, são especializadas em publicações jurídicas e literatura de interesse geral, destinadas aos acadêmicos, aos profissionais da área do Direito e ao público em geral. Nossas publicações são atualizadas e abordam temas atuais, polêmicos e do cotidiano, sobre as mais diversas áreas do conhecimento.

As **Editoras LETRAS JURÍDICAS** e **LETRAS DO PENSAMENTO** recebem e analisam, mediante supervisão de seu Conselho Editorial, artigos, dissertações, monografias e teses jurídicas de profissionais dos Cursos de Graduação, de Pós-Graduação, de Mestrado e de Doutorado, na área do Direito e nas demais áreas técnicas e universitárias, além de obras na área de literatura e de interesse geral.

Na qualidade de Editora Jurídica e de Interesse Geral, mantemos uma relação em nível nacional com os principais Distribuidores e Livreiros do país, para divulgarmos e distribuirmos as nossas publicações em todo o território nacional. Temos ainda relacionamento direto com as principais Instituições de Ensino, Bibliotecas, Órgãos Públicos, Cursos Especializados de Direito e todos os segmentos do mercado.

Participamos também de **Feiras Nacionais e Internacionais**.

NOVIDADE!!! O(a) Autor(a) da LJ/LP terá uma página exclusiva para inserir sua biografia, fotos, vídeos e artigos de sua área e textos em geral, para interagir com o leitor e ganhar maior visibilidade no mercado.

Na qualidade de editora prestadora de serviços, oferecemos os seguintes serviços editoriais:

- Análise e avaliação de originais para publicação;
- Redação, revisão, edição e preparação de texto;
- Assessoria técnica editorial;
- Cadastro do ISBN – CBL e SNEL;
- Ficha catalográfica – CBL e SNEL;
- Design e montagem de arte de capa;
- Digitação e diagramação de textos;
- Direitos Autorais: consultoria e contratos;
- Elaboração de sumários, índices e índice remissivo;
- Fotografia e escaneamento de material fotográfico;
- Gráfica: pré-impressão, projetos e orçamentos;
- Ilustração: projeto e arte final;
- Audio-Books;
- Livro Digital: formatos E-book e Epub;
- Organização de lançamentos, eventos, palestras e workshops;
- Pesquisa Editorial CBL e SNEL;
- Peças Publicitárias para divulgação: banner, cartaz, convite de lançamento, folheto, marcador de página e material de apoio em geral.

Nesse período, as Editoras exerceram todas as atividades ligadas ao setor Editorial/Livreiro do país. É o marco inicial da profissionalização e de sua missão, visando exclusivamente ao cliente como fim maior de seus objetivos e resultados.

"NOSSAS MARCAS MOSTRAM AS LETRAS DO FUTURO"
O EDITOR

As Editoras reproduzem com exclusividade todas as publicações anunciadas para empresas, entidades e/ou órgãos públicos. Entre em contato para maiores informações.
Nossos sites: *www.letrasjuridicas.com.br* e *www.letrasdopensamento.com.br*
E-mails: *comercial@letrasjuridicas.com.br* e *comercial@letrasdopensamento.com.br*
Telefone/fax: (11) 3107-6501 – 99352-5354